Kinder von Arschlöchern werden oft selbst zu Arschlöchern

2017 – Ein Jahr im Leben eines Misanthropen

Misan Th. Rop

Vollständige Taschenbuchauflage
11/2017

Umschlaggestaltung und Text:
2017 by Misan Th. Rop
Lektorat:
die Lektoren hängen an ihrem Leben und möchten daher nicht genannt werden.
„Hey, wir haben nur unseren Job gemacht!“

ISBN: 9781973412113

Für meine Familie

„So treibt das Bedürfnis der Gesellschaft, aus der Leere und Monotonie des eigenen Innern entsprungen, die Menschen zueinander; aber ihre vielen widerwärtigen Eigenschaften und unerträglichen Fehler stoßen sie wieder voneinander ab.“

Arthur Schopenhauer

„‘Ach, wo ist noch ein Meer, in dem man ertrinken könnte‘: so klingt unsre Klage – hinweg über flache Sümpfe.“

Friedrich Nietzsche

Misanthropie (von griechisch μισεῖν *miseín* ‚hassen', ‚ablehnen' und ἄνθρωπος *ánthrōpos* ‚Mensch') beschreibt die Sichtweise einer Person, welche die Menschen hasst oder zumindest deren Nähe ablehnt. Eine solche Person wird **Misanthrop** („Menschenhasser", „Menschenfeind") genannt.

Misanthrop, der
Wortart: **Substantiv, maskulin**
Gebrauch: **bildungssprachlich**
„ein Mensch, der Menschen gegenüber misstrauisch ist und wenig von ihnen hält"

Inhalt

Einleitung

Der Misanthrop im 21. Jahrhundert

Ich bin eigentlich kein Misanthrop. Also nicht im Sinne der meisten verfügbaren Definitionen des Begriffes. Der Duden macht es sich einfach: Misanthrop = Menschenhasser!

Wäre das die einzige Begriffserklärung, die zur Verfügung stehen würde, ich müsste mich nach Alternativen umsehen. Sie ist zu endgültig und allumfassend. Wie kann man alle Menschen hassen? Ich hasse weder meine Eltern, meine Freunde, meine Arbeitskollegen, keine Frau, mit der ich je Sex hatte (gut, da war die eine, die mir erzählte, sie wäre unfruchtbar und dann ... nein, die hasse ich auch nicht!), meine Vereinskollegen noch eine Menge anderen Menschen, die einem im Laufe der Jahre so begegnen. Sogar Zeitgenossen, die ich gar nicht persönlich kenne, ringen mir bisweilen Respekt ab.

Überhaupt ist „Hass" ein so großes Wort. Auch hier wären Abstufungen zu machen. Jemand, der alle Menschen hasst, ist hart an der Grenze zur Geisteskrankheit. Er sollte, da ihm die Menschheit zumindest kurzfristig nicht den Gefallen tut, sich komplett zu eliminieren, über Selbstmord nachdenken oder wenigstens nach einem Erdloch in den Anden suchen, in das er sich setzen kann, um fortan als Einsiedler zu leben. Ich habe bewusst den Ausdruck Psychopath oder Soziopath vermieden, da auch diese Menschen nicht zwangsläufig hassen, sondern eher dazu neigen, dass ihnen das Schicksal anderer egal ist. Der Duden hält somit nicht die richtige Definition des Begriffes für meine Person bereit. Ich habe den Misanthropen stets als jemanden gesehen, der der Menschheit an sich erst einmal mit Vorsicht begegnet. Überall dort, wo Menschen in Gottes Namen oder aus anderen, mehr oder weniger sinnvollen Motiven zusammenkommen, tummeln sich neben brauchbaren Vertretern auch immer ebenso viele Flachpfeifen, deren Bandbreite von harmlos über ekelerregend bis brandgefährlich reicht.

Gleichnisse waren mehr das Ding eines Mannes, der als bekennender Philanthrop zunächst in die Geschichte und sinnigerweise kurz darauf auf ein paar Holzlatten genagelt in das ewige Leben einging. Trotzdem möchte auch ich mich nun dieses Stilmittels bedienen, da es, wie bekannt, sehr einprägsam eine Situation erklärt und außerdem total wichtig rüberkommt: Der Misanthrop sollte handeln gleich einem Wanderer, der an einen Sumpf kommt: Er wird sich die Gegebenheiten anschauen müssen, bevor er entscheidet. Hat er Zeit, geht er um ihn herum. Ist er aber in Eile, wird er ihn durchqueren müssen. Dann zeugt es von Weitsicht und reduziert das Risiko, wenn er sich möglicher Gefahren bewusst ist. Unbekannte Bedrohungen, die ihn im ungünstigen Fall in Form von Fieber oder Durchfall heimsuchen, im schlimmsten Fall aber mit Krokodil bestrafen. Hat unser Wanderer bereits viele Sümpfe gesehen oder kennt den nun vor ihm liegenden aus Erzählungen anderer, hat er sowieso „Immodium akut“ und eine Knarre dabei. Ich bin natürlich in der Kreation von Gleichnissen nicht so geübt, wie mein großes Vorbild, ich hoffe aber, es wird klar was es bedeutet. Wie der Wanderer vor dem Sumpf, steht der Misanthrop den Menschen gegenüber. Er verurteilt nicht generell, ist aber immer gewappnet auf Ungemach zu treffen.

Bleiben wir noch für einen Moment im Feuchtgebiet. Auch wenn im Sumpf Gefahren lauern können, es nutzt dem Wanderer wenig sich präventiv die Tabletten einzuwerfen und wild schießend durch die Landschaft zu rennen. Das führt nur dazu, dass man alles Mögliche trifft, aber fast nie ein Krokodil. Außerdem ist das Magazin leer, wenn dann wirklich eins auftaucht. Von der veritablen Verstopfung einer „Immodium“ Überdosierung mal ganz abgesehen. Für den Misanthropen des 21. Jahrhunderts reicht es aus, wenn er wachsam seine Umwelt beobachtet. Es heißt nicht umsonst, dass die Zahl derer, die einen am Arsch lecken können, ohnehin täglich steigt. Alle Mitmenschen unter Generalverdacht zu stellen, kann also getrost vermieden werden.

Der Misanthrop, Aufzucht und Hege

Natürlich wird man nicht als Misanthrop geboren. Neugeborene haben nur ein Betriebssystem und ein paar Programme. Ansonsten ist die Festplatte leer.

Die Weichen können zwar in diesem Alter bereits mit den ersten Informationen gestellt werden, aber man wird, wenn überhaupt, durch einen frühen und schlechten Einfluss, eher drogenabhängig, magersüchtig, straffällig oder einfach nur ein Arschloch, aber kein Misanthrop. Später in der Pubertät hasst man sowieso meist Alles und Jeden (vor allem die Eltern), was nichts mit Misanthropie, sondern Hormonen zu tun hat. In den folgenden fünf bis zehn Jahren kommt es jedoch zu einer ersten Aufspaltung.

Ich möchte vorausschicken, dass es natürlich noch viele andere Lebensmodelle, wie zum Beispiel Rennfahrer, Drogenbaron, Aussteiger oder Priester gibt, aber die folgenden Wege bieten sich dem Durchschnittsmenschen nun einmal an. Mehr oder weniger variantenreich, machen sie den prozentual größten Teil in der Bevölkerung aus.

Da sind zum einen die Menschen, die, aus welchen Gründen auch immer, unreflektiert dem gerade aktuellen konservativen Mainstream folgen. In meiner Zeit bedeutete das: Ausbildung oder heimatnahes Studium, die Sandkastenliebe oder maximal den zweiten Sexpartner ehelichen, ein bis drei Kinder in die Welt setzen, ein Haus bauen und auf eine Karriere im Job hoffen. Um die 30 dann einige Sinnkrisen, weil man das Gefühl hatte etwas verpasst zu haben (ich war stets ein Freund dieser Phase, habe ich doch in der Zeit selbstlos viele der weiblichen Sinnsuchenden intensiv getröstet und ihnen einen alternativen Lebensplan aufgezeigt). Schließlich, wenn man sich nicht getrennt hat oder vom Burnout niedergestreckt wurde, Rentenlücken geschlossen und die Kinder aus dem Haus sind, noch ein paar schöne Jahre zu machen, bevor es in die Kiste geht. Diese erste Gruppe weiß durchaus, dass es Schlechtigkeit auf der Welt gibt, hat sich aber immer so sehr auf die eigene kleine Welt fokussiert, dass es sie nicht weiter gestört hat. Zum anderen sind da diejenigen, die sich nie für einen Lebensstil, meist auch nicht für einen Partner, entscheiden konnten. Verschiedene Lebensweisen wurden in Erwägung gezogen und letztendlich haben sie mit einem gewissen Ehrgeiz an einer irgendwie gearteten, aber dennoch nicht alltäglichen Karriere geschraubt.

Die einen, wie ich, um genug Geld für Urlaub, Ausgehen und sonstige Ausschweifungen zu verdienen, die anderen, um Macht und Ansehen zu mehren oder doch noch ein paar

Kinder zu ernähren. Bekommen diese Leute im mittleren Alter Zeit, über den Sinn des Lebens nachzudenken und somit auch zwangsläufig über die Vorgänge der Welt zu reflektieren, wird es übel. Zugegeben nicht jeder wird auf diesem Weg zum Misanthropen, aber er schafft meiner Auffassung eine gute Voraussetzung.

Zur Klarstellung! Das hier ist sicher kein Plädoyer für diesen Lebensweg. Im Gegenteil, ich bewundere jeden, dem die Unzulänglichkeit der menschlichen Spezies nichts ausmacht, der sie nicht bemerkt oder dem sie gar nicht auffällt. Deshalb abschließend noch ein guter Rat an alle zwischen Dreißig und Vierzig mit aufkommender Sinnsuche, die es aber vermeiden wollen, sich zwanghaft mit den Abgründen der menschlichen Dummheit beschäftigen zu müssen: Halten Sie sich von jeglichen Philosophen fern – tote wie lebende!

Digitale Schwarmdummheit

Ich bin Anhänger der Theorie, dass alles, was in der Welt passiert, auf einen einfachen Nenner gebracht werden kann, der da lautet, dass es „Dumm" und „Schlau" kombiniert mit „Gut" und „Böse" gibt, und diese vier Basischaraktere in den unterschiedlichsten Ausprägungen miteinander in Wechselwirkungen treten können. Quasi die „Vier-Elemente-Lehre" von Empedokles für Psychoanalytiker.

Das war schon immer so und ist auch nicht unbedingt eine neue Erkenntnis. Auch sollte die Geschichte gezeigt haben, dass wenige „Böse/Schlaue" beziehungsweise „Gute/Schlaue" ausreichen, um einer Epoche den Stempel aufzudrücken. Die richtige Kombination „Gut/Schlau" zur richtigen Zeit bringt Epochen wie „Die Athener Demokratie", „Die Aufklärung", „Die Renaissance", „Das Wirtschaftswunder" oder „Die Wende" hervor, während die weniger erstrebenswerte Kombination „Böse/Schlau" sich für „Das finstere Mittelalter" (gerne auch kombiniert mit Kreuzzügen oder der Inquisition), „Das dritte Reich", „Den Kalten Krieg" oder „Die Apartheit" verantwortlich zeichnet.

Die zeitlichen Anteile an der Weltgeschichte zeigen, dass die Kombination „Böse /Schlau" früher bei weitem die Kombination „Gut/Schlau" dominiert hat, aber auch, dass wir seit fast 20 Jahren eigentlich eine „gute“ Phase des Zusammenwachsens der Welt und der Völker hatten. Wieso also spielt sich in letzter Zeit wieder so viel Scheiße ab? Warum haben sich die Machtverhältnisse von „schlau“ und „gut“ mehr zu „dumm“ und „böse“ verschoben? Es gibt natürlich viele Gründe, aber nur einen Auslöser. Für mich sind es eindeutig die Auswirkungen des Internets. Ungeachtet aller möglichen positiven Aspekte der Informations- und Kommunikationsbereitstellung für die Menschheit, hat dieses Medium definitiv Nachteile, die sich mit folgendem, zugegeben etwas infantilem Satz zusammenfassen lassen: „Der böse Mensch kann durch das Internet jegliche Information mit einer maximalen Anzahl an dummen Menschen teilen, um diese zu manipulieren.“ Ein Einzelner kann im Netz so über ein virtuelles Volk regieren, quasi eine Diktatur, basierend auf manipulativer Information statt aggressiver Unterdrückung. Nennen wir es fortan das „DMDM-Prinzip“. *(Anm.d.Red.: DMDM - Digitale Manipulation Dämlicher Massen.)*

Trump twittert, eine Mauer zu Mexiko zu bauen, Putin lässt sich dabei filmen, wie er eigenhändig antike Vasen vom Grund des Schwarzen Meeres holt, Erdogan postet während des Putsches ein verwackeltes Video mit dem Aufruf zum Widerstand gegen die Aggressoren, der IS lädt Filme von Hinrichtungen Ungläubiger hoch, rechte Gruppierungen stellen Fake News ins Netz, die angeblich zeigen, wie Nafris eine Kirche in Dortmund anzünden ... etc. pp.

All das sind viele kleine Mosaiksteinchen, die zusammengesetzt ein nicht sehr ermutigendes Bild der digitalen Manipulation der heutigen Gesellschaft zeichnen und auch zeigen, wie leichtgläubig ein Großteil der Menschheit ist. Natürlich erreichen auch altruistische veranlagte Menschen nun ein größeres Publikum, aber ihre Internetauftritte sind zu leise und unspektakulär für diese laute und oberflächliche Welt.

Das Maß für die menschliche Dummheit

Als Ingenieur und Misanthrop ist es für mich immanent wichtig, die menschliche Dummheit nicht nur zu erfassen, sondern fallabhängig einordnen zu können. Nur so lässt sich feststellen, ob es mit dieser Welt bergauf oder bergab geht. Seit Erhebung meiner Zahlen ist eigentlich nur Letzteres der Fall. Um sich also professionell mit dem Thema auseinanderzusetzen, reicht es eben nicht aus einen dummheitsverdächtigen Vorfall in gesellschaftlich anerkannten Kategorien wie „aha", „hoppla", „dumm gelaufen", „selbst schuld" oder „das hat bestimmt wehgetan" einordnen zu wollen. Zumal meist nur ansatzweise zu erkennen ist, inwieweit der Proband aus eigener Dummheit gehandelt hat oder durch Fremddummheit in die Situation geraten ist.

Erste Versuche die menschliche Dummheit einzuordnen, wurden durch das Känguru für eine Untergrundgruppe eingeleitet, die sich selbst „Das Asoziale Netzwerk" nennt und sich zur Aufgabe gemacht hat, den Terror der Medien, der Regierung, der Leitkultur und des Lobbyismus zu bekämpfen *(Anm.d.Red.: Siehe „Die Känguru Triologie" von Marc Uwe Kling).*

Ich stimme trotz der kommunistischen Grundhaltung des Kängurus einigen seiner Thesen durchaus zu. Da es sich bei den Mitgliedern dieser Anti-Terror-Organisation fast ausschließlich um Existenzialisten handelt, erscheint jedoch eine detaillierte Bewertung der Dummheit für sie nicht erforderlich, da sie zum Sein dazugehört oder eben nicht. Für „Das Asoziale Netzwerk" reicht es somit aus, einen dummen Menschen und seine Taten in die einfachen Kategorien „relevant" und „nicht relevant" sowie „witzig" und „nicht witzig" einzuteilen. Basierend darauf kann entschieden werden, ob die Dummheit belächelt beziehungsweise zynisch kommentiert oder mit einem sogenannten „Anti-Terror-Anschlag" bekämpft werden muss.

Als Misanthrop kann ich es mir natürlich nicht so einfach machen. Um einen einzelnen dummen Menschen fair niedermachen zu können, ist es unumgänglich, die Gesamtsituation zu erfassen. Der Grad der Geringschätzung kann also nur gerecht bestimmt werden, wenn der Verachtende sich ein brauchbares Modell kreiert. Mit dem kann er nicht nur die Größe der Dummheit bewerten, sondern auch gleichzeitig erkennen, wie sehr der Delinquent für seine Tat selbst verantwortlich ist. Die Entwicklung eines eigenen Modelles hätte jedoch jahrelange Forschungen und Feldversuche erfordert.

Existierende historisch belegte Vorfälle wie „Heißer Kaffee auf Oma im McDonalds“ oder „Hamster in Mikrowelle zum Trocknen“ können hier nicht herangezogen werden, da stochastisch kaum aussagefähig. Sehr kostenintensive Versuchsaufbauten in Fußgängerzonen wären nötig gewesen, um verlässliche Daten in ausreichender reproduzierbarer Menge zur menschlichen Dummheit zu erhalten. Dabei habe ich die rechtlichen Konsequenzen bei sicherlich auftretenden Personenschäden noch nicht berücksichtigt. Eine Verkürzung der Entwicklungszeit durch Tierversuche wäre ebenfalls nicht möglich gewesen, da Tiere natürliche Instinkte haben, die sie vor selbstvernichtender Blödheit bewahren – Ausnahme: Lemminge!

Ich habe mich deshalb dazu entschlossen, auf ein existierendes Modell zurückzugreifen. Entwickelt wurde es durch die „Stupiditätsforschung“, ein weniger bekannter Unterzweig der Psychologie, der 1986 nach dem Reaktorunfall von Tschernobyl entstanden ist. Er hatte die Aufgabe, Modelle zur menschlichen Dummheit zu entwickeln, um in Zukunft besser verhindern zu können, dass die falschen Leute an den ganz falschen Knöpfen spielen, nur um herauszufinden was passiert. Das von mir gewählte Modell zieht seine Stärken aus der Fähigkeit, bei der Bewertung der Dummheit auch noch Faktoren wie Eigen-, oder Fremdverschulden, sowie Auswirkungen auf Leib und Leben einzurechnen.

Die Bewertung einer vorliegenden offensichtlichen Dummheit erfolgt hierbei in der Einheit „LFF“ – Lebensfähigkeitsfaktor – wobei „LFF1“ eine kaum selbst zu beeinflussende also fremdeingeleitete Dummheit bezeichnet und „LFF9“ für eine vorsätzlich begangene Dummheit mit eindeutigen Anzeichen einer Geisteskrankheit steht.

Die Skala ist bei „10“ begrenzt, weil die selbstständige Lebenstüchtigkeit eines Menschen über diesem Wert nicht mehr gegeben ist. Ab dort greifen zumindest in Deutschland dann die fünf Pflegestufen.

Am Beispiel eines Fahrradfahrers ist diese Einteilung sehr gut erklärbar. Mit dem Fahrrad fahren wäre demnach „LFF0“. Beim Radeln aufs Maul fallen, weil man von einem herumfliegenden Backstein (max. Fremdeinfluss) getroffen wurde „LFF1“, während über eine sich öffnende Autotür zu stürzen bereits für „LFF2“ spricht, da hier der Fremdeinfluss durch geringfügigen Hirneinsatz und demnach erhöhte Aufmerksamkeit eventuell vorhersehbar gewesen wäre (angewandt auf den Autofahrer würde übrigens das plötzliche Öffnen der Autotür ohne Umgebungscheck bei „LFF5-6“ liegen, je nach Landschaftsstruktur?). Sturz aufgrund von Blitzeis beim Fahrradfahren „LFF3-6“ (je nach Jahreszeit), Fahrradfahren bei Glatteis liegt bei „LFF7“, wobei ein Sturz bei Glatteis dem Fahrradfahrer eine „LFF8“ einbringt. Gleiche Situation verursacht durch schnelles Einfahren in eine Kurve ist eine eindeutige „LFF9“. Da eine „LFF10“ noch nie erreicht wurde, kann ich bei diesem Beispiel nur mit grauer Theorie dienen. „LFF10“ entspräche einem Radfahrer, der auf einem zugefrorenen See enge Kurven fährt, dabei mit Backsteinen beworfen wird und sich schließlich aufs Maul packt.

Die leichte Anwendung des Modells ist aber auch gleichzeitig ein großer Nachteil, rechnet es doch nur mit wenigen Einflussgrößen und bewertet nur einzelne Personen bezüglich ihrer Intelligenz und der Gefahr für sich und andere. Inwieweit Böswilligkeit vorliegt, wird nicht berücksichtigt. Auch ist es ungeeignet bei Schwarmdummheit und versagt deshalb gänzlich beim o.g. „DMDM-Prinzip“. Diese Schwächen des Modells im Internetzeitalter sind mir bewusst. Ich habe aber aus verlässlicher Quelle erfahren, dass auch hier an einer Lösung gearbeitet wird, um in Zukunft Auswirkungen, zum Beispiel von böswillig im Netz verbreiteten Fake-News, besser vorauszusehen. Ich bin sicher, hätte man im Vorfeld berechnen können, wie viele Idioten im Endeffekt an Erdogans inszenierten Putsch geglaubt haben, hätten sich viele Oppositionelle, die einen Tag später auf den aus dem Hut gezauberten Listen standen, retten können.

Zum Umgang mit diesem Buch …

Letztendlich kann man Misanthrop sein und schweigend beziehungsweise im stillen Kämmerchen an der Dummheit, der Gier, dem Egoismus, sprich der gesamten Schlechtigkeit der Welt verzweifeln. Ich habe das nun jahrelang getan.

Bringt einen aber nicht weiter und führt zu Magenbeschwerden.

Deshalb habe ich mich letztendlich dazu entschlossen mir die Dinge, die mich beschäftigen von der Seele zu schreiben, in der Hoffnung, sie machen die Welt für mich erträglicher.

Anfangs als Tagebuch gestartet, musste ich schnell erkennen, dass eine regelmäßige Dokumentation der Ereignisse nicht praktikabel erscheint, zumal die „Steine des Anstoßes" im Weltgeschehen eher asynchron in den Weg des Lebens rollen.

Aus diesen Gründen sind die Kapitel zwar chronologisch geordnet, haben aber unregelmäßige Abstände. Sie werden zum Ende des Jahres hin wahrscheinlich kürzer, drehen sich dabei häufig um dieselben Sachverhalte und dürften auch vom Anspruch nicht allzu sehr variieren. Eigentlich ein wenig wie ein Koran für Misanthropen. Allerdings, wenn ich Sachverhalte im Jahresverlauf wiederhole, habe ich stets versucht, mir nicht zu widersprechen.

Ich bin auch nicht angetreten, um auf jede Art von Polemik zu verzichten. Manche Themen, die in der Welt geschehen, haben keinen doppelten Boden oder komplizierte Zusammenhänge, sondern sind wirklich so einfach, wie sie auf den ersten Blick scheinen. Gerade bei politisch angehauchten Themen habe ich mich sogar zeitweise gefragt, wo sich meine Aussagen von denen unterscheiden, die solch dumpfe AfD-Idioten von sich geben. Trotzdem möchte ich mich schon hier ausdrücklich von jeglichen rechten Gruppen distanzieren. Nur weil einige meiner Ansichten einfach und radikal erscheinen, sind sie noch lange nicht „rechts". Ich mag mich zwar zeitweise auch des Stilmittels der Übertreibung bedienen und bisweilen bei größeren Gruppen oder ganzen Völkern die Intelligenz anzweifeln, aber ich stelle sie niemals ernsthaft unter Generalverdacht.

Das Buch ist mein persönliches „Jahrbuch des Wahnsinns 2017". So gesehen werden einige der beschriebenen Ereignisse bereits zum Zeitpunkt der Veröffentlichung eine Weiterentwicklung erlebt oder gar ganz neue Aspekte hinzubekommen haben.

Andere werden sogar schlicht veraltet und mit zunehmendem Abstand zum ursprünglichen geschichtlichen Kontext etwas schwer zu verstehen sein. Im Hinblick auf Figuren wie

Trump und Erdogan, wäre ich sogar glücklich, wenn ein Leser sich in ein paar Jahren verwundert fragen würde, wie ich mich bloß über jemanden so aufregen konnte, der doch eigentlich nur ein kurzzeitiges Furunkel am Arsch der Geschichte war. Allerdings befürchte ich, dass zumindest einer der beiden, sollte die Welt wirklich noch ein paar Jahre existieren, irgendwann in einem Atemzug mit Hitler in den Geschichtsbüchern genannt werden wird. Aber wozu haben wir das Internet? Sollte also jemanden in zehn Jahren dieses Buch in die Hände fallen, wird er alle historischen Hintergründe ohne Probleme „googeln" können.

Doch warum mache ich mir so viele Gedanken?

Es wird schon nicht so schlimm werden.

Die Hoffnung ich könne mit diesem Geschreibsel etwas ändern, liegt mir fern. Die Leute, die ich im folgenden Buch thematisiert habe, merken eh nichts mehr. Auch meine Eitelkeit, ihnen als Leser zu gefallen, hält sich in Grenzen. Ich muss aber zugeben, dass es eine Befriedigung für mich wäre, wenn die Ausführungen dem einen oder anderen eine gewisse Zustimmung abtrotzen würden.

Trotzdem wird es am Ende sicher ein paar Menschen geben, die noch lange mit Schrecken an das Jahr 2017 zurückdenken werden. Das sind dann all jene, denen ich dieses Buch unter den Christbaum gelegt habe.

01. Januar – Neujahr
Pop Socket

Ich hänge auf einer Silvesterparty rum und habe veritabel einen im Tee. Hatte ich gehofft, beziehungsweise eher befürchtet, für dieses Tagebuch, gespickt mit den kleinen Ungeheuerlichkeiten des täglichen Lebens, an solch einem Abend eher kein Thema zu finden, werde ich genau um 2:43 Uhr eines Besseren belehrt.

Das Verhalten vieler Zeitgenossen wird umso bemitleidenswerter, je stärker ihre niederen Charaktereigenschaften angesprochen werden.

Die Meisten davon stehen auf dem „ewigen" Index der sieben Todsünden. Besonders beliebt in der heutigen Zeit ist, dank des Internets, die „Eitelkeit". Sie hat in der Neuzeit einen Siegeszug ohnegleichen angetreten und rangiert mit weitem Abstand auf Platz eins dieser „TOP 7". Eitelkeit und Öffentlichkeit ist dabei eine der besten Kombinationen, wenn es um Beweise der menschlichen Dummheit im Allgemeinen und der „Generation Facebook" im Speziellen geht. Um sich dabei quasi selbst dokumentieren zu können, wurde ein neues Kunstgenre erfunden, das Selfie.

Ich habe mich schon immer gefragt, wo der Reiz liegt, Bilder von sich selbst zu produzieren. Bereits vor über zweihundertfünfzig Jahren kam ein Mann namens Vincent van Gogh auf diese Idee. Im Verlauf seines Lebens entstanden dreiundvierzig solcher Selfies. Da vom Meister handgefertigt, hatten sie noch etwas mit echter künstlerischer Arbeit zu tun, zumal sie um Welten schwieriger zu malen sind, als zum Beispiel ein Food-Porn (damals sagte man dazu wohl noch Stillleben). Was allerdings viel wichtiger ist, sie hatten einen tieferen Sinn. Ich habe mal in einer Abhandlung des Musée d`Orsay zum Thema folgendes gelesen: „Der Meister stellt sich selbst infrage und diese Erfahrung provoziert nicht selten schwindelerregende Fragen zur Identität."

Es ist schwer vorstellbar, dass Chantalle Schickowsky aus Herne beim Selfie mit einem schlimmen Autounfall im Hintergrund die Rettungskräfte allein aus Gründen einer solchen Selbstreflexion behindert.

Berechtigterweise kann man nun anmerken, dass auch ein Mann, der sich selbst ein Ohr abschneidet, nicht unbedingt klar in der Birne gewesen sein kann. Klar vielleicht nicht, aber immerhin konsequent. Wahrscheinlich stand das Ohr so sehr ab, dass die Gefahr bestand, es könne in der Halbtotalen neben dem Auge wie ein Fremdkörper hervorlugen. Erst einmal gemalt, hätte es plötzlich zu dominant oder störend gewirkt. Gut, es gab damals noch kein ausgereiftes Bildbearbeitungsprogramm, aber eine Selbstverstümmelung mag für den unbeteiligten Betrachter zunächst übertrieben erscheinen. Für mich ist es, wie gesagt, konsequent und ich würde mir wünschen solch eine Identifikation mit der eigenen Arbeit auch beim modernen Selbstbildner zu finden. Die bei der Selbstverstümmelung anliegende Hemmschwelle würde in jedem Fall helfen, die Selfie- Flut von brechreizerregenden Hackfressen, die einem, auch ohne Facebook-Mitglied zu sein, täglich in den digitalen Medien auflauern, auf ein äußerst erträgliches Maß zu reduzieren ... oder wenigstens dafür sorgen, dass sich Nicki Lauda nicht mehr so ausgegrenzt fühlt.

Doch ich schweife ab. Dieser kleine Exkurs in die Anfänge des Selfies war nicht zwingend notwendig, um das Folgende zu verstehen, aber lehrreich ... und darum sollte es letzten Endes in jedem Buch unter anderem gehen.

Zurück zur Party. Während ich mich also mit leichten Koordinationsproblemen an einem Stehtisch festkralle, bemerke ich auf dem Tisch ein Handy. Es liegt mit dem Display nach unten. Auf der Rückseite ist mittig eine etwa 5-Mark-Stück-große Plastikscheibe angebracht *(Anm.d.Red.: Hinweis für den Allgemeinbildungsklaus: Eine 5 Mark Münze misst ca. 30 mm im Durchmesser und 2 mm in der Dicke und war vor der Währungsunion in etwa das, was heute eine 2€ Stück darstellt. Die Währungsunion, deren erste Stufe am 1. Juli 1990 beschlossen wurde, war die .... ach, google es doch!!).* Da gerade irgendein ewig gleich klingender Bumm-Bumm-Scheiß von David Guetta oder so läuft und ich deshalb dringend Ablenkung brauche, denke ich beiläufig über den Sinn dieser Installation nach, komme aber schnell zu dem Ergebnis, dass ich es eigentlich gar nicht wissen will. Leider taucht in diesem Moment die stolze Besitzerin des Handys auf. Sie bemerkt meinen Blick und teilt mir, natürlich ungefragt, mit, dass es sich um ein „Pop Socket“ handelt. Während ich mich noch insgeheim frage, wie desinteressiert ein Blick eigentlich sein muss, um zu vermeiden von diesen „Herr Lehrer, Ich weiß was!“-Typen mit sinnlosem Wissen belastet zu werden, bekomme ich auch schon eine entsprechende Marketing -Präsentation zu dieser „coolen neuen Erfindung“, welche die Selbstbildnisproduktion zumindest weiter vereinfachen, wenn nicht gar revolutionieren wird. Ich erfahre, dass ein immenses Problem des Selfie-produzierenden Gewerbes das Handling der immer größer werdenden Smartphones darstellt. Es wird zunehmend schwieriger, die inzwischen schokoladentafelgroßen Teile in der Hand zu halten, diese um 90° in Richtung eigene Visage abzuwinkeln und mit einem Finger den Auslöser zu drücken, während man gleichzeitig noch ein Duck-Face machen muss. Zum Teil sollen deshalb sogar schon Handys am Boden zerschellt sein.

„Gut so“, denke ich und widerstehe dem Drang zu fragen, wieso eine Kuh mit dem Verstand einer Amöbe auf einem Foto auch noch aussehen muss wie eine Ente. Ich beschließe aber, dass das ein Stimmungskiller sein könnte, und entscheide mich stattdessen dazu, Verständnis zu heucheln, indem ich die Evolution verteufle, die es ungerechterweise innerhalb von zehn Jahren immer noch nicht geschafft hat, unsere Hände auf die neuen Anforderungen hin weiterzuentwickeln. Ich würde gerne sagen, sie überhört den Einwand, befürchte aber, es hat profanere Gründe. Auf jeden Fall fährt sie ungerührt mit ihren Ausführungen fort. Die Dame erklärt, dass mit der Erfindung des Pop Socket jegliche Handlingsprobleme nun der Vergangenheit angehören. Sie knibbelt an der Plastikscheibe herum, die sich mit einem namensgerechten Poppen zu einem kleinen Konus an der Handyrückseite entfaltet. Die Dame klemmt sich das Handy beziehungsweise den Pinökel zwischen Zeige- und Mittelfinger und demonstriert mit welcher Sicherheit das Telefon nunmehr zu handhaben ist. Ich darf es selbst auszuprobieren und komme nicht umhin, den festen Halt angemessen zu goutieren, jedoch muss ich mir nach wie vor den Daumen brechen, um an irgendeinen Knopf zu kommen. Auch wenn ich ein ausgewiesener Laie bin, so weiß ich doch, dass gerade das „Auslösen“ den entscheidenden Vorgang bei der Selfieproduktion darstellt. Da ich befürchte, dass dieser Einwand zu weiteren enervierenden Erklärungen der Dame führen würde, beziehungsweise als unqualifizierte Kritik am neuen Produkt aufgefasst werden könnte, Stichwort „Stimmungskiller", spare ich mir den Einwand und lasse mir noch einen weiteren angenehmen Nebeneffekt zeigen. Mit ausgefahrenem Pop Socket lässt sich das Telefon nämlich in einem steilen Winkel auf dem Tisch platzieren. So kann man bequem seiner Umwelt die selbst produzierte Fotogalerie reindrücken.

Randbemerkung: Seit den 70er Jahren hat sich nichts an der Tatsache geändert, dass das „Bilder zeigen" dem Präsentierenden immer ungleich mehr Befriedigung verschafft, als dem Publikum. Dabei ist es unerheblich ob die Präsentation der photographischen Souvenirs des Paris Urlaubs nun im Rahmen eines Dia-Abends oder aber eines hinterhältigen Überfalles stattfinden. Zumindest konnte man sich vor einem Dia-Vortrag seinerzeit besser drücken. Auch war das Gesicht des Photographen, von Selbstauslöseraufnahmen mal abgesehen, meist hinter der Kamera und nicht vor der Sehenswürdigkeit. Und was heißt eigentlich „bequem"? Jetzt muss man sich auch noch zusammen mit dem stolzen Besitzer zu dem Bildschirm runterbeugen, während man früher die ewig selben und langweiligen Früchte eines Spießerurlaubs wenigstens aufrecht stehend und somit rückenschonend erdulden durfte.

Die Dame fängt nun an, die entscheidenden Vorteile des Pop Sockets gegenüber dem Selfie Stick aufzuzählen *(Anm.d.Red.: Das Bild auf dem Einband sollte ausreichen, um meine Einstellung, zu diesen Idioten-Antennen, zu verdeutlichen. Nur noch so viel, wäre ich an der Macht, müsste sich jeder, der einen Selfie Stick benutzen will, selbigen vorher ausgefahren in den Hintern rammen).*

Gott sei Dank legt der DJ in diesem Moment „Enjoy the silence" auf. Um mir und der Dame nicht den restlichen Abend zu verderben, unterbreche ich freundlich mit dem Hinweis, dass gerade mein Lieblingslied aufgelegt wurde, und verdrücke mich auf die Tanzfläche.

Frohes Neues Jahr!

08. Januar
Altruismus und Politik

Ich habe vor einigen Tagen gelernt, was ein „Gefährder“ ist. Es ist eigentlich dasselbe wie Stoibers legendärer „Problembär“. Beide sind ohne Identitätsnachweis nach Deutschland gekommen und verbreiten dann Angst und Schrecken. Der eine bei der deutschen Bevölkerung aus kranken religiösen Überzeugungen, der andere bei deutschen Schafen und Hühnern aus Hunger. Obwohl das Tier meiner Meinung nach den hehreren Antrieb hatte, wurde es vorsorglich einfach abgeknallt, wohingegen man den Bodensatz der menschlichen Rasse unbehelligt lässt, bis er schließlich nach Belieben Hass und Leid verbreiten konnte. Argument des Gutmenschen: „Er ist schließlich jetzt in Deutschland und muss nach deutschem Recht behandelt werden. Solange er nicht straffällig wird, kann man nichts machen. Wenn man hier anfängt proaktiv vorzugehen, dann trifft es kurze Zeit später auch Unschuldige.“ Hass predigen ist plötzlich Meinungsfreiheit, Sympathisanten anwerben Vereinsmeierei und Einkaufen von bombenfähigen Material normales Konsumverhalten. Erst wenn dieser IS-Scherge mit einem, man beachte die Ironie, geklauten polnischen LKW in eine Menschenmenge rast, das heißt, endlich das getan hat, was das BKA und die Inlandsgeheimdienste ja schon „ach so lange“ wussten, erst dann trifft ihn die Härte des deutschen Gesetzes. Natürlich vorausgesetzt man wäre seiner habhaft geworden. Mit anderen Worten, der Islamist kommt in einen Knast, der ihm im Vergleich zu dem Erdloch, aus dem er gekrochen ist, wie das Paradies vorkommen muss. Nur halt ohne zweiundsiebzig Jungfrauen, also weibliche. Die Hoffnung, er würde wenigstens von der gleichen Anzahl glatzköpfigen Schwerverbrechern zu Tode gefickt werden, kann man ebenso begraben. Denn unser Islamist wird im deutschen Knast höchstwahrscheinlich andere Gleichgesinnte treffen und unter deren Schutz stehen. Letztendlich bleibt es mir nur dem jungen italienischen Polizisten zu danken, der diesen Anus Amri dorthin gebracht hat, wo jeder Islamist nach eigener Aussage eh hin will. Ich hätte mir aber einen Schuss in den Genitalbereich gewünscht. Dauert länger bis man tot ist und macht die Ewigkeit ziemlich trist, sollte es die zweiundsiebzig Jungfrauen wirklich geben. Haben sie gewusst, dass sich Bombenattentäter die Genitalien verbinden, damit diese unversehrt im Paradies ankommen? Wie krank muss man eigentlich sein?

Apropos krank ... Zurück zum Thema „Politisches Handeln“. Man könnte denken eine schreckliche Bluttat, wie der Anschlag auf den Berliner Weihnachtsmarkt, würde jeden Menschen erschüttern. Ich bin überzeugt, dass dies weit gefehlt ist. Für den „Homo Smartphoniens“ ist es infamerweise ein begehrenswertes Motiv, ansonsten bestenfalls eine Störung bei der Sichtung seiner Katzenvideos. Für jeden Politiker, der Karriere machen will, ist es jedoch das ideale Sprungbrett.

Der LKW am Berliner Weihnachtsmarkt war noch nicht komplett zum Stehen gekommen, schon passiert das, was immer bei publikumswirksamen und damit auch politisch nutzbaren Themen abläuft. Jemand lässt durchsickern, was schiefgelaufen ist. Es ist bei einer solchen Tat schließlich immer etwas schiefgelaufen. Fünf Minuten Ruhm für einen Lokalpolitiker aus der zweiten Reihe oder einen kleinen Polizeisprecher. Die versammelte Presse, deren Redakteure sich tags zuvor noch in Talkshows dafür ausgesprochen haben solchen kranken Massenmördern keine öffentliche Bühne zu bieten, bereitet umgehend das Thema fürs idiotische, von Facebook depravierte und sensationsgeile Volk auf. Nicht zu viele Fakten, aber blutige Details, um die mit ADS gestrafte Zielgruppe nicht zu überfordern, jedoch zu interessieren. Nun muss man nur noch ein paar Tage warten, auf welche Teilaspekte sich die Community stürzt.

Im vorliegenden Fall des Weihnachtsmarktattentates war das die Diskussion um „Abschieben“ und „Fußfesseln“. Die Themen tauchten auf, bevor das Attentat geschah und eignen sich nun hervorragend für die Diskussion über den Umgang mit den sogenannten „Gefährdern“ (der einzig neue Begriff in diesem Kontext – noch nicht einmal das Rechtschreibprogramm kennt ihn). Sobald die Öffentlichkeit ihre Themen gefunden hat, über die sie diskutieren will, ist die Marschrichtung auch für die Politik klar. Der Weg ist quasi geebnet und ebene Wege liebt der karriereinteressierte Politiker, muss er doch jetzt nur noch seinen Wegweiser am Rand aufstellen und erklären, dieser hätte da immer schon gestanden. Hier unterscheidet er sich nicht viel vom Manager in einem Unternehmen. Die Wenigsten sind durch Eigeninitiative und harte Arbeit nach oben gekommen. Pardon, harte Arbeit vielleicht, aber nur bei der Schaffung ihrer Netzwerke, weniger zum Wohle der Sache. Der Großteil sucht vorgezeichnete und publikumswirksame Themen, da diese den größtmöglichen Erfolg bei geringstmöglichem Risiko versprechen. Hat man erst ein Thema mit minimalem Fiaskorisiko und maximaler Aufmerksamkeit gefunden, muss es schnell gehen. Wieder auf unseren Politiker angewendet bedeutet dies, dass er der berühmte „Mann der ersten Stunde“ sein muss. Nur so kann und wird er in Erinnerung bleiben. Kleines Beispiel gefällig: Die meisten erinnern sich, dass Gerhard Schröder die Hilfe für die Opfer des Oder-Hochwassers zugesagt hat, betroffen dreinblickend auf einem durchgeweichten Deich, aber weiß irgendjemand, wer den Plan später umgesetzt hat?

Meist ist es nicht nur ein Politiker, sondern mehrere, aber das Prozedere ist immer dasselbe.

Man könnte nun einwenden, dass sich Parteien wie die AfD selten an solchen Szenarien beteiligen würden. Das mag sein, jedoch haben diese Vereinigungen und deren Protagonisten einen entscheidenden Vorteil, weswegen sie sich nicht an dem üblichen politischen Spiel mitmachen müssen. Sie erhalten die lebenswichtige Aufmerksamkeit des Pöbels - und deren Gunst - auf andere Weise. Da sie zunächst einmal prinzipiell nicht an politischen Entscheidungen beteiligt werden wollen, um aus einer sicheren Position heraus mit den Grundängsten derjenigen Menschen spielen zu können, denen der Schöpfer nicht ganz so viel Gehirnschmalz ins Töpfchen gefüllt hat. Diese Grundängste sind zwar meist länderspezifisch unterschiedlich, aber stehen fest und können jederzeit neu aufgewärmt werden. Im Falle der Gefährder ist es die Angst vor Ausländern, Asylanten oder Islamisierung. Ergo müssen sie im Gegensatz zu unserem politischen Karrieristen auch nicht abwarten, in welche Richtung der Zug mit der grölenden Masse fährt. Eine Gefahr, die eingeschlagene Route könne der Partei schaden, existiert bei AfD und Co nicht. Das mag auf den ersten Blick abstrus erscheinen, aber wenn man mit den Mitteln der Polemik arbeitet, kann der eigene Wegweiser stets gleichzeitig in alle

Richtungen zeigen, da das Ziel sowieso nicht erreicht werden soll. Während im normalen Leben viele Wege nach Rom führen, nur mit unterschiedlichen Entfernungen, führen bei der AfD viele Wege nach Bielefeld *(Anm.d.Red.: Welches nach allgemeiner Lesart nicht existiert).* So ist das „Rom", Pardon das „Bielefeld" der AfD die „Verhinderung der Islamisierung" in Deutschland. Jeder, der noch alle Latten am Zaun hat, und davon gehe ich zumindest ansatzweise auch bei der Führungsriege einer rechten Partei aus, sollte wissen, dass diese Gefahr nicht existiert. Somit ist auch das Ziel nicht vorhanden. AfD und Co können also jederzeit ihr geistig eingeschränktes Klientel munter in alle Richtungen losschicken, denn es besteht keine Chance, dass sie je ankommen werden. Gauland, Petry und Co sind ohnehin am Ausgangspunkt zurückgeblieben und erwarten neue Narren oder die alten, die im Kreis gelaufen sind. Denn eins ist sicher: Die Zielgruppe der Deppen ist groß. Wie groß, haben wir schmerzlich bei den Präsidentenwahlen in USA und Österreich, aber auch bei Wahlen in Polen und Ungarn erkennen müssen. Sie liegt offensichtlich in jedem Volk bei mindestens 50%.

Kommen wir wieder zurück zu unserem Thema.

Ein hervorragendes Studienobjekt, wenn es darum geht, den „Mann der ersten Stunde" zu studieren, ist seitens der Regierung Justizminister Heiko Maas. Er gibt das Paradebeispiel dafür, dass ein Politiker nur sich selbst und seiner Karriere verpflichtet ist. Wie sonst kann es sein, dass ein Mann sich heute von einem Land bezahlen lässt, für das er seinerzeit noch nicht einmal Wehrdienst leisten wollte? Ich denke eher, dass beim Start der eigenen Karriere die 15 Monate fürs Vaterland einfach nur hinderlich waren. Eine Dienstuntauglichkeit wegen Rückenbeschwerden nach kurzer Alibianwesenheit ist doch da die Lösung. Bis dato waren gerade mal die Klamotten ausgeteilt worden. Gelände hatten die Rekruten zu dem Zeitpunkt sicher noch nicht gesehen. Wie bitte kann jemand „Rücken" haben, der seine komplette Jugend leidenschaftlich Fußball gespielt hat?

Ich hätte eventuell noch verstanden, wenn es die Fallschirmjäger gewesen wären, aber Herr Maas war bei den verfickten Funkern. 15 Monate im geheizten Büro an einem Tastfunkgerät die NVA (Nationale Volksarmee) und die

GSTD (Gruppen sowjetischer Truppen in Deutschland) abhören. Nun ja, Schwamm drüber ... So hat er nicht seinem Land gedient, sondern wurde Staatssekretär bei Oskar Lafontaine und stieg schließlich von der zweiten Geige im Saarland in den Bundesorchestergraben auf.

Kein anderer hat es seit Gründung der großen Koalition so perfekt beherrscht aktuelle Situationen für die persönliche Selbstdarstellung zu nutzen wie er. Zu jedem Thema, das die Volksseele aufregt, wurde mit einem pressewirksamen Gesetzesentwurf aufgewartet. So auch im aktuellen Fall. Inwieweit es der Karriere nutzt, wird sich bei der nächsten Bundestagswahl zeigen, obgleich ich nicht überzeugt bin, dass seine Fähigkeiten für höhere Ämter ausreichen. Gut, das bin ich zurzeit bei keinem Politiker der SPD, aber sei´s drum! Was soll für Heiko Maas auch noch kommen? Bundeskanzler?

In jedem Fall hatte das bräsige Wahlvolk gerade mal Zeit zwischen einem Katzenvideo und der täglichen Selbstdarstellung das Wort „Gefährder" zu googlen, da wartete Herr Maas auch schon mit Plänen für eine Verschärfung der Gesetze auf. Es sollte aussehen, wie das schnelle und konsequente Handeln eines Politikers, der beherzt zeigt, wo es lang geht. Dass er und alle Berufenen bereits vor Monaten zu dem Thema Fußfessel und Abschiebung ergebnislos zusammensaßen, wurde dabei geflissentlich übersehen. Natürlich hätte der Justizminister dafür sorgen können, dass diese wichtigen Themen damals abschließend und konsequent behandelt worden wären. Proaktiv einen klaren Weg einzuschlagen, zeugt von Mut und Verantwortungsgefühl, birgt aber immer die Gefahr, falsch zu liegen. Bevor man die Karriereambitionen riskiert, ist es doch besser man entscheidet wie üblich zunächst einmal nichts, bereitet sich auf alle möglichen alternativen Szenarien vor, wartet auf den unweigerlich kommenden erneuten Knall und sieht zu, in welche Richtung die aufgepeitschte Meute diesmal rennt. Schon ist es ein Leichtes mit dem richtigen Wegweiser am Straßenrand zu stehen.

Es gibt in dem Schmierentheater im Nachgang zu dem Berliner Weihnachtsmarktanschlag viel dummes Geschwätz, aber neben dem Justizminister nur noch eine weitere Person, die sich im ständigen Profilierungskampf eine noch peinlichere Performance geleistet hat. Damit wären wir bei der unvermeidlichen oben angesprochenen „abschlägigen Antwort“ der Opposition.

Der Weihnachtsmarktmörder Anus Amri kam aus Tunesien. Neben dem Thema Fußfessel war, wie bereits erwähnt, auch die erleichterte Abschiebung der Nafri´s unter den Gefährdern in ihre Herkunftsländer diskutiert worden *(Anm.d.Red.: Ich habe kein Problem damit, das verbotene Wort für Nordafrikaner zu verwenden! Ich sage sogar Negerkuss und Zigeunerschnitzel).* Nun kommt es zum überfälligen Auftritt der Opposition. Er sieht aus wie der Sohn von Catweazle, der in einen schlecht sitzenden Anzug geschossen wurde. Offiziell ist er aber Vorsitzender der Oppositionspartei „Die Grünen“ im Bundestag. Die Rede ist von Anton Hofreiter. Stellt dieses Paradebeispiel zweckorientiertem Gutenmenschentums sich doch ernsthaft vor die Kamera und behauptet, man könne niemanden nach Tunesien ausweisen, da dieses Land nicht sicher ist und – Achtung, jetzt kommt´s – Deutschland nicht sicherstellen kann, dass Leute wie der liebe Herr Amri in ihrer Heimat nicht politisch verfolgt werden würden. Ich kann nicht so viel fressen, wie ich kotzen könnte. Zunächst einmal eine sehr gewagte Hypothese, ein Land als nicht sicher zu bezeichnen, an dessen Küsten sich deutsche Urlauber tummeln. Da werden denen doch glatt Cocktails von Menschen serviert, die Herrn Hofreiter für so unberechenbar hält, dass sie sogar arme Islamisten verfolgen. Ich bin nicht sicher wie es dem Rest der Deutschen geht, aber ich bitte inständig darum, dass diese Arschlöcher, denn nichts anders sind Amri und Seinesgleichen, in Tunesien verfolgt werden. Die haben sich das Leben als potentieller Massenmörder doch ausgesucht. Wie borniert muss man sein, um sich darüber Gedanken zu machen? Wenn man als Opposition keine vernünftige Gegenposition zur Regierungspartei hat, sollte man besser schweigen.

Leider laufen die meisten politischen Diskussionen auf diesem Niveau. Das Ergebnis ist stets ein fauler Kompromiss. In normalen Zeiten mag das nicht weiter interessieren und bei wirtschaftlichen Themen vielleicht sogar opportun sein. Allein, wir haben keine normalen Zeiten. Die große Koalition geht nicht konsequent gegen die terroristische

Bedrohung vor, weil Politiker Angst um ihre Karriere haben, wenn sie Entscheidungen treffen, die eventuell als ausländerfeindlich hingestellt werden könnten. Denn die Opposition wartet ja nur darauf jemanden ans Kreuz zu nageln. Merke, jemanden der Ausländerfeindlichkeit zu bezichtigen, geht immer, wenn man der betreffenden Person politisch schaden will.

Wieso haben Political Correctness und Gutmenschentum in diesem Land die Macht übernommen, obwohl inzwischen sogar liberale und erwiesenermaßen intelligente Menschen sich ein hartes Vorgehen gegen alle wünschen, die sich aus religiösen oder einfach nur selbstsüchtigen Interessen weigern, unsere rechtlichen und moralischen Grundsätze zu teilen?

Die Folge ist der Rechtsruck. Er hat sich bereits bei vielen Landtagswahlen im letzten Jahr angekündigt und droht auch bei der Bundestagswahl. Dabei macht es mich traurig in einem Land zu leben, in dem sein Volk so blöde ist, dass es nicht kapiert, dass die Wahl der AfD als Protestwahl kein einziges Problem lösen, aber definitiv Deutschland als Wirtschaftsmacht nachhaltig schwächen wird. Wir werden nach der nächsten Bundestagswahl im schlimmsten Fall so handlungsunfähig wie Spanien oder Italien sein, im besten Fall aber stark geschwächt mit einer AfD im Bundestag, die außer polemischen Dünnschiss nichts von sich geben wird und kann. Wenn Politiker weniger auf ihre Karriere und mehr auf die Forderungen des Volkes schauen würden, wären wir ganz schnell ein gutes Stück weiter. Aber als überzeugter Misanthrop habe ich hier keine Hoffnung.

Abschließend möchte ich zu diesem Thema noch eine interessante Theorie einer Freundin wiedergeben, die die aktuelle terroristische Bedrohung mit der RAF Gewalt in den 70er Jahren verglichen hat. Damals wurden in Folge der Attentate innerhalb kürzester Zeit die Kompetenzen der Exekutive erweitert und Maßnahmen durchgesetzt, die in der politischen Landschaft bis dahin eigentlich unmöglich erschienen. Und das, obwohl es nur um ein paar durchgeknallte Kinder aus gutem Hause ging, die sogar die deutsche Staatsbürgerschaft besaßen. Auch die Zahl der Opfer hielt sich in Grenzen.

Wieso waren damals schnelle und konsequente politische Entscheidungen möglich, die heute so schwer erscheinen?

Meine Freundin hat hier eine ganz einfache Antwort: Aktuell sterben bei den Anschlägen der Islamisten nur Menschen aus dem Volk. Also hinnehmbare Verluste. Damals ging man den Politikern und deren Lobby selbst an die Wäsche. Egoismus gepaart mit Angst machte in der Politik wohl Dinge möglich, die zurzeit undenkbar sind.

Wer also glaubt ein Politiker handle aus Altruismus oder aus dem Willen einer Gemeinschaft zu dienen, dem ist nicht mehr zu helfen.

15. Januar
Malle is nur einmal im Jahr

Im Hintergrund läuft die Glotze. RTL kündigt die nächste Staffel des Dschungelcamps an. Ich sitze hier, feile noch ein wenig an den letzten Tagebucheinträgen. Wie immer habe ich das diffuse Gefühl, dass beim Dissen des Wahnsinns um mich herum mehr gegangen wäre. Das erhoffte Feeling der Erleichterung will sich nicht so recht einstellen. Offensichtlich reicht mein Schreibtalent nicht aus, um mir den ganzen Frust über die Dummheit der Welt von der Seele zu schreiben. Aufgeben ist jedoch keine Option.

Es ist Wochenende.

Die sadistischen Chefredakteure der Privatsender verschonen einen am Nachmittag zumindest weitgehend von den ganz üblen TV-Formaten. Anscheinend haben Erhebungen ergeben, dass dann zu viele Menschen mit Restverstand vor der Flimmerkiste sitzen. Trotzdem muss auch etwas für den kleinen Geistesgeldbeutel dabei sein, womit wir mal wieder bei den zweifelhaften Charaktereigenschaften des Menschen und den „sieben Todsünden" angekommen wären. Irgendwie schneide ich andauernd dieses Thema an. Auch wenn es so scheint, ich habe grundsätzlich kein Problem mit der Todsünde, einige davon praktiziere ich bisweilen mit großem Enthusiasmus. Ich glaube auch nicht, dass es einen Gott gibt, den die Regeln von ein paar verknöcherten Spaßbremsen aus dem Kirchensektor ansatzweise interessieren oder gar zu epischen Strafgerichten animieren.

Das Problem ist, dass es heutzutage angesagt ist, permanent in der Öffentlichkeit zu „sündigen". Während sich früher die Öffentlichkeitsarbeit der Wollust maximal auf die Hochglanzseiten gewisser Zeitschriften erstreckte, hat sie sich inzwischen viel Sendezeit und mediale Präsenz gesichert. Es vergeht kein Tag, an dem ich nicht von kopulationsbereiten Mitmenschen penetriert werde. Oft sind sie schon einen Schritt weiter. Durchaus nachvollziehbar, denn wenn man unbedingt ins Fernsehen will, aber nichts zu bieten hat, muss man sich halt für die Befriedigung der Urinstinkte zur Verfügung stellen. Spätestens wenn diese Menschen, befreit von Talent und Kleidern, auf der unterhaltungsgeilen Bühne der Öffentlichkeit erscheinen, betreten sie meinen Tanzbereich und haben ein wenig konstruktive Kritik verdient. Es scheint, dass es inzwischen für jede Todsünde ein eigenes Reality TV Format gibt. Kochshows bedienen die „Völlerei", „Biggest Looser" die „Faulheit", „Bares für Rares" den „Geiz", „Der Bachelor" befriedigt die „Wollust", die „Geissens" sind für das Erzeugen des Neidgefühls zuständig und alle zusammen schaffen meinem Favoriten, der „Eitelkeit", eine entsprechende Präsentationsplattform. Eine fehlt noch? Sie haben gut aufgepasst! Richtig, die Rachsucht! Dazu komme ich jetzt.

Gerade schlachtet der Privatsender Vox bei der sonntäglichen Auswandderershow *(Anm.d.Red.: u.a. Neid, Faulheit, Hochmut)*, die Teilnahme seines besten Pferdes im Stall beim in Kürze wieder anstehenden „Dschungelcamp" aus. Welche bessere Befriedigung der Rachsucht kann es geben, als C-Promis, die über Jahre genervt haben, beim Verspeisen von Krokodilvaginas und Känguruhoden zuzusehen *(Anm.d.Red.: Meine Lektorin hat natürlich recht. Krokodile sind Reptilien, haben keine Vagina und legen Eier ... kleine Klugscheißerin!)*.

Es gibt wenige Menschen, die sich ihrer intellektuellen Leistungsdefizite bewusst sind. Einer davon ist Lukas Podolski. Er macht das, was er kann, nämlich Fußball spielen. Ich mag den Kerl, weil er, anders als zum Beispiel CR7 *(Anm.d.Red.: Cristiano Ronaldo)*, darüber hinaus keinen Anspruch hat, dem interessierten Zuschauer vorzumachen, er hätte Geist und Esprit. Im Gegenteil, er kokettiert in Interviews sogar mit seiner Rolle.

Vor diesem Hintergrund rechne ich es auch Jens Büchner, besser bekannt als „Mallorca-Jens", hoch an, dass er in der laufenden Sendung offen zugibt, eigentlich nichts zu können, letzten Endes aber mal in die Auswanderungskiste reingeraten ist und dieser Zufall zum Glück ausreicht, um in der heutigen Zeit Geld damit zu verdienen. Ausnahmsweise kann ich sogar in seinem Fall versichern, dass es sich nicht um einen Fake handelt.

Er spielt nicht eine Rolle, er ist im richtigen Leben genauso, wie er im Fernsehen dargestellt wird. Ein Freund von mir hatte ihn vor einiger Zeit auf Malle zu Werbezwecken engagiert, um sein Produkt zu vermarkten. Er hat am eigenen Leib erfahren, dass „Mallorca-Jens" wirklich so verpeilt ist, wie er rüberkommt. Mit einem sehr limitierten Satz an Möglichkeiten muss er nicht nur für den eigenen Lebensunterhalt sorgen, sondern, dank seiner Promiskuität und Fruchtbarkeit, auch für den von mehreren Frauen und Kindern. Ihm bleibt nichts anderes übrig, als dem Affen täglich Zucker zu geben.

Im Falle von „Mallorca-Jens“ heißt das, so lange wie möglich seine Talentfreiheit zum Programm machen und vermarkten. Auf der Bühne der C-Promis ist er mit diesem Dilemma nicht alleine. Jens Büchner ist nun schon ein paar Jahre dabei. Somit ist es folgerichtig zur Aufrechterhaltung und Steigerung seiner medialen Präsenz in den Dschungel zu gehen. Ich befürchte zwar, dass er irgendwann wieder in Deutschland an Harz IV hängen wird, aber sei´s drum!

Es ist mir egal, dass das Fernsehen nur wegen der Quote täglich arme, dumme Kreaturen wie Jens, Naddel und Co. frisst, verdaut und hinterher in irgendeine Ecke scheißt, wo sie dann rumvegetieren und von mir als Steuerzahler wieder durchgefüttert werden.

Wie gesagt, ich find Malle-Jens nicht ganz so schlimm. Es so hinzustellen, als hätten sich seine Weiber nicht wegen der medialen Präsenz, sondern aufgrund des guten Aussehens für ihn entschieden, kann einem klar denkenden Menschen nur ein müdes Lächeln abringen. Auch das vielleicht sogar echte Leiden unter dem Mobbing der sogenannten Fangemeinde mag lächerlich wirken, gehört es doch zur Show und ist selbstgewählt. Es zwingt einen keiner, in die Öffentlichkeit zu gehen oder sich auf Facebook anzumelden oder beides. Was ich aber nicht akzeptieren kann, ist die Tatsache, dass diese armen Menschen, wenn sie schon so leben wollen, auch noch Kinder mit ins Unglück ziehen. Ich kann die Protagonisten dafür nicht verachten. Denn sie sind einfach zu dumm.

Aber alle anderen, die diese Deppen ausnutzen, wie Manager und Fernsehsender, müssten mehr Verantwortung zeigen. Sie können natürlich nicht mit dem Kondom in der Hand neben dem Bett stehen, sollten aber wenigstens dafür sorgen, dass solch wehrlose, kleine Würmer wie die Kinder von Jens Büchner, aus der Nummer rausgehalten werden. Soweit und solange es eben geht.

Aber die Welt ist schlecht und Gier ist eine Todsünde, die im Gegensatz zur Eitelkeit auch sehr gut im Verborgenen zurechtkommt. Ich befürchte, dass in den Redaktionen sogar spezielle Autoren sitzen, die sogar noch die Drehbücher für diese armen kleinen Geschöpfe schreiben, um Quote zu machen.

Das ist auch eine Art Verbrechen.

22. Januar
Tatortbegehung

Gerade läuft der Abspann des „Tatort“. Es ist eigentlich eine Wiederholung der Erstausstrahlung vom letzten Sonntag. Ich war unglücklich, dass dieses allsonntägliche Ritual aufgrund eines Theaterbesuches ausfallen musste. Richtig angepisst war ich aber nach meiner Rückkehr, als ich feststellte, dass der bekackte Sky-Receiver nicht aufgenommen hatte. Passt also ganz gut, dass die ARD die Folge noch mal wiederholt hat, zumal ich doch schon meinen „Wochenaufreger“ der letzten Woche fertig habe. Mein Gemütszustand bewegt sich nun allerdings irgendwo zwischen genervt und resigniert. Ich denke, es ist überflüssig, detailliert auf das Konzept dieses Krimidinosauriers mit diversen Teams aus den unterschiedlichsten Teilen der Republik einzugehen, die allwöchentlich für eine 99-prozentige Aufklärungsrate von Morden und anderen Kapitalverbrechen 90 Minuten benötigen, während die Aufklärungsdauer in der Realität irgendwo zwischen Tagen oder „niemals“ liegt.

Normalerweise kann man die Handlung zwischen den Polen „spannend“ oder „langweilig“ einordnen, je nach Kommissarenteam bisweilen noch von „eher witzig“ bis „total ernst“. In den letzten Jahren hat sich noch eine neue Komponente eingeschlichen, nennen wir es mal den „menschlichen Aspekt“.

Hatte man in den Anfängen des Tatort eher das Gefühl, das Privatleben der Kommissare würde sich auf ein abendliches Bier in einer schlecht beleuchteten Spelunke beschränken, in der mit dem Gläser putzenden Wirt dann trotzdem noch einige Aspekte des aktuellen Falles erörtert wurden, so sind die Autoren in den letzten Jahren dazu übergegangen den Ermittlungsteams, meist über viele Folgen hinweg eine Vitae zu verpassen, die allein schon eigene Spielfilme füllen würde.

Da man sich auch von der zeitgleich laufenden Rosamunde-Pilcher-Schmonzette abgrenzen muss, dürfen die Ordnungshüter am Ende eines ereignisreichen Tages nicht einfach zu Frau und Kind fahren und ein Leben in menschlicher Eintracht und voll lebensbejahender Erfüllung führen. Allerdings erscheint es zumindest diskussionswürdig, dass inzwischen jeder Kommissar schwerst depressiv oder wenigstens alkoholabhängig sein muss. Damit nicht genug, hat er sich wahlweise durchs gesamte Polizeipräsidium zu vögeln oder zu prügeln, weil er ein bis fünf nahe Angehörige und/oder Kollegen verloren hat. Ich dagegen finde es schon deprimierend genug, dass einige von ihnen einen VW Passat fahren müssen.

Besonders übel kann es jedoch enden, wenn das Erzählteam den Anspruch erhebt, im Tatort aktuelle Themen mit einem gesellschaftskritischen Hintergrund erzählen zu wollen. Nicht falsch verstehen, das für sich allein genommen wäre durchaus möglich! Scheitern tut die Chose aber, wenn zu viel erzählt oder aber eine Polarisation in der Bevölkerung vermieden werden soll. So geschehen beim Kölner Tatort vom Sonntag. Die Handlung gemäß ARD Eigenwerbung:

+++ ***Bürgerwehr macht mobil in einem Kölner Stadtviertel: Nächtliche Patrouillen sollen für Ruhe und Ordnung sorgen*** +++ ***Ballauf und Schenk suchen mutmaßlichen Todesschützen: Zeugen beschuldigen Mann aus Nordafrika*** +++

Im "Veedel" liegen die Nerven blank: Auch der Ladenbesitzer Adil Faras und die junge Mutter Nina Schmitz finden, man muss etwas tun. Sie haben sich der selbst ernannten Bürgerwehr "Wacht am Rhein" angeschlossen und patrouillieren, um die Straßen sicherer zu machen. Doch dann wird beim Überfall auf eine Zoohandlung der Sohn des Inhabers Peter Deisböck erschossen. Max Ballauf und Freddy Schenk ermitteln. Dringend tatverdächtig: der gebürtige Nordafrikaner Khalid Hamidi. Umgehend ruft Bürgerwehr-Anführer Dieter Gottschalk eine Mahnwache für das Mordopfer ein. In der aufgeheizten Stimmung geht beinahe unter, dass ein Student vermisst gemeldet wird: Baz Barek war in der Mordnacht auf dem Heimweg. Auch auf ihn könnte die Täterbeschreibung passen.

Es liegt nicht an meiner langjährigen Tatorterfahrung, ich bin auch nicht stolz darauf, aber ich wusste bereits nach zehn Minuten, wo das alles im Großen und Ganzen enden würde. Überrascht war ich dann doch, dass wirklich jedes Klischee bedient wurde: Der tatverdächtige Nordafrikaner ist wie so oft nur ein Kleinkrimineller, hat aber natürlich mit dem Mord nichts zu tun. Das hindert ihn aber keineswegs daran sich entsprechend zu verhalten, zumal er zwar das deutsche Rechtssystem mit seinen beschränkten Mitteln für lächerlich hält, trotzdem aber gleichzeitig der Meinung ist, dass man jederzeit einen Mord angehängt bekommen kann. Somit sucht er sein Heil in der Flucht. Natürlich wird er gefasst, weil eine Zeugin ihn trotz Dunkelheit und Kapuze aus einhundert Meter Entfernung erkannt hat, nur weil sie ihm aus reiner Herzensgüte mal ein Praktikum ermöglicht hat. Letztendlich wurde das Mordopfer vom eigenen Vater erschossen, weil dieser in einer Bürgerwehr Selbstjustiz üben wollte. Der von einem Mitglied, einem marokkanischen Ladenbesitzer, „gefasste" Landsmann ist nur Student und natürlich unschuldig, wird aber gefoltert um Beweise für die Tat zu erhalten. Letztendlich kommt er frei, jedoch nicht bevor der inzwischen geläuterte Ladenbesitzer trotz allem Verständnis für sein Dilemma das Zeitliche segnet.

Ich bin sicher, eine der beiden Geschichten hätte für sich genommen funktioniert. Wahrscheinlich weniger die der Bürgerwehr, die Selbstjustiz übt und scheitert. Bestenfalls langweilt der Autor uns mit einer bereits hundertmal erzählten Story, auch wenn ein Detail, die Person des marokkanischen Ladenbesitzers als Mitglied einer solchen, normal eher ausländerkritisch eingestellten Vereinigung, neu war. Schlimmstenfalls wird er als Schwarzmaler beschimpft, der mit der unbegründeten Angst der Bevölkerung vor steigender Kriminalität Quote machen will. Greift er jedoch nur den einzelnen Handlungsfaden des kriminellen Nordafrikaners auf, dem unser Rechtssystem keine abschreckende Maßnahme entgegenzusetzen hat, wird er, noch bevor Anne Will um 21.45 Uhr überhaupt den Mund aufgemacht hat, schon in den sozialen Medien als Rechtradikaler AfD-Sympathisant dargestellt, der durch Verallgemeinerung ganze Völker in Sippenhaft nimmt.

Auf diese oder ähnliche Diskussionen wollten sich offensichtlich jedoch in unserer rückgratlosen Gesellschaft weder Autor noch Regisseur einlassen, mussten sie doch befürchten beim nächsten Projekt übergangen zu werden, weil zu unbequem. Resultat: Alle bekommen aufs Maul. Radikalisierte Bürger, integrierte wie auch kriminelle Nordafrikaner sowie eine hilflose Polizei inklusive eines traumatisierten Ordnungshüters arabischer Herkunft.

Sogar der hilfsbereite Gutmensch mit Willkommenskultur bekommt sein Fett weg.

Ich persönlich hätte wie gesagt mit Teilen der Story leben können. Ein rechtschaffener integrierter Marokkaner sieht nicht tatenlos zu wie ein kleiner Prozentsatz der neu eingewanderten Landsleute den Ruf seines ganzen Volkes durch Kriminalität ruiniert.

Geschichten, bei denen ein Deutscher sich gegen Neonazis zur Wehr setzt bringen doch auch Quote und sind noch dazu allseits anerkannt. Warum nicht mal ein Nordafrikaner, der kriminellen Nafri´s das Handwerk legt oder ein Muslim, der gegen islamistischen Terror zu Felde zieht.

Hat doch auch den Stoff für einen Bestseller, oder?!

24. Januar
Die Cannes Rolle rückwärts

Ich habe ein gespaltenes Verhältnis zu Fernsehwerbung, besonders zu der in Werbepausen von Spielfilmen. Es ist somit abzusehen, dass ich im Laufe des Jahres noch öfter dieses Thema rückverdauen werde.

Es ist dieses Jahr viel los in der Welt und es gibt sicher Wichtigeres, als sich über eine Autowerbung auszulassen. Die Folgende hat es aber verdient, kurz gesondert erwähnt zu werden, nicht weil sie mich im intensiven Studium des intellektuellen Filmklassikers „Zärtliche Cousinen“ unterbrochen hat, sondern weil offensichtlich keinem der Fauxpas aufzufallen scheint, den sich der Hersteller hier geleistet hat.

Wenn es darum geht, die übelsten Bedrohungen dieser Zeit aufzuzählen, dann sind die marodierenden Irren, Sadisten und Psychopathen aus aller Herren Länder ganz vorne dabei, die sich in und um Syrien treffen und vorgeben, im Namen eines allmächtigen Gottes für einen eigenen Staat zu kämpfen. Wenn sie zehn Leute fragen, welche Autos die sogenannten Kämpfer des sogenannten islamischen Staates vornehmlich fahren, dann antworten wahrscheinlich neun von zehn mit „Toyota“. Vorausgesetzt sie gehören zu den Leuten, für die ein Auto mehr als „groß“ oder „klein“ beziehungsweise „grün“ oder „blau“ ist. Männer also!

Lässt man die Archivaufnahmen vor dem inneren Auge abspulen, die üblicherweise zur Untermalung von Berichten über den IS herangezogen werden, dann fallen einem die drei immer gleichen Szenarien ein: Vermummte Leute, die in der Gegend rumballern, vermummte Leute, die in einem Terrorcamp trainieren oder eben vermummte Leute, die auf der Ladefläche diverser Toyota Pick up um eine fahrbare Raketenplattform sitzen und von „A“ nach „B“ fahren.

Wenn in dieser Zeit ein großer Autohersteller wie Toyota den neuen Lexus „IS“ nennt und auch noch entsprechend bewirbt, dann muss er sich die Frage gefallen lassen, welchen Scheiß die Führung des Konzerns geraucht haben muss, um so einen Fauxpas des Marketings, offensichtlich ungeprüft, durchzuwinken.

29. Januar
Rumble in the Jungle

Ich bringe, Sie haben es sicher vermutet, dem Großteil aller Reality Formate im Fernsehen glühende Abneigung entgegen. Als Andy Warhol 1968 die Aussage „15 Minuten Ruhm für jeden" tätigte, wollte er eigentlich auf die Flüchtigkeit von Ruhm in der medialen Welt aufmerksam machen. Wie so oft wurde der doppelbödige Sinn der Aussage im Laufe der Jahre von diversen Menschen mit divergierendem IQ permanent falsch verstanden. Warhol hatte mit der Zeit genug davon und begann, auf Nachfragen immer krudere Variationen des Spruches zu erfinden, zum Beispiel, dass „In der Zukunft 15 Leute berühmt sein werden" oder Ähnliches. Heute transportiert diese Aussage nur noch die simpelste aller möglichen Informationsgehalte, nämlich, dass im Leben eines jeden Menschen irgendwann 15 Minuten Ruhm auf ihn warten. Hätte Andy Warhol damals gewusst, was Jahre später von manchem Idioten alles getan wird, um wenigstens ein paar Sekunden die Aufmerksamkeit seiner Umwelt zu erzwingen, er hätte wahrscheinlich die Klappe gehalten und sich auf das Malen von Konservendosen beschränkt.

Während YouTube und Co diese Aufgabe im Netz übernehmen, sind Reality TV Formate die präferierte Wahl, um im Fernsehen die entsprechende Bühne zu schaffen. Dabei gibt es wie bei Dantes Inferno verschiedene Kreise der Hölle. Der innerste Kreis oder aber der übelste Bodensatz sind dabei diejenigen Formate, in denen unbekannte – nennen wir sie mal aufgrund ihrer Zugehörigkeit zu der Gattung, nicht wegen ihrer Gehirnkapazität – Menschen dazu gebracht werden sich vor der versammelten Fernsehgemeinde zum Horst bzw. zur Chantalle zu machen *(Anm. d. Red.: Aus Gründen der besseren Lesbarkeit wird im Folgenden auf die gleichzeitige Verwendung männlicher und weiblicher Sprachformen verzichtet. „Horst gilt gleichwohl für beiderlei Geschlecht")*. Diese Formate arbeiten mit der These, dass es für jeden dummen Fernsehzuschauer immer einen noch dümmeren Darsteller gibt, um Ersteren zu unterhalten. Dabei ist Unterhaltung nur scheinbar. In Wirklichkeit verschafft es dem Zuschauer Befriedigung einem dümmeren als sich selbst beim Scheitern oder bisweilen beim Genuss eines überschaubaren Erfolges zuzusehen. Denn letzten Endes sind zufriedene Zuschauer diejenigen, die Einschaltquoten und damit Werbeeinnahmen generieren. Es ist ernüchternd, dass diese Formate seit Jahren laufen und der Nachschub an Vollpfosten nicht abzureißen scheint, die, obwohl sie auch schon im realen Leben Deppen sind, sich nun auch noch auf Anweisung so verhalten.

Denn eines ist sicher: Ein Drehbuch steht hinter jeder Show, damit es auch schön echt aussieht. Da emigrieren wahlweise ganze Familien ohne Plan, Geld oder sonstige Kenntnisse in fremde Länder, um eine Existenz aufbauen wollen, oder gehen vor Gericht wegen einer misslungenen Brust OP. Einzelpersonen machen ganze Berufsgruppen lächerlich, indem sie ihre erfolglosen Balzversuche im Kuhstall vor die Kamera bringen, oder zerstören die jahrelangen Mühen der Frau um Emanzipation, indem sie sich mit anderen aufgepimpten Schlampen darum streiten, wer mit einem sonnengebräunten, dauergrinsenden Leerhirnmacho zuerst knattern darf. Meist ohne Talent wird gesungen, gekocht, getanzt, gepimpert oder einfach nur existiert.

Ich habe es bis heute geschafft, mich um alle diese Formate erfolgreich herumzudrücken, weil ich der schlichten Meinung bin, dass in der Unterhaltungsindustrie - wie im Leben auch - nur derjenige mediale Aufmerksamkeit erfahren sollte, der aufgrund irgendeines Talentes selbige auch verdient. Kopulationswillige, nackte Hohlbratzen auf irgendwelchen Inseln gehören ebenso wenig zu dieser Personengruppe, wie heiratsgeile Spießerweiber bei der Auswahl ihres tüllüberladenen Brautkleides.

In Dantes Vorstellung der Hölle ist es nicht möglich, zwischen den verschiedenen Kreisen aufzusteigen. In der Hölle der Unterhaltungsindustrie leider schon.

Denn schafft man es, sich unter all den Horsts zum Vollhorst zu machen, darf man den nächsten Kreis betreten. Man kann zwar immer noch nichts, aber irgendwie muss die mediale Bekanntheit doch ausgenutzt werden und so warten hier die Formate, welche die Direktverwertung solcher unterbelichteten Kreaturen übernehmen. Dort wird dann wieder getanzt, gesungen und gekocht, aber die Bühnenbilder und Locations sind aufwendiger gestaltet. Meist haben sich die Teilnehmer in der Zwischenzeit einer oder mehrerer plastischer Operationen mit zumindest diskussionswürdigem Ergebnis unterzogen. So aufgepimpt durchlaufen die Kandidaten mehr oder weniger viele „Kreise“, abhängig davon, wie lange es dauert, bis auch dem letzten Fernsehzuschauer die Fressen zum Hals raushängen oder eine weitere Vergrößerung der Brust medizinisch nicht mehr vertretbar wäre oder beides.

Früher oder später verschwinden aber alle in der Versenkung und ich zahle gerne meine Steuern für deren Sozialhilfe, damit es auch so bleibt. Im Idealfall sollten diese Einwegflaschen nur noch einmal in Erscheinung treten. Im Mittelteil einer Zeitung bei den Todesanzeigen.

Als kompromissbereiter Mensch, der ich allerdings bin, akzeptiere ich natürlich auch Ausnahmen. Eine davon ist die erneute Reaktivierung zwecks angemessener Bestrafung. Da es sich bei Reality Shows ohne Zweifel um organisiertes Verbrechen am guten Geschmack handelt, ist Gnade fehl am Platze. Den Machern solcher Formate, die sich noch dazu der vorsätzlichen Volksverdummung aus niederen Beweggründen schuldig gemacht haben, ist auch, ähnlich der Mafia, nicht beizukommen. Geschnappt werden nur die Kleinkriminellen. Trotzdem muss auch ihnen der Prozess gemacht und eine adäquate Strafe verhängt werden. Sei es nur zur Abschreckung von Nachahmern.

Doch wie bestraft man Menschen, die unreflektiert für sich in Anspruch genommen haben, das Publikum zu unterhalten, es letzten Endes aber immer nur zu Tode gelangweilt haben? Schlimmer noch, man hat sich über sie geärgert, wie über organisierte Bettler in der Fußgängerzone, die ohne Leistung hinterhältig Geld für wenig Mühe haben wollen. Hier bietet das finstere Mittelalter eine bewährte Lösung. Wenn der Hofnarr seinerzeit die Festgesellschaft des Königs nicht angemessen unterhalten hat, stellte man ihn auf dem Burghof an den Pranger. Beim Bewerfen des Delinquenten mit faulen Eiern und anderen Küchenabfällen wurde nicht nur der Gerechtigkeit Genüge getan.

Es gab noch einen weiteren, durchaus angenehmen Nebeneffekt: War es oft bis dahin eine lahme Party gewesen, ging nun meist die Luzie ab. So hat der Verantwortliche durch sein Unvermögen letztendlich mit seiner Bestrafung des Königs Fest gerettet.

Diese subtile und gleichzeitig angemessene Art der Züchtigung kommt mir als Misanthrop mit einem ausgeprägten Gerechtigkeitssinn sehr entgegen. Nur so lässt es sich erklären, dass es letzten Endes doch ein Format im Privatfernsehen gibt, welches sogar ich mit Freuden konsumiere.

Ich gebe zu, einige Dinge haben sich seit dem Mittelalter geändert. Die Monarchie ist der Demokratie gewichen und der Pranger auf dem Burghof wurde durch ein Matratzenlager im Wald ersetzt. Lückenlose Kameraüberwachung macht die persönliche Anwesenheit überflüssig und das unhygienische Hantieren mit verfaultem Gemüse und Tierkadavern übernehmen inzwischen Profis. Der Kerngedanke ist jedoch geblieben. Die Bestrafung des Narren durch Demütigung.

Gerade ist die elfte Staffel des Dschungelcamps zu Ende gegangen und ich habe mit Genugtuung verfolgt wie zwölf mehr, aber überwiegend weniger bekannte Promis in den australischen Dschungel gekarrt worden sind, um sich dort freiwillig und gegen vergleichsweise karge Bezahlung bis zu drei Wochen hauptsächlich von Reis, Bohnen und Zigaretten zu ernähren. Über die gesamte Zeit filmte man sie beim Schlafen, Rumsitzen, Kochen, Waschen, Essen oder Kacken beziehungsweise eben nicht, weil eine Psychose sie darin hinderte. Da das Ganze sich damit aber nicht groß vom Leben des normalen Fernsehzuschauers unterscheiden würde (außer vielleicht, dass es Outdoor ist) und der Bestrafungseffekt auch den begangenen Taten entsprechen muss, kommen erniedrigende und oft ekelerregende Prüfungen hinzu.

Natürlich sollte auch hier jedem klar sein, dass alles nach einer vorgegebenen Choreografie abläuft und die Teilnehmer gewisse Rollen verkörpern müssen. Jedoch bleibt noch ausreichend Raum für Überraschungen und Drehbuch hin oder Absprachen her, ein Schafshoden will erst einmal verspeist sein. Auch die Moderation ist bisweilen unterhaltsam, sei sie nun spontan oder aber auch von einem Gagschreiber ausgearbeitet. Von der Auswahl der Kandidaten in der abgedrehten elften Staffel zeigte ich mich jedoch ein wenig enttäuscht, ist der Anteil an wirklich bestrafungswürdigen C-Promis doch etwas gering. Da wären zunächst einmal alle „Ex-Castingteilnehmer“ zu zählen, die in der Folge mit viel dummen Geschwätz und peinlichen Auftritten in Spielshows durch die Medienlandschaft gegeistert sind.

Die Countdownshows wurden extra dafür entwickelt, um die Flut an Schwachmaten, die aus den Castingsshows herausströmen, in irgendeiner Weise zu verwerten. Sie erfüllen bereits per se alle Zugangsvoraussetzungen: mediengeil, hohl, pleite und meist mit übersteigertem Selbstwertgefühl sowie dem Drang bei jeder passenden und unpassenden Gelegenheit blank zu ziehen.

Ex-Castingteilnehmer werden dicht gefolgt von einer weiteren Riege von „Exen". Nicht besser, aber immerhin führen sie eine Art Berufsbezeichnung. Als da wären die „Ex-Schauspieler", Ex-Comidian" oder „Ex-Makler". Wer allerdings von sich selbst behauptet, Sänger zu sein, Donald Trump zu wählen, und dessen einzige Leistung sich in den letzten Jahren darauf beschränkt hat, eine Sängerin bestiegen zu haben, die es noch nicht einmal geschafft hat, die Nationalhymne fehlerfrei wiederzugeben, um im Folgenden ungefragt die traute Zweisamkeit bis hin zur Hochzeit zu vermarkten, der hat von vornherein eine Wild Card verdient.

Schleierhaft ist mir jedoch, wieso wir uns mit Unbekannten beschäftigen müssen.

Was soll an einem Ex-Freund einer Ex-Casting Show Teilnehmerin überhaupt prominent sein? Das Dauergrinsen und die Berufsbezeichnung „Model" machten es auch nicht besser, zumal sich heutzutage jeder als Model bezeichnet, ob man jetzt bei seinem Anblick permanenten Brechreiz bekommt oder nicht. In eine ähnliche Scharte schlägt auch ein weiterer Teilnehmer, dessen einziges Talent offensichtlich darin besteht, dass er selbst bei hochgradigem Durchfall keine Miene verzieht. Talent ist auch hier als Euphemismus zu verstehen, zumal diese Fähigkeit eher als gespritzt denn als gottgegeben zu sehen ist.

Ein wenig Traurigkeit mischt sich dagegen immer in meine sadistische Vorfreude, wenn ich mit ansehen muss, wie in Geldnot geratene Gesangs- oder Sportikonen vergangener Jahrzehnte zur Volksbelustigung ins Erniedrigungsgulak getrieben werden.

Dass uns allerdings keiner gesagt hat, dass Michael Jackson noch lebt, ist eine Frechheit. Wir hätten doch für ihn gesammelt. Der King des Pop muss nun wirklich nicht mit einer Perücke im Dschungelcamp sitzen, um ein paar Euro zu verdienen.

Alles in allem unterhaltsame drei Wochen, in denen der Gerechtigkeit Genüge getan wurde. Dafür bin ich auch bereit, den Preis zu zahlen: Ein eigentlich schon tot geglaubter, talentbefreiter Schwachmat, der sich Dschungelkönig nennt, darf wieder für ein paar Monate durch die Medienlandschaft geistern, bevor er für immer im Endlager für nicht verwertbare Fernsehabfälle verschwindet.

Letztendlich hat der doofe Amerikaner gewonnen, der über zwei Wochen nichts Anderes getan hat, als unverständliches Zeug zu brabbeln und seinen Muskeln spielen zu lassen.

Etwas Produktives kam allerdings nicht dabei heraus.

Komisch, kommt mir irgendwie bekannt vor?!

09. Februar
Die Achse des Blöden

Seit mehr als einer Woche hat die größte Freiluftklapse der Welt einen neuen Präsi. Sinnlos noch einmal en Detail wiederzukäuen, was wir über Donald Trump wissen. Mehr als eine Kurzzusammenfassung sollte bei Despoten sowieso nicht spendiert werden: Millionärssöhnchen, der sein Geld erst geschenkt bekommen und dann getreu nach dem Motto „Der Teufel scheißt auf den größten Haufen" vermehrt hat. Arrogant, polemisch, verlogen, ohne Respekt vor Frauen, Randgruppen und der Wahrheit, eigentlich abstoßend, aber gesegnet mit einer fast bewundernswerten Selbstüberschätzung, poltert er durch die Zeitgeschichte. Endlich haben die Deppen da drüben den Oberdeppen bekommen, der sie am besten repräsentiert. Wenn es nur so einfach wäre.

Konnte sich die Welt in den letzten Jahren noch darauf verlassen, dass in den USA eine ausreichende Restintelligenz existierte, die trotz chronischer Oberflächlichkeit in der Lage war einen halbwegs brauchbaren Präsidenten zu wählen, so muss man sich dieses Mal ernsthafte Sorgen um den Geisteszustand der Kameraden machen. Selbst in den Legislaturperioden beider Büsche existierte zumindest ein Beraterstab, der sich kompetent genug zeigte, um Schlimmeres zu verhindern. In der Entourage von Trump dagegen kommt man zu der Überzeugung, das Rudel Rechtsradikaler, verbitterter Endvierzigerinnen und schießwütiger Ex-Generäle könnte eher einem Tarantino Cast entsprungen sein.

Bleibt wie immer die Frage nach dem Wieso. Auch wenn es naheliegen könnte, Donald Trump ist keine Ausnahmeerscheinung, die in irgendeinem Labor zusammengemixt wurde. Sicherlich haben ihn auch nicht die Außerirdischen gesandt, um den Widerstand der Erde vor der Invasion zu brechen. Von seiner Sorte, also alten Männern mit extremen nationalen Gedanken, rennen leider genug auf der Welt herum. Gut, in den USA und England sind sie auch noch besonders hässlich. Dennoch, sie waren schon immer da, wir haben sie bisher einfach ignoriert, weil sie keinen größeren Schaden anrichten konnten.

Bleibt die Frage, wieso jetzt? Ich glaube selten an Verschwörungstheorien. Deshalb gehe ich auch nicht davon aus, dass in den USA in den letzten acht Jahren ein Virus freigesetzt wurde, der dem Standard-US-Bürger die Hälfte des Frontallappens pulverisiert hat. Was hat sich also geändert?

Um zu verstehen, warum einer wie Trump gewählt werden konnte, muss man wissen, wie es vorher war. Die USA ist ein Land mit riesigen Ausmaßen. Vor der Erfindung des Internets wurde der brave US-Bürger irgendwo in den Weiten der USA im Großen und Ganzen nicht mit Infos überhäuft. Wenn er etwas von der großen Restwelt wissen wollte, schaltete er den Fernseher ein, wo ihm konservative Sender leicht verständliche, aber sinnvolle Nachrichten zukommen ließen. Zugegeben, es waren meist nur Informationen zu Themen, welche die USA betrafen, mit dem Resultat, dass viele brave Farmersfamilien teilweise noch bis zum Ende des 20. Jahrhunderts glaubten, dass in Deutschland alle in Lederhosen rumliefen oder es in ganz Europa noch kein fließendes Wasser gäbe. Ich wurde 1997 von einem netten Ami in Colorado allen Ernstes in ein Gespräch verwickelt, der überzeugt war, dass Franz Josef Strauß Deutschlands amtierenden Kaiser darstellen würde. Es bedeutete einen Schock für ihn zu hören, dass Franz Josef bereits zehn Jahre zuvor gestorben war. Ich konnte jedoch seinen Tag mit der Information retten, dass dessen Sohn Helmut „The Great" inzwischen die Staatsgeschäfte leiten würde und dieser sich der treuen Gefolgschaft aller Deutschen sicher sein könne. Was ich damit sagen will, die Informationslücken eines Großteiles der amerikanischen Bevölkerung auf globaler Ebene waren zwar groß, aber weitestgehend harmlos.

Alle vier Jahre kamen nacheinander zwei Herren in großen Bussen vorbei und versicherten dem hart arbeitenden Amerikaner, dass sein Beitrag zum Wohle des Landes geschätzt wird. Man garantierte ihm, er könne auch in Zukunft unbeschwert sein Leben weiterführen, wenn er nur bei der bevorstehenden Präsidentschaftswahl die richtige Entscheidung träfe. Große Unterschiede konnten die einfachen Bergleute, Farmer oder Arbeiter für sich und ihr Leben dabei meist nicht ausmachen. Der eine Herr fand es beispielweise total klasse, wenn man offen und liberal auf die übrige Welt zuging, der andere dagegen hielt den Rest der Welt für Kommunisten und Schwule, die man auch jederzeit abknallen darf.

Am Ende wählte unser Arbeiter dasselbe wie immer, basierend auf meist einfachen Entscheidungsfragen. Fand er es toll, Knarren besitzen zu dürfen und damit auf Leute zu schießen, die sein Land betraten, wählte er die Republikaner. War er friedfertiger, die Demokarten. Hauptsache, Entscheidungen, die nicht sein unmittelbares Leben betrafen, wie zum Beispiel Außenpolitik, wurden ihm abgenommen. Naturgemäß war somit das Gros der Wähler in den USA bereits fest gebucht. Das berühmte Zünglein an der Waage aber war und ist nach wie vor der sogenannte Wechselwähler. US-Bürger, die sich bei jeder Wahl neu entscheiden, wem sie ihre Stimme geben. Das Intelligenzspektrum reicht zwar von komplett verstrahlt bis hochintelligent, trotzdem dürfte es sich auch in den USA wie überall in der Welt um eine Gaussverteilung handeln, allerdings mit einem Mittelwert, der deutlich Richtung eines IQ unter 100 tendiert. Mit anderen Worten, die meisten Wechselwähler sind durch Polemik leicht manipulierbar. Das führte letztendlich in der Vergangenheit immer dazu, dass stets die Partei an die Regierung kam, die es schaffte, das aktuelle Schlüsselthema einer Präsidentschaftswahl zu finden und entsprechend auszuschlachten. Waffengesetze oder Kriege, die die USA irgendwo auf der Welt führte, erwiesen sich da stets als gern genommene Themen. Mit dem Internet kam plötzlich der Informationsoverkill bis in die entlegensten Teile der USA. Menschen in einigen Bundesstaaten, die bisher unreflektiert hinnahmen, dass Sechszehnjährige halbautomatische Waffen besitzen dürfen, aber es Erwachsenen verboten ist in der Öffentlichkeit Alkohol zu trinken, waren mit dieser neuen Dimension der Informationsvielfalt schlicht überfordert. Es ist also nicht weiter verwunderlich, dass der brave US-Bürger in der Walachei so seine Probleme hat, eine Information anzusehen, ob sie wichtig, trivial, wahr, falsch, polemisch oder einfach nur erstunken und erlogen ist. Inwieweit die Quelle egoistische, altruistische oder schlicht kranke Ziele bei der Verbreitung im Sinn hatte, übersteigt das Fassungsvermögen der meisten Menschen nicht nur in den USA, sondern häufig auch sonst wo auf diesem Planeten. Fruchtbarer Boden für Manipulation und damit beste Voraussetzungen für das „DMDM“-Prinzip *(Anm.d.Red.: Definition siehe Vorwort).*

Man kann nun natürlich einwenden, dass der Einfluss des Internets weit länger existiert, als Donald Trump Wahlkampf betreibt. Demnach muss sich also signifikant etwas geändert haben. Halten wir es hier am besten mit Sherlock Holmes: ‚Wenn man das Unmögliche ausgeschlossen hat, muss das, was übrig bleibt, die Wahrheit sein, so unwahrscheinlich sie auch klingen mag!'

Volk und Internet spielen schon lange miteinander. Die Ergebnisse erweisen sich bisweilen als befremdlich, sind aber nie existenzbedrohend. Bleibt also nur noch Trump selbst beziehungsweise seine diabolischen Berater. Sie müssen einen neuen Weg beschritten haben, um uns letztendlich in die aktuelle Scheiße zu reiten. Wenn man sich das letzte Jahr vor der Wahl von Trump genauer ansieht, fällt besonders ins Auge, dass alle Meldungen rund um seine Person mit dem Internet zu tun hatten. Natürlich haben heute alle Themen irgendwie mit diesem alternativen Informationsüberträger zu tun, aber bei Trump liegen die Dinge anders. Angebliche Hackerangriffe von Russland auf Wahlcomputer oder den Wahlkampf selbst waren das Eine. Die Tatsache aber, dass Trump offensichtlich jeden Mist in den sozialen Netzwerken kommentiert und seine kruden Theorien dort verbreitet, mag für Menschen, die noch gewohnt sind, Zeitung oder gar ein Buch zu lesen, befremdlich erscheinen, hat aber System. Man kennt dieses Vorgehen seit Jahren aus der Werbung. Eine Botschaft muss nicht richtig oder besonders eloquent sein, sondern sie prägt sich durch die Wiederholung in die Köpfe ein.

Genau diesen Mechanismus macht sich die US-Regierung nun zunutze. Dazu passt ihre Strategie, die anderen Kanäle der Informationsverbreitung, die Nachrichtensender und Printmedien zu diskreditieren. Der Ablauf ist einfach wie effizient. Nehmen wir an, Trump oder auch sein illustrer Beraterstab möchten eine dieser berühmten polemischen Gehirnfürze etablieren, die zwar meist keiner eingehenderen Prüfung standhalten, aber ihm oder der Strategie nutzen. Zunächst posaunt Trump diese Behauptung bei einer Pressekonferenz in die Welt. Je mehr Reporter da sind, umso besser. Es dauert natürlich nicht lange und die Medien entlarven das Gesagte als kompletten Blödsinn. Trump wiederum bezichtigt umgehend die Presse der Lüge und legt noch ordentlich in den sozialen Medien nach, indem er abfällige Kommentare twittert. Am Ende wurde die Behauptung von allen Beteiligten so oft wiederholt - und sei es nur, um sie zu widerlegen -, dass sie sich klammheimlich in den Köpfen festgesetzt hat, wie eine schlechte Waschmittelwerbung. Man erinnert sich nicht mehr an die Details, wenn man einkaufen geht, sondern greift intuitiv zu dem Pulver im Regal, ohne sich der üblen Werbung im Vorfeld bewusst zu sein. Wenn man dieses System durchschaut, hat man die aktuelle Strategie der Trump Regierung verstanden. Sie braucht sich nicht mehr zu rechtfertigen, sie schafft sich selbst die benötigten Realitäten, während ihr gleichzeitig die Widersacher, allen voran die Medien, bei dem Versuch, Trump zu widerlegen, sogar noch zuarbeiten. „Fake-News“ und „Alternative Fakten“ sind somit keine lustigen Wortschöpfungen, sondern der Treibstoff, mit dem diese US-Regierung überhaupt funktioniert, mit Trumps augenscheinlichem Irrsinn als Motor. Ich rede bewusst von der „US-Regierung“. Man kann nicht klar bei Verstand sein und denken, Wirrköpfe wie der US-Präsi würden sich solch perfide Strategien ausschließlich selbst ausdenken. Trump sieht einfach irre genug aus, um ihm zu glauben, dass er den Schwachsinn, den er verzapft, auch durchzieht. Bewusst oder unbewusst wird er dabei sicherlich von anderen gesteuert, die persönliche Vorteile verfolgen, aber im Dunkel bleiben.

Trumps Auftritte erinnern mich bisweilen an Nikita Sergejewitsch Chruschtschow bei der legendären Rede vor der UN-Vollversammlung 1960. Damals schlug der Russe mit seinem Schuh aufs Podium, um im Westen den Eindruck zu vermitteln, jemand, der so etwas tut, ist auch irre genug, um eine Atombombe zu werfen. Wie man heute weiß, war alles genau durchdacht. Den dritten Schuh hatte der sowjetische Präsident bereits vor der Rede in der Tasche.

Für mich ist eindeutig, dass hier das „DMDM-Prinzip“ in einer neuen Dimension angewendet wird. Ich spreche bewusst von einer neuen Dimension, da die digitale Verbreitung und beharrliche Wiederholung von schlicht erlogenem Mist im Netz zum Zwecke der Manipulation bislang nur von kranken Psychopathen oder kleinen extremen Splittergruppen praktiziert wurde. Sogar die AfD vermeidet die dreiste Lüge und achtet darauf, dass bei aller Polemik die Aussagen zwar stark vereinfacht sind, aber einer oberflächlichen Prüfung standhalten. Das Problem solch kruder Parteien ist anders gelagert, denn sie müssen letzten Endes für ihre bekloppten Ansichten erst einmal Zuhörer finden, die bekloppt genug sind diese auch zu glauben. Wie ein Angler auf einem See hofft man, dass Fische in der Nähe sind und einer anbeißt.

Im Falle von Trump ist es genau umgekehrt.

Es gibt eigentlich nur zwei Parteien in den USA, die fast hundert Prozent der Bevölkerung erreichen. Somit hat man als Präsidentschaftskandidat oder später als Präsident bereits alle Zuhörer und damit auch alle Bekloppten am Start. Jetzt muss man einfach nur noch moralisch degeneriert genug sein, um Inhalte zu verbreiten, die zwar nicht unbedingt wahr sind, aber sein könnten, und von denen man vermutet, dass sie den potentiellen Wähler zufriedenstellen oder der Strategie der Regierung in die Hände spielen. Angewandt auf unser Anglergleichnis bedeutet dies, Fischers Fritze schmeißt hier und da ein paar Stangen Dynamit in den See und kann sicher sein, dass er am Ende reiche Beute macht. Man muss halt nur ignorieren, dass Dynamitfischen illegal ist.

Diese Woche wurde die sogenannte „Weltuntergangsuhr“ um 30 Sekunden vorgestellt, auf zweieinhalb Minuten vor Zwölf. Kurz nach Ende des Zweiten Weltkrieges ins Leben gerufen, wird sie regelmäßig vom Wissenschaftsmagazin „Bulletin of Atomic Scientists“ veröffentlicht und soll symbolisieren, wie dicht die Menschheit an der Vernichtung durch Atomwaffen und Umweltgefahren beziehungsweise durch ihre eigenen Blödheit und Ignoranz ist. Gestartet eingedenk der allseits bekannten Metapher „fünf Minuten vor zwölf“, ging es während der atomaren Bedrohung 1953 bis auf zwei Minuten vor zwölf, entspannte sich aber bis zu ihren besten Zeiten während des Mauerfalls bis auf siebzehn Minuten vor Zwölf. Dank Donald Trump sind wir nach Ansicht führender Wissenschaftler nun auf zweieinhalb Minuten vor zwölf, so dicht am Desaster wie seit 64 Jahren nicht mehr. Die Uhr mag nur ein nettes Spielzeug sein, aber sie macht mit einfachen Mitteln die Situation klar.

15. Februar
Schneetreiben

„He Sie, sans total deppat!? Kemans aufa!“ Der Mann vom Liftpersonal scheint sichtlich irritiert. Wobei *irritiert* die Situation nicht trifft. Ich habe eher das Gefühl, er verspürt den Drang, körperliche Gewalt in einem nicht zu unterschätzenden Ausmaß anwenden zu wollen. Die Sorge um seinen Job hält ihn wohl davon ab. Der Skifahrer, an den die Worte gerichtet sind, ist aus unerfindlichen Gründen beim Einsteigen in den 8er Sessellift *(Anm.d.Red.: Moderner Skilift zur Beförderung von 8 Personen nebeneinander)* die kleine Mulde hinuntergefahren, die unmittelbar nach dem Hinsetzen ein Austrecken der Beine ermöglicht und so verhindert, dass größere Personen mit den Knien an den Ohren losfahren. Dabei hat er sich aufs Maul gepackt und beide Ski verloren. Der Lift wurde daraufhin pflichtschuldig angehalten, auch wenn 9 von 10 Anwesenden bei einer fiktiven Befragung dafür gestimmt hätten, den Betrieb weiterlaufen zu lassen. Jemand, der sich am Einstieg eines Sesselliftes so dämlich anstellt, sollte eigentlich einer gerechten Bestrafung zugeführt werden. „Sessel an Kopf“ wäre da eine allgemein akzeptierte Variante. Nun aber steht der Lift und eine nicht unbeträchtliche Schlange wartet darauf, dass unser Vollhorst die Ski sattelt und aus dem Weg geht. Ich stelle mir in solchen Fällen dann immer gerne vor, wie genau das in einer normalen Welt mit normalen, denkenden Menschen geschehen würde. Leider habe ich nur diese hier, in der ich täglich solchen Idioten, wie dem da unten, begegne. Der Herr denkt gar nicht daran, aus der Bahn zu gehen, sondern versucht seine Ski wieder an die Füße zu bekommen. Was er damit in der Mulde will, die an drei Seiten eingezäunt ist und an der vierten den steilen Abhang aufweist, den er gerade runtergepurzelt ist, werden wir nie erfahren, denn er wird wie gesagt unmissverständlich vom Liftpersonal zurückbeordert. Der Lift kann wieder angeschaltet werden, bevor unser Ski-Nerd von einem mordlüsternden Mopp mit Skistöcken erschlagen worden wäre.

Selbst der nicht Wintersportbewanderte wird inzwischen erkannt haben, dass ich diese Woche aus dem Skiurlaub berichte.

Die kleine Begebenheit mag abstrus erscheinen und bekommt zugegebenermaßen auf der in der Einleitung erwähnten Dummheitsskala eine „LFF6-7“, sollte aber nicht den Eindruck eines singulären Ereignisses vermitteln. Der Wintersport bietet vielerlei Möglichkeiten, die Abwesenheit des gesunden Menschenverstandes zu beweisen. Einfach gesagt: Dieselben Deppen, schöneres Panorama! Wieso auch sollte sich jemand, der bereits vom normalen Leben in seiner gewohnten Umgebung überfordert ist, im Skiurlaub anders verhalten? Tiefere Außentemperaturen und dünne Luft machen schließlich keinen Trottel zum Genie.

Bereits am Morgen gibt es viel zu beobachten. Der niedrige Reibwert der Werkstoffpaarung Skischuhsohle aus Hartplastik zu Asphalt wird dabei einigen schon auf dem Weg zur Talstation zum Verhängnis. Ich habe in Ischgl eine leicht abschüssige Straßenecke ausgemacht, die ich liebevoll „Nachhilfe in Physik“ nenne. Im Minutentakt kann man dort Menschen beobachten, die, wenn sie Glück haben, eine kurze Showeinlage in „Modern Dance“ geben. Die weniger Glücklichen machen einen sauberen Abflug und entledigen sich der gesamten Sportartikel. Immerhin tragen die meisten Helm und können sich mit der freien Hand noch abstützen. Doppelt bitter wird es aber für Männer mit einem Paar Ski auf jeder Schulter, während die Angebetete mit den Stöcken hinterherwackelt. Hier kann der Spruch „Wer ficken will, muss freundlich sein“ bisweilen üble Konsequenzen haben. Wer bereits die Panik in den Augen eines Mannes gesehen hat, beim verzweifelten Versuch die Erdanziehung von sich und zwei Paar Ski zu koordinieren, wird meine Überzeugung teilen, dass jede Frau, die Ski fahren will, auch ihr Sportgerät selber tragen sollte.

Kommen wir aber zurück zur Personenbeförderung bergwärts. Der Sesselliftbetrieb bietet dem interessierten Misanthropen an normalen Tagen ein breites Spektrum an Gefühlswallungen, angefangen von verständnislosem Kopfschütteln, bis hin zu rasender Wut. Dabei sollte der Prozess doch ganz einfach sein. Mit gültigem Skipass kontaktlos durchs Drehkreuz, je nach Kapazität nebeneinander vor der Hydraulikschranke aufreihen, nach Öffnen bis zum Einstieg vorfahren, in den Sessel setzen, nach ein paar Metern den Sicherheitsbügel schließen, ein paar Minuten die Landschaft genießen, dabei seine Mitfahrer nicht nerven, ein paar Meter vor dem Ausstieg den Bügel öffnen, dort angekommen entsprechend aufstehen und den Bereich zügig verlassen. Erscheinen diese Tätigkeiten für normal Begabte, auch ohne detaillierte Kenntnisse alpiner Beförderung, durchaus als selbsterklärend, ist dem Wahnsinn jedoch auch hier Tür und Tor geöffnet. Der Skipass im Geldbeutel von Münzgeld oder anderen Störquellen verdeckt oder schlicht auf der sensorabgewandten Seite im Anzug verstaut, wird nicht erkannt. Das Scheitern am Drehkreuz ist damit ein beliebter Starter. Hektische Limbotänze vor dem Sensor haben meist keinen Erfolg, sorgen aber bei den Wartenden für Kurzweil.

Das Nichtauffüllen eines Sessels zu 100% ist ebenfalls ein gern genommener Aufreger. Besonders in Stoßzeiten führt es zum Blutsturz, wenn sich die Warterei unnötig verzögert, weil insbesondere die Pärchen unbedingt zusammen liften wollen und so stets Plätze im Sessel, die nicht gefallen, leer bleiben. Wenn man bedenkt, dass die Hälfte aller Paare sich das ganze Jahr über permanent auf den Sack gehen, ist es schwer nachvollziehbar, wieso die fünf Minuten im Lift um jeden Preis zusammen verbracht werden müssen.

Nach dem Einstieg schlägt die Stunde der Sicherheitsfanatiker beziehungsweise der Obrigkeitshörigen. Die Information auf dem logischerweise vorhandenen Schild „Bügel unmittelbar nach dem Einstieg schließen“, wird übererfüllt und führt dazu, dass man schon beim Hinsetzen von irgendeinem Idioten den Bügel in den Nacken bekommt, bevor man auch nur ansatzweise losgefahren ist. Ganz im Gegensatz zum Ausstieg, wo dieselben Deppen nicht in der Lage sind, die gleiche Sicherheitseinrichtung rechtzeitig zu öffnen oder zumindest diesen Prozess zu unterstützen. Offensichtlich in der panischen Angst von einem Erdbeben oder durch einen plötzlichen epileptischen Anfall, vom Sitz gefegt zu werden, verharren die skibestückten Füße krampfhaft auf den Rasten der Sicherheitsbügel. Die Folge sind ständige Unterbrechungen im Liftbetrieb. Dazu trägt natürlich auch das Versperren des Ausstiegsbereiches bei.

Es ist unfassbar, wie viele Menschen mitten im Ausstieg auf Freunde warten, sich die Kleider richten oder sonst einer Tätigkeit nachgehen, die 5 Meter weiter rechts ebenso hätten stattfinden können.

All das passiert nicht wegen, sondern trotz des Schilderwahnsinns, der natürlich auch im Wintersport Einzug gehalten hat. Einfach alles, sei es noch so offensichtlich, ist in drei Sprachen (inzwischen vielerorts plus Russisch) und fünf Piktogrammen erklärt. Der Detaillierungsgrad der Sicherheits- und Verhaltensregeln wäre nur noch durch den Einsatz von Waldorfschülern als Liftpersonal zu steigern, die bei Bedarf die Anweisungen mit den Mitteln des modernen Tanztheaters ausdrücken könnten.

Wie bereits hier und in vorangegangenen Kapiteln ausreichend dargelegt, ändern Schilder natürlich nichts an der Scheiße, die trotzdem auch im Wintersport permanent passiert. Auch hier nimmt der Selbstständigkeitsgrad des Durchschnittsbegabten proportional zur Anzahl der Anweisungen pro Tätigkeit ab, wodurch immer mehr, noch unglaublichere Scheiße passiert. Die Folge sind noch detailliertе Anweisungen auf noch mehr Schildern ... Ein Teufelskreis! Viele haben sich sicher schon mal gefragt wieso die Lifthäuschen seit den 80er Jahren ständig größer werden, obwohl die Steuerungstechnik im Innern immer kleiner geworden ist. Einfache Antwort: Damit man alle Hinweistafeln außen draufgenagelt bekommt!

Eine hohe Schilderzahl ist für mich in allen Lebensbereichen grundsätzlich der eindeutige Beleg für die Existenz einer hohen Deppendichte.

Besonders der Wintersport ist aber in den letzten Jahren zu einem wahren Deppenmagneten geworden. Wieso kommt man dagegen zum Beispiel beim Geräteturnen mit deutlich weniger Schildern aus? Die Antwort scheint einfach. Niemand verfällt der Idee, ohne Vorkenntnisse an einem Pferd einen Handstandüberschlag mit doppelter Schraube zu vollführen. Zumindest dann nicht, wenn er nicht auf große Schmerzen steht. Der Selbsterhaltungstrieb eines jeden Menschen, so beschränkt er auch sein mag, verhindert dies. Geräteturnen erfordert Talent und intensives Training. Noch in den 80er Jahren war es im Wintersport nicht viel anders. Kein Mensch hätte sich seinerzeit auf lange Holzlatten gestellt und wäre ohne Vorkenntnisse im hochalpinen Gelände eine schlecht gesicherte Piste hinuntergefahren. Die Fahrt hätte in neun von zehn Fällen an einem Baum, einem Felsen oder in einer Schlucht geendet. Skifahren wurde nur von

Leuten praktiziert, bei denen zumindest die Vorfahren mit Schnee und Bergen vertraut waren *(Anm.d.Red.: Mein Vater war aus dem Erzgebirge!).* So hielt letztendlich die Topografie die Holländer ab, die Kälte die Weiber und der Kommunismus die Russen. Skifahren war kein Massensport.

Doch dann passierte etwas im Wintersport, von dem das Geräteturnen verschont blieb. Barren, Pferd oder Ringe haben sich in den letzten hundert Jahren kaum geändert. Die Sportart war und ist entsprechend anspruchsvoll. Im Wintersport dagegen führte die Erfindung des Snowboards und wenig später auch die der Carvingtechnik beim Ski dazu, dass jeder Idiot auch ohne Talent oder sportlichen Ehrgeiz irgendwie den Hang hinunter kam. Die neue Technik öffnete diese Sportart für die Massen. Wie bestürzend einfach der Sport geworden ist, sieht man daran, dass es inzwischen nicht nur skifahrende, sondern sogar skilehrende Holländer gibt.

Immer neue Produkte wurden entwickelt.

Wintersport versprach plötzlich, ein gutes Geschäft zu werden. Die Innovationen gaben sich die Klinke in die Hand. Aus zeitloser, einfacher Winterbekleidung wurde hochfunktionale Outdoorfashion. Jetzt, da man sich in den Klamotten nicht mehr den Allerwertesten abfror und das Zeug auch noch als Mode gehypt wurde, ließ auch die Frauenwelt nicht mehr lange auf sich warten.

Trotzdem blieb die Männerquote stets hoch. Gleiches galt leider auch für den Anteil an semihübschen Frauen im alpinen Erscheinungsbild. Das führte dazu, dass „Mann“ sich „Frau“ schön saufen musste. Der Après-Ski war geboren. Der Rest ist Geschichte. Alkohol und dämliche Mitgröllieder lockten das übliche Ballermannklientel aus Malle an. Mehr Deppen – mehr Schilder!

Die Tatsache, dass die Russen nach Glasnost plötzlich zu Geld gekommen waren und mit ihrem unwiderstehlichen bodenständigen Charme sowie der Abwesenheit jeglicher Manieren das Gesamtbild in jedem Skiort aufwerteten und immer noch tun, geht im Kollateralschaden unter.

Ich habe inzwischen akzeptiert, dass der Andrang auf der Piste größer geworden ist und gleichzeitig der Schnee durch den Klimawandel immer weniger wird. Ich lebe damit, auch wenn ich es nicht verstehe, was an einer plattgewalzten, dreißig Meter breiten Schneeautobahn eine Herausforderung sein soll oder wozu ein Sessellift Sitzheizung braucht. Denn anstatt im Lift den Augenblick oder zumindest die Landschaft zu genießen, starren eh alle in ihre Smartphones. Kostenloses WLAN in den Liftanlagen sei Dank. Der Drang, das technisch Machbare auch umzusetzen und dem Individuum seine eigene Bequemlichkeit als Freiheit zu verkaufen, hat auch im Winterurlaub Einzug gehalten.

Aber egal wie viele Regeln oder Sicherheitsfeatures noch eingeführt werden. Solange jeder noch selbst zu Tale fahren muss und das Leben nicht komplett zu einer Virtual Reality-Show in einer Smartphone-Brille verkommen ist, wird Wintersport zunächst einmal das bleiben, was es ist - ein Sport im hochalpinen Gelände. Es ist irrelevant, wie gut die Technik in Zukunft noch werden sollte, es sind dieselben Idioten, die dir auch im normalen Leben mit ihrem Verhalten oder der bloßen Anwesenheit auf den Sack gehen. Jetzt stehen sie auf einem Sportgerät und werden aufeinander und auf mich losgelassen, wodurch eine völlig neue, gefährliche Situation entsteht. Unsportliche Menschen, welche die Karte vom Fitnesscenter nur zum Eiskratzen im Winter benutzen, stehen in vollkommener Unkenntnis der eigenen Fähigkeiten auf einer schwarzen Piste. Kichernde Weiber posieren an unübersichtlichen Stellen, um die immer gleichen Fressen zu fotografieren und fürs eigene Seelenheil auf Facebook zu posten. Boarder fahren völlig taub durch die Landschaft, weil sie Kopfhörer mit „fetten Beats“ in den Ohren haben. Besoffene und zugedröhnte Deppen, Anfänger und Sport-Nerds überfüllen Abend für Abend die Hänge der Talabfahrten. Es kann mir egal sein, ob Idioten trotz Lawinenwarnung in ungesichertes Gelände fahren, ein Boarder im Funpark sich partout das Genick brechen will oder beim Filmen der eigenen Person mit einem Selfiestick am Baum zerschellt. Es kann jedoch nicht angehen, dass diese Arschlöcher Tag für Tag andere mit ins Verderben reißen, nur weil sie inzwischen zu verblödet sind, um zu begreifen, dass es einen Unterschied macht, ob man mit Kopfhörern auf der Birne aus dem Bus guckt oder auf einer Skipiste rumturnt. Es sind anderseits bedauernswerte Bürokratenärsche, die ernsthaft glauben, die Situation mit noch mehr Regeln sicherer zu machen. Kollektivbestrafung trifft es eher.

Was kommt als Nächstes? Geschwindigkeitsbeschränkungen auf Pisten oder Alkoholkontrollen?

Die Freiheit und der Spaß des selbstständig denkenden Menschen werden beschnitten, in der lächerlichen Hoffnung, die Dummheit aus der Welt zu verbannen. Ich rechne täglich mit der Einführung der Helmpflicht, obwohl die Wenigsten überhaupt dort oben etwas Schützenswertes aufbewahren. Der Depp von heute hat den Helm nur, um seine „GoPro“ darauf zu befestigen. Letztes Jahr habe ich einen super Zusammenstoß gesehen, bei dem so ein allesfilmender „YouTuber“ seine Helmkamera dem Anderen ins Gesicht gerammt hat. War ne schön blutende Schnittwunde. Hätte auch ins Auge gehen können. Helmkameras werden deshalb sicher nicht verboten. Da verdienen doch einige Leute sehr viel Geld mit. Vorher wird eine Gesichtsschutzpflicht für alle verhängt. Die Industrie hat ein neues Produkt und wir eine neue Einschränkung.

Ich bin überzeugt, dass die Idiotie im Schnee noch viele Blüten treiben wird. Wie zum Beispiel die Drohne, die bereits heute seinen Besitzer verfolgen und von allen Seiten filmen kann. Ich bin gespannt, wann mir die Erste von den Dingern auf dem Skihang über den Weg fliegt. Zum Glück bin ich bewaffnet und werde nicht zögern, von meinem Skistock Gebrauch zu machen.

23. Februar
Die singulare Kartoffel

„Die Quantität der singularen Kartoffel steht im reziprok proportionalen Verhältnis zur geistigen Potenz des produzierenden Agrarproletariats."

Alter 80er Joke. Nur für die ganz Ahnungslosen und ganz Jungen ... *Die dümmsten Bauern haben die dicksten Kartoffeln.* Soweit so uninteressant.

Als ich heute jedoch die Radiowerbung verfolge, komme ich nicht umhin zu fragen, was ebendieses Agrarproletariat beziehungsweise seine Vertretung auf Erden, den Deutschen Bauernverband, geritten haben muss, als sie sich dazu entschlossen haben die Webseite „www.kartoffel.de" zu starten.

Ohne selbige besucht zu haben, kann ich mir bereits vorstellen, welche Informationen ich dort finden werde: Kartoffelherkunft, -sorten, -rezepte etc., also alles, was man schon bei „Wikipedia.com" oder „Chefkoch.de" nachlesen könnte, wenn man denn wirklich gar nichts Besseres zu tun haben sollte. Ich schaue natürlich trotzdem nach und werde einmal mehr in meinem Beschluss bestätigt, das Leben als Misanthrop zu fristen. Man berichtet über die amtierende Kartoffelkönigin (es gibt wirklich für jeden Scheiß eine Königin) und in der Serviceabteilung gibt es Flyer für Sportler und ein - halten Sie sich fest - Kartoffelposter. Die Krönung ist jedoch der Jahreskalender, in dem ein paar Bäuerinnen die eigenen geschälten, mehr oder weniger dicken Kartoffeln feilbieten.

Was haben wir in Zukunft noch zu erwarten, wenn schon ein bodenständiger, konservativer Landadelverband Gelder für solch sinnbefreite Webseiten auf Bildzeitungsniveau verschwendet?

Eine Seite vom Verband deutscher Proktologen zu heckseitigen Geißeln der Menschheit etwa, wie „blutigehaemorriden.de" oder „analforunkel.com"?

Überrascht war ich jedoch, dass ich dann trotz intensiver Recherche keine Webseite von unserem kleinen öffentlichkeitswirksamen Politstreber vom Justizministerium gefunden habe, wie „meineschoenstenGestzesverschaerfungen.de" oder „Maas-macht-mobil.com".

Ich muss zugeben, dass ich zunächst, obwohl inzwischen relativ abgehärtet, ein wenig erschüttert bin. Erst ein Blick ins Impressum kann mich dann halbwegs beruhigen. Offensichtlich handelt es sich um eine Initiative aus einem Teil der Republik, aus dem man auch sonst nur groben Unfug vernimmt, sei es nun zum Thema Ausländerpolitik, Magnetschwebebahnen oder einfach nur Fußball. Ich lehne mich entspannt zurück. Der erhöhte Anteil von geistigen Tieffliegern im Freistaat Bayern bei der CSU oder dem FC Bayern München ist bereits in meinen Schätzungen zur Dummheit der Menschheit berücksichtigt, so dass keine Korrektur nach oben erforderlich sein wird.

Warum jedoch die Werbung zur Webseite im WDR Radio geschaltet wurde, erschließt sich mir dann doch nicht vollständig.

5. März
Du kommst hier nicht rein!

„Die deutsche Bundeskanzlerin trägt zu Staatsbesuchen grundsätzlich keine Unterwäsche!“ Sollte ich jetzt schlimme Bilder im Kopf erzeugt haben, so möchte ich mich hiermit entschuldigen. Damit wäre das Thema aber auch schon erledigt. Zumindest in Deutschland.

Angela Merkel dürfte es herzlich egal sein, ob ein kleiner mieser Schreiberling wie ich obige Behauptung aufstellt. Als einer der wenigen Staatsoberhäupter in der Welt habe ich bei unserer Kanzlerin noch das Gefühl, hier spielen höhere Ziele, das Wohl der Deutschen, ja sogar der Menschheit eine Rolle. Persönliche Beleidigungen sowie Diffamierungen – und davon gibt es täglich genug – gehen ihr gepflegt am kostümummantelten Hintern vorbei. Andernorts scheinen die Regierungen etwas dünnhäutiger unterwegs zu sein. Da sitzt man als Journalist allein für das Berichten der Wahrheit schneller im Knast, als man das Wort „Meinungsfreiheit“ aussprechen kann. Ausnahmsweise ist mal nicht die Rede von Donald „Le Frisur“ Trump, der die Presse, wenn er könnte, wahrscheinlich auch wegsperren würde. Der kleine miese Selbstdarsteller hat uns doch fast vergessen lassen, dass 2017 auf dieser Welt dermaßen viele machthungrige Egomanen politische Macht besitzen, dass einem die Zeit des Naziregimes manchmal wie das Paradies erscheinen müsste. Da gab es nur ein krankes Arschloch, inklusive angeschlossenem Regime, das es zu bekämpfen galt, und die hatten keine Atombombe.

So blickt Europa und Deutschland diese Woche mal nicht erschüttert über den Großen Teich, sondern wendet sein Augenmerk wieder genauer auf eine ihrer ehemaligen Urlaubskolonien. Die Türkei hat sich erdreistet, vor Kurzem den Journalist Deniz Yücel zu verhaften, der neben der türkischen auch die deutsche Staatsbürgerschaft besitzt. Hatte sich hierzulande die Parteienlandschaft bisher, auch unter dem Joch des Flüchtlingsabkommens mit der Türkei beziehungsweise der Androhung, der türkischen Regierung selbiges aufzukündigen, eher auf die üblichen Bekundungen großer Besorgnis beschränkt, so kochten diese Woche die Gemüter dann doch hoch. Zumindest für diplomatische

Verhältnisse; bedeutet es doch in erster Linie für die betroffenen Botschafter, sich einen guten Schuster zu suchen, da die Sohlen ihrer Maßanfertigungstreter dank regelmäßiger Einbestellungen ziemlich leiden dürften. Dabei hat sich Yücel noch nicht einmal despektierlich über die Unterwäsche des türkischen Präsidenten geäußert, sondern nur seine Arbeit gemacht. Bedauerlicherweise ist ihm der Fehler unterlaufen, ausgewogen zu berichten, was zurzeit in der Türkei, wie komischerweise sonst nur in ausgewiesenen Diktaturen, eher schlecht ankommt. Grund genug einmal einen Blick zu unseren osmanischen Freunden und damit auf Recep Tayyip Erdogan (ja, auf das „g" gehört irgendein Kringel, aber das is mir wurscht!) zu werfen. Es mag manchem immer noch unverständlich erscheinen, wie ein erwachsener Mann, der für sich in Anspruch nimmt einem Staat voranzustehen, im letzten Jahr so auszuticken vermochte, nur weil ein Kabarettist namens Jan Böhmermann ihn als „Ziegenficker" bezeichnet hat. Vordergründig könnte man geneigt sein, an das Sprichwort von den „getroffenen Hunden" zu denken. Ich bin jedoch überzeugt, noch nicht einmal anatolische Schafe haben Grund, einen besorgten Blick über die Schulter zu werfen ... zumindest nicht, wenn sie nur den guten Recep im Speziellen fürchten. Wie bei allen machtgeilen Männern, die auf dieser Welt zurzeit rumturnen, dürfte ihre sexuelle Präferenz aktuell unser kleinstes Problem darstellen.

So auch beim türkischen Präsidenten. Wer glaubt, dass Erdogan beziehungsweise seine Berater nur eine Sekunde wirkliche Wut bei der Sichtung des Schmäh-Gedichtes gezeigt haben, der soll weiter Pokémons jagen und wenn möglich, im Herbst nicht zur Bundestagswahl gehen. Im Gegenteil, die Freude wird groß gewesen sein, denn alle Regierungen dieser Welt, die sich auf dem steinigen Weg aus der Demokratie hin zur Diktatur bewegen und deren Volk es nicht krank findet, dass ihr Staatsoberhaupt sie in Übergröße von jeder zweiten Hauswand aus erhaben anlächelt, können gleich zwei Vorteile aus einer solchen Situation ziehen: Druck nach außen und Rückhalt von innen. Durch die überzogene Satire konnte Erdogan rechtliche Schritte in Deutschland einleiten. Er brachte die Bundesregierung so in eine perfekte Zwickmühle zwischen Meinungsfreiheit und

Wahrung der Rechtsstaatlichkeit. Beides Themen, die gerade in seinem Land kritisiert werden. Das Verfahren läuft noch immer und unabhängig vom Ausgang wird es der Türkei so oder so Munition für polemische Propaganda liefern.

Nach innen konnte der türkische Präsident diesen „Angriff von außen“ nutzen, um so auch Landsmänner hinter sich zu bringen, die normalerweise dem Treiben der AKP skeptisch gegenüberstehen. Am Patriotismus gepackt, geht der Türke nämlich genauso schnell steil, wie auch die restlichen Mittelmeeranrainer. Alles in allem hat Jan Böhmermann Erdogan mehr genutzt als geschadet.

Bleiben wir aber beim Nationalstolz, da er eins der Grundübel auf dieser Welt und letztendlich neben der Religion stets der Hauptauslöser für Gewalt und Krieg ist. Für mich, der als skeptischer Betrachter des menschlichen Treibens keinen Unterschied zwischen Rassen und Völkern macht, ist es immer befremdlich zu sehen, wie Menschen sich echauffieren können, wenn jemand ihr Land beleidigt. Zusätzlich zu fehlender Bildung oder galoppierender Blödheit, scheint auch Hitze ein Auslöser zu sein, da dieses Phänomen vor allem bei Bewohnern der Subtropen und Tropen zu beobachten ist. Bei Gestalten wie Trump und Wilders muss demnach die Frisur etwas damit zu tun haben. Vermutlich sorgt sie mikroklimatisch gesehen für einen Wärmestau, sollte die leistungsschwache Maschine dort oben mal arbeiten. Anders ist dieser Habitus in den gemäßigten Breiten nicht zu erklären. Was auch immer für dieses Gefühl letztendlich verantwortlich ist, es spricht nicht unbedingt für das Potential der Türkei. Ich möchte die aktuellen Probleme hierzulande nicht klein reden. Dennoch macht es einen Unterschied, ob der Anteil solcher Nationalstolzdeppen, selbst wenn man alle Rechten sowie AfD Wähler mit oder ohne Protesthintergrund zusammennimmt, wie in Deutschland bei unter zwanzig Prozent liegt, während die Türkei hier offensichtlich locker auf Werte jenseits der sechzig kommt. Also alle, die AKP und anderen rechten Parteien 2015 ihre Stimme gegeben haben. Wer ist also für diese besorgniserregende Entwicklung verantwortlich? Erdogan oder das Volk? Ist der Kampfhund oder sein Herrchen schuld, wenn das Vieh die Mahlzeit auf dem Kinderspielplatz einnimmt? Seit dem Tod der Monarchie werden Herrscher nicht mehr durch

Gott eingesetzt, sondern gewählt. Dementsprechend gilt für die Türkei das, was aktuell - wie bereits in einem vorigen Kapitel geschrieben - für die USA, Polen oder Ungarn zählt. Schuld an Erdogan ist nicht Gott beziehungsweise in dem Fall Allah, sondern das Volk. Natürlich ist der geschichtliche Hintergrund zu sehen und fehlende Bildung nicht unbedingt die Schuld der Bevölkerung. Trotzdem schützt Unwissenheit bekanntlich nicht vor Strafe oder in dem Fall vor der Übernahme von Verantwortung. Es wird auch immer schwieriger in Zeiten des Internets und sinkender Zahlen von Analphabeten, Bildungsmangel für alles verantwortlich zu machen. Der Deutsche und der Rechtsradikalismus, der Grieche und die Korruption, der weiße Südafrikaner und die Apartheid oder der Türke und das Patriarchat. Es kann mir keiner erzählen, dass fehlende Bildung daran schuld ist, dass ganze Volksgruppen nach wie vor noch solche Schweinereien kleinreden und größtenteils auch munter weiter praktizieren. Die meisten wissen sehr genau, was sie tun und wen sie schädigen. Es ist für die Nutznießer einfach nur schön bequem und Bequemlichkeit ist neben Trägheit, Intoleranz und Desinteresse mindestens genauso bedenklich wie fehlende Bildung. Je höher der Anteil dieser Menschen in einem Volk ist, desto schlimmer scheinen auch die Despoten zu sein, die es hervorbringt. Da sind alle Nationen der Welt gleich. Leider lehrt uns die Geschichte, dass es meist massivst in die Hose geht, wenn man darauf wartet, dass ein Volk aus seinen Fehlern lernt, um sich letztendlich selbst von den hausgemachten Herrschern zu befreien. Hat in der DDR über vierzig Jahre gedauert und im Dritten Reich musste sich mal kurz die halbe Welt verbünden und bei uns vorbeischauen, bevor wir wieder aus der Adolf-Nummer raus waren. Die Türken stehen mit Erdogan und seinen Schergen ungefähr da, wo wir 1933 waren. Die Meinungsfreiheit wird torpediert, die Opposition kommt in den Knast und die Überwachung durch den Staat beginnt. So gesehen fehlt eigentlich nur noch das erste KZ für die Kurden. Seit den Böhmermann Schmähungen sind wir inzwischen in der Türkei einen Militärputsch, diverse Einschränkungen der Meinungsfreiheit und zig tausend Verhaftungen weiter. Als Aggressor hat die herrschende AKP um Erdogan die Gülen-Bewegung und natürlich wie immer die Kurden ausgemacht.

Die weltpolitische Lage ist günstig, hält doch IS, Syrienkrise und Flüchtlingswelle alle davon ab, sich ernsthaft mit dem Abgleiten der Türkei in die Diktatur zu befassen.

So richtig aufregen scheint sich darüber eigentlich nur noch der traurige Rest der türkischen Opposition. Zumindest bis auch sie ins Loch gesteckt werden. Über hundertfünfzig Journalisten sitzen aktuell in Haft. Den Meisten wird Terrorismus vorgeworfen. Wie auch allen anderen, die seit dem angeblichen Putsch verhaftet wurden. Wenn man bedenkt, dass die Anklagepunkte bei Terrorverdacht geheim gehalten werden können, macht das noch mehr Sinn. Die türkische Regierung lässt erst einmal mögliche Störenfriede einbuchten. Eine Anklage wird sich dann finden. Man kann schließlich nicht für tausende von Verhaftungen gleich einen Grund haben. Es dürfte schon schwer genug gewesen sein, die ganzen Verhaftungslisten zum vorgetäuschten Militärputsch rechtzeitig fertig zu haben, insbesondere wenn einem nur der halbe Beamtenapparat zur Verfügung stand. Der Rest sollte schließlich am Tag nach dem Aufstand verhaftet werden.

Ich habe größten Respekt vor den Menschen in der Türkei, die bei Staat und Medien ohne Rücksicht auf die eigene Unversehrtheit für demokratische Verhältnisse kämpfen und dafür eingesperrt werden. Ein richtig großes Problem habe ich dagegen mit den Reaktionen der restlichen türkischen Bevölkerung, dem sogenannten Volk. Aus dieser Ecke kommt verdammt wenig. Die Verhaftung von Deniz Yücel ist ein gutes Beispiel, an dem man die öffentlichen Reaktionen studieren kann. Wobei Reaktion das falsche Wort zu sein scheint. Gleichmut und Desinteresse charakterisiert die Reaktionen in der Türkei eher. Die Festsetzung des Journalisten erfolgte aus strategischen Gründen. Neben der Machtdemonstration hängt es natürlich mit Erdogans derzeitiger Propagandatour zusammen, um die Türken für seine im April 2017 anstehende virtuelle Penisverlängerung zu gewinnen, die er euphemistisch Verfassungsreferendum nennt. Yücel als Druckmittel, um den Wahlkampf auch zu den in Deutschland lebenden Türken tragen zu können.

Die Anschuldigungen, die von der türkischen Justiz gegen Yücel erhoben werden, sind an Lächerlichkeit nicht zu überbieten. Unter anderem wird dem Journalisten das Zitieren eines Witzes über Kurden und Türken in einem seiner Berichte vorgeworfen. Ein Witz? Geht´s noch? „Meine Nachbarin hat meine Ziege verhext!". Diese Anschuldigung ist im Kern ungefähr genauso lächerlich und hat gereicht, sich unliebsamer Mitbürger zu entledigen. Dumm nur, dass sie aus einer Zeit stammt, die man das finstere Mittelalter nannte. Es gibt natürlich überall komplette Idioten, die noch nicht einmal mit zwei Händen und einer Taschenlampe ihren eigenen Hintern finden. Bei allen anderen muss aber die Frage erlaubt sein, was in deren Köpfen vorgeht, um einen solchen Stuss als Anklagepunkte hinnehmen zu können. Um eines klarzustellen, ich rede nicht von dem Teil der türkischen Bevölkerung, die vor Ort mit Schrecken den Umbau ihres Landes verfolgen. Ich beziehe mich auch nicht auf die, die schon seit Jahren in Deutschland leben, hier angekommen sind und unsere demokratischen sowie liberalen Grundsätze ebenso oder sogar noch mehr anerkennen als die türkischen. Ich rede von den Türken hüben wie drüben, die zurzeit jubeln, während Erdogan die Demokratie zerstört und dabei was von Nationalstolz faselt.

Wie abgebrüht müssen diese Türken sein, um dem Rest der Welt oder auch nur ihrem Spiegelbild ins Gesicht sehen zu können, obwohl die eigene Regierung Mitbürger mit so dreist dummen Anschuldigungen verhaftet? Wir Deutsche haben, wie gesagt, ähnliches schon mal erlebt. Ging für keinen gut aus. Natürlich ahnten auch viele etwas, als es mit dem Dritten Reich losging, waren aber zu unvernetzt, um Widerstand zu leisten. Oder schlicht zu feige. Glaubt man dem baseballbekappten Deutschtürken auf der Straße, ist Feigheit allerdings nicht das Problem. Es liegt sicherlich auch nicht an der eingeschränkten Pressefreiheit und des zensierten Internets in der Türkei. Soweit lässt sich heute kein Volk mehr einschränken, wenn es nicht gerade in Nordkorea sitzt. Die Wahrheit ist leider unangenehm wie bitter. Vom Islam und seinen fehlgedeuteten Lehren verstrahlt, sitzen die Erdogan-Anhänger dumm und feist mit diesem verkackten Nationalstolz im eigenen Land und, was noch schlimmer ist, seit drei Generationen in Deutschland und glauben ihrem Präsidenten, wenn er verspricht, er würde ihnen Respekt und Ansehen in der Welt bringen.

Damit folgt die Türkei dem aktuellen Zeitgeist.

Dieses „Ich mache das Land wieder groß“-Gefasel rechter Unheilsbringer kann die Welt an den Rand eines Weltkrieges bringen. Wie soll diese Respekt- und Ansehenssteigerung vor sich gehen?

Indem Erdogan die Türkei in eine Diktatur umwandelt?!

Mir will einfach keine Diktatur einfallen, in der die dort lebenden Menschen Respekt und Ansehen genießen.

Mitleid - ja, Respekt, wie sie ihr Leben ertragen - vielleicht, Ansehen - sicher nicht.

Die Türkei war in den letzten Jahrzehnten auf einem guten Weg. Vor Erdogan hatte man das Gefühl, die Trennung von Staat und Religion würde vollzogen werden. Eine Grundvoraussetzung, um allen Bevölkerungsgruppen und Glaubensrichtungen eine gemeinsame Basis zu schaffen. Unternehmen investierten und der Tourismus florierte. Das mit den Menschenrechten und den Kurden hätten sie bestimmt auch hinbekommen, wenn dieses Klima der Offenheit fortgeführt worden wäre. Es will mir nicht in den Kopf, wie auch nur ein Türke glauben kann, dass der restriktive und totalitäre Kurs von Erdogan eine positive Entwicklung nehmen könnte.

Mit dem Respekt ist es überhaupt so eine Sache. Von wem möchte man respektiert werden? Mit der aktuellen Geisteshaltung des durchschnittlichen Erdogan-Anhängers bekommt man zurzeit maximal Respekt in Ländern wie dem Jemen oder dem Iran. Wenn man darauf steht, bitte! Ein Land wie Norwegen oder Kanada, von dem zumindest ich respektiert werden wollte, ist bestimmt nicht darunter. Erdogans Kurs wird daran definitiv nichts ändern. Es ist nämlich nicht die fehlende wirtschaftliche oder militärische Macht, die verhindert, dass die sogenannte zivilisierte Welt mit Respekt auf die Türkei blickt, es sind vielmehr diese kleinen Dummheiten, die man heutzutage einfach nicht mehr machen sollte. Frauen die gleichen Chancen zu verwehren etwa oder Kinderehen, stehen bei dem ethisch interessierten Weltbürger ebenso wenig auf der „To do“-Liste, wie das Poppen und Heiraten naher Verwandter. Ich bin sicher, man stößt mit dieser Geisteshaltung beim IS auf den nötigen Respekt. Fragwürdig bleibt allerdings, ob es erstrebenswert ist von Kriminellen mit Hang zu Gräueltaten, wie Massaker und Vergewaltigung, respektiert zu werden? Ich sehe ein, dass es, selbst ohne die aktuelle Lage in der Türkei mit einzubeziehen, bisher schwer war, dem fern von der Hauptstadt oder Istanbul lebenden türkischen Bauern klarzumachen, dass es nicht toll ist, seine Cousine zu heiraten. Wir reden jedoch von sechzig Prozent Zustimmung für Erdogan in der türkischen Bevölkerung. Das ist besorgniserregend und diese Unterstützung kommt nicht nur aus den einsamen Bergen der Provinz.

Wieder zurück zu den in Deutschland lebenden Türken. Hier sollte der Anteil an Erdogan Anhängern doch wohl geringer sein?! Aber ist er das wirklich? Auf den Solidaritätsbekundungen für Deniz Yücel vor den türkischen Botschaften habe ich in diesen Tagen eigentlich nur Yücels Schwester gesehen. Andere Türken – fast Fehlanzeige. Ein nur unbedeutend besseres Bild ergab sich hinsichtlich der Oberhausener Wahlveranstaltung für dieses komische Referendum. Im Saal tausende Erdogan-Anhänger, vor der Tür vielleicht hundert Gegendemonstranten.

Auch, wenn die Medien natürlich meist dort hinsehen, wo die Luzie abgeht, die einzigen Türken, die hierzulande in Erscheinung treten, halten Erdogan Bilder hoch, schüchtern Andersdenkende ein und haben scheinbar bis heute noch nicht gelernt, mit Kritik umzugehen. Ich kann verstehen, dass der normale Mann auf der Straße in Ankara zurzeit keine dicke Lippe riskiert, wenn es um Kritik an der eigenen Regierung geht, aber ich erwarte das verdammt nochmal von den Deutschtürken. Warum kommt aus dieser Richtung so wenig? Es sollte doch bei uns deutlich mehr geben, die so aufgeklärt sind, dass sie nicht auf das dumpfe Geblubber von Erdogan reinfallen und ihrer Wut lautstark Luft machen? Aber gibt es wirklich so viele Türken mit einer modernen Einstellung zu Gesellschaft und Religion in Deutschland?

Generationen sind inzwischen hier aufgewachsen. Natürlich ist ein Großteil der Deutschen nicht als Vorbild zu gebrauchen, aber dieses Land stellt jedem Bürger, auch dem mit türkischen Wurzeln, alle Möglichkeiten zur Verfügung, sich weiterzuentwickeln und zu lernen, wie ein ethisch und moralisches Leben aussehen kann. Man sollte annehmen, dass diese Türken sich von antiquierten und teilweise sogar krankhaften Sitten befreit haben. Aber offensichtlich ist das Gegenteil der Fall. Wenn ich von befreundeten Ärzten höre, dass in deren Praxen in Deutschland nicht wenige türkische

Familien auftauchen, deren Nachwuchs eine familiäre Erbkrankheit bereits in die dritte Generation trägt, weil arrangierte Ehen innerhalb der nahen Verwandtschaft nach wie vor an der Tagesordnung sind, dann muss ich mit Verbitterung erkennen, dass der Anteil an Türken, die in der Gegenwart angekommen sind, auch in Deutschland nicht größer zu sein scheint als in der Türkei selbst. Im Gegenteil, einige verhalten sich auch nach Jahren noch so, als wenn es 1950 wäre und sie gerade von einem Berg in Anatolien herabgestiegen sind. Sie sitzen hier, genießen seit über 50 Jahren die Wohltaten des deutschen Sozialsystems und dürfen ihren Glauben und ihre Kultur leben. Und das sind nur die gesetzestreuen Türken. Von den Chancen und Möglichkeiten, die das laxe deutsche Rechtssystem Verbrechern und ihren Clans bietet, rede ich hier noch nicht einmal.

Es bleibt für den arbeitenden Deutschtürken meist genug Geld, um auch noch die Verwandtschaft in der Heimat zu unterstützen. Kaum zu glauben, aber er kann sogar, trotz notorisch klammer Krankenkassen, in der Türkei lebende Angehörige, die niemals in Deutschland waren, hierzulande krankenversichern. Damit sind Türken mit deutschem Pass sogar noch besser gestellt als Deutsche selbst.

Eine kleine, aber traurige Anekdote am Rande. Dieses sogenannte „Deutsch-türkische Sozialversicherungsabkommen“ ist einer der Gründe, dass es seit einigen Jahren ein Bild des Inhabers auf den Versicherungskarten gibt. Man hoffte so, allerdings zu Unrecht, den Missbrauch etwas zu reduzieren, da in der Türkei so ziemlich das ganze Dorf eines immigrierten Türken, auf dessen deutsche Versicherungskarte in der Türkei zum Arzt gegangen ist.

Lange Rede, kurzer Sinn, ich würde erwarten, dass Deutschtürken, die sich an unserer Gesellschaft beteiligen, gegen Erdogan protestieren oder sich wenigstens klar dagegen aussprechen. Seinen Anhängern in Deutschland würde es guttun, wenn sie ihre Nachrichten nicht nur aus den von Erdogan kontrollierten türkischen Medien beziehen. Eine zweite Meinung hat noch selten jemandem geschadet. Die Meinungslosen, die dann noch übrig bleiben sollten das tun, was auch der willenlose Deutsche tut. Konsumieren und weiter am Handy spielen. Hauptsache keine Fahnen für Erdogan schwingen.

Offensichtlich haben aber Tausende nichts Besseres zu tun, als Erdogan und seinen Schergen zuzujubeln. Dies können sie zu allem Überfluss noch auf den besagten Veranstaltungen machen, die die türkische Regierung in Deutschland abhält, um ihre Idee von einer totalitären Türkei zu propagieren. Als ob das nicht genug wäre, lassen sie sich aufhetzten von fadenscheinigen Terroranschuldigungen und attackieren auf deutschem Boden noch die eigenen Landsleute. Vorläufiger Höhepunkt der Ungeheuerlichkeiten war die Nachricht, dass die türkische Regierung durch ihre Bürger in Nordrhein-Westfalen Schulen ausspionieren lässt, um sicherzustellen, dass niemand sich kritisch zur Türkei äußert. Es spricht keiner einem Türken das Recht ab, so zu leben, wie es Herr Erdogan es für sein Volk will. Allerdings soll er das dann in der Türkei tun und nicht hier. Dumm nur, dass er dort vergeblich nach so liberalen Gesetzen und sozialen Wohltaten suchen würde. Da bleibt man doch lieber hier und findet Erdogan aus der Ferne toll.

Bei solchen Aussagen höre ich die Gutmenschen schon wieder mit den Füßen scharren. Ich bin aber nicht die Bundesregierung. Ich muss nicht von verfehlter Integrationspolitik reden, um mich quasi für die Tatenlosigkeit zu entschuldigen mit der wir seit Jahrzehnten der aggressiven Integrationsunwilligkeit vieler Zuwanderer gegenüberstehen. Zu so etwas gehören immer zwei und ich erkenne bei vielen Türken nicht den Willen, sich jemals in die deutsche Gesellschaft zu integrieren. Integration nicht Assimilation! Ich erwarte nicht, dass sie ihre Kultur und oder ihren Glauben aufgeben, auch wenn es Vieles erleichtern würde. Ich für meinen Teil mache meinen Glauben mit Gott persönlich allein im Gebet aus. Ansonsten passe ich mich der Kultur des jeweiligen Gastlandes an. Zugegeben, ich bin auch kein solcher „Kulturverfechter“. Hat immer so ein nationalistisches „Geschmäckle“.

Wenn es sein muss, sollte jeder Einwanderer auf der Welt ein Recht auf seine Kultur haben, aber nur wenn es in das Rechtsverständnis des jeweiligen Landes passt und wenn nicht die Rechte und Freiräume Dritter beschnitten werden. Ich bin der Meinung, es wird höchste Zeit, dass der von mir angesprochene Teil der türkischen Bevölkerung in Deutschland sich mal grundsätzlich ein paar Gedanken machen sollte, wie sie sich in Zukunft zu Themen, wie beispielsweise Radikalisierung von Jugendlichen in Moscheen, Gewalt gegen Andersdenkende oder Ehrenmorde stellen. Da die wenigsten gezwungen werden in Deutschland zu leben, könnte es auch nicht schaden, sich grundsätzlich einmal mit der Frage zu beschäftigen, wie ein integriertes Leben als Muslim in Deutschland in Zukunft aussehen sollte, anstatt einem Mann zuzujubeln, der in einem anderen Land die Diktatur einführen will. Bis dahin halte ich es für den besten Weg, die Erdogan Anhänger hüben wie drüben am eigenen Leib spüren zu lassen, dass die Völker der Welt, die noch so etwas wie demokratische Restmoral besitzen, sich von ihnen abwenden. Mir ist klar, dass ich damit auch die vernünftigen Türken treffe und schon wieder bei der Gutmenschenfraktion für Empörung sorge, aber die Geschichte hat gezeigt, dass es nie genutzt hat die Herrschenden unter Druck zu setzen. Die haben leider genug Reserven auf den Cayman Islands. Zum Schluss hat immer das Volk gelitten, welches am Anfang noch jubelnd die Revolution begrüßt hat. Da es aber eben das leidende Volk ist, welches die Veränderung nach Jahren des Darbens herbeiführt, wäre es doch mal eine Idee am Beispiel der Türkei, die dunkle Zeit einer Diktatur inklusive des Niederganges der Wirtschaft, Folter und Leid zu überspringen und gleich mit dem „Darben" anzufangen?! Die Androhung der Aufkündigung des „Deutsch-türkische Sozialversicherungsabkommens" im Falle eines Erfolges des Erdoganschen Verfassungsreferendums, würde hier zum Beispiel Wunder wirken. Hört sich zunächst sehr hart an, aber wenn die Türkei wirklich in die Diktatur abdriftet und Sanktionen kommen, wird bestimmt keine deutsche Krankenversicherung mehr Geld in die Türkei überweisen. Warum also nicht einmal freundlich darauf hinweisen?

Bis dahin hat die Bundesregierung meine volle Unterstützung bei den Bemühungen, Erdogan außerhalb der Türkei daran zu hindern, für seine kranken Ideen zu werben. Jegliche Veranstaltungen, wie die im Februar in Oberhausen, haben zu unterbleiben. Gute Ansätze haben bereits Lörrach und Köln diese Woche gezeigt *(Anm.d.Red.: Es ist Anfang März 2017 und damit einen Monat vor dem Referendum in der Türkei – kleiner Hinweis am Rande, da diese Zeilen nicht vor Dezember veröffentlicht werden).*

Dort wurden die Veranstaltungen abgesagt. Zwar nicht aus den notwendigen Gründen, wie etwa „Vermeidung von Propaganda einer ausländischen Macht auf deutschem Boden für die Errichtung einer demokratiefeindlichen Gesellschaft", aber ich will nicht klagen. Eventuell hätte man eine Ausnahme machen können, wenn Fethullah Gülen im Gegenzug auf dem Taksimplatz eine Liveübertragung an das türkische Volk bekommt. Freilassung von Deniz Yücel und anderen politischen Häftlingen, Wiedereinführung der Pressefreiheit, Aufhebung der Internetzensur sind natürlich selbstredend. In einer zweiten Stufe würde ich zunächst auf die Mitarbeit der eigenen Bevölkerung hoffen und zum Urlaubsboykott in der Türkei aufrufen. Ich bin als überzeugter Misanthrop zwar der Meinung, dass Heinz Hirnlos auch weiter in die Türkei fährt, weil es gerade komischerweise so schön billig ist, aber auch ein Rückgang um ein paar Prozent würde den sowieso schon gebeutelten türkischen Hotelier weiter gegen Erdogan aufbringen.

Ich persönlich boykottiere Erdogan schon seit fast einem Jahr. Urlaub in der Türkei ist tabu. Aida Kreuzfahrten mit türkischen Häfen werden ignoriert. Lieber zum dritten Mal die Malle Route. Auch beim Essen mache ich keine Kompromisse. Ayran ist jetzt zum Beispiel nicht so kompliziert, dass man es nicht aus Wasser, Salz und Joghurt selber machen könnte. Es war allerdings nicht leicht, unter den zehn Kebabläden in meiner Stadt einen Erdogangegner zu finden. Da ist auch der Türke zu sehr Geschäftsmann, als dass er zugeben würde, ein Erdogan Anhänger zu sein, wenn die Einnahmen leiden könnten. Nur beim Aperitif war es leicht ... Ouzo habe ich sowieso immer schon lieber getrunken als Raki und die Griechen können jede Unterstützung gebrauchen.

Wenn man sich die aktuellen Vorgänge in der Türkei so betrachtet inklusive der lächerlichen Bemühungen der türkischen Regierung, ihre Minister uneingeladen in jedes Westeuropäischen Land mit höherem Türkenanteil zu schicken, um für Erdogans umstrittene Reform zu werben, ist es umso lustiger, dass der Satz „Du kommst hier nicht rein!" ausgerechnet von dem Komiker und Deutschtürken Kaya Yanar geprägt wurde.

15. März
Du kommst hier nicht rein! - Update 1

In den letzten Tagen haben sich besonders die Niederländer verdient gemacht, wenn es darum ging, türkische Minister an Propagandaauftritten in Europa zu hindern. Es war schon cool, Erdogans Außenminister die Landung in Rotterdam zu verweigern. Es dann aber noch zu schaffen, die türkische Familienministerin zu stoppen, die per Auto von Deutschland einreisen wollte, um einen Wahlauftritt doch noch zu erzwingen, war schon großes Kino. Hiermit möchte ich unseren Nachbarn dazu in aller Form gratulieren.

Es war absehbar, dass sich das türkisch-holländische Verhältnis verschlechtern würde, aber die Reaktionen, die das konsequente Vorgehen der Holländer auf Seiten der Türkei provozierte, bestätigt meine oben gemachten Aussagen zum Gemüt des Türken im Allgemeinen und ihrem Staatsoberhaupt im Speziellen. Erdogans umgehend vorgetragene Vergleiche mit den Nazis sind inakzeptabel und die Tatsache, dass seine Anhänger sich damit auch noch aufstacheln lassen, sagt Einiges über deren Allgemeinbildung hinsichtlich geschichtlicher Desaster aus. Was ich dann aber in „Die Presse“ vom 15.03. gelesen habe, ist eigentlich zum Lachen, wenn es nicht so traurig wäre. Ich möchte es unkommentiert stehen lassen:

„Die diplomatische Krise zwischen der Türkei und den Niederlanden wirkt sich jetzt auch auf das Rindvieh aus: Ein türkischer Züchterverband kündigte am Mittwoch an, eine Gruppe niederländischer Kühe aus Protest gegen das Verhalten Den Haags des Landes zu verweisen. "Die erste Gruppe Holsteiner ist verladen worden und wird zurückgeschickt", erklärte Bülent Tunc vom Türkischen Verband der Viehproduzenten.“

18. März
Alles Käse!

Ich habe einen schönen, mittelalten Gouda angeschnitten und mit einem Glas Jenever auf die Niederlande angestoßen. Am vergangenen Mittwoch wurde bei unseren Nachbarn gewählt und der „Tulpen-Trump" mit seinen kranken rechten Gedanken unter dem seltsam frisierten Haupthaar hat es, entgegen aller Spekulationen, nicht zur stärksten Kraft im Lande geschafft. Bis kurz vor der Wahl zeigten sich vierzig Prozent der Wahlberechtigten noch unentschlossen und es blieb bis zuletzt unklar, ob die Niederlande sich vor dem Rechtsruck bewahren würden, der zurzeit Europa zu zerstören droht.

Ich habe mich allerdings nicht zu diesem exzessiven Genuss holländischer Spezialitäten hinreißen lassen, weil sich herausgestellt hat, dass bei unseren Nachbarn mehr Leute mit Restverstand rumlaufen, als in Deutschland oder in den USA. Diese Naivität leiste ich mir nicht. Die dumme Masse bei den „Oranjes" liegt in derselben Größenordnung, wie anderenorts. Deshalb ist es falsch anzunehmen, der holländische Wechselwähler hätte sich gegen Wilders und für die Europäische Union entschieden, weil er sein Gehirn eingeschaltet hat, sondern aus dem einfachen Grund, dass der amtierende Ministerpräsident Mark Rutte einige Tage vor der Wahl quasi einen Royal Flash ausspielen konnte, den ihm die Türken in die Hand gespielt hatten. Denn durch sein vehementes und wirkungsvolles Verhindern der Propagandamissionen der türkischen Minister in Holland *(Anm.d.Red.: Siehe auch Kapitel „05. März – Du kommst hier nicht rein!")* schaffte er es im letzten Augenblick, jede Menge wankelmütiger Landsleute auf seine Seite zu ziehen. Sofern sie nicht bereits von rechten Spinnern und EU-Gegnern ersetzt wurde, ist die Lehre für jede andere Regierung in Europa einfach wie logisch: Es gibt erschreckend viele Menschen, die mit Themen sympathisieren, die rechte Parteien für sich beanspruchen, aber man kann sie mit simplen Mitteln zurückgewinnen.

Da wären zunächst wie üblich die einfachen Gemüter.

Bei der vorliegenden Thematik besser bekannt als „Protestwähler".

Die wählen ohne Rücksicht auf die Folgen solche populistischen Mistparteien und raffen nicht, dass neben dem an sich schon kranken Ausländerhass, jegliche wirtschaftlichen oder sozialen Programmpunkte im Wahlprogramm fehlen. Von Lösungsansätzen ganz zu schweigen. Eine Konstellation, die unweigerlich ins Chaos führt, würde eine solche Partei in die Regierungsverantwortung kommen.

Die etwas Intelligenteren dagegen stecken im Dilemma und werden zu „Nichtwählern". Sie weigern sich, „rechts" zu wählen, weil sie die katastrophalen Folgen erahnen, verzweifeln aber an der Haltung der anderen Parteien, die schon immer Themen heruntergespielt oder ignoriert haben, deren Lösung ein Vorgehen erfordert, welches in der notwendigen Konsequenz schnell in Verbindung mit Rassismus oder Ausländerfeindlichkeit gebracht werden könnte.

Das Beispiel Holland hat gezeigt, dass man beide Wählergruppen hinter sich bringen kann, wenn man nur den Arsch in der Hose hat, über den Nazivergleichen zu stehen, die in solchen Augenblicken immer gerne als Totschlagargument gebracht werden. Angst um die beschissene Karriere hält besonders deutsche Politiker in eiserner Umklammerung. Jedes Thema, das auch nur ansatzweise nach „Adolf" riechen könnte, wird nicht angefasst oder sofort fallengelassen, wenn jemand Vergleiche mit dem „Dritten Reich" anbringt. Dabei wäre es immanent wichtig, wenn sich die großen Volksparteien endlich einmal den unbequemen Themen stellen würden, anstatt sie als nicht existent und als die Meinung von Minderheiten herunterzuspielen. Dabei geht es nicht darum, in dasselbe vergiftete Horn zu blasen wie die rechten Rattenfänger. Ein einfaches Zeichen gemäßigter Regierungsparteien, sich nicht von Fanatikern jeglicher Couleur auf der Nase herumtanzen zu lassen, wäre ausreichend, um die Wähler von den rechten Dummschwätzer-Parteien wegzubekommen. Holland hat es uns mit der Absage an Erdogans Wahlpropaganda vorgemacht.

Mit der Flüchtlingsfrage verhält es sich nicht anders. Es geht keinesfalls darum, dem dummen Geschwätz von der Islamisierung Europas den Mund zu verbieten. Die europafreundlichen Parteien sollten den Wählern schlicht und einfach zeigen, dass sie einen klaren Unterschied machen, zwischen Menschen, die vor Krieg, Unterdrückung, Hunger und Armut flüchten, um sich im Einklang mit den europäischen Werten ein neues Leben aufbauen wollen, und denen, die das nicht tun.

Es reicht nicht, nur die großen, eindeutigen Bedrohungen, wie beispielsweise den Terrorismus, zu bekämpfen. Sicher hat der Flüchtlingsstrom diese Gefahr im Gepäck. Es muss aber auch klar Stellung zu Themen bezogen werden, die unter so harmlos klingenden Titeln laufen, wie die „Gebräuche anderer Kulturkreise“ oder „Meinungs- und Religionsfreiheit“. Lässt man die Wahnsinnigen an den beiden extremen Ränder weg, also die, die ihr eigenes Volk als die Herrenrasse ansehen oder aber die Ultraliberalen, für die beispielsweise die bisweilen gewalttätige Unterdrückung der Frau auch hierzulande zu tolerieren ist, weil sie im Einklang mit der Tradition des jeweiligen Kulturkreises ausgeübt wird, dann hat eine Mehrheit in Europa ganz einfache Vorstellungen, wie sich alle Zugereisten zu verhalten haben: „Solange Du die Füße unter meinen Tisch legst…!“ oder auch „Das Brot ich ess`, des Lied ich sing!“

Altbekannte Sprüche, den der ein oder andere schon von den Eltern gedrückt bekommen oder selber schon vom Stapel gelassen hat.

Teilweise nicht unbedingt positiv belegt, aber hier eine gute Charakterisierung der Sachlage.

Jeder der sich, sei es kurz- oder langfristig, in einer Hausgemeinschaft bewegt, sollte sich zu deren Regeln committen. Ansonsten steht es ihm frei, zu gehen oder gegangen zu werden. Jeder Häuslebauer wird mir zustimmen, dass Leute, die sich unter falschen Vorwänden oder uneingeladen Zugang verschaffen, auch die ein oder andere Backpfeife bekommen können, bevor sie achtkantig rausfliegen.

Genug der Bilder vom Eigenheim und zurück nach Europa und zum Kampf gegen Populismus und Ignoranz. Es ist eine endlose Liste von Dingen, die euphemistisch ausgedrückt in Europa nicht oder nicht mehr üblich sind und die von der Politik gnadenlos ausgemerzt gehören.

Bevor gleich wieder das übliche Totschlagargument ausgepackt wird, es handele sich um unbestätigte und überzogenen Aussagen aus dritter Hand, quasi die „Vogelspinne aus der Yuccapalme“ oder der Kebabbudenbesitzer, der in seine Knoblauchsoße onaniert.

Ich musste nicht groß recherchieren, sondern einfach nur meinen Freunden und Bekannten aus allen Bevölkerungsgruppen zuhören, um jede Menge Beispiele zu sammeln, aus denen der Frust und Ärger normaler Leute spricht, die tagtäglich mit Problemen kämpfen, die laut Politik offiziell in der Form gar nicht existieren *(Anm.d.Red.: Bevor jemand fragt, ich selber arbeite, wie bereits erwähnt, in einem großen Konzern ohne den täglichen Kontakt mit der Welt und kann leider von meiner „Insel der Seligen" kein Beispiel beisteuern.)*

Polizist, NRW, 41 Jahre:
„Wir werden in einer ruhigen Nacht zu neun bis zehn Einsätzen gerufen. An achtzig Prozent sind Nordafrikaner beteiligt."

Polizist, Bayern, 46 Jahre:
„Du fängst an, am Sinn deiner Arbeit zu zweifeln, wenn du jede Woche den gleichen Asylbewerber verhaftest und wieder laufen lassen musst, obwohl er in den 6 Monaten seit er hier ist schon 8 Straftaten begangen hat."

Leiterin Telefonshop, NRW, 38 Jahre:
„Es vergeht kein Tag, an dem wir nicht Probleme mit männlichen Asylbewerbern haben. Natürlich ist ein Teil überaus freundlich und dankbar für unsere Unterstützung beim Telefonvertrag, aber ein ebenso großer Teil macht nur Stress. Das fängt damit an, dass man als Frau zunächst komplett ignoriert wird und endet bei Problemen in Beschimpfungen und Bedrohung. Wir haben auch aufgehört, Verträge mit Asylbewerbern zu machen. Sie schließen diese ab, um die teuren Smartphones zu erhalten. Den Zahlungsverpflichtungen wird aber nie nachgekommen. Entweder verticken sie das Handy selbst oder werden vom dolmetschenden Landsmann übers Ohr gehauen, den sie meist im Gepäck haben. Die Polizei kann uns nicht helfen, da sie keine wirksame Handhabe hat."

Kinderärztin, NRW, 48 Jahre:
„Ich habe andauernd mit jungen, verzweifelten Frauen zu tun, die nicht nur gegen ihren Willen verheiratet wurden,

sondern in der Folge auch noch Kinder mit schwersten erblich bedingten Krankheiten zu mir bringen, weil sie innerhalb der näheren Verwandtschaft verheiratet wurden. Neulich hatte ich ein Kind, das bereits in der dritten Generation nahezu taub ist, weil immer wieder der schwerhörige, männliche Nachwuchs mit der jeweils korrespondierenden Cousine verheiratet wurde."

Versicherungskauffrau, Saarland, 31 Jahre:

„Zum Jungesellenabschied habe ich einen Bauchladen bekommen und musste die Schürze und das Kopftuch meiner Oma anziehen. In der Altstadt wurden wir daraufhin von mehreren Männern bedroht und von Lokal zu Lokal verfolgt, weil wir angeblich ihren Glauben beleidigen würden. In der letzten Kneipe hat sie dann die Security rausgeworfen, die uns hinterher auch zum Taxi begleitet hat."

Ich könnte die Liste noch eine zeitlang mit diesen „Einzelfällen" fortsetzen. Meist Vorfälle, bei denen Frauen von Männern aus dem arabischen Kulturkreis im besten Fall ignoriert und im schlimmsten Fall bedroht worden sind. Aber auch Muslima werden nicht selten Opfer ihres eigenen Glaubens, ohne dass überhaupt ein Mann unmittelbar beteiligt ist. Ich kenne einen Fall, bei der saudi-arabische Ärztinnen in einem deutschen Krankenhaus die Infektionsgefahr signifikant erhöhten, da sie aufgrund ihres Glaubens beziehungsweise der Gesetze des eigenen Landes die Abaya, also den traditionellen untaillierten Umhang, unter der OP Kleidung trugen. Die geforderte Desinfektion der Hände bis zu den Ellbogen ist natürlich nicht möglich.

Mir ist durchaus bewusst, wie sich die letzten Zeilen angehört haben. Wie ein Hetzpamphlet der AfD. Natürlich gibt es unter den Einheimischen genauso viele oder gar mehr Idioten, Fanatiker, Straftäter oder Sozialschmarotzer, aber es reicht doch, dass wir die nicht rausschmeißen können. Muss Europa und speziell Deutschland nun auch noch das Endlager für den importierten Pöbel spielen?

Es kann nicht sein, dass nur die rechten Parteien diese Themen besetzen und der Rest so tut, als lebe man in einem Paradies, in dem walldorfgeschulte Schönfärber alle Probleme wegtanzen können.

Wenn man ehrlich zu sich selbst ist, rufen die oben genannten Beispiele bei den Meisten negative Emotionen hervor. Also warum nennt niemand das Kind beim Namen? Es sind genau diese Themen, die die Wähler in die Arme der Populisten treiben. Natürlich ist es schwer, aus der großen Zahl an Kriegs- und Wirtschaftsflüchtlingen schnell und hart die Spreu vom Weizen zu trennen. Aber es wird noch nicht einmal versucht, da stets die Furcht mitschwingt, in die rechte Ecke gestellt zu werden. Die notwendigen Mittel der Rechtsstaatlichkeit fehlen ohnehin meist oder greifen einfach nicht.

Drohszenarien? Fehlanzeige!

Was soll unser zugereister, unkooperativer Freund auch fürchten, wenn er nach jeder Straftat gleich wieder laufen gelassen wird, für die er in seiner Heimat im blödesten Fall eine Extremität verloren hätte. Gefängnis ist auch bei schlimmeren Vergehen nicht so recht beängstigend. Ich bin sicher, dass sich der deutsche Knast wie ein fünf Sterne Wellnesstempel anfühlen muss, wenn man mal einen nordafrikanischen von innen bewundern konnte – und es überlebt hat *(Anm.d.Red.: Wenn wir gerade dabei sind. Ich wäre den Befürwortern des Familiennachzuges, allen voran den Grünen an dieser Stelle sehr verbunden, wenn sie die Diskussion ein wenig differenzierter führen würden. Wieso sollten integrationsunwillige oder straffällige Asylbewerber auch noch ihre Verwandtschaft nachholen dürfen?)*

Holland hat uns in diesen Tagen vorgemacht, was für einen Erfolg Volksparteien im Kampf gegen „Rechts" haben können, wenn man nur ein kleines Thema konsequent bekämpft, welches ansonsten die rechten Parteien für sich beanspruchen und unnatürlich aufblasen.

Im aktuellen Fall hat Mark Rutte vordergründig nur türkische Minister daran gehindert, in Holland Werbung für die kranken Ideen Erdogans zu machen.

In Wirklichkeit hat er aber den Niederländern gezeigt, dass er nicht vor den in Holland lebenden Erdogan-Anhängern einknickt, die Türkei oder Islam höher bewerten, als die Zugehörigkeit zu dem Land, welches sie immer fair behandelt hat und von dem sie seit Jahrzehnten profitieren.

Den in Holland integrierten Türken war der ganze Tamtam sowieso schlimmstenfalls peinlich, wohl aber eher egal.

Machen wir uns nichts vor.

Offene und demokratische Werte werden nicht gewinnen, wenn wir jedem zugereisten Arschloch unter dem Deckmäntelchen der Verfassung Narrenfreiheit lassen, seien es jetzt integrationsunwillige Deutschtürken, straffällige Nordafrikaner, radikale Islamisten oder Asylbewerber, die glauben, sich in Europa nur die Kirschen rauspicken zu können, aber weiter an ihren antiquierten Wertevorstellungen festhalten. Es ist sicher nicht die Mehrheit bei den Zuwanderern, aber es sind mehr, als viele mit ihrer rosaroten Brille zu sehen glauben. Damit schaffen wir Steilvorlagen für solche Parteien, wie die „Front National“, „Partij voor de Vrijheid“ oder die „Alternative für Deutschland“.

Wir schaden jedoch nicht nur uns Europäern. Auch der Mehrheit der Asylanten, die nur hierher geflüchtet sind, um Frieden zu finden oder nur ein wenig persönliches Glück, tun wir keinen Gefallen, denn der stets mitreisende moralische Bodensatz sorgt dafür, dass diese traumatisierten Menschen gleich mit unter Generalverdacht kommen. Schlimmer noch, sie werden meist noch von genau dem Abschaum weiter bedroht, erpresst und gequält, vor dem sie aus dem eigenen Land eigentlich geflohen sind.

Es ist an den europäischen Regierungen, uns alle von solchen Menschen zu befreien und damit ein Klima der Freiheit, Integration und Toleranz zu finden. Wenn sie das nicht tun, gewinnen die nationalistischen Strömungen. Die Tage der Europäischen Union wären gezählt und somit das Ende der friedlichen Ära in Europa eingeläutet. Das kann kein Mensch mit klarem Verstand wollen.

Ich bin übrigens aus dem tiefsten meiner Seele schwarz und hoffe bis zum Schluss, dass Angela mich aus meinem Dilemma vor der Bundestagswahl befreit.

26. März
Die Achse des Blöden - Update 1

Es hat noch nicht einmal einen Monat gedauert und die bereits mehrfach angestellte Vermutung meinerseits hinsichtlich der Fähigkeiten rechter Schwätzer in der Politik hat der Gewissheit Raum gemacht. Polemisches Gewäsch auszuscheißen und Regieren sind zwei komplett verschiedene Paar Schuhe. Diese Woche ist unser pöbelnder Wischmopp in den USA vor die Mikrofone getreten und musste zugeben, dass das mit dem „Make Amerika Great Again"-Job doch eventuell etwas länger dauern könnte. Bundesrichter haben nun schon zum zweiten Mal seine krude Idee, Muslime nicht mehr einreisen zu lassen, als verfassungswidrig gekippt.

Um keinen falschen Zungenschlag hereinzubringen, auch ich vertrete die Meinung, dass sich Individuen, die in ein Land einreisen wollen, in dem sie den größten Teil der Bevölkerung aufgrund, sagen wir mal, einer zumindest diskussionswürdigen Interpretation eines alten Schmökers, für Ungläubige und somit Freiwild halten, gehackt legen können. Es gibt viele schöne Länder, meist mit breitem Strand, in dem sie gerne ihr gottesfürchtiges Dasein verbringen dürfen. Der berühmte Generalverdacht ist also auch hier nicht die Lösung. Ich habe viele Muslime im Bekannten- und Freundeskreis, die ihre Religion genau wie ich auch auf das vernünftige Mindestmaß reduziert haben, dass da lautet „Geht Euch gegenseitig einfach nicht auf den Sack!"

So lernt der liebe Donald gerade schmerzlich, dass er als mächtigster Mann der Welt offensichtlich doch nicht jeden Schwachsinn umgesetzt bekommt, den er sich beim Wichsen vor der Konföderiertenflagge oder seinem Spiegelbild ausgedacht hat.

Auch das Thema Gesundheitsreform geht gerade den Bach runter, weil sogar Republikaner es nur begrenzt supi finden, dass nach Trumps Plänen ungefähr 25 Mio. Menschen in den USA die Krankenversicherung verlieren würden.

Zum Glück geht nicht alles schief.

Der amerikanische Präsident hat einen Erfolg zu verbuchen. Durch das glorreiche Scheitern seiner noch im Wahlkampf herausgekotzten nationalistischen Ideen und den grenzdebilen Twitternachrichten, hat er es ohne Probleme geschafft, dem Rechtsruck in Europa zumindest für den Moment zu stoppen.

Sogar der dümmste Europäer fragt sich gerade, ob eventuell das Geschwätz von Wilders, Le Pen und Co doch nur Oppositionspolemik ist und nach der Wahl solches Gedankengut im besten Fall scheitern oder schlimmstenfalls ins Verderben führen würde.

26. März
Alles Käse! - Update 1

Es hat nur eine Woche gedauert und ich stoße schon wieder auf ein Land an, wenn auch heute nur auf ein Bundesland. Diesmal jedoch mit einem Ringel „Lyoner“ und einem kalten Karlsberg Ur-Pils. Es ist 18 Uhr und die erste Hochrechnung bei der Landtagswahl im Saarland flimmert in diesen Minuten über den Bildschirm. Obwohl es lange nicht klar war, hat die regierende CDU mit deutlichem Abstand gewonnen und bleibt im kleinsten Bundesland an der Macht, während die AfD dagegen mit mageren sechs Prozent gegen den Bundestrend abgestraft wurde.

So etwas passiert natürlich nicht zufällig. Da der Standardsaarländer hinsichtlich gesundem Menschenverstand definitiv nicht gegen den Bundestrend schwimmt - als Eingeweihter kann ich versichern, dass Heinz Becker den handelsüblichen Eingeborenen schon ganz gut charakterisiert - muss das im Kern gute Ereignis einer AfD-Schlappe andere Gründe haben.

Es bedarf keiner großen Recherchekunst, um die Parallelen zum niederländischen Schlag gegen Rechts von letzter Woche zu sehen *(Anm.d.Red.: Siehe auch Kapitel „18. März – Alles Käse!“).* Im Vorfeld zur Landtagswahl hat auch die amtierende Ministerin klar jegliche Wahlkampfveranstaltung türkischer Minister im Saarland untersagt. Ich hege eine gewisse Ambivalenz bei der Frage, was ich peinlicher finden soll, den Doppelnamen der Dame oder die Tatsache, dass unsere Annegret vergessen hat zu erwähnen, dass überhaupt kein türkischer Minister bis dato geplant hatte, das Saarland zu besuchen. Abgesehen davon hat es zumindest bewiesen, dass jegliches Besetzen angeblich ach so rechter Themen den populistischen Parteien sofort den Wind aus den Segeln nimmt.

Ob die amtierende saarländische Ministerpräsidentin nun unmittelbar vom holländischen Kollegen Mark Rutte gelernt hat sei dahingestellt. Vielleicht hat sie auch ausnahmsweise beim Morgenkaffee in der Saarbrücker Fußgängerzone, entgegen allen normalen Politikergebarens, einfach mal der Meinung ihrer Wahlbevölkerung gelauscht, die sich größtenteils sehr positiv über das konsequente Vorgehen unserer käseproduzierenden Nachbarn geäußert haben dürfte. Es wäre in beiden Fällen zu goutieren, zumal Lernen und Zuhören gemeinhin nicht unbedingt zu den Kernkompetenzen von Politikern gehören. Es ist denkbar, dass ich zu viel hinein interpretiere und Annegret Kramp-Karrenbauer hat einfach nur eines der berühmten Körner gefunden, die in der sehbehinderten deutschen Politiklandschaft bisweilen rumliegen. Oberflächlich betrachtet ist der Antrieb ihres Handelns auf den ersten Blick nicht von Belang, sondern es zählt nur das Resultat.

Während den Damen und Herren vom rechten Parteienrand zum Thema „Ausländer“ nämlich nichts Besseres durch die Hohlbirne weht, als „Deutschland den Deutschen“, hat sich durch die Wahlen in den Niederlanden und dem Saarland gezeigt, dass ein differenzierteres Auseinandersetzen und anschließendes konsequentes Vorgehen bei rechts besetzten Themen ausreicht, um den Protestwähler zumindest mal kurzfristig von seinem verderblichen Weg abzubringen. Nicht, dass ich meine Vorbehalte gegen das unverantwortliche Handeln dieser Spezies abgelegt hätte, aber wenn solche kleinen Aktionen schon zur Meinungsänderung bei Teilen dieser Pappnasen beitragen, soll es mir Recht sein. In Zeiten eines manischen Glaubens vieler Menschen an den Wahrheitsgehalt von Informationen aus den sozialen Netzwerken, ist das Warten auf Einsicht sowieso ein Luxus, den man sich nicht mehr leisten sollte. Wenn also wie hier die gemäßigten Kräfte durch Manipulation zum Ziel kommen, ist das durchaus akzeptabel. Mehr aber auch nicht.

Kurzfristige Meinungsänderungen bergen immer das Risiko, nicht von Dauer zu sein. Um einen langfristigen Erfolg gegen den drohenden Rechtsruck in Deutschland zu schaffen, reicht es deshalb nicht aus, wenn die wählbaren Parteien nur vor Wahlen vermeintlich nationalistische Themen beackern, um das rechte Ufer abzufischen. Insbesondere wenn sie diese heißen Eisen auch nur dann anfassen, wenn sie, wie im Falle der türkischen Propagandaauftritte in Deutschland, von selbst weit genug aus der verhassten Schmuddelecke hervorgekrochen kommen. Wenn Erdogan in diesen Tagen in flammenden Reden nahe am Herzkasper halb Europa als Nazis bezeichnet, weil sie seine Auffassung von Demokratie mal so gar nicht teilen, ist es keine mutige

Leistung, sondern politisch überlebensnotwendig, mit Hitler verglichen zu werden. Wer hier außen vor bleibt, kommt am Ende noch in den Verdacht, mit dem türkischen Ministerpräsidenten zu sympathisieren, was zurzeit schlimmer ist, als Nazi zu sein.

Wenn Politiker wie Frau Kramp-Karrenbauer sich mit diesen Zufallsgeschenken zufriedengeben, weil der Vorstoß in rechte Ecken nach wie vor politischen Selbstmord bedeutet, wird es nicht möglich sein, Parteien wie die AfD langfristig klein zu halten. Insbesondere dann nicht, wenn plötzlich Teile rechter Bedrohungsszenarien Realität werden sollten. Spätestens dann beginnt neben den Protestwählern auch die Stammwählerschaft abzuwandern. Denn auch wenn karrierebewusste Mainstreampolitiker uns genau das beim Umschiffen jeglicher Stolpersteine gerne glauben machen wollen, es ist definitiv nicht alles an den Haaren herbeigezogen, was von den Rechten der Teilaspekte beraubt und für den Pöbel auf ein verständliches Niveau herunterpolemisiert wurde.

Es gibt bereits jetzt eine Menge Wähler von gemäßigteren Parteien, die sich ebenfalls wünschen, eine deutsche Regierung würde sich nicht von Leuten, die Recht und Demokratie ablehnen, auf der Nase herumtanzen lassen. Weder von ausländischen Mächten, wie in diesem Fall der türkischen Regierung, noch von als Flüchtlingen getarnten Verbrechern und Fanatikern, die hier im Schutze der liberalen Gesetze in Deutschland ihren kranken Lebensmodellen nachgehen können. Leider stimmt man bei einer Wahl nur dem Wahlprogramm einer Partei zu. Platz für persönliche Vorschläge, wie bei jeder banalen Meinungsumfrage üblich, gibt es auf dem Wahlzettel nicht. Wie also macht man als Stammwähler den Politikern seines Vertrauens klar, dass man ihr Wahlprogramm zum Wohle Deutschland und Europas eigentlich ganz brauchbar findet, jedoch hier und da durchaus noch ein paar Anmerkungen hätte? Als selbstbestimmter Bundesbürger wünscht man sich sicher kein arisches Großdeutschland. Einige mögen mehr Richtung Multikulti tendieren, andere weniger, aber letztendlich wollen alle ein Land, in dem alle Menschen ungeachtet ihrer Herkunft leben können, aber nur wenn sie sich mit den hier geltenden Wertesystem arrangieren. Denen, die glauben, dass Deutschland islamisiert wird, alle Ausländer ihnen die Jobs wegnehmen, ihre Haustiere verspeisen und wenn sie satt sind noch ihre hässlichen übergewichtigen, unerzogenen Töchter schänden, ist eh nicht mehr zu helfen. Ehrlich gesagt gönne ich jeder rechten Gruppierung solche Idioten.

Es wäre allerdings wünschenswert gewesen, ein paar Politiker hätten aus den ermutigenden Ergebnissen in den Niederlanden und im Saarland ausnahmsweise mal die richtigen Schlussfolgerungen gezogen. Schaut man sich jedoch die Interviews unmittelbar nach der Saarlandwahl an, ist davon leider nicht auszugehen. Anstatt einen direkten Zusammenhang zwischen den jeweiligen klaren Statements von Rütte und Kramp-Karrenbauer und dem schlechten Abschneiden von Wilders oder der AfD zu realisieren, wurde indes sofort erleichtert fantasiert, die Bevölkerung hätte das Interesse an rechten Themen verloren. Wörtlich wurde unter anderem gesagt: „Die Flüchtlingsproblematik scheint bei Wahlen keine Rolle mehr zu spielen."

Dass sogar die CDU selbst die Zusammenhänge nicht hervorhob, zeigt nur, dass umgehend wieder die Distanzierung von potentiellen rechten Themen gesucht wurde.

Anstatt froh zu sein, dass man erfolgreich geschafft hat, mit einem kleinen Trick den einfach gestrickten Wähler am Nazisumpf vorbeizuführen, treibt man ihn sogleich wieder mit solchen Statements zurück in die Arme der Populisten und vergrault auf lange Sicht auch Teile seiner Stammwählerschaft. Zumindest die, die Integration von Immigranten weder als „Bring-Schuld" Europas sehen noch die Meinung vertreten, entsprechende Programme stellten ein nettes „Welcome -Angebot" zur freiwilligen Nutzung dar.

Es bleibt also bis zur Bundestagswahl nur zu hoffen, dass noch einmal so ein Typ wie Erdogan auftaucht und durch eine Steilvorlage die von der Politik gezogene Bannmeile um irgendein rechtes Thema aufhebt. Ansonsten sehe ich die AfD im Herbst mit einem hohen zweistelligen Ergebnis

02. April
Down in the snow

Sich über die Menschheit aufzuregen ist anstrengend. Deshalb brauchte ich schon wieder Urlaub. Eine Woche Skifahren in Schladming. Der übliche Wahnsinn nebst den dazugehörenden Protagonisten, den ich bereits in einem der vorigen Kapitel in epischer Breite kommentiert habe und der sich in erschreckend gleichbleibender Form bei höheren Temperaturen und demzufolge schlechteren Schneeverhältnissen auch wiederholt hat.

Dennoch berichtenswert, dank eines außergewöhnlichen Ereignisses. In diesem Jahr fanden nämlich in Schladming eine Woche lang die „Special Olympics“ statt. Zur Eröffnungsfeier war im Zieleinlauf der Abfahrtsstrecke extra ein Stadion für 15.000 Personen zusammengeschraubt worden. Die Pensionswirtin verkündete stolz bei unserer Ankunft, dass Helene Fischer am Abend ein Eröffnungskonzert geben würde.

„Special Olympics“? Aha! Meine erste Vermutung, es handele sich um eine Olympiade mit ultramodernen Sportarten, die keine Sau braucht, wurde allerdings ebenso wenig bestätigt, wie das Gerücht vom Duett von der Fischer mit dem Gabalier, was ebenfalls keine Sau braucht. Diese Veranstaltung ist vielmehr, in einem kleineren Rahmen, das, was die Paralympics für körperlich Behinderte darstellen. Eine Olympiade für Menschen, denen das Leben nicht den gesamten Zucker in den Hintern geblasen hat.

In diesem Fall Menschen, die sich trotz einer geistigen Behinderung im sportlichen Wettkampf mit anderen Nationen messen wollen.

Die Eröffnungsfeier war ausverkauft, auch wenn sich das angekündigte Eröffnungskonzert der Fischer letztendlich auf das Absingen von zwei Liedern beschränkte. Immerhin hatte Madame dazu ihre komplette Band einfliegen lassen. Respekt! Das Geld wäre bei der Veranstaltung anderweitig sicher sinnvoller eingesetzt gewesen. Für zwei Songs hätten es auch lokale Schrammelmusiker zur Begleitung unseres sibirischen Juwels getan. Die klampfen und jodeln auch in der Steiermark zu Hauf, wie eigentlich überall in den Bergen. Regen und Hunger trieben unsere Reisegruppe schnell in ein

Brauhaus mit Kabelanschluss und so konnten wir die Zeremonie über den Fernseher verfolgen. Was man so sah, war alles recht professionell, inklusive der üblichen Reden wichtiger und weniger wichtiger Personen, einer Fackelabfahrt der Skilehrer am Zielhang hinter der Bühne sowie Showeinlagen mit Gesang und Tanz, an denen auch geistig behinderte Menschen mitwirkten. Einige mit größerem Programm und Gesang, andere nur winkend im Hintergrund bei Helene Fischer. Inwieweit die sich als Staffage hinter der Fischer unwohl fühlten, kann ich nicht beurteilen. Vor allem Menschen mit Downsyndrom machen immer einen sehr fröhlichen und zufriedenen Eindruck, wenn sie nicht gerade wirklich schlechte Laune haben. *(Anm.d.Red.: Ich weiß wovon ich rede, ich habe einen Downie in der Familie – und nein, bevor die politisch korrekte Mischpoke wieder aufheult, der Begriff ist nicht diskriminierend oder politisch inkorrekt! Blondie und Brownie sind es ja auch nicht!).* Beendet wurde die Eröffnungsfeier, wie die Olympischen Spiele auch, mit dem Einmarsch der Nationen. Insgesamt trotz Regen eine gelungene Veranstaltung, soweit man das vor dem Fernseher beurteilen konnte.

Ehrlich gesagt hätte ich das Ereignis am nächsten Tag schon so gut wie vergessen, denn mein Skiurlaub war nur peripher von der Veranstaltung betroffen. Es wurde nur ein Hang weitab vom Schuss gesperrt und auch die „Fanmeile“ war nicht direkt an der Talstation, sodass ich zunächst nicht darauf aufmerksam wurde.

Erst am dritten Tag, bei einem Stadtbesuch, kamen wir zufällig an der Siegerehrung vorbei. Um es kurz zu machen, während ich diese Zeilen schreibe, ärgere ich mich immer noch, dass ich nicht direkt vom ersten Tag an den Wettkämpfen beziehungsweise der gesamten Veranstaltung mehr Aufmerksamkeit geschenkt habe.

Wenn man wie ich ständig an der Dummheit der Menschheit verzweifelt, ihrer Machtgier, ihrem Egoismus und nicht selten ihrem Sadismus, dann gibt eine solche Veranstaltung doch sehr viel Hoffnung zurück. Zu sehen welche Begeisterung aber auch Ehrgeiz die Athleten bei den Wettkämpfen entwickeln, welch Freude die Sieger bei dem Umhängen der Medaillen empfanden und die faire und ungekünstelte Begeisterung, die ihnen die übrigen Athleten, Angehörigen und

Zuschauer aus dem Publikum entgegenbrachten, entschädigt schon für Einiges.

Da es sich um Winterspiele handelte, wurden alle bekannten und weniger bekannten Wintersportdisziplinen durchgeführt. Trotz diverser Leistungsklassen und teilweise behindertengerecht angepasster Sportarten ist es angesichts der doch sehr unterschiedlichen Handicaps der Teilnehmer sehr schwer, gerechte Voraussetzungen zu schaffen, was dem Sportsgeist aller Olympioniken allerdings keinen Abbruch tat. Das wurde mir auch von einigen Organisatoren erklärt, mit denen ich ins Gespräch gekommen bin, als ich ein Fan-Shirt für den zukünftigen Goldmedaillengewinner aus meiner Familie gekauft habe *(Anm.d.Red.: Ich grüble noch hinsichtlich der Disziplin).*

Hier wird nicht gedopt und es herrscht eine Fairness, die man im sogenannten Spitzensport vergeblich sucht. Gut, bei den Russen bin ich mir hinsichtlich des Dopens sogar bei den Special Olympics nicht vollkommen sicher. Putin ist alles zuzutrauen, wenn es darum geht, seinem Volk ein überlegenes Russland vorzuspielen. Das „DMDM-Prinzip" lässt grüßen. Natürlich hat eine Goldmedaille bei den Special Olympics nicht so viel Bedeutung, wie bei den Olympischen Spielen, aber auch das würde den Einsatz unerlaubter Substanzen natürlich in keiner Weise rechtfertigen. Doping an sich gehört für mich auf der Skala menschlicher Niedertracht per se ganz nach oben. Wie heimtückisch und fies müssen Funktionäre und Regierungen sein und wie moralisch verkommen Sportler, um sich in einem Ansehen zu sonnen, von dem sie wissen, dass es mit unfairen Mitteln erkauft wurde, wenn gleichzeitig fair trainierende Athleten um ihren Erfolg gebracht wurden.

Lobend zu erwähnen wären auch noch die vielen großen und kleinen Sponsoren, die diese Veranstaltung sicherlich erst möglich gemacht haben, zumal bei den „Special Olympics" die Wahrscheinlichkeit größer ist, dass das Geld wirklich für die Veranstaltung verwendet wird und nicht wie sonst in die Kassen des IOC oder dubioser anderer Taschen fließt. Wenn man von den Schwierigkeiten weiß, mit denen insbesondere Randsportarten mangels medialer Präsenz bei der Sponsorensuche zu kämpfen haben, ist es durchaus hervorzuheben, dass die Konzerne Audi und Coca-Cola als

Hauptsponsoren aufgetreten sind. Das ist nicht selbstverständlich in einer kranken Welt, in der alles auf Zuschauerzahl und Einschaltquote ausgerichtet ist und Konzerne sonst nur zahlen, wenn ihr Logo alle 2 Sekunden in einer Fernsehübertragung zu sehen ist, die mindestens auf 1 Million Zuschauer kommt.

Letztendlich hat mich auch die friedliche Stimmung beeindruckt, die über der Veranstaltung lag, obwohl Nationen aus allen Ecken der Welt anwesend waren, von denen einige zur Zeit nicht unbedingt auf der politischen Bühne beste Freunde sind. Ich habe noch nie die Olympischen Spiele besucht, aber ich hoffe, dass wie hier bei den Special Olympics auch die anderen Veranstaltungen, seien es nun die Spiele für die Normalos oder die Paralympics, ein ähnliches Gefühl ausstrahlen. Es ist sehr viel erreichbar, wenn man fair und unaufgeregt miteinander umgeht.

Für den Fall, dass sich der Leser nach diesem zugegeben kurzen Kapitel die Augen reibt. Ich kann versichern, dass auch ein Misanthrop in solchen Momenten in der Lage ist, der Welt und den Menschen positive Facetten abzugewinnen. Aber ich kann sie beruhigen. Schon nächste Woche werden sich sicherlich wieder menschliche Abgründe auftun, die meinen kurzen Anflug von Philanthropie im Keime ersticken.

12. April
Gehirnakrobatik

Die US Regierung mischt mal wieder im Nahen Osten mit und hat nach dem verheerenden Gasangriff in Syrien, bei dem unzählige Zivilisten ums Leben kamen, einen Vergeltungsangriff gegen Assad gestartet. Dabei hat mich ausnahmsweise mal weniger die Handlungsweise von „Le Frisur“ aufgeschreckt. Dieses Verbrechen kann man dem syrischen Diktator schließlich nicht ungestraft durchgehen lassen, auch wenn Putin wie immer eine andere Meinung hatte. Der Machtkampf von Russland und den USA auf dem Rücken der syrischen Bevölkerung ist nach wie vor beschämend, aber hier nicht das Thema. Diskussionswürdig fand ich bei diesem Ereignis eigentlich die Meldung, dass Ivanka Trump ihrem Vater zum Angriff auf Syrien geraten haben soll. Statt wie gewöhnlich „Fake-News“ zu schreien, hat der US-Präsident die Chance ergriffen, das nächste Familienmitglied von seinem Job als „König der Welt“ profitieren zu lassen. Allerdings hat sich schnell gezeigt, dass die Welt etwas befremdlich reagiert, wenn die amerikanische Außenpolitik offensichtlich beim Familienkuscheln beschlossen wird. Aus diesem Grund wurde Ivanka Trump dann auch höchst offiziell in den Beraterstab aufgenommen.

„Plötzlich Beraterin“ hört sich etwas nach Hollywood an. Nur war in diesem Fall die filmische Vorlage realistischer als die Realität. Immerhin musste Mia alias Amelia Thermopolis alias Anne Hathaway ihre Rolle als Prinzessin erst erlernen. In den Kreisen der Trumps macht man es sich da leichter. Für solche Fälle haben Sprösslinge aus reichem Hause zur Legitimation stets ein Prädikatsexamen einer renommierten Uni in der Schublade. Ganz gleich welche berufliche Herausforderung wartet, sie wurde bereits in der elterlichen Firma in entsprechender Führungsposition erworben. Das bestätigt natürlich das von der Unternehmensführung bereitwillig erstellte Zeugnis. Immer gut, wenn der Vorstand blutsverwandt ist. Schaut her Welt! Ivanka Trump hat eine beneidenswerte Intelligenz und eine sagenhafte Reputation für diesen Job. Wie sollte es bei dem geistigen Potential des Vaters auch anders sein? Da in großen Teilen der zivilisierten Welt bei Trump-Senior hinsichtlich der prinzipiellen und bloßen Existenz von Letzterem zumindest ernsthafte Zweifel bestehen, ist es unumgänglich, etwas tiefer zu bohren. Deshalb möchte ich mich im Folgenden ein wenig detaillierter mit dem Thema Intelligenz und IQ beschäftigen, zumal es sich um eine in der Natur eher selten vorkommende Ressource handelt und es zumindest fragwürdig erscheint, dass sie ausgerechnet in den sogenannten Eliten geballt vorhanden zu sein scheint.

Die Intelligenzforschung hat durch Tests mit Zwillingen herausgefunden, dass offensichtlich die Hälfte der Intelligenz vererblich ist und die andere Hälfte auf das soziale Umfeld zurückzuführen ist. Beginnen wir zunächst mit der Vererblichen, also jene, die dafür sorgt, dass man gut in Mathe ist oder eine schnelle Auffassungsgabe hat. Selbst beim besten sozialen Umfeld sollte diese den maximal erreichbaren Schulabschluss bestimmen. Gut, die sogenannte Highschool vermittelt in zwei Jahren Wissen auf einem Niveau, das qualitativ und quantitativ in etwa dem Äquivalent eines Yps-Heftchens entspricht, aber für die weiterführenden Schulen muss man auch in den USA schon eine rudimentäre Intelligenz mitbringen. Ich bin demzufolge immer wieder erstaunt, wie viele Sprösslinge aus reichem Hause nicht nur Eliteunis besuchen, sondern dabei auch ausnahmslos, wie unsere liebe Ivanka Trump, Bestnoten produzieren. Das nicht totzukriegende Vorurteil zwischen IQ und Haarfarbe spielt bei meinen Zweifeln dabei keine Rolle. Ich bin selbst blond und, wie Sie sicherlich schon geahnt haben, mit einer überirdischen Intelligenz gesegnet. Eine Intelligenz, die mich dazu verdammt hat, die Welt jeden Tag aufs Neue in ihrer ganzen Schonungslosigkeit zu erkennen und ertragen zu müssen. Aber ich möchte hier nicht klagen.

Zurück zur Intelligenzforschung. Der Prozentsatz von Menschen, die über so viel erbliche Intelligenz verfügen, um derartige schulische Leistungen zu erbringen, wie sie Eliteunis angeblich verlangen, ist überschaubar. Vor diesem Hintergrund und angesichts der Tatsache, dass die Natur im Gegensatz zum Teufel eben nicht auf den „größten Haufen scheißt“, wirft die erhöhte Zahl von Millionärskindern, die ihr Studium mit „Summa cum laude“ vornehmlich in Wirtschaftsfächern abgeschlossen haben, allerdings die Frage auf, inwieweit manche Blagen nicht nur den goldenen Löffel bei der Geburt in den Mund, sondern später auch den Universitätsabschluss in den Arsch gesteckt bekamen. Spekulation? Nein, nur simple Wahrscheinlichkeitsrechnung. Bis heute hat man auch keine Ahnung, bei welchem Elternteil die Natur hinsichtlich Intelligenz wie zugreift. Anfänglich als spektakulär hingestellte neue Ergebnisse der Genforschung, wonach die Mutter die Intelligenz vererbt, konnten letztendlich doch nicht bestätigt werden. Das Geräusch von erleichtertem Aufatmen bei den superreichen Säcken, die zum Großteil ihre Weiber nach Aussehen und weniger nach IQ auswählen, war seinerzeit sicherlich physisch hörbar. Was das über die Intelligenz dieser Männer aussagt, sei ebenfalls dahingestellt. Weiß man schon nicht genau, von welchem Elternteil der Grips beziehungsweise die Blödheit vererbt wird, ist die Forschung bei dem „wie" auch nicht viel weiter. Nach den heutigen Erkenntnissen gibt es eine durchschnittliche Intelligenz beim Menschen irgendwo bei einem IQ von 110. Sind die Eltern dumm, also deutlich unter 110, ist die Wahrscheinlichkeit groß, dass das Kind mehr Richtung 110 geht, also schlauer wird als sie. Umgekehrt gilt dasselbe für die intelligente Variante. Dort werden die Kinder mit höherer Wahrscheinlichkeit einen geringeren IQ als die Eltern haben. Wenn also die erbliche Intelligenz normal verteilt ist, wie verhält es sich mit den anderen fünfzig Prozent, die laut der Wissenschaft beim IQ mitmischen? Die soziale Intelligenz wird dem Menschen vom Umfeld mitgegeben. Dieses wird anfangs natürlich hauptsächlich von den Eltern vermittelt. Sind die Eltern Deppen, liegt es nahe, dass auch der Nachwuchs Gefahr läuft, einer zu werden, selbst wenn er das Glück hatte, von der Natur reicher beschenkt worden zu sein, als die Erzeuger es hätten erwarten lassen. Stichwort: Wahrscheinlichkeit! Es ist anzunehmen, dass es Kindern nicht zum Vorteil gereicht, wenn die Familie in einem schwierigen Umfeld lebt. Die Schule im sozialen Brennpunkt, die Papa dank seiner begrenzten geistigen Kapazität für den Sprössling gewählt hat, weil der Kurze da zu Fuß hingehen kann, wirkt sich sicher anders auf diesen Teil der Intelligenz aus, als ein Nobelinternat in der Schweiz. Hier haben Kinder aus reichem Hause, wie Ivanka Trump, demnach einen entscheidenden Standortvorteil, einfach weil das soziale Umfeld vieles wettmacht, auch wenn die Eltern strunzen blöd sind. Verfügen unterprivilegierte Eltern allerdings über mehr Intelligenz, dürfte dieser Vorteil minimal werden, zumal, ungeachtet der eigenen schwierigen Situation, solche Eltern dafür sorgen werden, dass der Nachwuchs ein Maximum an sozialer Intelligenz mitbekommt. Allerdings steigt hier, wie oben gelernt, jedoch wieder die Wahrscheinlichkeit, dass das Kind von der Natur aus oft von der erblichen Seite gesehen kleinere Brötchen backt, als die Eltern. Trotz super Erziehung besteht also dann wieder die Gefahr, dass es kein Überflieger werden wird. Alles sehr kompliziert. Will man vor dem Hintergrund dieser Erkenntnisse ein Genie zeugen, müssen neben dem Zufall noch einige weitere Komponenten zusammenkommen. Ich habe ein wenig recherchiert. Bei Einstein oder Hawking waren schon die Eltern nicht gerade das, was man als geistige Tiefflieger bezeichnen würde. Vererbliche Intelligenz macht offensichtlich keine Quantensprünge. Angesehene Tropenmediziner, Wirtschaftswissenschaftler oder Pioniere auf ihrem jeweiligen Gebiet legen die Vermutung nahe, dass die Eltern sowohl bei der erblichen, wie bei der sozialen Komponente dem Nachwuchs optimale Voraussetzungen bieten konnten. Die geringe Anzahl an Genies auf dieser Erde zeigt, wie klein die Wahrscheinlichkeit ist, dass nun auch noch ein Kind mit höherer vererbter Intelligenz, als die der Eltern entsteht.

Bedeutet im Umkehrschluss, wenn beide Eltern blöd sind, werden die Kinder mit hoher Wahrscheinlichkeit schlauer, mit geringer Wahrscheinlichkeit klug, aber mit ziemlicher Sicherheit keine Genies. Wenn man das Thema Intelligenz nun zusammenfasst, dann erkennt man, dass als Ergebnis alles möglich ist und zwar immer gebildet aus einer Kombination aus Natur und Umfeld. Die Verteilung ist allerdings eine Frage der Wahrscheinlichkeit. Und da ist es leider eine traurige Tatsache, dass die große Masse auch in Zukunft nicht unbedingt IQ-technisch auf Rosen gebettet ist, zumal ihr Nachwuchs gleich aus zwei großen Lagern gespeist wird. Einerseits ist da die große Schar der Deppen-Eltern mit niedrigen sozialen Status aber hoher DSL-Geschwindigkeit, die ihre Kinder ungeachtet der vererbten Intelligenz verhunzen. Anderseits sind da aber noch die bedauernswerten Erzeuger, die zwar selbst von Mutter Natur begünstigt wurden, deren Kinder aber leider nur ein kleineres Gefäß bekommen haben, um die positiven Einflüsse aufnehmen zu können. Somit ist es eine traurige Tatsache, dass die Intelligenz-Pyramide in der ganzen Welt eine breite Basis bei dumm hat. Obwohl der Anteil an Vollpfosten in den nächsten Gesellschaftsschichten abnimmt, weil die Wahrscheinlichkeit steigt, dass die soziale Intelligenz die fehlende erbliche Intelligenz aufwiegt, kann dieser Effekt nicht ausgeglichen werden. Grund sind die sinkenden Teilnehmerzahlen, wenn es um steigenden Reichtum geht. Am Ende bleibt es eine Pyramide, die je nach Land und der dort herrschenden Staatsform, Religion und Wirtschaftsstärke in der Mitte variieren dürfte. Am oberen Ende bleibt sie aber eher spitz, da super reich und super schlau äußerst selten ist. Zusammenfassend erscheint es zumindest fragwürdig, inwieweit der hohe Anteil an galaktisch guten Schulabschlüssen von reichen Zöglingen natürlichen Ursprungs sein kann. Einfach, weil nicht so viele Genies in diesen Kreisen geboren werden, wie hinterher dann mit einem „Prädikats-Havard-Diplom“ oder ähnlichem herumwedeln. Wenn wir nun unser Wissen anwenden, ist einzusehen, wie gering die Chancen waren, dass Ivanka bei diesem Genpotential ein Überflieger geworden ist. Selbst wenn Trump eine Raketenwissenschaftlerin geschwängert hätte, was bekanntlich nicht der Fall ist, wäre das Ergebnis höchstwahrscheinlich nur Durchschnitt gewesen. Familien wie Trump und Hilton haben mit Donald und Paris gezeigt, dass es scheinbar leichter ist aus einer intelligenten Generation eine Dumme hervorzubringen. Schwer erscheint es dagegen, aus einer dummen Familie eine intelligente zu machen. Dazu bedarf es Glück und mehrere Generationen. Sieht man auch bei Bush. Da hat der Sohn auch nicht mehr Hirn als der Vater.

Ich hoffe, ich konnte meine Bedenken hinsichtlich der Beraterqualitäten der Präsidententochter einigermaßen verdeutlichen, obwohl das Thema Intelligenz äußerst kompliziert daherkommt. So oder so bleibt die Ernennung von Ivanka erneut ein klarer Fall von Vetternwirtschaft innerhalb der Trump-Regierung. Auch wenn diese Erklärung moralisch fragwürdig erscheint, ist sie jedoch deutlich besser als die Alternative, nämlich dass Trump außer seiner Tochter keinen mehr gefunden hat, der den Job sonst machen will.

16. April
Du kommst hier nicht rein! - Update 2

Das Referendum in der Türkei ist vorbei und Erdogan hat mit lächerlichen einundfünfzig Prozent gewonnen. Besonders jämmerlich sind dabei alle Randbedingungen, die diesen knappen Sieg überhaupt möglich machten und die jeden Menschen mit gesundem Verstand an einer ordnungsgemäßen Wahl zweifeln lassen. Es hat nie einen fairen Wahlkampf im Vorfeld gegeben. Der gesamte Staatsapparat wurde von Erdogan zu Propagandazwecken eingespannt und politische Gegner im Ausland beobachtet und eingeschüchtert oder im Inland eingeschüchtert und weggesperrt. Unregelmäßigkeiten während der Wahl waren so sicher wie das „Amen in der Kirche" oder was auch immer man in einer Moschee dazu sagen würde. Die Wahlbeobachter wurden behindert, teilweise sogar verhaftet, und die Wahlkommission erkannte zweieinhalb Millionen nicht versiegelte Umschläge an. Der absolute Witz waren eigentlich die Wahlzettel selbst. Ein „Evet" (Ja) auf blütenweißem Hintergrund und ein „Hayir" (Nein) auf kackbraunem. Viel auffälliger kann man dem Unterbewusstsein oder aber den Analphabeten unter den zentralanatolischen Bauern nun wirklich nicht klar machen, wo das Kreuz zu setzen wäre. Letztendlich war es schließlich auch die Landbevölkerung, die den Ausschlag für den Wahlsieg gegeben hat, während in den aufgeklärten Städten überall das „Nein-Lager" überwog. Die tumben Bauern wären noch hinnehmbar gewesen. Blickt man zu den wahlberechtigten türkischen Mitbürgern in Deutschland, wird es allerdings ganz übel, denn sie haben mit einem deutlich höheren Anteil mit „Ja" gestimmt, als die in der Türkei lebenden Türken selbst.

Natürlich muss das Ergebnis ein wenig differenziert gesehen werden. Wozu sollte ein integrierter Türke sich überhaupt an dieser Wahl beteiligen? Ihm dürfte der Wahnsinn in der Türkei am Allerwertesten vorbeigegangen sein beziehungsweise ihn maximal aus einer gewissen nationalen Wehmut interessiert haben. Dementsprechend ist er zu Hause geblieben. Schließlich ist er Deutscher. Somit kann man auch positiv formulieren: Wenn sich sechsundvierzig Prozent der wahlberechtigten Türken in Deutschland an der

Wahl beteiligt haben, dann sind vierundfünfzig Prozent hierzulande angekommen und integriert. Demzufolge ist das passiert, was auch sonst bei Wahlen mit einer niedrigen Wahlbeteiligung zu beobachten ist – Desinteresse führt zu einem Rechtsruck, weil die nationalistischen Eiferer immer zahlreicher zu Wahlen mobilisiert werden können! Es liegt also auch hierzulande nahe, dass nur die bornierten Nationalisten zum Referendum gegangen sind, um mit „JA" zu stimmen. Des Weiteren die Deutschtürken, die globale Konsequenzen einer Diktatur in Europa fürchten oder aber noch nahe Verwandtschaft in der Türkei haben, um entsprechend mit „Nein" zu stimmen. Vor diesem Hintergrund ist das Ergebnis zwar nicht mehr ganz so schlimm, aber immer noch armselig genug. Auch wenn ich es vor ein paar Wochen bereits in epischer Breite ausgeführt habe, noch einmal zur Wiederholung für alle mit ADS und doppelter Staatsbürgerschaft: Aus dem sicheren Hafen eines demokratischen Rechtssystems ohne Todesstrafe, aber mit sozialem Netz, wie in Deutschland, für den Weg der Türkei in die Diktatur zu stimmen, kann nur mit Abscheu betrachtet werden. Zumindest von den Männern, die es sich nicht seit Jahren in ihrer Patriarchenrolle gemütlich gemacht haben, oder von den Frauen, denen das Kopftuch nicht die Blutzufuhr zum Gehirn abgeschnitten hat. Sei es nun aus Trotz, weil die bösen Deutschen den armen Türken verboten haben Wahlpropaganda zu betreiben, oder aber einfach aus einer nicht integrierbaren Weltsicht heraus, die alle ethischen Grundsätze verneint und Errungenschaften wie Glaubensfreiheit und Emanzipation mit Füßen tritt, es beweist eine beängstigende Dummheit und es wird erforderlich, gegen diese Dummheit vorzugehen. Es ist an der Zeit, dieses unsägliche Geplapper zu beenden, über die Fehler, die bei der Integration der Türken in Deutschland gemacht wurden. Wir müssen einsehen, dass es Türken gibt, die einfach nicht dazugehören wollen. „Reisende soll man nicht aufhalten", heißt es. Es wäre Aufgabe der deutschen Regierung, als Vertreter der vorherrschenden Meinung des Volkes, diesen Menschen klar zu machen, dass sie nach Jahrzehnten vergeblicher Versuche, sie in die westliche Kultur zu integrieren, nun lange genug die Annehmlichkeiten der Gastfreundschaft strapaziert haben und freundlichst aufgefordert sind, zu gehen.

Diese Aufforderung kann bisweilen ruhig mit Nachdruck verfolgt werden, insbesondere wenn es sich um Spezialisten handelt, die aus irgendeiner Tradition heraus Dinge tun, die dem westlichen Werte- und Rechtssystem widersprechen. Töchter in Ehen zwingen, Kinder oder nahe Verwandte heiraten, gehört ebenso in diese Kategorie, wie die Radikalisierung im Namen Gottes. Es genügt eigentlich schon, seinen Glauben über das Wohl anderer zu stellen. Ich bin mir sicher, dass kein allmächtiger Gott Wert auf so etwas legt.

Wer anderer Ansicht ist, ist herzlichst aufgefordert, in Staaten wie der Türkei zu leben, wo es offensichtlich eine Mehrheit gibt, die so einen Schwachsinn glaubt und Erdogan dabei unterstützt, wie er die Demokratie einer islambeherrschten Diktatur opfert. Eine doppelte Staatsbürgerschaft kann nicht bedeuten, die schönsten Aspekte beider Kulturen zu beanspruchen, vor allem, wenn die Mehrheit der einen Kultur die schönen Aspekte der anderen Kultur gar nicht so recht zu würdigen vermag. Letztendlich sind wir es auch den Türken schuldig, die bereits vor Jahrzehnten in Deutschland angekommen sind oder sich in Zukunft noch mühen, ein Teil unserer Gesellschaft zu werden. Das integrationsresistente Deutschdummtürkentum arbeitet durch seine bloße Anwesenheit, leider auch allzu oft in Wort und Tat, gegen diese Bestrebungen. Es ist an der Zeit, sich um die zu kümmern, die es verdient haben, und nicht denen soziale Leistungen in den Arsch zu schieben, die auch noch drauf spucken.

Die Aufregung ist aktuell groß, aber ich befürchte, sie wird Erdogan und die Türkei nicht beeindrucken und leider wird sie sich wie so oft innerhalb weniger Wochen wieder legen. Man wird nichts aus den Ereignissen gelernt haben und schon gar keine Konsequenzen ziehen, selbst dann nicht, wenn die Türkei die Todesstrafe wieder einführen würde. Ich bin gespannt, mit welchen fadenscheinigen Argumenten sich die EU in dem Fall wieder um den offiziellen Abbruch der Beitrittsverhandlungen mit der Türkei herumdrücken will. Manche mögen das Normalisieren der Beziehungen zur Türkei als eine gute Entwicklung sehen. Ich allerdings bin sicher, dass das viele Menschen in der Türkei, besonders wenn sie wegen der Machtgier Erdogans im Gefängnis sitzen, ganz anders sehen. Machen wir uns nichts vor. Die Welt ist in diesen Tagen wieder ein wenig dunkler geworden.

23. April
Nackte Tatsachen

Wir spielen mit der Firma einmal die Woche Fußball. Im Winter aus weicheitechnischen Gründen in der Halle. Daran ist noch nichts Berichtenswertes, zumal ich von diesem Sport ebenso viel verstehe, wie eine Kuh vom Rückenschwimmen.

Es sind mal wieder die befremdlichen Aktivitäten um mich herum, welche die Frage aufwerfen, ob diese Gesellschaft noch alle Latten am Zaun hat.

In der Halle, die sich etwas großkotzig „Soccerparadies“ nennt, gibt es vier Spielfelder, sodass es nichts Ungewöhnliches ist, dass zur vollen Stunde immer mehrere Mannschaften verschiedenster Altersklassen und Nationalitäten in der Halle und der Umkleidekabine rumwuseln, um sich wahlweise zum Fußball umzuziehen oder nach Abschluss zu duschen. Im aktuellen Fall geht es um eine Truppe männliche Fußballer aus dem arabischen Teil Deutschlands und offensichtlich islamischen Glaubens. Diese Vermutung liegt nahe, da einige von ihnen in jeder freien Minute an der Misbaha herumfingern. So gut sie sich offensichtlich mit der Benutzung der islamischen Gebetskette auskennen, so beschränkt scheint das Wissen auf dem Gebiet der Körperhygiene zu sein *(Anm.d.Red.: Es tut mir leid, wenn ich an dieser Stelle, wie schon so oft in diesem Buch, zum Einen Angehörige einer Volksgruppe aus dem Mittelmeerraum hinhänge, sowie zum Anderen wieder unseren Gutmenschen auf die Füße trete, die hervorheben, dass jede von mir beschriebene Verhaltensweise auch bei deutschen Mitbürgern nicht auszuschließen wäre. Mag sein, aber ich für meinen Teil habe halt arabisch aussehende Herren beobachtet und es liegt mir fern, irgendwelche Europäer oder Asiaten zu erfinden, nur um ein politisch korrektes Buch zu schreiben).* Es mag daran liegen, dass ihre Vorfahren in der Wüste weniger Zuschauer hatten, als an einem Dienstagabend in Mitteleuropa in einer ausgebuchten Sporthalle. Nur so kann ich mir erklären, wieso sich die Hälfte dieser Typen wie selbstverständlich direkt in der Halle umziehen, anstatt wie die anderen in die Umkleide zu gehen. Da es sich bei den Protagonisten wie eigentlich immer, wenn Männer ungefragt nackte Haut zur Schau stellen, nicht gerade um die „California Dream Boys“ handelt, hat die allgemeine Begeisterung bei den anwesenden Müttern, die sogar beim Sport auf ihre Brut aufpassen müssen, nicht das ausgelassene Niveau eines Junggesellinnenabschieds im Stripclub. Immerhin hält keine ihrem Kind die Augen zu. Die Tatsache, dass die vier nackten Herren nicht zu frieren scheinen, obwohl es in der schlecht geheizten Halle auch so kalt ist wie nachts in der Wüste, ringt den Umstehenden einen gewissen Respekt ab. Nackt ist dabei vielleicht etwas zu hoch gegriffen. Die intimen Bereiche werden großzügig von einer weißen Feinripp-Baumwollunterhose mit Eingriff verdeckt und der Rest ... wie soll ich es erklären? Niemand würde einen Bobtail als nackt bezeichnen. Der Streichelreflex ist allerdings in diesem Moment etwas geringer, jedoch spüre ich den indifferenten Drang, einen Kamm auszupacken, um rauszufinden, wie ein Mittelscheitel auf diesem Rücken wohl aussieht.

Gemäß einer Theorie von mir, haben Männer sowieso immer nur eine Gesamtanzahl von „x“ Haaren, die einen mehr, die anderen weniger, die aber das gesamte Leben über konstant bleibt. Wenn man also die Haare auf dem Kopf verliert, dann wachsen sie an anderen Stellen, wie Nase, Ohren oder eben Rücken. Ich habe keine Ahnung, welchen Sinn das hat oder auch was ich jetzt damit sagen will, aber die Passage schien mir passend, zumal ich nicht davon ausgehe, im Verlaufe dieses Buches noch einmal über Körperbehaarung schreiben zu können. Ich danke Gott, dass ich noch relativ volles Haupthaar besitze, wodurch ich gemäß meiner Theorie nur begrenzt mit Haaren an Körperstellen gesegnet bin, wo sie eigentlich nicht hingehören. Immerhin kenne ich den Zusammenhang zwischen Körperfell und Körperhygiene und ich bin vollkommen sicher, dass nach dem Sport nicht zu duschen kein probates Mittel ist, die Situation signifikant zu verbessern. Der penetrante Schweißgeruch, der von unseren vier Fußballern schon beim Betreten der Halle ausging, obwohl sie bis dahin noch keinen Meter gelaufen waren, lässt vermuten, dass sie auf diesem Gebiet einiges an Nachholbedarf haben. Stichwort: Frischer Schweiß in frischen Klamotten riecht normalerweise nicht.

Nach dem Fußball verdrücke ich mich direkt in die Umkleiden, ohne das Trauerspiel weiter zu verfolgen. Dabei versuche ich zu ignorieren, wie diese Spezialisten schweißnass wieder in ihre Straßenklamotten steigen wollen. Ich will schließlich gleich noch etwas essen. Wer jetzt denkt, das Drama hat sich damit erledigt, hat falsch gedacht, denn in der Umkleide erwartet mich der zweite Teil dieser Truppe, der zumindest weitgehend hygienetechnisch im einundzwanzigsten Jahrhundert angekommen ist. Leicht erkennbar an ihrer Bereitschaft zur Benutzung der Duschen. Was ihre Kollegen in der Halle an Freizügigkeit zu viel hatten, fehlt denen in der Umkleide dann aber gewaltig. Ich traue meinen Augen nicht. Die Truppe geht in Unterhosen in die Dusche und behält diese dabei bis zum Schluss an. Was sich nun bei der Intimhygiene an Rumgewurschtel in der Unterbuxe abspielt, gibt dem Wort Taschenbillard eine ganz neue Bedeutung und ich bezweifele die ordnungsgemäße und vollständige Reinigung von Mann und Material. Nach dem Duschen wird die triefnasse Unterhose umständlich unter einem Handtuch gegen eine trockene getauscht, immer peinlich darauf bedacht, den kleinen Schnerpel nicht der anwesenden Männerschaft zu präsentieren. Ich wusste bislang, dass gläubige Muslime gehobenen Wert darauf legen, dass Frauen sich verhüllen, bei Männern war mir das allerdings neu *(Anm.d.Red.: Das gängige Verpacken alles Weiblichen hat damit zu tun, dass der Mann nach Ansicht des Islam immer geil und vor der Wollust des Weibes zu schützen ist. Verschleierung soll quasi eine Sichtbarriere darstellen, damit man als Mann nicht permanent dazu verführt wird, jede Frau zu besteigen. Das wäre zwar angeblich laut Koraninterpretation rechtens, besonders, wenn die Frau „ungläubig" ist, aber auf Dauer auch für den potentesten Mann sehr anstrengend und würde ihn von den wichtigen Dingen des Lebens abhalten, wie zum Beispiel, den Ungläubigen eins auf die Nuss zu geben. Auch wären Konflikte vorprogrammiert, zumal Eifersucht auch dem rechtschaffenen Muslim nicht fremd ist. Selbst wenn in diesem Kulturkreis, wie auch bei uns, dem Nachbarn gerne mal die Heckenschere ausgeliehen wird, bei Frauen dürfte auch da der Spaß aufhören).* Eventuell gibt es eine Stelle im Koran, die dem gläubigen Muslim verbietet, sein Gemächt irgendeinem

Ungläubigen zu zeigen. Nicht, dass ich bisher gesteigerten Wert darauf gelegt hätte, ein solches gezeigt zu bekommen, aber wenn ich von der Körperbehaarung dieser Spezialisten auf den Busch da unten schließen müsste, ist die Sache mit dem Handtuch sowieso überflüssig.

Letzten Endes kann es mir egal sein, zumal ich durch dieses eher lustige Gebaren nicht gestört werde, solange die Unterhosen zu Hause wenigstens noch einmal von Fatima durchgewaschen werden und nicht nach dem Trocknen wieder direkt in den ewigen Kreislauf gelangen.

In dem Fall wäre ich schon ein wenig angewidert.

05. Mai
Gehirnakrobatik - Update 1

Gerade musste ich wieder an das Thema Intelligenz und Intelligenzweitergabe denken. Allerdings nicht beim Normalsterblichen, sondern in den Königshäusern dieser Welt.

Grund ist Prinz Philip, die ewige Hintergrundleuchte der Queen, der gestern angekündigt hat, sich ab Herbst von den öffentlichen Auftritten zurückziehen zu wollen.

Das alte Königspaar ist - mal abgesehen von ein paar Verschrobenheiten - ganz in Ordnung und hat seine Position stets genutzt, um Positives in der Welt zu bewirken. Im Gegensatz zu anderen Blaublütigen, die nichts Produktives auf die Kette bekommen, außer vielleicht einem Heer von Schmierenreportern und Paparazzi bei diversen Boulevardmagazinen eine Daseinsberechtigung zu geben. Allerdings sollte man immer im Hinterkopf behalten, dass auch das englische Königspaar Überbleibsel einer Staatsform ist, die einer Handvoll Menschen über Jahrhunderte hinweg erlaubte, angeblich durch Gottes Gnaden, auf Kosten anderer privilegiert zu leben. Eine kranke Nummer, die in Teilen der Welt so oder so ähnlich noch immer praktiziert wird.

Während also Prinz Philip und Queen Elisabeth in den letzten 80 Jahren relativ vorbildlich agierten, waren die beiden Generationen dahinter lange Zeit ein gutes Beispiel, dass Adel und oder Reichtum kein Garant für erbliche Intelligenz ist und schließlich später auch dafür, dass die soziale Intelligenz es bisweilen vermag, aus einem mittelmäßigen Geist eine ganz passable Persönlichkeit zu formen.

Prinz Charles und seine Söhne sind über lange Jahre den Beweis schuldig geblieben, dass es zu viel mehr langt, als dumm aus dem Auto zu grinsen. Insbesondere Prinz Harry erhärtete in der Jugend öfter den Verdacht, dass Denken letztendlich doch Glücksache ist. Unvergessen wird immer sein Auftritt im Nazikostüm auf einem Maskenball bleiben. Nur Gallionsfigur bei Wohltätigkeitsthemen zu spielen reicht eben nicht aus, um zur Reputation eines Königshauses beizutragen.

Merke: Auch Piloten von Kampfjets sind nicht automatisch Überflieger. Überhaupt bekleckern sich alle europäischen Adelsdynastien an dieser Stelle nicht mit Ruhm.

Auch wenn in der Öffentlichkeit urinierende und prügelnde Prinzen die Ausnahme darstellen, richtige Geistesgrößen waren bei den Adligen in den letzten Jahren eigentlich nicht auszumachen, obwohl nach den Erkenntnissen der Intelligenzforschung ab und zu einer hätte auftauchen müssen. Erinnern wir uns, erbliche Intelligenz wird weitergegeben, indem ein Mann und eine Frau zufällig zusammenkommen und ein Kind zeugen. Der Adel macht es fast genauso, allerdings verzichtete er des Öfteren auf das Adjektiv „zufällig". Ehen werden teilweise bis heute noch arrangiert und wenn das Angebot beschränkt ist, landen wir auch zügig beim Thema Inzucht. Diese Unart führte in den vergangenen Jahrhunderten vermehrt nicht nur zu abstehenden Ohren wie bei den Windsors, sondern auch zu erblich bedingten Krankheiten.

Auch wenn zurzeit wieder einige Experten die schädlichen Folgen des ewigen „Im-Kreis-Poppen" wegdiskutieren wollen, sei es aus der berühmten politischen Korrektheit gegenüber anderen Kulturkreisen oder weil eben dieser Experte gerade seine Cousine geil findet, ist es eine Tatsache, dass zumindest die bereits existierenden Erbkrankheiten durch Inzucht über Generationen fortgetragen werden. Ich bin als Ingenieur davon überzeugt, dass, ähnlich wie beim Klonen, hier auf lange Sicht durch Reproduktionsfehler die körperliche und geistige Verfassung der Nachkommen sicher nicht besser werden kann. Warum also sollten sich einige Mitglieder royaler Familien neben der Bluter-Krankheit nicht auch jahrelang eine veritable Dummheit angevögelt haben?

Neuerdings besteht bei den Königshäusern dieser Welt aber wieder Hoffnung, denn die rigiden Heiratsregelungen der Vergangenheit wurden gelockert und man ist glücklicherweise in den letzten 50 Jahren dazu übergegangen auch mal frisches Blut mit ins Boot zu holen. Auch wenn die verbliebenen Königsgeschlechter eigentlich keiner braucht, ihrem Durchschnitts-IQ wird es sicherlich nicht schaden.

Leider hat man sich mit dieser liberalen Haltung ein anderes Problem eingehandelt, welches auch in Kreisen des gemeinen Volkes nicht unbekannt ist. Gemeint ist der Hang der Frau, sich zielsicher unter den Männern immer den größten Deppen auszusuchen. Prinzessinnen machen da keine Ausnahme.

Ein Paradebeispiel ist dabei das schwedische Königshaus. Im hohen Norden bei den Bernadottes stehen die Chancen doch eher schlecht, in naher Zukunft ein Genie hervorzubringen. Wie uns die Intelligenzforschung gelehrt hat, ist mit einem Investmentbanker und einem Fitnesstrainer mal nicht eben der neue Einstein zu erwarten.

Nun ja, zum Winken vom Balkon sollte es reichen.

07. Mai
Viel Lärm vom Nichts

Auch Minderheiten haben ein Recht auf Verarsche. Dämliches Verhalten von Randgruppen totzuschweigen wäre nicht nur für den interessierten Misanthropen eine besonders perfide Art der Diskriminierung. Ein Rollstuhlfahrer kann schließlich ebenso viel Mist verzapfen, wie jeder andere. Allerdings wollte ich jeden verschonen, der nicht für sein Tun verantwortlich gemacht werden kann. Dazu zählen Kleinkinder, geistig Behinderte, alte, demente beziehungsweise senile Menschen, sowie Tiere.

Nun, was soll ich sagen? Seit dieser Woche sind es nur noch Kleinkinder und Tiere. Schuld daran erweist sich ein offensichtlich gestörter, kleiner, dicker Mann mit einer eigenwilligen Frisur und sein Beraterstab, der nur aus altersschwachen Greisen zu bestehen scheint. Dieser Eindruck entsteht zumindest, wenn man die wenigen, natürlich streng zensierten Bilder von Militärparaden oder anderen angeblichen Demonstrationen der Stärke sieht, die aus Nordkorea im westlichen Fernsehen landen. Immer mit dabei und leider sehr oft im Großformat, die feiste Visage von Kim Jong-un bei der Inspektion der Truppen. Ein Diktator, der wahrscheinlich nur deshalb andauernd grinst, weil die Haut im Gesicht wegen seines beträchtlichen Übergewichtes spannt. Sein Volk dagegen hungert seit Jahren. Überall hängen übergroße Porträts des allmächtigen Führers und seiner Vorfahren. Eine Unart, für die Mutter Natur eigentlich den Würgereiz erfunden hat. Wo ist die Evolution, wenn man sie mal braucht?

Um ihn herum drapiert sind auf Fotos und bei Filmaufnahmen stets besagte greise Generäle, die dermaßen mit Orden und Abzeichen behängt sind, dass sie sicher an Pfähle gebunden wurden, um nicht Gefahr zu laufen, wegen Altersschwäche unter dem Gewicht nach vorne zu kippen. Würde schließlich die Aufnahme versauen. Dieses Bild von einer Horde Vollidioten ist so perfekt, dass man sich zwangsläufig die Frage stellen muss, ob Kim Jong-un und seine Generäle wirklich gestört sind oder das alles nur Teil einer durchdachten Strategie ist. Wäre in der Geschichte der Welt im Allgemeinen und der Diktatur im Speziellen nicht das erste Mal, dass nicht etwa ein weicher Keks, sondern pure Macht- und Geldgier solch perfekte Inszenierungen hervorgebracht hätten. Zackig marschierende Soldaten und jubelnde Massen sind immer gern genommene Effekte, wenn es darum geht, das einfache Volk zu beeindrucken.

Vom wirklichen Leben und der Stimmungslage der Bevölkerung in Nordkorea weiß man seit der Isolation nach dem Koreakrieg allerdings sehr wenig. Wie in der Geschichte üblich, sind auch hier die Ideen von Karl Marx glorreich gescheitert. Sicher ist, dass es in dem kommunistischen Land durch Misswirtschaft, riesige Militärausgaben und Sanktionen an so ziemlich allem mangelt, nur nicht an staatlicher Propaganda und Kontrolle. Es handelt sich auf jeden Fall aber um einen Überwachungsstaat wie seinerzeit in der DDR, wobei das Volk aufgrund der technischen Rückständigkeit noch einfacher belogen und dumm gehalten werden kann, als dies in der DDR möglich war. Die hatten damals wenigstens Westfernsehen. Seit 1989 versuchen wir, dem Ostdeutschen seltsame Weltanschauungen auszutreiben, die ihm in über 40 Jahren sozialistische Planwirtschaft anerzogen wurden. Inzwischen blamiert er uns zwar nicht mehr bei jeder Gelegenheit, aber die Wahlergebnisse der „Linken“ und der „AfD“ bei Landtagswahlen in den neuen Bundesländern und die peinlichen Auftritte der Pegida in Dresden zeigen, dass immer noch ein weiter Weg vor uns liegt. Wenn Nordkorea irgendwann einmal in ein Gesamtkorea zurück integriert werden wird, auch wenn Kim Jong-un es wahrscheinlich genau umgekehrt sieht, dann dürften erheblich größere Anstrengungen nötig sein, als seinerzeit bei unserer Wiedervereinigung. Das liegt in erster Linie daran, dass Erich Honecker von den wenigsten Ostdeutschen als Gott verehrt wurde. Die Nordkoreaner ticken da anders. Sei es wegen Mangelernährung oder Gehirnwäsche, Gerüchten zufolge glauben große Teile der Bevölkerung ernsthaft an gewisse mystisch übernatürliche Begebenheiten, die ihnen im Zusammenhang mit ihren gehirnamputierten Führern indoktriniert wurden. Mystische Geburtsberge, weinende Himmel beim Tod des Einen und strahlende Auren aus dem Hintern bei der Geburt des Anderen etc. pp. Opa Kim musste angeblich sogar niemals kacken und hat sich sein Wetter selbst gemacht.

Menschen glauben einfach jeden Scheiß, wenn man ihn nur oft genug vorbetet. Dem durchschnittlichen Nordkoreaner irgendwann klar machen zu müssen, dass ihr göttlicher Führer auch aufs Klo geht, wird etwa so schwierig, wie einen fanatischen Moslem davon zu überzeugen, dass ein allmächtiger Allah sicher keine Ungläubigen aus Versehen geschaffen hat, die es nun auszulöschen gilt.

In Nordkorea hat das Volk nichts. Keine Nahrung, keine Konsumgüter, keine Freiheit, kein Internet. Damit aber auch kein Facebook, womit wieder bewiesen wäre, dass jede Katastrophe auch ihre guten Seiten hat. Die linientreue Führungselite hat alles. Technisches Knowhow dagegen dürfte aber auch sie kaum aus dem Hut zaubern können.

Eingedenk dieses Wissens ist es umso verwunderlicher, dass Nordkorea bereits seit Wochen mit einem Thema in den Schlagzeilen ist, welches eigentlich, sagen wir mal, nur mit einem geringfügigen technischen Grundwissen realisierbar erscheint. Angeblich ist das kommunistische Land mal wieder auf dem besten Wege, eine Atombombe zu bauen, und hat Raketentests durchgeführt, das heißt, wenn man das Explodieren eines Haufen Eisenschrotts über dem Meer euphemistisch so bezeichnen will. Es ist auch wenig verwunderlich, dass der kleine fette Diktator dieses Ereignis wie gewohnt maximal ausschlachtet. Schwer nachzuvollziehen sind dagegen die überzogenen Reaktionen in einigen Teilen der westlichen Welt, obwohl hier nach eigenen Aussagen angeblich Abwehrsysteme existieren, die in der Lage sind, hundert anfliegende Raketen gleichzeitig zu vernichten. Wieso sollte man also angesichts des putzigen Spiels von Nordkorea mit dem Schülerexperimentierbaukasten, Schweißperlen auf die Stirn bekommen?

Somit kann gefolgert werden, dass die Aufregung mal wieder andere Hintergründe hat. Wenn man nach Spielern in der politischen Landschaft sucht, denen der lächerlichen Versuch Nordkoreas auf der nuklearen Bühne des Grauens mitzuspielen, nutzen könnte, landet man schnell bei dem anderen Psycho mit ebenso eigenwilliger Frisur, von dem die Welt immer noch nicht weiß, ob er irre oder einfach nur strunzen dumm ist. Donald Trump, der den Mund im Wahlkampf sehr voll genommen hat, muss zurzeit in der Innenpolitik eine Niederlage nach der anderen einstecken.

Er macht deshalb genau das, was alle Regierungen dieser Welt tun, wenn es im eigenen Land nicht läuft – Außenpolitik. Im Falle des amerikanischen Präsidenten: Demonstrieren militärischer Macht!

Mit dieser Intension mischen sich die USA seit zwei Wochen in jeden auf der Welt herrschenden Konflikt ein, sei es durch die Luftoffensive auf Assad nach dem Gasangriff in Syrien oder mit dem Abwurf der „Mutter aller Bomben“ auf die IS in Afghanistan *(Anm.d.Red.: Ich bin weniger schockiert über die sicherlich gewollte Ähnlichkeit zum Terminus „Mutter aller Schlachten“. Eine Metapher für hinterhältigen Mord, die von unseren bärtigen Islamisten-Vollpfosten immer gerne benutzt wird, wenn es darum geht, dumme, ideologisch verblendete Werkzeuge mit Dynamitgürtel loszuschicken, um unschuldige Menschen zu massakrieren. Von dem tumben amerikanischen Präsidentengreis habe ich wortwahltechnisch allerdings nichts Anderes erwartet).*

Das kranke Treiben der nordkoreanischen Diktatur kam dem US Präsi also gerade recht. So gesehen wäre der ganze Aufwand mit dem fingierten Raketentest gar nicht nötig gewesen. Um Trump in seiner derzeitigen politischen Lage zu provozieren, hätte es schon gereicht, wenn Kim Jong-un nackt mit einer Silvester-Rakete im Arsch durch die demilitarisierte Zone getanzt wäre. Noch dazu billiger und hätte bei dem Fettsack zusätzlich ein paar Kalorien verbrannt.

Bleibt die Frage, wer bringt den Diktator dazu, ausgerechnet militärisch so auf dicke Hose zu machen?

Auch wenn Nordkorea alles dafür tut, damit es so aussieht, als würde Kim Jong-un, dank seines überdurchschnittlichen Intellektes, welcher ihm durch die Vorfahren und deren göttliche Berufung in die Wiege gelegt wurde, die Geschicke seines Landes alleine lenken, dürfte die Realität anders aussehen. Die Geschichte hat gezeigt, dass auch die perfidesten und brutalsten Diktaturen zwar immer eine Gallionsfigur hatten, letztendlich aber eine ganze Riege von kranken Psychopaten notwendig ist, um ein Volk auf Dauer zu unterdrücken und das Land dergestalt auszubeuten, dass jeglicher Wohlstand oder Privilegien immer der Führungselite vorbehalten bleiben. Es hat sich bewährt, dass die Elite Kaviar und Schampus schlürft, während die Bevölkerung froh ist, wenn sie eine Kartoffel haben, an der sie lutschen dürfen. Wohlstand für die Bevölkerung selbst resultiert nur in unerwünschten Effekten wie Bildung, die letztendlich in den intelligenteren Teilen des Volkes zu solch komischen Ideen wie zum Beispiel Mitbestimmung und Demokratie führen. Entwicklungen, die in jeder Diktatur tunlichst zu vermeiden sind. Es ist schließlich schon schwer genug, ungebildete Menschen zu unterdrücken. Wer vom gemeinen Volk in einer solchen Umgebung Wohlstand erreichen will, muss sich hochkämpfen in die Führungselite, was nichts anderes bedeutet, als bedingungslose Linientreue.

In Nordkorea ist das Militär die besagte Elite und eine Militärdiktatur besitzt ungefähr so viele Machtmittel, wie Till Schweiger Gesichtsausdrücke, also insgesamt zwei. Den Kampf beziehungsweise, wenn gerade kein Krieg verfügbar ist, die Demonstration der Stärke. Folglich ist in Nordkorea die Innen- und Außenpolitik auf Krawall gebürstet, um den Führungsetagen so lange wie möglich Macht und damit Wohlstand zu sichern. Nordkorea ist eigentlich nichts Anderes als ein Welpe, der bellend vor einer Dogge rumspringt und dabei übersieht, dass er im Falle eines Angriffs totgebissen werden würde. Das funktionierte auch bisher ganz gut, zumindest solange die Mutter des Welpen, ein Kampfhund namens China, noch hinter ihm stand. Das Reich der Mitte hat aber schon lange aufgehört, mit Militärparaden zu beeindrucken. Unter dem Deckmäntelchen und Schutze des Kommunismus, hat die dortige Führungselite mit dem Kopieren westlicher Produkte und Ausbeuten der eigenen Bevölkerung genug Geld angehäuft und ist nun damit beschäftigt, die Welt aufzukaufen, anstatt zu bedrohen.

Der kommunistische Bruder im Süden ist China inzwischen nur noch peinlich.

So macht Nordkorea also alleine weiter auf dicke Hose und es ist anzunehmen, dass dies aus Berechnung geschieht. Trotz des hohen Alters der Generäle, ist eine Massendemenz und damit die Gefahr eines Krieges eher unwahrscheinlich. Im Hinblick auf den Geisteszustand von Kim Jong-un bin ich mir da nicht so sicher. Um dieses ganze Gewese um die eigene Person mit einer solch unbewegten Visage mitmachen zu können, muss man entweder geisteskrank sein oder stundenlang vor dem Spiegel üben.

Letztendlich spielt es auch keine Rolle.

Sollte das Drohszenario in nicht allzu ferner Zukunft in sich zusammenfallen, dürften die alten Säcke von Generälen genug Geld auf diversen Konten in der Welt versteckt haben und nur darauf warten, es auch mal auf Aruba statt in Pjöngjang ausgeben zu können. Ob Kim Yong-un dann nach China ins Exil gehen oder in Korea vor Gericht stehen wird, ist unerheblich und nur für die Geschichtsbücher von gewisser Relevanz.

Es ist unbestritten, dass ich hier Vermutungen anstelle und Vorhersagen treffe, mit denen ich mich wahlweise sehr weit aus dem Fenster lehne oder in die Zukunft weise. Trotzdem ist die Wahrscheinlichkeit hoch, gar nicht mal so weit daneben zu liegen. Alle Diktaturen dieser Welt folgen immer einem bestimmten Muster. Da macht ihr Untergang auch keine Ausnahme.

Sollte sich irgendwann herausstellen, dass mein Talent Prophezeiungen zu machen in etwa so groß ist, wie das mit dem ich mich am Aktienmarkt ständig in die Grütze reite, werde ich mich an die Worte von Konrad Adenauer halten: „Was stört mich mein Geschwätz von gestern, nichts hindert mich, weiser zu werden?!“

14. Mai
Alles Käse! - Update 2

Es ist wirklich ein Superwahljahr. Die Sensationen geben sich die Klinke in die Hand. Die Wahl in Nordrhein-Westfalen ist vorbei und es sind sogar mehr Bürger zur Urne gegangen, als beim letzten Mal. Das ist sehr verwunderlich, zumal einige Zeitgenossen heutzutage nur noch ihre Butze verlassen, wenn die Chance besteht ihre blöde, unbedeutende Fresse vor Facebook-relevanten Ereignissen fotografieren zu können. Da aufgrund des Wahlgeheimnisses in den Wahlkabinen ein striktes Selfie-Verbot herrschte, könnte man fast denken, dass neben dem dumpfen Selbstdarstellungstrieb doch noch so etwas wie demokratische Restverantwortung vorhanden ist. Trotzdem möchte ich die Tatsache auch nicht überbewerten, denn es ist schon traurig genug, dass so ein Verbot überhaupt nötig ist.

Ich hätte es auch nicht bedauert, wenn auf Kosten der Wahlbeteiligung 7,4% AfD-Wähler liegen geblieben wären und sich stattdessen was bei „Lieferando“ bestellt hätten.

Nach der Wahl im Saarland vor drei Wochen, hat die „SPD-Lichtgestalt“ Martin Schulz auch in NRW eine Abfuhr erhalten, die sich gewaschen hat. Eigentlich war es eine Landtagswahl und so ging es um Hanni Kraft, ihren Jäger und ein paar Grüne, die allein schon mit so großartigen Plänen wie Turbo-Abi für die „Generation ADS“, selbstverwalteten südosteuropäischen Enklaven in einigen Stadtteilen von Duisburg oder Dortmund, freier Liebe auf öffentlichen Plätzen zur Silvesternacht oder Integrationsversuchen von Muslimen als LKW Fahrer grandios gescheitert sind. Wenn man es schafft, in einem eigentlich guten wirtschaftlichen Umfeld so ziemlich alles vor die Wand zu fahren, was man anpackt, dann ist dieser Wahlausgang nicht weiter verwunderlich. Trotzdem hätte die nordrhein-westfälische SPD vielleicht eine kleine Chance gehabt, wenn sie eine etwas professionellere Unterstützung aus der Hauptstadt bekommen hätte, als die eines Mannes, der nicht nur aussieht wie ein Fernsehprediger auf einem unbekannten Bibelsender, sondern auch noch genauso leere Worthüllen absondert. Toleranz, soziale Gerechtigkeit, Bildung und ... Trommelwirbel ... Steuersenkungen. *gähn!*

Mir hat sich bereits beim Wechsel von Gabriel zu Schulz die Frage gestellt, wie verzweifelt eine Partei eigentlich sein muss, um einen Mann als Hoffnungsträger zu proklamieren, den sie aus dem Endlager für ausgebrannte Politiker in Brüssel zurückholen musste. Das wäre in etwa so, als wenn man einen Typen, der rechtskräftig wegen Steuerhinterziehung im Knast saß, nach seiner Entlassung wieder in die Verantwortung eines großen Unternehmens reinwählen würde.

So bekloppt ist man normalerweise aber nur im Freistaat bei den „Mia San Mia"-Pfeifen.

21. Mai
Prüfungsangst

Früher war alles besser!

Da ist er schon wieder. Dieser Ausspruch, von dem ich dachte, mein Opa hätte ihn mit ins Grab genommen. Er hat die Schrecken des Zweiten Weltkriegs erlebt, war auf dem Russlandfeldzug und in Stalingrad in Gefangenschaft. In so einem Kontext muss ich zugeben, dass ich seiner Weltanschauung immer ein wenig skeptisch gegenüberstand. Vor allem aber hätte ich nicht gedacht, dass ich selbst inzwischen versucht bin, diesen Satz bei einer stetig steigenden Anzahl von Gelegenheiten zu zitieren. Ich gebe zu, es handelt sich häufig um eine verklärte 80er-Romantik, insbesondere wenn ich zum hundertsten Mal denselben Beat höre, den irgendein „DJ Hau mich Blau" unter Textzeilen legt, die ausnahmslos alle vermitteln, dass ein produktives Leben ausschließlich am Wochenende, in einem Club, auf der Tanzfläche, beim Hände in die Luft und Pillen in den Hals werfen stattfindet. Auch wenn Musik Geschmackssache ist und man über die Qualität der Lieder von heute und damals sicher diskutieren kann, bei der Wahl und der Dosierung unserer Drogen haben wir im 20. Jahrhundert eindeutig mehr Weitsicht bewiesen. Natürlich gab es auch vor dreißig Jahren bereits Trottel mit kleinen Genitalien und großen Minderwertigkeitskomplexen, die glaubten, dass Koks ihre Probleme lösen könnte, oder arme Schweine, die vor der Monstrosität der menschlichen Existenz eingeschüchtert in den Heroinkonsum geflüchtet sind. Aber die meisten von uns begnügten sich mit Alkohol und Gras. Während heutzutage gesoffen wird, bis im wahrsten Sinne des Wortes der Arzt kommt, haben wir noch versucht, rechtzeitig aufzuhören. Das lag definitiv nicht nur daran, dass sich „Saurer Apfel" echt scheiße kotzen ließ.

Auf jeden Fall hatten wir damals offensichtlich noch genug Hirn, um keine Substanzen unbekannter Herkunft einzuwerfen, die meist aus Abflussreiniger und anderen Chemikalien von gewissenlosen Schweinen irgendwo in einem Hinterhof zusammengekocht wurden. Auf die Idee muss man erst einmal kommen, sowohl als Konsument als auch als Produzent.

Eine Sache, die „damals“ definitiv noch besser war und im Laufe der Jahre dank vieler Faktoren immer schlechter wurde, ist die Schulbildung. Bleiben wir mal wieder in Deutschland, da manch anderes Land hier offensichtlich bessere Lösungen am Start hat. Es mag ein Mix aus vielen Gründen sein und einige wurden bereits detailliert in vorangegangenen Kapiteln angesprochen. Allen voran das digitale Zeitalter mit seinem überbordenden Ablenkungs- und Einlullpotential und die damit verbundene komplett lahmgelegte Kopfarbeit bei vielen Zeitgenossen. In diesem Fahrwasser hat sich eine Gesellschaft und entsprechend eine Politik entwickelt, die mit zweifelhaften Bildungsansätzen, wie Inklusion, Gesamtschulen oder G8, dafür sorgt, dass auch wirklich jeder noch so kleine Ansatz an individuellem Potential bereits in der Grundschule auf das „kgV“ reduziert wird *(Anm.d.Red.: Für die Rechenhonks – das ist was Mathematisches – „kleinstes gemeinsames Vielfaches“).* Es ist mal wieder der berühmte Gutmenschenirrtum zu glauben, dass es für eine Gesellschaft ethisch, moralisch, aber auch wirtschaftlich einen Nutzen bringt, wenn man Heranwachsende mit den unterschiedlichsten geistigen Voraussetzungen in einem Topf, respektive eine Klasse wirft. Wenn man sich mit der Realität arrangiert und akzeptiert hat, dass es intelligente, weniger intelligente Menschen und, ja kaum zu glauben, auch absolute Vollpfosten gibt, dann kann man nicht ernsthaft postulieren, dass alle davon profitieren, wenn sie gemeinsam unterrichtet werden. Aus einem französischen Landwein wird auch kein „Grand Cru“, nur weil er mit einem Jahrhundertwein im selben Weinkeller liegt.

Ich gehe sogar noch weiter. Die Aufteilung in verschiedene Leistungsstufen sollte bereits nach dem Kindergarten beginnen. Ein schlaues Kind aus asozialen Verhältnissen wird nicht nur dadurch zum Assi, weil die Familie Scheiße ist, sondern auch, wenn das schulische Umfeld negativ ist. Denn durch die berühmte „Schere“ zwischen Arm und Reich erfolgt inzwischen auch bereits in der Ausbildung bei Heranwachsenden eine Unterteilung nach sozialer Herkunft und nicht nach geistigem Potential. Noch vor 30 Jahren gab es hier keine Probleme, da nicht groß diskutiert wurde und die Kinder auf die Grundschule in der Nähe kamen, die eben diesem Bezirk zugeordnet war.

Damals war die Trennung zwischen guten Wohngebieten und den sogenannten Brennpunkten noch nicht so existent. Das hat sich geändert und wird noch verstärkt, weil Eltern, die es sich finanziell leisten können, ihren Wohnort in Richtung der Schulen mit dem besseren Ruf verlegen. Teilweise wird sogar bei unverheirateten Paaren mit Zweitwohnsitzen getrickst, die in der Folge dann die Brut jeden Morgen kilometerweit zur Bildungsstätte karren.

Zurück bleiben sozial Schwächere, die nun die Schule vor Ort füllen und sich selber in ihrer Entwicklung hemmen. Es ist nämlich nicht so, dass auf diesen Schulen weniger intelligente Kinder wären, aber das Potential zu scheitern ist größer, da einfach in den sogenannten „Brennpunkten" die Wahrscheinlichkeit, als intelligentes Kind von einem tumben Volldepp aus „schwierigen familiären Verhältnissen" oder Jugendgangs aufs Korn genommen zu werden, einfach größer ist. An diesen Schulen sind Kinder, die sich durch Leistung hervortun, nicht selten die berühmten „Opfer" und bevor man untergeht, heult man mit den Wölfen. Bedeutet nichts anderes, als die körperliche Unversehrtheit gegen eine Zukunft einzutauschen, eine Ausbildung gegen einen Platz in der „Gang".

Intelligenz macht bekanntermaßen nicht vor einem leeren Geldbeutel halt. Der Nachwuchs aus schwächeren sozialen Verhältnissen kann vom Umgang mit Kindern auf gleichem geistigen Level profitieren, wenn die Qualität des schulischen Umfeldes dies auch zulässt. Intelligente Grundschüler mit Migrationshintergrund, aber dank ihrer bornierten Eltern nur mit rudimentären Kenntnissen der deutschen Sprache ausgestattet, machen definitiv in einem herausfordernden Umfeld nicht nur sprachlich eine bessere und schnellere Entwicklung durch. Steckt man sie jedoch mit Schülern zusammen, die bis zur vierten Klasse noch nicht mal das kleine Einmaleins draufhaben und meist auch nicht die deutsche Sprache, gehen auch sie unter.

Ich plädiere nicht für „dumm zu dumm" und „schlau zu schlau". Vielmehr ist eine gewisse Bandbreite von Nutzen. Es kann aber nicht angehen, dass die heute allgegenwärtige „Political Correctness" dazu führt, dass ein strunzdummes Kind mit einem Begabten unterrichtet wird. Bringt letztendlich beiden nichts. Ziel sollte eine Strategie der besseren sozialen Durchmischung unter Berücksichtigung des geistigen Potentials sein. Ab der Grundschule bereits drei Leistungsklassen mit der Möglichkeit, zwischen den Klassen zu wechseln, um die unterschiedliche Entwicklung der Kinder zu berücksichtigen. Wenn sich der Nachwuchs erst einmal auf Basis ihres Kopfes und nicht auf der von Papas (oder Mamas) Geldbeutel beziehungsweise deren eigenen intellektuellen Horizonts entwickeln kann, würde sich binnen einer oder zwei Generationen auch das Problem der sogenannten sozialen Brennpunkte erledigen. Allerdings ist die „Ghettoisierung“ inzwischen schon so weit fortgeschritten, dass es nicht mehr reicht, die Kinder wie vor dreißig Jahren nach Straßenzügen auf Grundschulen mit der jeweiligen Leistungsklasse zu verteilen, sondern man müsste in einigen Regionen Deutschlands Klassen mindestens auf Stadtebene, also stadtviertelübergreifend, zusammenstellen, um eine ausreichende soziale Durchmischung zu erhalten.

Dieses System einer festgelegten Verteilung der Kinder auf die Leistungsklassen, zum Beispiel mittels Test, würde auch andere Perversitäten im deutschen Bildungssystem eindämmen, die sich in den letzten Jahrzehnten zunehmend als normal etabliert haben. Bisher haben die Eltern über den Bildungsweg der Kinder entschieden. Dies hat häufig aufgrund der eigenen Defizite oft schlimme Folgen. Während es den Einen absolut wumpe ist, was aus ihrem Nachwuchs wird, Hauptsache, sie bekommen Kindergeld, fallen andere dadurch auf, dass sie überzeugt sind, einen neuen Einstein in die Welt gesetzt zu haben. Diese zweite Gruppe ist die viel gefährlichere und sie ist nicht klein. Heutzutage kann man praktisch zu jedem noch so abartigen Verhalten eines Kindes bei der entsprechenden „Google-Abfrage“ eine passende, natürlich hochwissenschaftliche Abhandlung finden, die der kleinen Missgeburt eine bestimmte Insel- oder Hochbegabung attestiert. Mit dieser Überzeugung werden die Kinder erzogen und die Maßstäbe angesetzt, auch wenn der gesunde Menschenverstand ohne Mühe erkennen könnte, dass „Jan Philipp“ einfach nur ein gutes Stück weit blöder ist, als andere Kinder. Wenn dann die schulischen Leistungen nicht den geschürten hohen Erwartungen entsprechen, muss ein Fehler vorliegen. Dieser wird natürlich extern bei den Lehrern oder wahlweise dem Lehrstoff gesucht und in der Folge zum bitteren Ende vehement eingefordert. Ich kenne einen Fall aus Niedersachsen, bei dem auf Betreiben einiger Eltern die Geschichtsbücher an einem Gymnasium ausgetauscht worden sind, weil die armen Schüler den komplizierten Text nicht mehr verstanden haben. Nicht, dass irgendjemand thematisiert hätte, dass die Betroffenen eventuell nicht für die höhere Schule geeignet sind. Nein, heute passt man das Niveau der Schule dem Schüler an und nicht umgekehrt. Ich würde gerne mal die neuen Geschichtsbücher sehen. Wahrscheinlich sind mehr Bilder drin und ernste Themen wie der Holocaust werden in etwa so formuliert: „Ey krass Alter, da hatte dieser Spaken mit dem uncoolen Oliba doch echt die schizo Idee die ganzen Bros, die voll krass auf altem Testament waren (Prequel zum Neuen Testament, also wie Star Wars Rogue One, gecheckt Atze?), erst mal einen wegsniffen zu lassen ... usw. usw.“ traurig!

Unmenschlicher Schulstress ist heutzutage auch ein gern genommenes Argument, wenn der Nachwuchs nicht so ganz das bringt, was notwendig ist, um Abitur zu machen. Denn es muss schließlich der höchste Bildungsweg sein, da Haupt- und Realschule ja inzwischen keine Schulabschlüsse mehr darstellen, sondern den Freifahrtsschein zum Sozialamt. Dabei ist es gerade diese kranke Entwicklung, die das Renommee dieses noch vor einigen Jahren angesehenen Bildungsweges zerstört hat.

Was also tun, wenn der geistige Tiefflieger droht, unter der schulischen Latte hindurchzufliegen? Wie immer in diesem Fällen, wenn aus einem kleinen Haufen von Idioten eine wahlrelevante Zielgruppe wird, kommt ein Politiker angekrochen und macht sich das zunutze, ganz gleich, wie absurd die Folgen auch sein mögen. „Wenn der Prophet nicht zum Berg kommt, kommt der Berg eben ...“ Sie wissen schon?! In vorliegenden Fall wurde in den letzten Jahren offenkundig die Latte des Bildungsniveaus immer nur so hoch gelegt, wie die Masse der Schüler zu springen vermochte. Die Folgen sind offenkundig. Kinder, die die Grundschule beenden, können nicht richtig Lesen und Schreiben, von einem passablen Deutsch mal ganz abgesehen. Alle drängen trotz dieser Defizite auf das Gymnasium und schaffen sogar größtenteils den Abschluss, obwohl sie erwiesenermaßen weder Bruch- geschweige denn Kopfrechnen können.

Da sich definitiv die Intelligenz in den letzten Jahrzehnten nicht auf ein höheres Niveau begeben hat - die aktuelle Nachrichtenlage beweist eher das Gegenteil - bleibt als einzige Erklärung das gesunkene Anforderungsprofil. Sogar Ausbildungsbetriebe unterstützen inzwischen diesen Wahnsinn und stellen vermehrt Abiturienten ein, da das Lernniveau auf den Schulstufen darunter folglich noch beschämender ist. Nicht, dass die vom Gymnasium wirklich eine Lehre anfangen. Die solide Ausbildung in einem Handwerksbetrieb scheint inzwischen eher eine Strafe darzustellen, als den Motor der deutschen Wirtschaft. Das zeigt sich am Lehrstellenüberschuss der letzten Jahre. Die armen Kinder strömen also, fehlgeleitet von einem falschen Wertesystem und den überzogenen Erwartungen der Eltern, alle auf die Hochschulen und scheitern kläglich. Sie stehen mit Anfang zwanzig noch bei „Null". Dabei könnten sie schon jahrelang erfolgreich in einem Ausbildungsberuf arbeiten. Es ist an der Zeit, dieses überhitzte System zum Wohle aller zurück auf ein gesundes Maß herunterzukühlen, was bedeutet, das Niveau der verschiedenen Schulabschlüsse wieder anzuheben und die Kinder nach ihren Fähigkeiten und nicht nach den Tagträumen von Eltern oder gar deren finanziellen Möglichkeiten darauf zu verteilen.

Natürlich haben alle Themen in diesem Buch einen aktuellen Bezug. Schließlich liegt es mir fern, meinen Opa ohne Grund zu zitieren. Unter der Woche hat das Bildungsministerium NRW entschieden, dass Schüler von Gesamt- und Realschulen auf Wunsch die Englischprüfung neu schreiben dürfen. Grund war offensichtlich die Online-Petition eines Schülers *(Anm.d.Red.: Das ist sowas wie eine Unterschriftensammlung, jedoch im Internet anstatt in der Fußgängerzone)*, der eine Prüfungsaufgabe als zu schwer erachtete und deshalb über achtzigtausend Unterschriften im Netz bekam. Zunächst einmal finde ich es fragwürdig, wieso man der Zahl der online-Unterschriften überhaupt Aufmerksamkeit geschenkt hat. Heutzutage kann man mit kleinstem Aufwand in ein paar Minuten tausende von Accounts erzeugen, die dafür sorgen, dass jeder Mist im Netz gehypt wird, ohne dass auch nur eine reale Person dahinter steht. In einer Zeit, in der jeder Dummbatz sich berufen fühlt, seine Meinung zu einem Thema abzugeben, ist eine elektronische

Unterschrift auf einem Online-Abstimmungsportal nicht aussagekräftiger als ein „Like“ unter einem Post von einer Currywurst mit Pommes.

Deshalb habe ich mir die Mühe gemacht und die Prüfungsfrage gelesen, beziehungsweise gehört. Es ging um eine Rede von Prinz Harry in Lesoto, die in besagter Prüfung abgespielt wurde und zu der Fragen beantwortet werden mussten. Die Vorwürfe gingen von „zu schwer“, über „zu leise“ bis „genuschelt“. Sie ahnen es bereits. Ich bin ein absoluter Versager, wenn es darum geht, Native Speaker zu verstehen, aber die Rede von Prinz Harry erfüllte keinen der Tatbestände. In meiner Schulzeit hätte diese Rede allenfalls Grundlage für einen passablen Test oder eine lösbare Klassenarbeit gebildet. Dabei hatte ich erst ab der siebten Klasse Englischunterricht. Heute dagegen haben Kinder ihn bereits in der Grundschule. Auch in ihrer Freizeit vergeht kein Tag, an dem sie nicht auf YouTube mit Englisch vollgelabert werden, wenn Individuen wie diese dickarschige Kim Kardashian ihre überflüssigen Verbalexkremente in die Welt absondert, und die redet, als wenn sie eine Wolldecke im Maul hätte.

Gut, ich habe jetzt nicht die Fragen des Testes gefunden, aber ich gehe nicht davon aus, dass die Schüler von seiner Rede auf Prinz Harrys Blutgruppe schließen sollten.

Somit sind die Ereignisse dieser Woche ein weiterer Beweis dafür, dass das Internet verblödet, jeder gehört wird und die Anforderungen an Abschlussprüfungen in den letzten Jahren drastisch gesunken sind.

Nichts Neues also, nur die Erkenntnis, dass früher alles besser war!

28. Mai
Reisende soll man nicht aufhalten!

Kein Programm kann so schlecht sein, dass man damit nicht auf Tour gehen kann. Das dachten sich 1989 bereits die „Leningrad Cowboys“ und machten sich als die „schlechteste Rockband der Welt“ auf nach Amerika, wo „die Leute angeblich jeden Mist fressen“. Inzwischen wissen wir aus bitterer Erfahrung, dass die Bevölkerung dort nicht nur ein kulinarischer Totalausfall ist, sondern mit dieser Maxime auch Präsidentschaftswahlen bestreitet.

„Was in der einen Richtung funktioniert, sollte auch in der anderen Richtung klappen!“ Dieser Gedanke muss dem amerikanischen Präsidenten ebenfalls durch den Kopf geschossen sein. Anders ist es nicht zu erklären, wieso „der schlechteste Präsident der Welt“ nach den grandiosen Misserfolgen im eigenen Land, letzte Woche mit seinem „Programm der Peinlichkeiten“ auf Welttournee ging.

Gestartet in Saudi Arabien, als kleiner Warm-up in einer Monarchie, die es mit Demokratie, Gleichberechtigung und Meinungsfreiheit auch nicht so genau nimmt. Dafür aber ausgestattet mit unvorstellbaren Geldmitteln aus Ölverkäufen und zweifelhaften Kontakten in die Terrorszene, um die Interessen des Königshauses entsprechend zu verteidigen. Da Trump bei den Wahlversprechen nach wie vor eine Bringschuld hat, wurden für die heimische Wirtschaft noch schnell ein paar Waffendeals in Milliardenhöhe klar gemacht. Zumindest bei Rüstungsgeschäften mit Saudi Arabien sind sich Deutschland und die USA einig. Wen stört es, wenn mit diesem Zeug dann wenig später Terroristen den eigenen Soldaten den Hintern wegbomben.

Anschließend Weiterflug nach Israel und damit zu einem Staatschef, der bisher auch nicht unbedingt durch sein außenpolitisches Feingefühl aufgefallen ist.

Der kurze Besuch der Klagemauer und das traditionelle Hinterlassen von Gebeten und Wünschen hatte dagegen schon wieder Comedypotential, zumal Trump doch seinen Zettel in eine der zahlreichen Mauerspalten stopfte, in denen bestimmt bereits Hunderte stecken, die dem amerikanischen Präsi die Pest an den runzeligen Arsch wünschen. Bleibt noch die Frage, was wünscht man sich als Mann mit einer überdimensionalen Selbstüberschätzung eigentlich noch von Gott? Ich zumindest hätte den Zettel sehr gerne gelesen.

Weiter ging die Reise der „Political Correctness" wegen – wirtschaftlich können die schließlich nichts - zu einem kurzen Pflichtbesuch bei der palästinensischen Gegenseite. Kaum wirklich Spektakuläres beim Nahostbesuch, hätte Donald Trump nicht mal wieder eine seiner unnachahmlichen Plattitüden vom Stapel gelassen: „Ein Friede zwischen Israel und Palästina ist möglich" Aha!

„Doch so einfach?!", dürften sich die beiden verfeindeten Staatschefs Netanyahu und Abbas gewundert haben. Da musste erst Donald „The Great" kommen und nun mit einem Handstreich erledigen, was die ganzen unfähigen Politiker vor ihm die letzten Jahrzehnte nicht geschafft hatten.

Der dann folgende Besuch beim Papst dürfte ebenfalls nur stattgefunden haben, weil Trump gerade „in der Gegend" war, zumal die beiden in diesem Leben wohl keine Freunde mehr werden. Die unüberbrückbaren Differenzen haben bereits im amerikanischen Wahlkampf begonnen, als Trump ankündigte, er wolle eine Mauer zwischen den USA und Mexiko bauen. Die Kritik von Papst Franziskus wurde damals vom Präsidentschaftsanwärter als „schändlich" zurückgewiesen und weiter „Der Vatikan würde sich einen Donald Trump als US Präsidenten wünschen, sollte der IS den Vatikan angreifen". Auch wenn das Eine höchst unwahrscheinlich ist und so gar nichts mit dem Anderen zu tun hatte, dürften dieser übliche Verbalmist des Amerikaners die Beziehung zerstört haben, bevor sie überhaupt die Chance auf einen Anfang hatte.

Dergestalt warmgelaufen ging es dann zur NATO, wo Trump zunächst einmal den Staatschef von Montenegro umboxte, um sich im wahrsten Sinne des Wortes in den Vordergrund zu drängen. Ich kann mir nicht vorstellen, dass Trump dieser souveräne Staat überhaupt bekannt war. Darüber hinaus hatte er erwartungsgemäß außer Kritik nichts Produktives zum Treffen beigetragen, weswegen wir gleich zur letzten Station weiterziehen können.

Ein deutlich ausgedünnter Kreis von Teilnehmern hat sich schließlich auf Sizilien zum G7 Gipfel getroffen. Nach den bisherigen Auftritten dürfte sich spätestens jetzt keiner der

Anwesenden mehr Hoffnungen auf zählbare Ergebnisse gemacht haben. Man hat beim Handelsabkommen einen kompletten Dammbruch vermeiden können, aber hinsichtlich des Klimaschutzes wird es wohl ein totales Desaster geben, zumal Trump inzwischen angekündigt hat sich offiziell vom internationalen Klimaabkommen zu verabschieden.

Auch Deutschland hatte noch seinen persönlichen Aufreger, als der amerikanische Präsident eine ganze Nation als „bad" bezeichnete. Zunächst, wie üblich, öffentlichkeitswirksam aufgeblasen und mit „böse" übersetzt, wurde es schnell vom Präsidenten der EU-Kommission, Jean Claude Junker, berichtigt. Aber auch „schlecht" klingt nicht nett und das alles nur, weil wir offensichtlich zu viele Mercedes Benzes nach USA verkaufen. Als wenn wir etwas dafür könnten, dass die Amis es, dank ihres rigiden Tempolimits, verlernt haben, ordentliche Autos zu bauen.

Was lernen wir daraus? Ob man Trump versteht oder nicht, ist unerheblich. Der tiefere Sinn seiner Aussagen ist sowieso unklar beziehungsweise nicht vorhanden. Mist kommt am Ende aber definitiv immer raus.

Was bleibt, ist nach dieser Auslandsreise Ernüchterung, gepaart mit tiefer Verwirrtheit. Eigentlich bekannte Emotionen, an die man sich inzwischen nach einem Auftritt von Donald Trump gewöhnt haben sollte. Aber wie beim Fußball ist „im Stadion" immer noch realistischer als „vor Glotze". Bisher hatten die meisten ausländischen Nationen das Treiben aus sicherem Abstand beobachten können und immer noch die Resthoffnung behalten, Trump würde „in Echt" vielleicht nicht so saublöd rüberkommen, wie es im Fernsehen den Anschein hatte. Unglücklicherweise ist es aber genau wie in diesen dümmlichen Videos, bei denen Leute filmen, wie andere in Pfützen oder von Leitern fallen, von Tieren umgerannt werden oder sich sonst wie blöd anstellen. Über die Typen im Video kann man noch sehr gut lachen, wenn es aber direkt neben einem passiert, ist übelstes Fremdschämen angesagt. Die versteinerten Mienen mit dem gefrorenen Lächeln aller Beteiligten, die diese zweifelhafte Ehre hatten, bei der Dienstreise des US-Präsi anwesend sein zu müssen, sprachen Bände.

Wie übel die nähere Zukunft aussieht, zeigt eine Rede von Angela Merkel am nächsten Tag.

Wenn unsere Bundeskanzlerin zwar in gewohnt unaufgeregter Art, aber doch eindringlich darauf hinweist, dass wir in Europa in Zukunft für uns selbst verantwortlich sind, dann müssen wir uns warm anziehen, denn im Normalmodus heißt das in etwa: „Leute, die Amis haben den Schuss nicht gehört!“

Bis das Volk in den USA - und nebenbei auch in Großbritannien - eingesehen hat, dass sie absoluten Vollidioten gefolgt sind, müssen wir zusehen, dass wir aus der „Seilschaft des Grauens“ ausscheiden und selbst den Aufstieg wagen, bevor uns diese Leute mit ihrer haltlosen Dummheit in den Abgrund reißen. Zumindest Ehefrau Melania scheint inzwischen offensichtlich bereits das Ausmaß der Katastrophe erkannt zu haben.

Die Reserviertheit, mit der sie ihrem Ehemann bei offiziellen Anlässen begegnet, gibt Hoffnung, dass irgendwann auch der Dümmste erkennt, dass Geld nicht alles im Leben ist.

02. Juni
Der schon wieder!

Es ist mir normalerweise ein besonderes Anliegen, auch als ausgewiesener Misanthrop eine gewisse Würde und Contenance walten zu lassen, selbst wenn es häufig alles andere als leicht ist.

Solch Attitude muss ich heute zu meinem Bedauern ignorieren, weil dieser dumme, alte, unsympathische, senile (und hoffentlich impotente) Arsch, der sich tatsächlich Präsident der USA nennen darf, gestern das internationale Klimaabkommen aufgekündigt hat.

Damit ist die USA nun der einzige beschissene Staat auf diesem gottverlassenen Planeten, dessen Regierung der Meinung ist, dass man das Phänomen, was sich seit Jahren unwiderruflich und todbringend auf die Menschheit zubewegt, nicht „Klimawandel" sondern „Wetter" nennt *(Anm.d.Red.: Ja, auch ich lese Zeitung, es sind eigentlich offiziell drei Staaten, aber Assad als Präsidenten, anstatt als gewissenlosen Schlächter zu bezeichnen und Syrien damit als Staat zu sehen, fällt zur Zeit etwas schwer. Bleibt noch Nicaragua. Dieses Land lehnt das Abkommen ab, weil es ihm nicht weit genug geht. Würden die restlichen Staaten des Planeten nur einen Bruchteil von dem realisieren, was Nicaragua für den Umweltschutz und grüne Energie tut, wir müssten nicht darüber nachdenken, wohin wir in den nächsten hundert Jahren die Holländer umsiedeln, damit sie nicht jämmerlich ersaufen. Also zumindest die, die nicht Geert Wilders gewählt haben).*

Habe ich den Knilch bisher einfach nur verabscheut, bin ich inzwischen der Meinung, dass der Kerl an Altersschwachsinn leidet. Das mag einerseits an diesem Unsympathen selbst liegen, aber auch daran, dass der „Stein des Anstoßes", der Umgang mit dem Klimawandel, nicht diskutabel ist. An und für sich ist fast jedes Thema diskussionswürdig. Das liegt daran, dass es immer verschiedenen Interessengruppen gibt, auch wenn deren Intentionen bisweilen als unmoralisch oder ethisch verwerflich angesehen werden können. Solange dabei der Tod oder der unmittelbare Schaden von Unschuldigen nicht mindestens billigend in Kauf genommen wird, ist dagegen leider nichts zu sagen.

Alle Menschen, die in einen Disput gehen, haben stets egoistische Ziele, nämlich den eigenen Vorteil von sich oder der Gruppe, die sie vertreten. Vor diesem Hintergrund muss man auch den angedrohten Mauerbau zu Mexiko als eine persönliche Einstellung von Donald Trump akzeptieren. Wenn er und seine Anhänger die Zuwanderung in die USA aus Mexiko für die Ursache von Arbeitslosigkeit und Gewalt in den USA halten, wäre eine Mauer zunächst ein pragmatischer Vorschlag. Zynisch und menschenverachtend zwar, letztendlich wahrscheinlich auch wirkungslos im Hinblick auf das angestrebte Ziel, aber diskutabel, da keine Menschen unmittelbar zu Schaden kommen. Er kommt halt von denselben Leuten, die Lehrer in Schulen bewaffnen wollen, um Kinder vor Gewalt zu schützen. Alles persönliche Fehleinschätzungen eines überheblichen Machtmenschen, die aber von zukünftigen amerikanischen Präsidenten revidiert werden können.

Der Klimawandel wird höchstwahrscheinlich nicht mehr umkehrbar sein, sollte Trump irren. Somit wäre es als Präsident eines für den Klimaschutz so bedeutenden Landes, seine gottverdammte Pflicht, entsprechend Vorkehrungen zu treffen, damit langfristig kein Mensch unmittelbar zu Schaden kommt. Selbst wenn er persönlich nicht daran glaubt, ein Großteil seines Volkes inklusive renommierter Wissenschaftler ist anderer Meinung.

Sich aber vor die Welt zu stellen und ein Abkommen aufzukündigen, das für alle übrigen Staaten den Fortbestand der Menschheit bedeutet, nur weil es ein schlechter Deal für die USA ist, hat nichts mehr mit Zynismus zu tun, sondern ist Zeichen einer simplen Geisteskrankheit.

19. Juni
Das Echo aus dem Wald

England hat es in diesen Tagen nicht leicht. Brexit, Attentate und dann auch noch ein verheerender Hochhausbrand. Gut, zumindest im Bezug auf die Austrittsverhandlungen mit der Europäischen Union, die heute beginnen, sind wenigstens die Regierung und, wenn man den Wahlergebnissen glauben darf, knapp die Hälfte der Engländer selbst noch überzeugt, einen guten Schnitt zu machen *(Anm.d.Red: Es bleibt für die Zukunft von ganz Europa nur zu hoffen, dass Theresa May so richtig einen Tritt in ihr nicht vorhandenes Kontor bekommt, vorausgesetzt die europäische Delegation vermeidet es, sich in den nächsten zwei Jahren über den Tisch ziehen zu lassen).*

Handelte es sich bei dem Feuerinferno um einen tragischen Unfall, wenn auch einmal mehr verursacht durch Skrupellosigkeit und Gier, so waren die hinterhältigen Angriffe der letzten Wochen in Manchester und London mal wieder von Allah inspiriert. Wenn auch hier, wie schon so oft, die üblichen Mordinstrumente zum Einsatz kamen, nutzten diese verblendeten Idioten, wie bereits in Frankreich und Deutschland, erneut Fahrzeuge als Waffe. Die neue „Trendmordart" der Islamisten hat entscheidende Vorteile gegenüber dem konventionellen „In die Luft sprengen". Auch wenn es die Terrororganisationen nicht zugeben würden, aber die Nummer mit den Selbstmordattentaten läuft in Europa nur schleppend. Dumme Sadisten sind auch hier ausreichend vorhanden, aber diese bevorzugen es, nach dem Quälen und Töten Unschuldiger, am Leben zu bleiben. Sogar der größte Vollspacken hat Probleme mit der Märtyrernummer, wenn er zuvor eine christliche Grundausbildung genossen hat. Aber auch hier lebende Muslime, die mit dem Islamismus liebäugeln, gefallen sich mehr in der Rolle als Scharia-Wächter, Frauenunterdrücker und oder BMW-Fahrer, denn als arabisches Gulasch in einer Einkaufspassage. Wenn man nicht brotdumm ist, muss man den Scheiß mit dem Paradies und den 72 Jungfrauen sowieso schon als Kind gehirnwäschemäßig in den Kopp geprügelt bekommen haben, um daran zu glauben. Erziehungsmethoden, die heutzutage aber ungestraft nur noch in den hintersten Ecken der islamischen Welt durchführbar sind. Weibliche Märtyrer sind ein noch selteneres Gut, was unter anderem an der schlechten Bezahlung liegen dürfte. Nach der Meinung einiger Gelehrter bekommen sie, sofern unverheiratet, nur einen einzigen Gefährten versprochen, mit dem sie aber „stets zufrieden sein werden“. Die muslimische Frau, die bereits im Diesseits durch eine zweifelhafte Korandeutung gekniffen ist, bekommt nun auch noch im Jenseits einen einzigen Frauenversteher für die Ewigkeit zugeteilt und kann zusehen wie ihre männlichen Kollegen sich durch ihren Jungfrauenharem knattern *(Anm.d.Red.: Die Herausforderung, also einen Mann zu stellen, mit dem Frau „stets“ zufrieden ist, macht die Nummer allein schon extrem unglaubwürdig).* Frauen, die bei diesen Aussichten die Karriere als Märtyrer einschlagen, sind entweder komplett irre oder zu blöd, um sich in die Luft zu sprengen. So oder so in Europa wahrscheinlich seltener zu finden als goldgepresstes Latinum.

Kurzum, selbst wenn nach wie vor viele Sadisten mit der Aussicht auf straffreien Mord und Vergewaltigung als Kämpfer für den heiligen Krieg gen Syrien ziehen, der Nachschub an Selbstmordattentätern dürfte für Europa dagegen stark limitiert sein. Terroristenimport aus den bekannten arabischen Hochburgen ist ebenfalls keine echte Alternative, denn auch in Zeiten der Flüchtlingswelle ist es immer noch eine teure und risikoreiche Angelegenheit.

Erschwerend kommt noch hinzu, dass, erst mal in Europa angekommen, auch bei diesen eingefleischten Fanatikern zu beobachten ist, dass der Trend weg vom Selbstmordattentat geht. Die letzten Attentäter wurden hierzulande entweder von der Polizei erschossen, festgenommen oder sind auf der Flucht. Auch wenn die Gründe eigentlich unwichtig sind, ich vermute weniger, dass sie es tun, um die Tat an sich, also das Ermorden Unschuldiger, besser auskosten zu können. Wer wirklich so weichgekocht wurde, um diesem Irrweg des Islamismus zu verfallen, der fiebert den Freuden des Jenseits entgegen, anstatt sich von solch banalen Voyeurismus ködern zu lassen. Gesetzt den Fall, die Nummer mit dem Paradies für Mörder wäre wahr, dann ist ihnen sicher ein professioneller Mitschnitt der letzten Sekunden im Diesseits versprochen worden, damit man im Jenseits vor seinen Jungfrauen entsprechend angeben kann.

Ein viel wahrscheinlicherer Grund dürften die urzeitlichen Instinkte sein: Flucht und Überleben. Letzten Endes ist es im europäischen Knast um Längen besser, als in der Rolle des Versagers auf einer Straße in Afghanistan. Das würde auch erklären, warum man dort nach wie vor das Selbstmordattentat vorzieht. Ich war noch nicht im Knast in Afghanistan, aber ich denke, das ist weniger erstrebenswert, besonders wenn man eine Polizeikaserne in die Luft gejagt hat.

Die Strategie, Anschläge per LKW oder Kleintransporter zu begehen, dürfte wegen der gestiegenen Überlebensaussichten die angespannte Situation auf dem Rekrutierungsmarkt entschärfen, zumal man nun auch mit ungelernten Hilfskräften einen maximalen Erfolg erzielt. Autofahren kann schließlich fast jeder und ein Fahrzeug verspricht je nach fahrerischem Talent und Größe eine weitaus bessere Ausbeute, als sagen wir mal ein Küchenmesser.

Ein weiterer Pluspunkt dieser Variante ist die einfachere Beschaffung der Waffe. Anders als in den USA, wo jeder Irre ohne Probleme an Pistolen, Gewehre und panzerbrechende Munition kommt, ist es in Europa immer noch mit einigen Schwierigkeiten verbunden. Der LKW oder der Kleintransporter dagegen kann von jedem Kleinstislamisten beschafft werden, auch wenn sich in diesen Wochen gezeigt hat, dass auch hierfür noch ein paar zu blöd sind.

Zusammenfassend kann man festhalten, dass die Komplexität eines solchen Terroranschlages gewaltig sinkt und damit auch die Kosten. Letzten Endes muss auch eine Terrororganisation mit ihrem Geld sorgsam haushalten, vor allem, wenn Einnahmequellen wie der Handel mit Erdöl wegfallen oder beständige Geldgeber wie Katar unter Druck geraten. Haben sie eine Ahnung was so ein „Schläfer“, also ein ausgebildeter Attentäter, der auf seinen Einsatz wartet, jeden Tag kostet? Der komplizierte Aufbau von Terrorzellen mit seiner ganzen Beschaffungslogistik wird so in Zukunft obsolet und fanatische Gemeinschaften wie der IS können den Schwerpunkt darauf legen, arme Idioten mit ihren kranken Gedanken zu radikalisieren. Eine nicht sehr kostenintensive Tätigkeit, die in ganz Europa sogar so gut wie straffrei von Hasspredigern in jeder beliebigen Moschee oder einfach von willfährigen Trotteln in der Fußgängerzone durchgeführt werden kann. Immer sauber gedeckt von unseren liberalen europäischen Gesetzen. Personal- und Materialoutsourcing hat für Terrororganisationen also nur Vorteile. Die islamistischen Leiharbeiter, eigentlich aufgrund der letalen Jobbeschreibung eher Zeitarbeiter, sind kostenneutral und müssen sich darüber hinaus ihr Mordwerkzeug auch noch selbst besorgen. Wird die Sache ein Erfolg, kann man sich damit im Internet brüsten, ist der Trottel zu dumm gewesen, hält man einfach die Klappe. So oder so, ist es fast unmöglich, an die Hintermänner heranzukommen.

Zusammenfassend kann festgehalten werden, dass die Idee „Fahrzeug als Waffe" eigentlich für die Islamisten ein Erfolgsmodell sein sollte.

Einen Wermutstropfen hat die Sache allerdings. Welchem kranken islamistischen Gehirn auch immer die Idee mit dem Überfahren von Ungläubigen gekommen ist, er hat nicht damit gerechnet, dass die Nummer auch umgekehrt funktionieren könnte. Es war nämlich nie die persönliche Hemmschwelle, die gewaltbereite, aber meist semiintelligente Rechtsradikale, Nationalisten und Muslimhasser von Anschlägen abgehalten hat, sondern die Unfähigkeit umfassend zu planen, sich eine vernünftige Waffe zu beschaffen und letztendlich die Angst vor dem Tod *(Anm.d.Red.: Die Tatsache, dass Selbstmord im Christentum die Hölle bedeutet, dürfte keine Rolle spielen, denn selbst wenn man als gläubiger Christ zum Terroristen wird und überlebt, bekommt man mit dem da oben Probleme wegen der „Du sollst nicht töten"-Nummer. Hier ist kaum Raum für Interpretationen. An dieser Stelle hätten die Verfasser des Korans besser daran getan, blumige Beschreibungen einer eindeutigen Semantik zu opfern).*

In der vergangenen Nacht ist ein Engländer mit einem Kleintransporter in eine Menschenmenge vor einer Moschee gerast. Sogar für einen rechten Idioten war es ein Leichtes, ein geeignetes Ziel zu finden. Wer anders als Muslime rennt im Ramadan nachts in Scharen vor einer Moschee herum?

Muslime? Das ist die Stelle, an der erfahrungsgemäß alle aufschreien. Was haben die denn damit zu tun? Schon sind wir wieder beim beliebten Thema jeder aktuellen Fernsehdiskussion. Der unschuldige Muslim, der von den Islamisten diskreditiert wird, weil Terrorismus nichts mit dem Islam zu tun hat. Das diese Aussage komplett falsch ist, scheint vielen einfach nicht in den Kopf zu gehen. Dabei ist sie ehrlich gesagt die Ursache aller Probleme, mit denen wir zurzeit kämpfen.

In einer Welt, die politisch korrekte Statements bevorzugt und unbequeme Wahrheiten unterdrückt, ist an dieser Stelle eine Vorabstellungnahme meinerseits erforderlich. Ich denke, es sollte inzwischen klar sein, dass ich jede Form von Terrorismus ablehne, weil die Ziele ausnahmslos falsch sind und auch, selbst wenn sie es nicht wären, niemals Gewalt gegen Unschuldige rechtfertigt. Die Glaubensrichtung ist mir dabei vollkommen wumpe, denn Glauben ist etwas für den Privatgebrauch. Punkt!

Somit ist es opportun und notwendig, eine andere Sicht der Dinge zu postulieren, auch wenn sie zunächst sehr zynisch erscheinen mag: Dieser Engländer, der angegeben hat, alle Muslime töten zu wollen, kann ungeprüft der rechten Szene zuordnet werden. Er hat die Anschläge der Islamisten schlicht und einfach kopiert. Vor dem Hintergrund der Todesfahrten von Deutschland, Frankreich und England, hat er letzten Endes mit dem Lieferwagen nur einen Gegenbesuch abgestattet.

Eine Formulierung, die von Politik und Medien zwar konsequent vermieden wird, aber, wenn wir ehrlich sind, jedem bei dem Vorfall als Erstes durch den Kopf geschossen ist. Radikale Muslime ermorden unschuldige Europäer, radikale Europäer ermorden unschuldige Muslime. Solch einfache polemische Kausalzusammenhänge mögen zwar für normal denkende Menschen vollkommen abartig erscheinen und zu nur noch mehr Gewalt führen. Ich denke aber, auch ohne die Lektüre dieses Buches und meinen Ausführungen zum „DMDM-Prinzip“, sollte klar sein, dass es genügend beschränkte Geister auf der Welt gibt, die zwar nicht gleich losziehen und Leute umbringen, die man aber mit solchen Aussagen ködern kann. Diese schleichende Radikalisierung bringt schließlich gewaltbereite Extremisten hervor.

Um die Zusammenhänge zu verstehen, möchte ich am Beispiel der deutschen Gesellschaft vier Klassen beschreiben. Wie die letzten Wahlergebnisse zeigen, ist das Gros der Deutschen sehr gemäßigt und steht anderen Kulturen, Völkern und Religionen liberal gegenüber *(Anm.d.Red.: Liberal nicht im Sinne von vorbehaltlos! Auch wenn es in den deutschen Medien gerne anders dargestellt wird, nur ein kleiner Prozentsatz unserer Bevölkerung ist vorbehaltlos offen. Wie bei jeder anderen Nation ist es der überwältigenden Mehrheit nicht egal, wenn Willkommenskultur mit Integrationsunwilligkeit von Immigranten in jeglicher Ausprägung missbraucht wird).*

Etwa zehn bis zwanzig Prozent der Deutschen, wie viel genau werden auch die nächsten Wahlen zeigen, sympathisieren mit nationalistischen Gedanken und Parteien. Sie sind nicht besonders aggressiv, gehen aber mal auf eine Pegida Demo und sind meist noch mit Argumenten zu erreichen.

Ein Rechter schon weniger. Schlimmer noch, dieser, glücklicherweise kleine Prozentsatz akzeptiert überwiegend keine andere Meinung mehr und sympathisiert in seinen Phantasien bereits mit Gewaltanwendung oder toleriert zumindest Gewalt. Aus dieser Gruppe rekrutieren sich letztendlich die gewaltbereiten Rechtsradikalen, die aktiv fremdenfeindliche Terrorakte begehen. Ein Landsmann, der mit liberalen Ansichten kommt, ist ebenso ihr Feind, wie der Ausländer, der ihnen angeblich den Arbeitsplatz wegnimmt.

Jede Gemeinschaft besteht aus Menschen mit verschiedenen Charakteren. Deshalb kann diese Gesellschaftsstruktur mit ihren vier Klassen innerhalb eines Volkes in sehr ähnlicher Form auf andere Gemeinschaften angewandt werden. Allein die prozentuale Verteilung und der Punkt, an dem es ungesund wird, differieren. Auf einen Verein übertragen wären diese Klassen: inaktive Mitglieder – aktive Sportler – Leistungssportler – dopende Leistungssportler.

Bei Religionsgemeinschaften ist das nicht anders. Dies ist bei den Juden genauso zu beobachten, wie bei den Christen. Der immer noch schwelende Nordirlandkonflikt zwischen Katholiken und Protestanten ist hier ein gutes Beispiel. Schaut man sich Sri Lanka und Myanmar an, beheimatet auch die angebliche Religion des Friedens Extremisten. Keiner käme auf die Idee zu sagen, ein gewalttätiger, buddhistischer Mönch wäre kein Buddhist. Die Kernaussage hier: Extremismus geht immer aus einer Gemeinschaft hervor und steht nicht unabhängig neben ihr!

Auch wenn es die Gemeinschaft der Muslime gebetsmühlenartig das Gegenteil wiederholt, der Islamismus ist Teil des Islam, denn die vier Klassen sind auch hier existent. Weltweit gültig ist diese Tatsache wieder am Beispiel von Deutschland gut zu veranschaulichen.

Es gibt liberale Muslime, die alle Religionen akzeptieren und sie als Privatsache betrachten. Als Beispiel mögen hier Türken gelten, die meist in der zweiten Generation in Deutschland angekommen sind und denen Erdogans Referendum gepflegt am Hintern vorbeigegangen ist. Der gläubige Muslim hierzulande lebt nach den Regeln des Korans und ist überzeugt, nur so Erlösung zu finden. Er erwartet dies auch von Familien und Freunden, würde aber maximal Druck, nie jedoch Gewalt gegen andere ausüben. Aus dieser Gruppe dürfte übrigens ein Großteil derer stammen, die beim türkischen Referendum mit „Ja“ gestimmt haben. Alles in allem zwar nicht unbedingt das, was sich das Abendland gewünscht hat, aber weitgehend gesellschaftskompatibel.

Anders dagegen die dritte Klasse der radikalen Muslime. Sie teilen die Welt in Gläubige und Ungläubige ein. Eine alternative Lebensart wird nicht toleriert und aktiv bei Glaubensgenossen kontrolliert und nachdrücklich eingefordert. Körperliche Gewalt kann hier bereits ein probates Mittel der Meinungsverstärkung darstellen. Der Deutschtürke, der seine Schwester stalkt, weil ihm ihr westlicher Lebensstil missfällt, hat die Linie zu dieser dritten Klasse überschritten. Wenn ein Muslim erst einmal radikalisiert ist und nichts anderes sind Organisationen wie die Salafisten, „Lies!“, „We love Mohammed“ oder „Die wahre Religion“, dann ist es nur noch ein kleiner Schritt zum Extremismus.

In der vierten Klasse tummeln sich dann alle, die Gewalt gegen Menschen als Allahs Wille betrachten. Nebenbei erwähnt ist nicht nur der dahergelaufene Terrorist hier angesiedelt, auch konvertierte deutsche IS-Kämpfer oder solche Vögel, die Ehrenmorde als ein probates Mittel praktizieren, sind religiös motiviert und dieser Gruppe zuzurechnen.

Damit sollte ausreichend bewiesen sein, dass der Extremismus keinesfalls unabhängig zu sehen ist.

Zusätzlich wird ein weitaus größeres Problem des Islam deutlich, nämlich der radikale Wasserkopf dieser Glaubensgemeinschaft. Während das Christentum besonders in Europa damit zu kämpfen hat, dass ihnen die Gläubigen, sei es weil sie entweder an nichts mehr glauben oder ihr Thema mit Gott persönlich abmachen, in die Gleichgültigkeit abwandern, ist Radikalismus und folglich Extremismus vom Aussterben bedroht. Natürlich gibt es beide Klassen noch, aber solche Gruppen, die unter anderem mit putzigen Ideen daherkommen, wie zum Beispiel, dass es die Evolution nie gegeben hat, mögen zwar drüben in der Freiluftklapse aktiv auf die Gesellschaft einwirken, jedoch ist Gewalt nur selten zu beobachten *(Anm.d.Red.: Mag sein, dass Gott uns nur Fossilien hingelegt hat, um davon abzulenken, dass die Erde erst ein paar tausend Jahre alt ist, mag sein, dass Gott ein fliegendes Spaghettimonster ist. Man sollte stets dran denken, dass ein Schöpfer, wie auch immer er sich das mit diesem Planeten und dem Universum gedacht hat, nicht mit unserem begrenzten Verstand erfasst werden kann. Glauben ist eine höchst vereinfachte Sichtweise verschiedener möglicher Szenarien. Daran sollte man immer denken, wenn man anderen mit seinem Glauben auf den Sack geht!).*

Im Islam ist weltweit offensichtlich das Gegenteil der Fall. Wer also bei den Radikalen für Nachschub sorgt, bekommt auch letztendlich mehr Extreme. Ist simple Prozentrechnung und so beherrschen folglich Islamisten die Nachrichten und nicht um sich schießende jüdische Siedler oder fundamentalistische Christen, die Abtreibungsbefürworter erschießen.

Der Grund, warum im Islam mehr Radikale zu finden sind, als in anderen Gemeinschaften, erscheint mir naheliegend. Jede Weltreligion glaubt, dass sie die Weisheit für sich gepachtet und somit den einzig wahren Erlöser und natürlich das Paradies im Programm haben. Da macht auch der Islam keine Ausnahme.

Während jedoch das Christentum sich über die Jahrhunderte reformiert hat, ist es dem Islam nie gelungen, gewollt oder ungewollt, von seinen antiquierten Werten wegzukommen, die nicht nur den anderen Religionen die Berechtigung absprechen, sondern aktiv zum Kampf gegen sie aufrufen. Nach wie vor sind alle Nicht-Muslime Ungläubige und des Todes und Frauen minderwertige Dienerinnen etc. pp. Es mag auch noch einzusehen sein, dass man vor zweitausend Jahren aus Pragmatismus heraus Glaubensrichtlinien festlegte, wie auf Schweinefleisch zu verzichten, wochenlang tagsüber nichts zu mampfen oder mehrere Frauen gleichzeitig zu haben.

Das lässt sich sogar mit rudimentären geschichtlichen Kenntnissen leicht erklären. Bedingt durch die vielen Kriege kam es damals zu einem Männermangel, der Kühlschrank war noch nicht erfunden und niemand wusste, dass man nach sechs Uhr abends keine Kohlenhydrate mehr zu sich nehmen sollte.

Alles in allem ein Gesamtpaket, mit dem man nicht gerade den gemäßigten Flügel in einer Gesellschaft anspricht. Darüber hinaus hat in der vom Islam dominierten Hemisphäre nie die klare Trennung stattgefunden, wie sie zwischen Kirche und Staat in Europa bereits im elften Jahrhundert seinen Anfang nahm und mit Reformation und Aufklärung weitergeführt wurde. Die Gründe dafür sind vielschichtig und würden hier den Rahmen sprengen. Nur so viel, die in Öl schwimmenden Sandkastenstaaten sind an der Situation nicht ganz unschuldig, denn der Islam in seiner heutigen Form festigt ihre Machtposition.

Natürlich nehmen diese Staaten Einfluss auf die europäischen Muslime. Trotzdem bleibt die Frage, warum sich in der westlichen Welt so viele Muslime mit der radikalen Klasse identifizieren und demzufolge drohen in den Extremismus abzudriften, als in anderen Religionen.

Ich denke hier ist ein sehr banaler Grund nicht zu unterschätzen: Bequemlichkeit!

Gerade Männern bietet der Islam in der radikalen Ecke mit seinen überkommenen Prinzipien, die aber gleichzeitig Erlösung versprechen, eine Komfortzone, die in einem ziemlich liberalen und gleichberechtigten Umfeld so im Normalfall nicht zu finden wäre. Der gläubige Muslim dagegen, der sich in Europa an das weltliche Recht hält, hat in seiner Religion nur Pflichten.

Der Radikale muss zwar auch regelmäßig mit dem Hintern in der Luft an den Käsemauken seines Vordermannes schnüffeln. Es reicht aber einmal im Jahr mehrere Wochen tagsüber nix zu essen sowie auf Schweinefleisch und ein paar weitere unwichtige Dinge zu verzichten. Darüber hinaus hat er zahlreichen Nachwuchs zu zeugen und dafür zu sorgen, dass die Brut die verkrustete Scheiße in die nächste Generation trägt. Im Gegenzug erhält er dann, nach Ansicht und zweifelhafter Legitimation verblendeter Korandeuter, den göttlichen Auftrag, je nach Aufenthaltsort, Andersdenkende im Namen des Herren einschüchtern, verprügeln, foltern oder ermorden zu dürfen. Noch dazu darf er dabei aussehen wie der letzte Waldschrat. Er muss sich nicht mehr rasieren oder sonst auf sein Äußeres achten und kann trotzdem sicher sein, dass die zugeteilte Ehefrau nicht fremdgeht und ihm darüber hinaus noch den Arsch nachträgt. Wenn er Bock hat, bespringt er die Angetraute, ob sie will oder nicht. Ansonsten hat er stets die Auswahl zwischen allen ungläubigen Frauen, da diese sowieso Huren und Freiwild sind und jederzeit zu Trainingszwecken bestiegen werden dürfen. Vorzugsweise im IS kontrollierten Raum gegen ihren Willen, im Rest der Welt meist gegen Geld. Vielleicht noch nicht ganz das Paradies, aber verdammt nah dran, dafür dass das Diesseits angeblich nur ein Übergangsleben ist.

Es verwundert also nicht, wieso Reformationsideen im Islam nicht so recht zünden und der Zulauf radikaler Muslime, die ihr Tun mit ihrem Glauben entschuldigen können, so groß ist. Mit dieser Haltung ist Ärger mit der abendländischen Kultur vorprogrammiert.

Bleibt die Frage, wieso die angeblich größere Gruppe der gemäßigten europäischen Muslime diese Zusammenhänge nicht erkennt und sie sogar verleugnet? Sie müssten sich selbst eingestehen, dass der Islam als solcher der Verursacher des Islamistenproblems ist, und wären dadurch in der Verantwortung, etwas zu tun. Begünstigt durch die in der eigenen Gemeinschaft abgeschottete Lebensweise ist es vorstellbar, dass es schon genug permanente Selbstreflexion erfordert, um nicht der dunklen Seite der Macht mit ihren Verlockungen zu verfallen.

Je schneller die gemäßigten Teile dieser Glaubensgemeinschaft einsehen, dass der Kampf gegen die Radikalen in den eigenen Reihen beginnt und eine Erneuerung des Islam unumgänglich ist, desto eher wird sich die Lage in Europa und vielleicht mittelfristig auch in der Welt verbessern. An dieser Stelle möchte ich meine Hochachtung gegenüber den englischen Imamen ausdrücken, die neben der üblichen Distanzierung den Attentätern von Manchester das traditionelle Totengebet versagten. Eine erste kleine aber wichtige

Reaktion der islamischen Glaubensgemeinschaft, die Hoffnung macht.

Offenheit und Toleranz sind der Schlüssel für ein friedliches Zusammenleben. Eine Tatsache, die auf diesem Planeten immer noch nicht abschließend verstanden wurde. Der Islam hat hier jedoch die größten Defizite aller Weltreligionen.

Aber zurück zum aktuellen Anlass. Eigentlich wollte ich nur meinen Senf bezüglich der Anschläge in England dazugeben und bin dann doch wieder ins Philosophieren geraten. Was soll´s?! Ohne eine Beleuchtung der Hintergründe ist jede Ungeheuerlichkeit auf dieser Welt nur zweidimensional. Die Islamisten werden nicht müde, in den europäischen Wald hineinzurufen in dem irrigen Glauben, davon würden Bäume umfallen. Nun kam erstmalig ein Echo. Die Tat dieses Engländers war ebenso krank und verabscheuungswürdig und ich hoffe inständig, sie findet keine weiteren Nachahmer. Sollten meine obigen Ausführungen zum Extremismus in Grundzügen stimmen, ist zumindest davon auszugehen, dass sich die Zahl muslimfeindlicher Anschläge in Europa in Grenzen halten wird. Denn auch wenn in Europa genug Idioten leben, die meisten haben zumindest eine rudimentäre abendländische Erziehung genossen, die über die Jahrhunderte aus marodierender Idioten mit Scheiterhaufen im Garten und stark berittener vierspuriger Pferdebahn nach Jerusalem, eine fast zivilisierte Gesellschaft gemacht hat, die genügend Achtung vor dem Leben anderer hat. Selbst wenn das nicht der Grund ist, dann fühlt sich der potentielle Radikale im sozialen Netz Europas viel zu wohl, als dass er sein komfortables Leben mit WLAN und Bier vorm Fernseher gegen eine Gefängniszelle oder Schlimmeres eintauschen würde. Gewaltfreiheit aus Verlustangst. Nicht unbedingt eine ethisch erstrebenswerte Maxime, aber bei der ungerechten Verteilung von Intelligenz eine hinnehmbare Situation. Die Regierungen in Europa sollten sich damit zufriedengeben, denn aus Überzeugung halten die Wenigsten still. Es ist auch ein Irrglaube, dass die Mehrheit der Europäer neutral oder zum Dialog mit einer Kultur bereit ist, die Irre in ihren Reihen hat, die einen vor der eigenen Haustür überfahren. Dementsprechend macht es keinen Sinn, zum Dialog mit dem Islam aufzurufen.

Aktuelles Beispiel in diesem Zusammenhang: Es ist wenig hilfreich, wenn Organisationen wie die „Stiftung Zukunft Berlin“ dieser Tage Öl ins Feuer gießen, weil sie ein Kreuz in Frage stellen, welches auf das fertiggestellte historische Stadtschloss kommen soll. Wörtlich:

„Anfang Mai hatte die ‚Stiftung Zukunft Berlin‘ mitgeteilt, aus ihrer Sicht gefährde das geplante Kreuz den Dialog der Kulturen und Religionen.“

Es sind genau diese hirnlosen Flachpfeifen, die, sechs Monate, nachdem ein islamischer Terrorist an selber Stelle in einen Weihnachtsmarkt gerast ist, mit solchem geistigen Dünnpfiff dafür sorgen, dass labile Menschen, wie dieser marodierende Engländer, in die Arme des Radikalismus getrieben wird. Meist reicht dann schon ein Tropfen zum berühmten Fass und es kann passieren, dass ein Geisteskranker loszieht, sich einen Transporter bei Europcar zu mieten.

Es tut mir leid, das sagen zu müssen, aber ich bin nicht Angela Merkel, die den ganzen Laden irgendwie zusammenhalten muss: Der Islam passt in der jetzigen Ausprägung mit seiner derzeitigen Performance so gar nicht nach Europa. Multikulti hin, Toleranz her. Daran wird sich nur etwas ändern, wenn die gemäßigten Muslime endlich ihre passive Position verlassen, Verantwortung übernehmen, aktiv die Verfechter eines antiquierten Islambildes bekämpfen und sich um Reformation bemühen. Solange das nicht geschieht, ist ein Dialog zwischen den Kulturen in Deutschland und Europa Zündstoff, anstatt Lösung.

26. Juni
Ursache und Wirkung

Ein Mann kommt zum Arzt: „Herr Doktor ich brauche dringend ein Schmerzmittel. Überall tut es höllisch weh." Der Patient demonstriert ausgiebig sein Leiden, indem er mit dem Finger auf dem gesamten Körper herumdrückt und jedes Mal leidend das Gesicht verzieht. Der Arzt schaut sich die Sache eine Zeit lang an, bevor er die Diagnose trifft: „Guter Mann, sie haben sich den Zeigefinger gebrochen!"

Ja, schon klar, alt und vor allem schlecht!

Auch wenn es naheliegend wäre, der Witz dient auch nicht als Einleitung zu einer weiteren harschen Kritik am Internet, diesmal zum Thema Selbstdiagnosen mittels „Doktor online". Idioten, die nur sich selbst schaden, fliegen gewöhnlich unter meinem Aufmerksamkeitsradar. Als ich mir vergangene Woche wie üblich die aktuellen Themen der Weltpolitik angesehen habe, kam ich nicht umhin mich zu fragen, inwiefern es der Gemeinschaft dieses Planeten nutzen könnte, sich folgenden einprägsamen Grundsatz der Medizin ins Gedächtnis zu rufen: Bekämpfe die Ursache, nicht die Symptome!

Da stehen Schlepper in Ungarn vor Gericht, weil sie Flüchtlinge in einem Kühltransporter haben ersticken lassen. Da regen sich die Russen auf, weil die Amerikaner eine MIG der Syrer vom Himmel über Mossul geholt haben.

Der amerikanische Student Otto Warmbier erliegt seinen folterbedingten Gehirnschäden, die ihm im Gefängnis zugefügt wurden, nachdem er, halten sie sich fest, auf einem Touristentrip in Nordkorea ein Propagandaplakat entwendet haben soll.

Es mag sich beim letzten Beispiel nur mittelbar ein Bezug zum Thema erschließen, jedoch stellte sich mir die Frage, welches die Ursache für das „Symptom" Folter war.

Mir sind gleich mehrere mögliche Gründe eingefallen: Zunächst könnte es sein, dass man einen Amerikaner aus Prinzip foltert, wenn man in Nordkorea seiner habhaft wird. Andererseits wäre es auch als Bestrafung denkbar, für die Dummheit, in einem totalitären Staat etwas zu klauen, oder als Demonstration landestypischer Folklore, wenn denn einer mal so blöd war, als Tourist einzureisen. Letztendlich könnte es auch am Namen gelegen haben. Bei einem Herrscher, der den Schwippschwager vor eine Kanone spannt, weil der in seiner Anwesenheit eingeschlafen ist, wäre das ein akzeptabler Grund. Gott weiß, was Otto Warmbier auf Koreanisch bedeutet? Aber zurück zum Thema!

Bekämpfe die Ursache, nicht die Symptome!

Besonders in der Medizin kann es zur Linderung der Schmerzen oder gar zur ersten Hilfe notwendig sein, eine andere Strategie zu fahren. Einfach ausgedrückt, wenn man ein Messer im Bein stecken hat, ist es anfangs durchaus von Vorteil, die Blutung zu stoppen, etwa durch Abbinden des Beins. Erst dann sollte man sich um das Messer, also den eigentlichen Verursacher des Problems kümmern. Es einfach drin stecken zu lassen ist langfristig keine Lösung.

Mit dieser simplen Strategie „Ursache vor Symptom" hat sich die Heilkunst stetig von der Quacksalberei des Mittelalters fortentwickelt und im Laufe der Jahrhunderte bahnbrechende Erfolge bei der Behandlung von Krankheiten erzielt. Natürlich gibt es Bereiche, in denen die Medizin nach wie vor nur Symptome bekämpft. Dann aber, weil die Ursachen noch nicht weit genug erforscht sind. Viele Krebs- und Immunerkrankungen wären hier nach wie vor zu nennen. Sobald die Ursachen selbst nicht mehr im medizinischen Bereich liegen, befinden wir uns in einer Mischzone. Dies gilt für die Unfall- und, in Teilen, auch für die plastische Chirurgie. Das Grundprinzip hat auch hier unverändert Gültigkeit. Nur die Verantwortung hat gewechselt. Vom fiesen kleinen Virus hin zur unvorsichtigen Hausfrau auf der Leiter beim Fensterputzen.

Gute Beispiele in diesem Übergangsbereich sind des Weiteren nicht vererbte Herz-Kreislauferkrankungen, Bandscheibenvorfälle oder Sackratten. Mangelhafte Bewegung, schlechte Haltung oder fehlende Hygiene können der Medizin nun wirklich nicht angekreidet werden. Hier bleibt dem Arzt nur, seinem hippokratischen Eid folgend, zum Wohle des Patienten, einige Tipps zur Vorbeugung zu geben. Die sogenannte Schönheitsmedizin, wenn es sich nicht um plastische Rekonstruktion in der Unfallchirurgie handelt, ist dagegen schlicht als unethisch abzulehnen, da sie ein abscheuliches Geschäftsmodell auf Basis eines überzogenen Jugend- und Schönheitswahns darstellt.

Gerade im Bereich der Fettbeseitigung ignoriert sie die auch hier geltende „Ursachen vor Symptom"-Strategie, indem sie ihren Kunden aus schnöder Profitgier ohne Not das Fett von den Rippen saugt.

Erschwerend kommt hinzu, dass diese „Dunkle Seite der Medizin" das Leiden des Patienten fördert, anstatt es zu bekämpfen. Nicht nur, dass diese Leute meist vom ungesunden Lebenswandel ihrer Kunden profitieren, sie gaukeln ihnen dabei auch noch vor, dass ihr sportbefreites Fast Food-Treiben dank der Liposuktion keine Konsequenzen hätte. Für den Herzinfarkt, der sich mit hoher Wahrscheinlichkeit später einstellt, sind dann sowieso richtige Ärzte zuständig. Auch fernab der Medizin existiert diese, nennen wir sie der Einfachheit halber „UvS"-Strategie, wenn auch in den unterschiedlichsten Ausprägungen. In der Freizeit ist das alleinige Bekämpfen der Symptome an der Tagesordnung und bisweilen sogar erwünscht. Das Einwerfen einer Aspirin nach einem Saufgelage findet am nächsten Morgen in voller Kenntnis des Verursachers statt und ein Lerneffekt ist definitiv nicht erwünscht, auch wenn das Aussehen der nächtlichen Eroberung auf der anderen Bettseite am nächsten Morgen eine alternative Vorgehensweise nahelegen würde. Trotz Gedächtnislücken hofft man dann wenigstens bei der Verhütung konsequent auf die Einhaltung der „UvS"-Strategie gesetzt zu haben. Die Ursache „Fortpflanzungstrieb" mit einem Kondom bekämpft zu haben, ist in dieser Situation allemal sinnvoller, als sich mit dem Symptom „ungewollte Schwangerschaft" oder „tropfende Geschlechtskrankheit" auseinandersetzen zu müssen. Im Berufsleben ist eine Anwendung der „UvS"-Strategie nicht nur sinnvoll, sondern auch höchst wirtschaftlich. Zahlreiche Programme zur Steigerung der Effektivität beweisen dies. Die „5W Analyse" zum Beispiel basiert auf der Erkenntnis, dass man mit fünfmaligem „Warum"-Fragen der Ursache jedes Problems auf den Grund gehen kann.

Allerdings ist die tatsächliche Anwendung dieser Strategie mit zunehmender Unternehmensgröße eher im Bereich des Wunschdenkens anzusiedeln. Die Erklärung hierfür findet sich in dem Kapitel „Corporate Idiotie" im Speziellen und in der Existenz dieses Buches im Allgemeinen. Nirgendwo ist die Anwendung der „UvS"-Strategie allerdings konsequenter und gleichzeitig alternativloser als im Sport. Keiner käme auf die Idee, nach einem miserablen Ergebnis beim 100m-Lauf die Zeitnahme in Frage zu stellen oder die Strecke zu verkürzen. Der Sportler muss immer die Fehler bei sich oder der Mannschaft suchen, auch wenn einige Interviews mit Trainern nach Fußballspielen den Eindruck vermitteln, der Schiedsrichter, der Platz, der Pfosten, die Latte oder der Fußballgott hätten die Sache verbockt. Bewusst oder unbewusst findet die Strategie praktisch in allen Lebensbereichen statt und bringt bei korrekter Anwendung enormen Nutzen. Allerdings ist das Ignorieren der Ursachen auch hier eher die Regel, als die Ausnahme, was den positiven Effekt meist signifikant minimiert, vernichtet oder gar ins Gegenteil verkehrt. Dabei sind, anders als in der Medizin, die Kausalzusammenhänge durchaus erkennbar und oft ohne oder mit geringfügiger Gehirntätigkeit zu erfassen. Die Folgen für den Einzelnen oder die Gesellschaft bewegen sich bei der schnöden Symptombekämpfung in einer Bandbreite von „harmlos“ bis „globale Katastrophe“. Schöne Beispiele liefern hier meine Lieblingsfeinde, die Gutmenschen. Sie rotten sich gerne in karitativen Vereinen zusammen, um das Leid und Unrecht in der Welt zu bekämpfen. Eine zunächst durchaus lobenswerte Beschäftigung. Sie sollte aber nicht von blindem Aktionismus und der Erreichung kurzfristiger Erfolge geleitet werden, sondern von strukturiertem Handeln mit einer langfristigen Verbesserung der Situation. Natürlich ist bei einer Hungersnot in der Dritten Welt eine Direkthilfe in Form von Lebensmittellieferungen unbedingt erforderlich. Im Nachgang gilt es jedoch, die Ursachen zu bekämpfen.

Die Bemühungen um eine stabile und integre Regierung stehen natürlich an erster Stelle. Aber auch ohne eine langfristige Entwicklungshilfe mit Geburtenkontrolle, Vermittlung von Knowhow, Bereitstellung von Saatgut und technischem Gerät, werden sich die Zustände mit jeder Dürre weiter verschlimmern und diese Region auch in Zukunft von Fremdhilfe abhängig sein. Besonders übel wird es für die Betroffenen, wenn von solchen Hilfsorganisationen Ursachen und Symptome systematisch über Jahre verwechselt werden.

Den Klassiker liefern hier immer wieder Tierschutzvereine.

Was nützt es den armen Kreaturen in der Massentierhaltung, wenn ab und zu des Nachts Menschen mit Kopflampe und Kamera bewaffnet, in Mastbetriebe eindringen und die unhaltbaren Zustände tags darauf im Internet posten? Auch wenn es unwahrscheinlich ist, gehen wir für den Moment einmal davon aus, es handele sich wirklich um einem übermotivierten Tierschutzaktivisten und nicht um die übliche, öffentlichkeitsgeile Bloggerfresse. Solange der moralisch entrüstete Facebook Junkie das Video „Liked", sich aber eine Stunde später das Kilo Putenbrust zu neunundneunzig Cent im Netto-Markt kauft, wird sich nichts, aber auch gar nichts ändern. Der Kampf gegen Wilderei in Afrika ist sinnlos, solange man die Idioten gewähren lässt, die glauben, von pulverisiertem Nashorn einen Dauerständer zu bekommen oder durch den Verzehr von Gorillahoden länger knattern zu können. Besonders perfide wird es, wenn solche Hilfsorganisationen, wie die zur Rettung rumänischer Straßenhunde, aufbrechen, um bemitleidenswerten Kreaturen aus ihrer Not zu befreien. Dieser bereits seit Jahren praktizierte systematische Wahnsinn hat dafür gesorgt, dass jeder zweite Köter, der in Deutschland auf den Gehsteig kackt, gefühlt aus dem Ostblock gerettet wurde.

Es mag ihnen hier zwar sicher besser gehen, aber für jedes so erlöste Tier tauchen bei der Sammelstelle in Rumänien wieder zwei geschundene Kreaturen auf, die diensteifrige Hundefänger, trotz natürlich von selbiger Hilfsorganisation bezahlten Kastrationsprogrammen, in den Städten wegfangen. Man muss kein Einstein sein, um einen Zusammenhang zwischen der erstaunlicherweise nicht abreißenden Hundeflut auf rumänischen Straßen und dem Lebensunterhalt dort arbeitender Hundefänger zu sehen, besonders, wenn die Tierwohltäter noch dazu Ablieferungsprämien zahlen, weil man ihnen erzählt hat, dass das gefangene Getier ansonsten getötet wird. Alle sind glücklich und einige haben sogar den warmen Freudentropfen der Befriedigung in der Hose, auch wenn sie das Gefühl beschleicht gegen Windmühlen zu kämpfen. Dem armen Hund, aus einem Hinterhof oder einer professionellen Kellerzucht in Bukarest, der zum zehnten Mal geworfen hat, nützt diese Symptombekämpfung allerdings nichts.

Bleibt abschließend noch die Frage, was passiert wenn sich zum Geld als Triebfeder des Handelns noch die Macht gesellt. Hier existiert das „UvS"-Prinzip per se nicht. Es gibt neben dem organisierten Verbrechen nur zwei Bereiche, die mir hier spontan einfallen: Weltwirtschaft und Politik. Es ist müßig, weiter darauf einzugehen.

Denken Sie einfach kurz selber darüber nach, wenn das nächste Mal wieder Menschen auf dem Mittelmeer elendig verreckt sind.

02. Juli
Der schönste Tag im Leben

„Wenn man heiratet, löst man zukünftig gemeinsam die Probleme, die man vorher allein nicht hatte!" Ich mag diesen Satz, denn er stellt in wenigen Worten meine Einstellung zur Ehe klar. Ich denke, es ist überflüssig zu erwähnen, was ich von der „bis der Tod euch scheidet"-Nummer halte. Menschen entwickeln sich ihr Leben lang weiter und Personen, die diese Tatsache ignorieren, indem sie unveränderliche Fakten schaffen, sind mir suspekt. Das ist auch der Grund, wieso ich Tätowierungen ablehne, allein schon weil die Meisten mit zunehmendem Alter einfach Scheiße aussehen.

Ansonsten habe ich auch zu fast Allem eine Meinung. Aus Prinzip zunächst stets die Schlechteste. Nicht anders ist es demnach bei dem Topthema der vergangenen Woche, das seit Jahren schon unter dem Begriff „Ehe für alle" firmiert. Allerdings will mir einfach nicht in den Kopf, dass Teile der Schwulen- und Lesbenszene ausgerechnet bei einer antiquierten und überkommenen Einrichtung wie der Ehe, seit Jahren so steil geht. Dieselben, die sonst wegen ihrer progressiven Lebensweise keine Gelegenheit auslassen, sich von der Spießigkeit der Heteros zu distanzieren. Hier verhalten sie sich aber eher wie Freilandhühner, die vehement ihr Recht einfordern in Legebatterien gehalten zu werden.

Aber zunächst ein kurzer Blick auf die aktuelle Lage. Wie immer in diesen Zeiten der Political Correctness, wurde mit „Ehe für alle" ein etwas sehr aufmerksamkeitsheischender und vor allem polarisierender Slogan gewählt. Das war erforderlich, um bei der Flut banaler Themen, die tagtäglich hochpoppen, eine gewisse längerfristige Aufmerksamkeit zu etablieren. Eigentlich bedeutet es nichts anderes, als dass für homosexuelle Paare vor dem deutschen Grundgesetz dasselbe Recht eingefordert wird, sich unglücklich machen zu dürfen, wie es Heterosexuellen schon immer zugestanden wurde. Während in vielen europäischen Ländern diese Gleichstellung bereits erfolgt ist, trennten in Deutschland die Ehe und die sogenannte „eingetragene Lebenspartnerschaft" bisher noch etwa einhundertfünfzig Rechte und Pflichten. Die steuerliche Gleichbehandlung der beiden Lebensmodelle gehört allerdings nicht dazu. Sie wurde bereits

2013 eingeführt. Eine der Hauptdiskussionspunkte war dabei immer das nicht zufriedenstellend geklärte Recht auf Adoption. Nichtverheiratete Paare, homo- oder heterosexuell, können demnach nicht gemeinsam ein Kind adoptieren. Alle übrigen Themen sind weniger dringend, da sie, wie zum Beispiel die gegenseitige Absicherung oder das Sorgerecht im Krankheitsfall anderweitig, in entsprechenden Verfügungen festgelegt werden können oder weil sie meist im Bodennebel der Belanglosigkeit untergegangen sind. Es sollte nicht unerwähnt bleiben, dass heterosexuellen Paaren diese Form des Zusammenlebens nicht offen steht. Soweit die Fakten.

Nach der Abstimmung im Bundestag letzte Woche, können nun auch homosexuelle Paare heiraten, das heißt, vorbehaltlich der noch fehlenden Zustimmung des Bundesverfassungsgerichtes, die aber noch vor Abschluss dieses Buches vorliegen dürfte.

Auch wenn es zweitrangig sein mag, warum das Thema nach jahrelanger Diskussion nun innerhalb weniger Tage entschieden wurde, sei eine kurze Anmerkung gestattet. Mit an Sicherheit grenzender Wahrscheinlichkeit war es in erster Linie dem Wahlkampf vor der diesjährigen Bundestagswahl geschuldet. Inwieweit Angela Merkel das Thema mit ihrer angeblich „unbedachten" Aussage, den Fraktionszwang bei der „Ehe für alle" nach der Bundestagswahl aufheben zu wollen, ungewollt beschleunigt hat oder sie es als mögliches Problem für den CDU Wahlkampf vorzeitig aus dem Rennen nehmen wollte, bleibt unklar. Man sollte aber immer bedenken, dass unsere Bundeskanzlerin normalerweise solche flachen Bälle nicht zuspielt.

Jedenfalls verpasste keine der übrigen Parteien die Chance, sich entsprechend zu profilieren, denn Themen, deren Entscheidung kaum langfristige negative Konsequenzen erwarten lässt und dann auch noch gratis ankommen, sind „Einhörner der Politik". Im Gegensatz zu Beschlüssen wie der Agenda 2010 oder Hartz IV, die der SPD als Initiator inzwischen in Teilen sauer aufstoßen, kann man sich bei der Stärkung der Rechte vermeintlicher Minderheiten eigentlich nicht die Finger verbrennen. „Ein paar Schwuchteln die Ehe ermöglichen" ist also ein Hauptgewinn im Wahlkampf, dachten sich die Heteros in den Oppositionsparteien und solidarisierten sich mit dem Grünen Politiker Volker Beck, der als Quotenschwuler im Bundestag seit Jahren für die „Ehe für alle" gekämpft hat. Die SPD sah mit diesem Thema natürlich eine Chance, ihre täglich sinkenden Umfragewerte zu verbessern, zumal Homosexuelle mit einem Anteil von 7,5% an der Gesamtbevölkerung schon alleine eine „werberelevante" Zielgruppe darstellen. Dazu kommen natürlich noch die, die man immer ködern kann, wenn man nur in den sozialen Medien den Eindruck vermittelt, man kämpfe für die Diskriminierten dieser Welt. Zynischerweise macht weder die Politik noch der beeinflussbare Facebook-Mob dabei einen Unterschied zwischen Schwulen, Flüchtlingen, Straßenhunden oder Tieren in Mastbetrieben. Solche Themen sind also nicht nur frei von Langzeitschäden bei minimalem Aufwand, sie versprechen gleichzeitig die maximale Werbewirksamkeit. Also genau das richtige für Martin Schulz, der sowieso schon genug solcher Wahlversprechungen im Programm hat, bei denen die geringste Ahnung fehlt, wie man es hinterher finanzieren könnte. Sogar die AfD durfte kostenlos ihr stumpfes rechtes Profil schärfen. Gründet sich ihre Existenz aktuell allein auf Ausländerfeindlichkeit, brachte ihnen die Ablehnung der „Ehe für alle" im Wahlprogramm ein Themenplus von stolzen einhundert Prozent.

Bevor wir aber zum Thema „Ehe für alle" kommen, muss ich zunächst ein paar Worte bezüglich meiner Einstellung zur Homosexualität an sich verlieren. Wie inzwischen klar sein sollte, halte ich einen Großteil der Menschheit für dumm, intolerant, egoistisch, selbstzerstörerisch oder alles zusammen. Trotzdem komme ich damit klar, wenn sie nicht meinen Tanzbereich stören. Sieht man von der einen emanzipationsfanatischen Kampflesbe ab, die mir mal für einen subtil frauenfeindlichen Witz aufs Maul hauen wollte, habe ich mit Schwulen und Lesben nur positive Erfahrungen gemacht. Bei knapp acht Millionen Homosexuellen beziehungsweise, wie erwähnt, einem Anteil von 7,5% allein in Deutschland, ist das durchaus erwähnenswert. Nach allen Gesetzen der Wahrscheinlichkeit hätten mir in den letzten Jahren zumindest ein paar schwule Idioten über den Weg laufen müssen. Zum Vergleich: Der Anteil an Muslimen in Deutschland liegt angeblich unter sechs Prozent und trotzdem treffe ich alleine in meiner Heimatstadt inzwischen fast täglich einen, dem ich ob seiner antiquierten Einstellung oder seiner öffentlich zur Schau gestellten Abscheu gegen seine ungläubigen Gastgeber, ansatzlos in den Arsch treten könnte. Es spricht für den Charakter von Homosexuellen, dass sie eine solche Friedfertigkeit, Offenheit und Toleranz an den Tag legen, obwohl sie noch in weiten Teilen der Gesellschaft permanenter Ausgrenzung und Diskriminierung ausgesetzt sind.

Natürlich tauchen immer wieder welche auf, die mich nerven. Unter den Millionen Wannebe's in den sozialen Netzwerken und Medien, mag der Anteil an Homosexuellen, speziell Männern, sogar höher sein, jedoch gilt hier meine Verachtung allgemein der Gier nach Aufmerksamkeit und nicht der sexuellen Neigung. Letztendlich haben Schwule meist noch eine künstlerische Ader. So wird ihre mediale Präsenz, wenn schon nicht gerechtfertigt, dann doch wenigstens ästhetisch halbwegs erträglich, von Harald Glööckler mal abgesehen.

Es steht also außer Frage, dass ich jegliche Ungleichbehandlung von Homosexuellen in unserer Gesellschaft ablehne, weshalb ich mich auch nicht davor scheue, sie zu veralbern oder bei „Trump-gleicher" Dummheit entsprechend zu verhöhnen. Immer eingedenk der Tatsache, dass Übergehen bestimmter Gruppen bei meiner Gesellschaftskritik die perfideste Art der Diskriminierung darstellen würde.

Als Mitglied der Weltgemeinschaft mit einem ebenso hohen Idiotenanteil gestraft, ist der Nerv-Faktor auf Basis oder gerade wegen ihrer sexuellen Präferenz bei Homosexuellen überraschend klein. Schon allein deshalb können sie tun und lassen was sie wollen. Meinen Segen haben sie, auch wenn ich zugeben muss, dass mich rummachende Mädels anmachen, zwei knutschende, vollbärtige Zausel in der Öffentlichkeit dagegen irgendwie abtörnen. Allerdings tun das Selfieschießende Vollidioten auch. Hätte ich die Wahl, würde ich sogar lieber Männern beim Knutschen zuschauen.

Aber zurück zu meinem Lehrauftrag. Normalerweise gibt es in meinem Universum zu einem Thema nur zwei Meinungen, meine eigene und die falsche!

Bei der Frage „Ehe für alle" bin ich allerdings seltsam ambivalent und so habe ich mich entgegen meiner Gewohnheit eingehend mit Freunden und Bekannten unterhalten, bevor ich mir meine Meinung gebildet habe.

Es ist selbstredend, dass mich dabei die Ansicht von Homosexuellen und Ehepaaren besonders interessiert hat. *(Anm.d.Red.: Sie können davon ausgehen, dass ich Zugriff auf einen relativ repräsentativen Personenkreis habe, deren Meinungen ich auch bereits zu anderen Themen in diesem Buch, wenn auch nicht bewusst gefordert, so doch in normalen Gesprächen erfahren habe. Eine gesonderte Erwähnung dieser Tatsache war bisher nicht notwendig, zumal neun von zehn Gesprächspartnern üblicherweise komplett meine Ansichten teilen. Die restlichen zehn Prozent wurden je nach Thema entweder von AfD-Wählern, Erdogan-Anhängern, Gutmenschen, Paaren mit Kindern oder Pädagogen gestellt. Das sagt mir einerseits, dass ich mit meiner Gesellschaftskritik gar nicht so danebenliegen kann, andererseits von Politik und Medien offensichtlich häufig kein repräsentatives Bild der öffentlichen Meinung gezeichnet wird).* Ohne zu viel zu verraten, kann ich an dieser Stelle bereits festhalten, dass die sexuelle Präferenz bei der Einstellung zur Institution „Ehe“ keine erwähnenswerte Rolle spielt.

Heterosexuelle Paare heiraten aus den verschiedensten Gründen. Meist ganz banal wegen der Steuer oder weil man den Partner im Todesfall abgesichert wissen will. Natürlich gibt es auch die Liebesheiraten. Paare, die sich und der Öffentlichkeit zeigen wollen, sie haben den Partner fürs Leben gefunden. Mehr als die Hälfte der letzteren Gruppe wird zwar eher früher als später vom Gegenteil überzeugt, aber sei's drum. Die Ehe ist an dieser Stelle offensichtlich das einzig verfügbare Stilmittel. Eine eingetragene Lebensgemeinschaft würde denselben Sinn erfüllen und wäre viel zeitgemäßer, zumal viel unkomplizierter zu schließen und auch zu lösen. Nebenbei erwähnt muss man sich auch keine Sorgen um „eheliche Pflichten“ und Fremdgehen machen, denn diese Tatbestände kennt die eingetragene Lebensgemeinschaft nicht. Enorme Vorteile, die jedoch nur homosexuellen Paaren zu Gute kommen. Heteros diese Form der Bindung, die nicht bis zum Tod, sondern bis zum Ende der Zuneigung oder sexuellen Attraktivität geschlossen wird, zu verweigern, ist die eigentliche Diskriminierung bei dieser ganzen Diskussion.

Als zentrale Frage bleibt nur das Thema Nachwuchs. Die eingetragene Lebensgemeinschaft sieht nicht vor, dass zwei Partner gleichzeitig ein gemeinsames Kind haben können. Da Mann und Frau wie gesagt nicht mitspielen dürfen und natürlicher Nachwuchs bei homosexuellen Pärchen eher die Seltenheit ist, war dieser Fakt bisher eigentlich auch kein Thema. Offen bleibt also nur die Adoption. Hier sind Ehepaare eindeutig besser gestellt, da sie ein gemeinsames Kind adoptieren können und es dadurch praktisch zu ihrem eigenen wird. In einer eingetragenen Lebensgemeinschaft darf nur ein Partner adoptieren, was nicht nur den anderen herabwürdigt, sondern auch die Chancen auf ein Adoptivkind schmälert. Ehepaare werden immer bei Adoptionen bevorzugt. Bleibt also die Frage, wieso man zur Beseitigung dieser Diskrepanz nun um jeden Preis homosexuellen Paaren die Ehe ermöglicht, statt beiden gleichzeitig die Adoption in ihrer bisherigen Form des Zusammenlebens zu ermöglichen? Die Antwort dürfte unangenehm sein. Hätte man diesen Weg eingeschlagen, wären bei den Heteros zu viele Begehrlichkeiten geweckt worden und die Forderungen nach der eingetragenen Lebenspartnerschaft für Heteros wären laut geworden. Das wollen natürlich viele Interessengruppen, allen voran Kirche und Staat, um jeden Preis verhindern, da zu befürchten steht, dass in dem Fall nicht mehr viele übrig bleiben, die den Bund fürs Leben schließen wollen.

Die Einzigen, die dann wahrscheinlich noch heiraten würden, wäre die Gruppe derer, die wegen ihres begrenzten Verstandes oder dem übermäßigen Konsum von Berichten über Traumhochzeiten, die Heirat zu einem epochalen Ereignis im Leben zweier Menschen hochstilisieren. *(Anm.d.Red.: Als Leidtragender auf vielen solcher Veranstaltungen habe ich nur Mitleid übrig und einen Rat. Liebes Brautpaar, bevor ihr Euch Gedanken macht, wie ihr die Gäste mit getoasteten Einladungskarten, Glitzersteinchen auf den Tischen, Rüschen am Brautkleid und exotischen Speisefolgen beeindrucken könnt, macht euch Gedanken um die Musik. Wenn ihr das gemacht hat, denkt gleich noch einmal darüber nach. Jemand der dreihundert Euro dafür haben will, dass er kompatible Mukke für alle Altersklassen macht ist keine Option. Um zwei Uhr nachts ist eh nur noch eine Generation übrig und die will Party!).*

Auch den Homosexuellen, die ich kenne, geht dieses Romantikthema beim Heiraten gepflegt am teilweise stark genutzten Hintern vorbei. Im Gegenteil, sie können dieses überkandidelte Chichi-Rumgeschwuchtel von einigen ihrer Kollegen in der Frauenrolle im Hinblick auf die Ehe auch nicht ab. Wie ich zeigen sie nur Unverständnis, wenn Menschen gesteigerten Wert darauf legen, diese Romantischste aller Liebesmanifestierungen begehen zu wollen.

Letztendlich wäre mit einer rechtlichen Gleichstellung der eingetragenen Lebensgemeinschaft die Diskussion um die „Ehe für alle" sowas von tot gewesen. Allerdings hätte man mit „Eingetragene Lebensgemeinschaft für alle" eine Neue losgetreten.

Ich persönlich würde diese Kampagne unterstützen und sogar noch weiter gehen. Die Ehe an sich gehört aus dem Grundgesetz gestrichen, weil Menschen, die nicht heiraten wollen oder keinen finden, weil sie es mit der Liebe ganz besonders ernst nehmen oder einfach nur kacken hässlich sind, diskriminiert werden.

Auch sollte, zur Vermeidung von steuerlichem Heiraten, erst dann die heute geltende Steuererleichterung für Ehepaare gelten, wenn sie auch mindestens ein Kind großziehen.

Letztendlich muss man bei diesem Thema jedoch Jedem seine Überzeugung lassen. Gerade, weil Meinungsfreiheit bei der Gleichberechtigung von Minderheiten immanent wichtig ist, verstehe ich nicht, diese Intoleranz, die denen in den letzten Wochen entgegenschlagen ist, die eine „Ehe für alle" aus innerer Überzeugung ablehnen. Es mögen zwar hauptsächlich sehr gläubige oder konservative Menschen sein, aber sie vertreten nur ein Ehebild, wie es seit Jahrhunderten gelebt wird. Gerade die, die seit Ewigkeiten um die Ehe für alle gekämpft haben, sollten jetzt nicht andere Meinungen verteufeln. Es ist perfide, dass besonders Heteros hier harsche Kritik üben. Genau wie bei Fragen der Religion, sollte man toleranter sein und akzeptieren, dass es auch Leute gibt, die die Ehe ausschließlich als Beziehung zwischen Mann und Frau definieren.

05. Juli
Knappes Geld

Seit gestern mag ich den FC Schalke 04 nicht mehr. Nicht, dass ich ein Fan gewesen wäre. Der könnte wirklich mal eines Morgens erwachen und einsehen, dass er in diesem Leben keine Meisterschaft der Königsblauen mehr erleben wird. Nein, die Hoffnung stirbt zuletzt. Ich weiß, wovon ich rede. Als Anhänger des 1.FC Kaiserslautern bin auch ich Kummer gewohnt.

Schuld an diesem Liebesentzug waren die Umstände während eines Depeche Mode Konzertes auf Schalke, denn ich mache das Management des Vereines unmittelbar dafür verantwortlich, dass ich den Spaß an einem halben Konzert, zwölf Euro zwanzig, zwei Depeche Mode Bier Becher und geschätzte 3 Wochen meiner Lebenszeit eingebüßt habe.

Alles hat mit einer kleinen blauen Karte begonnen, vielmehr mit der Abwesenheit derselben.

Wer öfter Fußballspiele der oberen Klassen besucht, hat sich daran gewöhnt Bier und Stadionwurst nicht mehr in bar zahlen zu können. Ausnahmslos alle Fans, Heimmannschaft wie Gegner, müssen Guthaben auf eine Magnetkarte laden, bevor sie sich den zweifelhaften kulinarischen Verführungen eines Fußballstadions hingeben können. Der FC Schalke 04, in dem Fall Besitzer des Stadions, macht da keine Ausnahme. Der nach wie vor hochverschuldete Verein beglückt den Besucher mit der sogenannten „Knappenkarte“ und erwartet regen Umsatz seiner Gastronomie. Ein hartes Brot, zumal es hier noch nicht einmal Bier gibt, sondern nur Veltins.

Alle Betreiber, die auf die Magnetkarte setzen, werben mit kurzen Wartezeiten an den Kiosken, besonders in den Halbzeiten. Nach meinen Erfahrungen, zumindest in der Veltins-Arena, ist dieses Argument nicht haltbar und bringt nur dem Verein Vorteile. Schlimmer noch, es ist nichts anderes als Abzocke, gepaart mit unnötiger Umweltverschmutzung durch Einwegmüll. Der Schalke Fan, der die Knappenkarte regelmäßig verwendet, mag nur geringfügige Nachteile haben. Trotzdem hat auch er bisweilen die, je nach Andrang, mehr oder weniger zeitaufwändige Zusatztätigkeit des Wiederaufladens. Karte und Guthaben kann er natürlich beim nächsten Heimspiel wiederverwenden.

Der auswärtige Fußballfan ist dagegen in vielerlei Hinsicht gekniffen. Nach gefühlt zehn Mal Anstehen zum Aufladen (immer kleinere Beträge, man will in weiser Voraussicht schließlich nicht zu viel Guthaben anhäufen) und Bestellen, spart er sich am Schluss die schlimmste Warterei. Die droht nicht etwa am Ende eines Spiels an der Pfandrückgabe. Mit Einwegmüll, statt umweltfreundlichen Mehrwegbechern, erspart sich Schalke nämlich das aufwändige Rückvergüten des Pfands auf die Knappenkarten. Nein, die ultimative Schlange bildet sich am Ende eines Fußballspieles beim Versuch seine ungenutzten „Knappen" in Euro zurückzutauschen. Es handelt sich dabei um ein Restguthaben auf der Magnetkarte, welches bei Aufladeschritten beginnend von mindestens fünf Euro unausweichlich ist. Beispiel gefällig? Um die Veltins-Arena nach einem, üblicherweise unbefriedigenden Schalke Spiel ohne Restguthaben (und Knappenkarte – sie wird bei vollständiger Entladung eingezogen) zu verlassen, müsste man wahlweise fünfundzwanzig Bier oder fünfzig Stadionwürste konsumieren, anders ausgedrückt, einhundertfünf beziehungsweise einhundertfünfunddreißig Euro. Ich kenne im deutschen Fußballgeschäft nur eine Person, der eine solche Herausforderung meistern würde: Reiner Calmund. Der sitzt aber normalerweise im VIP-Bereich und bekommt seine Rationen gratis.

Bevor man also als Normalsterblicher platzt beziehungsweise das ganze Spiel zwischen Kiosk und Toilette verbringt, fährt man letztendlich mit Ärger im Bauch und Knappenkarte in der Tasche nach Hause. Dort verschwindet das Teil auf Nimmerwiedersehen nach kürzester Zeit in einer Sofaritze oder Schublade. Dem Verein schenkt man damit einen Betrag von bis zu vier Euro zehn *(Anm.d.Red.: zehn Cent unter dem gerade erhöhten Bierpreis von vier Euro zwanzig auf Schalke. In Wurst wären es zwar nur zwei Euro sechzig. Aber welcher normale Fußballfan beendet den Tag schon mit einer Wurst?).* Mit diesem Trick dürfte Schalke 04 pro Veranstaltung einen nicht unbeträchtlichen fünfstelligen Eurobetrag verdienen, ohne dafür auch nur einen Finger krumm gemacht zu haben. Bis vor kurzem waren es sogar noch größere Beträge, weil für Rückbuchungen von der Knappenkarte Gebühren von bis zu drei Euro und eine Wartezeit von bis zu anderthalb Jahren erhoben wurden. Diese

Wegelagerei wurde aber vom Verbraucherschutz inzwischen gekippt.

Aber genug von den Tücken der bargeldlosen Bezahlung im Fußball-Alltag und zurück zu meinem Konzertbesuch. Der begann, zwar ohne besagte Knappenkarte, aber eigentlich mit guter Laune, im Innenraum der Veltins-Arena. Ein bei einem Misanthropen durchaus erwähnenswerter Gefühlszustand, besonders in Erwartung so vieler Menschen auf einem Haufen. In dem Fall umso überraschender, zumal ich zu diesem Zeitpunkt bereits feststellen musste, dass ich vor Monaten für eine Reservierung auf einem Parkplatz zwanzig Euro bezahlt hatte, der zu Zwecken der Gewinnmaximierung zwar besonders viele Einstellplätze aufwies, dessen Planer jedoch der Möglichkeit eines Verlassens des Wagens nur untergeordnete Bedeutung beigemessen hatten. Auch ein langer, in Teilen bisweilen unnötiger Fußmarsch aufgrund der Erkenntnis, dass ein auf der Eintrittskarte bezeichneter „Eingang über Tunnel 1 oder 2 / Nord" überraschenderweise nicht der Beschilderung nach zwangsweise im Norden liegen muss, vermochte meine Vorfreude nicht zu trüben. Es ist allein dem Zufall zu verdanken, dass ich schon nach zwei Minuten in der Schlange vor dem Bierstand von der Existenz der Knappenkarte erfuhr. Bezeichnenderweise von einem vorbeilaufenden, recht ungehaltenen Kunden, der gerade bei der Bierbestellung von seinem Glück erfahren hatte und nun laut fluchend auf dem Weg war sich eine Magnetkarte zu kaufen. In Ermangelung einer besseren Alternative folgte ich ihm nach. Allein schon die Arroganz mit der davon ausgegangen wird, dass jeder Besucher die bargeldlose Bezahlweise bereits kennt, ist bemerkenswert. Gut lesbare Hinweisschilder an den Ständen sind schließlich kein Teufelswerk. „Knappenkarte" prangte zwar in großen Lettern an mehreren Stellen, aber das konnte man über „Gazprom" auch sagen. Nicht jeder hängt regelmäßig in Fußballstadien im Allgemeinen und auf Schalke im Speziellen rum und so erfuhren einige erst zu spät, welchen tieferen Sinn das Wort „Knappe" im fußballaffinen Gelsenkirchener Wortschatz zu bedeuten hat.

Sei's drum, nach zehn Minuten Wartezeit vor der Kartenausgabe hielt ich endlich meine Knappenkarte mit zwanzig Euro Guthaben in Händen. Nach weiteren fünf Minuten war ich sogar stolzer Besitzer von zwei Getränken in etwas schwabbeligen Depeche Mode Fanbechern. Ein Bier für mich, ein Radler für meine Begleitung, zu je vier Euro vierzig, zuzüglich der Becher für jeweils zwei Euro. Alles in allem stolze zwölf Euro achtzig sowie fast zwanzig Minuten anstehen. Besonders lächerlich ist dabei der Fakt, dass ein Teil der Wartezeiten auf den eigentlichen Lade- oder Abbuchungsprozess von der Knappenkarte zurückzuführen war. Ein Zeitraum, der früher ausgereicht hätte, um an der Biertheke auf einen hundert Euro Schein rauszugeben. Großartige Leistung liebe Schalker. Jede drittklassige Abifete mit gestempelten Getränkebons von der Rolle hat eine bessere Performance.

So zeigte meine „Gute-Laune-Kurve“ zum ersten Mal an diesem Abend nicht mehr ganz so steil nach oben. Das beginnende Konzert schaffte es leider auch nicht, die leichte Eintrübung der Grundstimmung zu reparieren. Die Show und Stimmung waren entgegen früheren Depeche Mode Konzerten eher dürftig und die Lage des FOH und des Merchandisings mitten vor der Bühne positioniert maximal sichtbehindernd. Zu allem Überfluss kam Dave irgendwie „schwul “ rüber. Freudig aufgenommen wurde dagegen von mir die mobile Bierversorgung, bei der, oh Wunder, Barzahlung möglich war. Die netten Herren mit Fass auf dem Rücken erschienen aber leider in einer sehr unbefriedigenden Frequenz. Da Depeche Mode im zweiten Drittel sowieso gerade unwichtigen Kram von einem der neueren Alben spielten, entschloss ich mich dazu, die Knappenkarte erneut „sprechen“ zu lassen. Eine, für meinen inneren Frieden folgenschwere Entscheidung, wie sich herausstellen sollte.

An den Anblick der Schlange vor der Aufladestation reagierte ich noch mit einer gewissen demütigen Resignation. Der Zeitaufwand, der aber für jeden der zwanzig Leute vor mir verwendet werden musste, brachte dann doch langsam meinen Blutdruck auf Touren. Die Mienen der anderen Leidensgenossen ließen auf ähnliche Gemütszustände schließen. Als ich noch vier Personen vor mir hatte und bereits eine gewisse Hoffnung hegte eventuell noch vor Beginn der Zugabe zurück zu sein, tat die Dame hinter dem Tresen allerdings etwas Unerwartetes. Sie begann Geldscheine zu zählen und zu Päckchen zusammenzufassen.

Ein Verhalten, welches sehr zum Unverständnis der Angestellten bereits nach einer Minute vom Ersten in der Reihe nicht mit Wohlwollen goutiert wurde. Säuerlich dreinblickend wurde daraufhin ein Kunde bedient. Der Zwischenfall hinderte sie aber keineswegs daran umgehend mit dem Geldzählen fortzufahren. Auch hier sei wieder ein kleiner Hinweis an die Verantwortlichen gestattet. Es mag ja sein, dass die anfallenden Geldmengen gezählt dieses Kabuff verlassen müssen, aber allein der Umsatz, der in fünf Minuten vernichtet wurde, hätte locker einen eigens angestellten Geldzähler für die nächsten drei Konzerte finanziert.

Als nun auch noch Depeche Mode nach drei belanglosen Liedern „Wrong" spielte, packte mich der schier übermenschlichen Drang, gegen die Knappenkartenbude zu treten, um die Dame in die Realität zu holen. Die beschränkten Erfolgsaussichten und die Tatsache, dass meine Begleitung kein Handy dabei hatte, um sie über den daraufhin sicher erfolgenden Rauswurf zu informieren, hielten mich aber davon ab. Ich überließ es den Restlichen vor mir in der Schlange, wild gestikulierend ins Kassenhäuschen zu brüllen und beschränkte mich, kaum an der Reihe, auf einen vernichtenden Blick und die Zahlung des Mindestbetrages von fünf Euro. Trotz drei Liter Adrenalin im Blut war ich sicher, mit meinen sieben Euro zwanzig auf der Karte und den nun spendierten fünf Euro, zwei Getränke für je vier Euro vierzig erstehen zu können. Pfandbecher hatte ich schließlich.

An die folgenden Minuten habe ich nur noch die berühmte schemenhafte Erinnerung. Nach einer, natürlich beträchtlichen Wartezeit am Bierstand kam ich wohl an die Reihe und glaube noch, mich der Angestellten gegenüber despektierlich über die verfehlte Bezahlpolitik ihres Arbeitgebers geäußert zu haben. Sie sah mich allerdings nur mitleidig an und erklärte mir, dass mein Kartenguthaben aber trotzdem zu niedrig wäre. Das Letzte, woran ich mich entsinne, sind die großen Augen der Bedienung und des Ordners neben mir, als ich die verfickte Knappenkarte hinter und die zwei Becher auf den Tresen geknallt habe.

Als ich langsam wieder in die Realität zurückglitt, stand ich wieder bei meiner Begleitung, die mich besorgt betrachtete. Depeche Mode war inzwischen bei den alten Liedern angekommen.

Es ist allein meinem Lieblingssong „Enjoy the silence“ zu verdanken, dass ich von dem Gedanken abrückte, mich gleich am nächsten Tag im Darknet anzumelden, um einen Bombenbauer und oder gewaltbereite BVB Fans zu finden, die für mich die Veltins-Arena in Schutt und Asche legen könnten.

Nach der ersten Zugabe haben wir dann die Veranstaltung verlassen. Die beiden Wagen neben mir hatten nämlich konstruktionsbedingt nicht wie ich die Möglichkeit, durch den Kofferraum einzusteigen und ich legte keinen gesteigerten Wert darauf, zwei Autofahrern zu begegnen, die nach der Benutzung der Knappenkarte genug Mordlust getankt hatten, um den Arsch zu empfangen, der sie, wenn auch notgedrungen, aber letztendlich doch eingeparkt hatte.

Abschließend möchte ich anmerken, dass ich keine Ahnung habe, warum ich, bewaffnet mit zwölf Euro zwanzig und zwei leeren Pfandbechern, keine Getränke im Wert von acht Euro achtzig erstehen konnte. Es ist letztendlich auch unwichtig. Was ich aber sicher weiß, ist, dass es der Bezahlung in der Veltins-Arena extrem an Feinschliff fehlt.

Der aktuelle Bezahlprozess verärgert nicht nur die Kundschaft, ich gehe auch von einer enormen Umsatzeinbuße aus. Die paar Kröten, die von der Restguthaben-Abzockerei bleiben, decken den Verlust an dieser Stelle nicht annähernd ab. Im Gegenteil, wäre das Thema Rückzahlung schnell und problemlos, würden die Besucher gleich fünfzig „Knappen“ auf die Karte tanken und bedenkenlos und letzten Endes auch mehr konsumieren. Aktuell überlegen sie, wie viel oder vielmehr wie wenig sie auf die Knappenkarte laden sollen, damit sie hinterher nicht auf die Rückerstattung angewiesen sind. Vor diesem Hintergrund werden gegen Ende der zweiten Halbzeit sicherlich jegliche Überlegungen auf ein weiteres Bier ad acta gelegt. Lieber verzichten, als nochmal zur Aufladestelle zu gehen.

Ich habe natürlich keine Ahnung, wer bei Schalke 04 für die Belange der Veltins-Arena zuständig ist. Wenn die Performance im übrigen Verein in etwa so ist, wie die bei der Knappenkarte, dann kann der geneigte Schalke Fan seine Hoffnung auf jedweden Titelgewinn getrost in Alkohol ertränken. Wie gesagt, bitter, wenn man dann kein Bier hat, sondern nur Veltins.

10. Juli
Gewalttätiger Irrtum

Ich habe mir fest vorgenommen nichts über den G20 Gipfel in Hamburg zu schreiben, zumal ich der Meinung bin, dass sich im Moment auf diesem armseligen Planeten einfach zu viele Idioten gewählte Führer des Volkes nennen, als dass irgendetwas Produktives dabei rauskommen könnte.

Einen kurzen Kommentar zu den Krawallen, die im Umfeld des Gipfels besonders das Schanzenviertel in Hamburg erschütterten, sowie den teils armseligen Reaktionen im Nachgang, kann ich mir dann doch nicht verkneifen.

Beginnen wir gleich mit den eigentlichen Verursachern der Gewalt, Zerstörung und Plünderung. Die autonome Szene nennt sie den „schwarzen Block", weil sie, ach wie tiefgründig, ihre bodenlose Blödheit schwarz vermummt unter die Leute streuen. Wenn man seiner Bedeutungslosigkeit schon keinen Sinn geben kann, dann wenigstens einen Namen. Dabei ist es eigentlich vollkommen uninteressant, welcher Gruppierung sie zugerechnet werden sollten, welche Ziele sie angeblich vertreten oder gar aus welchem Land sie kommen. Es sind einfach stumpfe Gewalttäter, die unerkannt und deshalb ungestraft Randale machen wollen. Insofern sind sie von ihrem Antrieb her gleichzusetzen mit dem Fallobst, welches sich dem IS in Syrien angeschlossen hat. In beiden Fällen wird ein hehres Ziel vorgeschoben, aber eigentlich geht es nur um Gewalt und das Gefühl Macht über wehrlose Menschen auszuüben. Nur dass die Vermummten in Hamburg nicht bereit sind, für die Befriedigung dieser niederen Instinkte ihre Lebenserwartung drastisch herunterzusetzen. Es ist davon auszugehen, dass die meisten von ihnen, wenn nicht gerade eine linksbesetzte Demo ansteht, den Rest vom Jahr damit beschäftigt sind, sich auf Fußballspielen zu prügeln.

Zurzeit ist gerade Sommerpause in den Ligen. Da war G20 eine nette Abwechslung. Im Gegensatz zum Teilzeitterroristen ohne Perspektive, dürften diese Krawallbrüder ein bequemes Leben mit den Segnungen einer europäischen Demokratie führen. Solche Gestalten verspüren wenig Lust, erschossen zu werden, während sie im syrischen Ödland in ein Erdloch kacken.

In jedem Fall ist es geradezu grotesk, diese Gewaltorgien in irgendeiner Weise als Gesellschaftkritik anzusehen, was auch die Plünderungen und absolut hirnlosen Sachbeschädigungen an dem Besitz vollkommen Unbeteiligter belegen.

Der Fakt aber, dass diese Taten im Schanzenviertel, dem eigentlichen „Wohnzimmer" der Autonomen selbst stattfanden, ist der finale Beweis dafür, dass hier nicht ansatzweise eine Botschaft im Spiel war. Noch nicht einmal der dümmste Hund kackt sich ins eigene Körbchen. Genau das ist aber den Organisatoren von „Welcome to hell" passiert, womit wir bei den nächsten Protagonisten in diesem Schmierentheater sind. Sie haben bewusst den Randalierern die notwendige Plattform geschaffen, um sich organisiert auszutoben. Das Einzige, was den Herren dazu eingefallen ist, hat ihr sogenannter Szene-Anwalt Andreas Beuth auf den traurigen Punkt gebracht. Er kritisierte nicht die Geschehnisse im Schanzenviertel, sondern wünschte sie sich schlicht woanders. Der deutliche Beweis, dass zu viel Kiffen blöd macht. Jetzt hat der Club der zugedröhnten Autonomen nicht nur den Staat, sondern auch die Bürger im Schanzenviertel gegen sich und kann überlegen, wie sie die Schließung und den Abriss ihres verranzten Clubheimes, der „Roten Flora", abwenden.

Das übliche Fingerpointing in Richtung Polizei als angeblicher Auslöser der Gewalt hat eventuell noch in den Siebzigern funktioniert, als der Knüppel der Staatsgewalt bisweilen doch sehr locker saß. Inzwischen ist diese linke Standardverteidigung aber nur noch lächerliche, infantile „Er hat aber angefangen"-Polemik. Allein schon das teilweise generalstabsmäßig strukturierte Vorgehen der Chaoten beweist, dass ihr Verhalten zu keinem Zeitpunkt willkürlich provoziert, sondern stets von langer Hand geplant war.

Polizisten waren auch beim G20 Gipfel wieder die ärmsten aller Schweine. Sie stehen vor der unmöglichen Aufgabe „angemessen" auf eine Bedrohung zu reagieren. Leider bestimmen die Öffentlichkeit und die Medien, allen voran die Sozialen, stets hinterher, was darunter zu verstehen ist. Mit dem Ergebnis, dass Polizei eigentlich per se „unangemessen" reagiert. In diesem digitalen Dilemma zwischen „Hilflosigkeit" und „Willkür" wurde sie folglich auch beim G20 Gipfel aufgerieben. Hinzu kommt die unlösbare Aufgabe der

Selektion. Der vermummte Gewalttäter muss keine Rücksicht auf Unbeteiligte nehmen, wenn er beispielsweise, wie in Hamburg geschehen, nachts ein Molotowcocktail vom Hochhausdach wirft. Feige Angriffe, wieder eine Parallele zum Kampf des IS, wenn man bedenkt, wie sich diese Terroristen zwischen der Zivilbevölkerung verstecken und sie als menschliche Schutzschilde missbrauchen. Soldaten wie Polizisten haben hier die Verantwortung, in Sekundenbruchteilen genauestens zwischen Zivilist/Demonstrant sowie Terrorist/Gewalttäter zu differenzieren. Allerdings unterscheiden sich die Reaktionen auf die Fehler drastisch.

Wenn der Pilot einer Drohne über Mossul ein Krankenhaus in Schutt und Asche legt, sind das Kollateralschäden im Kampf gegen den Terrorismus. Der deutsche Polizist dagegen hat bereits ein Disziplinarverfahren am Hals, wenn er nur ansatzweise den Schlagstock, geschweige denn die Waffe zur Verteidigung hebt. Solange dem Polizisten nicht mindestens eine schwere Platzwunde als Beweis dafür zugefügt wurde, dass die schwarz vermummt auf ihn zustürmende Gestalt ein aggressiver Gewalttäter und dass in deren Hand auch wirklich ein Stein war, muss er schließlich noch von alternativen Möglichkeiten ausgehen. Es könne immerhin auch eine Burkaträgerin mit Dünnschiss und Klopapierrolle in der Hand auf dem Weg zum Scheißhaus sein. Ende vom Lied: Fast fünfhundert Polizisten wurden verletzt, aber nur ein paar Demonstranten. Es tut mir leid, es so deutlich sagen zu müssen, in anderen europäischen Ländern wäre das Resultat umgekehrt gewesen, zumal sich dort nicht jeder Polizist nach einer gewalttätigen Demo rechtfertigen muss, wenn er sich nachdrücklich gegen heranstürmende, vermummte Personen wehrt.

Dabei ist es absolut egal, ob es sich um Linke, Autonome, Faschisten, Nihilisten oder aber Statisten handelt. Wer sich auf oder im Umfeld einer Demonstration bewegt, bei der Gewalt von vornherein eingeplant ist, der sollte damit rechnen können, gehörig eins auf die Fresse zu bekommen.

In diesem Zusammenhang hat das ARD Magazin Panorama übrigens im Nachgang den Vogel abgeschossen. Sie berichteten über einen Anwohner des Schanzenviertels, der angeblich Opfer sinnloser Polizeigewalt geworden ist.

Originalton des Kommentars: „Am warmen Freitagabend hatten Anwohner eine Bank vor die Tür gestellt, um ein Bier zu trinken …" Sprachlose Pause. Lassen sie mich kurz resumieren: Dieser Abend war vor allem warm, weil überall Barrikaden gebrannt haben. Es tut mir leid, dass ich kein Mitleid für Leute empfinden kann, die offensichtlich so geistig umnachtet sind, sich mit einer Bierbank in eine Straßenschlacht zu setzen. Das sogenannte Opfer Frank B. beklagte weiter, er hätte sogar explizit auf seinen Anwohnerstatus hingewiesen. Das mag sein, aber wenn man als Polizist nach acht Stunden Dienst bei schwersten Krawallen diesen Spruch vorher bereits etwa hundertmal von Typen gehört hatte, die einem umgehend einen Stein nachwerfen, sobald man sich umdreht, dann könnte er ein wenig an Glaubwürdigkeit einbüßen. Diesen Typen ordentlich zu verdreschen ist maximal autoritäre Erziehung, aber definitiv keine Polizeigewalt. Vielleicht lernt Frank B. daraus und geht beim nächsten Mal zum Elbstrand. Eine Maßnahme übrigens, die eigentlich jedem in den Straßen des Schanzenviertels an besagtem Abend hätte einfallen können. Zumindest, wenn er sein Feuerzeug nur zum Anzünden von Zigaretten in der Tasche und die Bierdose in der Hand nicht aus dem zwangsgeöffneten Rewe um die Ecke bezogen hatte.

Das gilt auch für die nächste Gruppe in diesem G20 Schmierentheater, die sogenannten „friedlichen Demonstranten". Man kann sie und ihre aktuelle Situation in einem Satz zusammenfassen. Wer auf eine linke Demo geht, um gewaltfrei seinen Unmut gegen das Kapital kundzutun, obwohl bereits im Vorfeld von den wichtigsten autonomen Organisationen alles getan wurde, damit die Situation eskaliert, der ist entweder ein elender Lügner oder strunzend dumm. In jedem Fall braucht er sich später weder zu wundern, dass sein Protest nicht mal ansatzweise gehört wurde, noch wenn er ein paar Beulen hat.

Last but not least bleibt nun noch der Personenkreis übrig, der hinterher immer alles besser gewusst haben will. Unsere lieben Politiker haben sich die Mikrofone in die Hand gegeben, um ihren sinnlosen Beitrag zum Geschehen kundzutun. Während der Bundeskanzlerin und dem Hamburger OB nichts anderes übrig blieb, als weiter zu betonen, dass seine Stadt für den Gipfel eine gute Wahl war, haben gerade die nicht regierenden Parteien, die sich seit Monaten im Wahlkampfmodus befinden, wieder bemerkenswerten Schwachsinn von sich gegeben. Zunächst wurde allerdings abgewartet, ob nicht noch ein Polizist abnippelt. Tote waren noch immer das Ende einer jeden politischen Karriere, wenn man sein Mäntelchen zu früh in den Wind gehalten hat. Deshalb wurde erst als die letzte Barrikade gelöscht war, so richtig loskommentiert und Stellung bezogen. Ein paar Äußerungen sind dabei besonders armselig.

Grundsätzlich ist jeder, der, angesichts unaussprechlicher Gewalt und Zerstörung, hinterher solch ein Szenario vorausgesehen haben will, ein Dummschwätzer. Übrigens auch die, die ähnliche Vorkommnisse in der Vergangenheit heranziehen, um eine fehlende Lernkurve bei den Verantwortlichen zu unterstellen. Damit wären bereits neunzig Prozent der Politikerkommentare bewertet.

Die Linke hat zunächst, wie erwartet, auf der Polizei rumgehackt und zu allem Überfluss Verständnis für die Ausschreitungen geäußert. Nach überraschend starkem Gegenwind haben sie dann etwas zurückgerudert und sich, wie immer in solchen Situationen, „distanziert". Ohne Einsicht, ohne Professionalität und letztendlich ohne Bedeutung.

Die AfD hat auch etwas von sich gegeben, aber das hat keiner so richtig verstanden. Ist auch einfach ein bisschen weit weg, um vom rechten Rand zu erkennen, was auf der anderen Seite läuft. Auf jeden Fall war etwas mit Medienkritik dabei.

Von den Grünen kam außer einer Distanzierung von der sinnlosen Gewalt wenig. Auf Polizeikritik wurde aber auch größtenteils verzichtet. Für eine Partei von Alt-Achtundsechzigern, die seinerzeit keine Gelegenheit ausgelassen hatten, alles Greifbare auf Polizisten zu werfen, sicherlich überraschend. Es dürfte einerseits damit zusammenhängen, dass sich die Grünen von vielen Anliegen der G20 Gegner inzwischen distanzieren mussten, die sie damals als Anarchos noch bekämpfen konnten. Vielleicht war es auch nur eine Lehre aus der grandiosen Bauchlandung gewesen, die man nach der Kritik an der Kölner Polizei beim konsequenten Vorgehen in der diesjährigen Silvesternacht zu Köln gemacht hat. Das deutsche Volk steht im Moment zu sehr auf Polizeischutz.

Den infrage zu stellen, könnte für die Bundestagswahl im Herbst fatale Folgen haben.

Erwähnenswert blieben eigentlich nur die Meinungen aus den Reihen der SPD, aber nicht, weil sie so toll waren. Es kam zwar wie so oft wenig Produktives rüber, aber immerhin war der Unterhaltungswert mal wieder passabel.

Zunächst unser geschätzter Justizminister Heiko Maas. Sein Kommentar, die Reaktion der Gesellschaft auf die Krawalle in Hamburg könne eventuell ein Konzert „Rock gegen Links“ sein, war nicht besonders klug. Allerdings wurde ihm dieser Fauxpas in einer Diskussionsrunde von einem Redakteur der Bildzeitung in den Mund gelegt, um Stimmung zu machen. Die Aussage jedoch, nie wieder eine solche Veranstaltung in einer Großstadt erlauben zu wollen, war definitiv auf seinem eigenen Mist gewachsen. Es passt in das Reaktionsmuster, welches wir aus der Vergangenheit kennen. Profilierung durch schnelle Reaktion auf Ereignisse mittels einfach scheinender Lösungen *(Anm.d.Red.: siehe auch das Thema Fußfesseln im Kapitel „Altruismus und Politik“)*. In diesem Fall muss man sich aber die Frage stellen, was unser Justizminister damit meint. Bestimmen in Zukunft gewaltbereite Gruppen in Deutschland, welche Veranstaltungen wir noch in Großstädten durchführen dürfen? Die Reaktionen dürften interessant werden, wenn Herr Maas Bundesligaheimspiele in Hamburg, Dortmund oder Berlin demnächst wegen der Hooligans absagt und nur noch Spiele auf dem platten Land zulässt oder dort, wo nichts Wichtiges zu Bruch gehen kann. Also in Hoffenheim oder auf Schalke zum Beispiel. Auch der Papst dürfte etwas ungehalten sein, wenn der Katholikentag wegen der Bedrohung durch den Islam nicht mehr in Deutschland stattfinden wird. Die Bundesgartenschau steht wegen militanter Frutarier dann sowieso auf der Kippe.

Der dicke Siggi war da schon schlauer und hat vorgeschlagen, zumindest alle zukünftigen G20 Gipfel bei den Vereinten Nationen in New York durchzuführen. So ist Deutschland auch fein raus und man hat Trump gleich noch eine rein gewürgt. Leider hat das liberale New York dann den Ärger. Gut, wem schon Flieger in seine Hochhäuser geflogen sind, der ist Kummer gewohnt und wird wohl mit ein paar Gipfelgegnern klar kommen.

Abschließen möchte ich diese kleine Übersicht der sinnlosen Stellungnahmen mit Oberspießer Martin Schulz, der sich wie üblich auf wahlkampftechnische Plattitüden mit geringem Überraschungspotential beschränkte. Der Gipfel hätte nicht in Hamburg stattfinden dürfen, der Polizeipräsident, der Oberbürgermeister, die Bundeskanzlerin, haben die Lage unterschätzt und ... ach ja, wir senken im Falle eines Wahlsieges die Steuern.

Die Stellungnahme hatte er sicher schon lange vor dem Gipfel in der Schublade. Die hätte der gute Martin auch gebracht, wenn in Ermangelung von Krawallen jemandem auf der G20 Demo 'ne Flasche Matetee aus der Hand gefallen wäre.

23. Juli
Du kommst hier nicht rein! - Update 3

Kennen Sie das? Sie haben sich ins Auto gesetzt und sind losgefahren. Ganz unterschwellig haben Sie unvermittelt den Eindruck eines leichten geruchstechnischen Misstones. Zunächst schieben Sie die Schuld auf den vorbeifahrenden Gülletransporter, wenig später auf die Klimaanlage. Doch der Geruch verfliegt nicht. Im Gegenteil, er wird immer penetranter. Entrüstet werfen Sie einen Blick zum Beifahrer. Handelt es sich um eine Frau, dürften Sie nur einen vernichtenden Blick ernten. Männer unter sich beginnen dagegen nun rituell mit gegenseitigen Verdächtigungen hinsichtlich des Verursachers, bei gleichzeitiger Wertschätzung der geruchstechnischen Leistung. Da jedoch auch rhythmisches Öffnen und Schließen der Fenster die Situation nicht verbessert, verwirft man schließlich auch diese Möglichkeit. Die grausame Wahrheit ahnend, aber konsequent ausblendend sucht man noch eine Zeit lang nach Erklärungen. Dann aber, etwa zu dem Zeitpunkt als die Augen zu tränen beginnen und sich ein pelziger Belag auf der Zunge bildet, muss man sich der Realität schließlich stellen. Man ist in Hundescheiße getreten!

So in etwa geht es der Bundesregierung mit Erdogan. Deutschland hat sich die Vorgänge in der Türkei zu lange schöngeredet. Sogar beim Referendum in diesem Frühjahr wollte man nicht auf Konfrontationskurs gehen. Zu groß war offensichtlich die Angst, der wahlberechtigte Erdogan-Anhänger unter den Deutschtürken könnte das persönlich nehmen und aus Wut bei der Kebabproduktion aufs Gammelfleisch spucken. Also hoffte man, es würde schon nicht so schlimm werden. Der Türke an sich komme sicherlich irgendwann zur Vernunft und das eigene Volk würde seinen Präsi aus dem Amt jagen. Eventuell hoffte man auch auf Schicksal, indem der demokratisch gewählte Diktator zum Beispiel einem Hirnschlag oder Ähnlichem erliegen könnte. Schließlich ist er bereits dreiundsechzig und er regt sich doch jedes Mal schrecklich auf, wenn jemand durchaus berechtigte Zweifel an seinem Geisteszustand äußert. Ein geplatztes Äderchen im Kopf, ich vermeide bewusst den Ausdruck Gehirn, wäre da doch nicht unwahrscheinlich.

Doch alles Hoffen und Bangen hat nichts gebracht und die aktuellen Ereignisse haben die Bundesregierung zum Handeln gezwungen. Nachdem der deutsch-türkische Journalist Deniz Yücel nun schon seit Monaten im Knast sitzt, hat die Türkei nun einen deutschen Amnesty International Aktivisten zusammen mit einigen Kollegen grundlos festgesetzt. Offiziell ist von „Terrorverdacht" die Rede, was aber zurzeit am Bosporus dasselbe ist.

Um den Wahnsinn perfekt zu machen, ist auch noch eine „schwarze Liste" mit deutschen Unternehmen aufgetaucht, die in der Türkei Geschäfte tätigen und, man lasse es sich auf der Zunge zergehen, angeblich dort ebenfalls Terroristen unterstützen. Gut, die deutschen Autohersteller tragen mit ihren manipulierten Dieselmotoren sicherlich irgendwie dazu bei, linientreue Türken umzubringen. Das macht Fastfood aber auch. Darüber hinaus erscheint alles andere doch sehr weit hergeholt. Ich gehe eher davon aus, dass im Rahmen der gerade laufenden heiligen türkischen Inquisition ein übereifriger Erdogan-Scherge einfach geprüft hat, mit wem sich deutsche Unternehmen in der Türkei zu Meetings verabredet hatten. Bei den immer noch guten Handelsbeziehungen dürfte sich schnell ergeben haben, dass der ein oder andere deutsche Angestellte von Daimler & Co. mit einem Sympathisanten der Gülen-Bewegung zusammensitzt. Allerdings auch schwer zu vermeiden in einem Land, in dem die Regierung die halbe Bevölkerung unter Terrorverdacht gestellt hat. Sei es Einsicht oder Restverstand, inzwischen wurde diese Liste kleinlaut via türkisches Außenministerium zurückgenommen. Hilft den Inhaftierten aber nur wenig bis gar nicht.

Um beim Bild zu bleiben, Siggi und Angie haben endlich die Realität akzeptiert und nun entschieden, rechts ranzufahren, um die Scheiße vom Schuh zu entfernen. Der Punkt allerdings, an dem sie entdecken werden, dass sich durch ihre lange Passivität die Hundekacke inzwischen im gesamten Fußraum verteilt hat, steht höchstwahrscheinlich noch bevor.

Das mögliche Aufkündigen des Flüchtlingsabkommens zwischen Türkei und EU wird sich dabei wie der berühmte Sturm im Wasserglas ausnehmen. Die zukünftigen Probleme werden in einer anderen Liga spielen und begründen sich allesamt mit der Passivität gegenüber Erdogan in der Vergangenheit. Die Gründe hierfür dürften relativ klar sein und wurden auch von mir in den letzten Monaten in den gleichlautenden Kapiteln ausführlich gedisst. Da man unangenehme Dinge nicht oft genug sagen kann und mir aufgrund der Sommerpause die Themen ausgehen, im Folgenden noch einmal die Fakten auf Basis der aktuellen Situation.

Der türkische Staatspräsident hat unter den Augen der Welt sein Land inzwischen soweit umgebaut, dass ihm nun nicht mehr aktiv von innen heraus Widerstand geleistet werden kann. Die Pressefreiheit ist nicht mehr vorhanden und die anderen Medien gleichgeschaltet. Regimekritische Richter und Beamte wurden verhaftet und sitzen, bar jeder Anklageschrift, im Knast. Bereits vor dem Putsch im letzten Jahr wäre es schwer gewesen, Erdogan einzubremsen. Damals gab es aber zumindest noch klar denkende Menschen in Schlüsselpositionen, die den Widerstand von innen heraus hätten organisieren könne. Eine intakte Opposition, die als politisches Gewissen fungieren konnte. Inzwischen sind alle möglichen Versuche der Einflussnahme von außen nur noch schwer durchzusetzen. Inszeniert oder nicht, der Putsch war für Erdogan ein Glücksfall. Mit dem daraus resultierenden Ausnahmezustand und der Flut der folgenden Verhaftungen fehlt es inzwischen an denen im Lande, die den Mut haben, Erdogan zu widersprechen. Also eine Gegenposition zu liefern, wenn er seinem Volk erzählt, die Kritik der Welt wäre ungerechtfertigt, ein Eingriff in die Innenpolitik eines intakten demokratischen Landes und eine Geringschätzung der großen Türkei. Damit wären wir mal wieder beim Volk oder der großen Masse, die nach europäischer Meinung bereits durch seine Zustimmung für das Referendum bewies, dass sie keinen Schimmer hat, in welches Desaster die Türkei gerade reinschlittert.

Zumindest da kann ich beruhigen. Das türkische Volk ist vollkommen tiefenentspannt und nicht im Geringsten der Ansicht, dass eine Katastrophe bevorsteht. Diese Überzeugung liegt nicht in der Mentalität des Türken an sich begründet, sondern sie haben alle Völker gemein, die seit mindestens einer Generation so etwas wie eine demokratische Grundordnung, gerne mit Gewaltenteilung, genossen haben. Dafür gibt es einen einfachen und bereits in diesem Buch öfter strapazierten Grund. Jedes freie Volk ist größtenteils von Natur aus passiv, blöd oder kümmert sich schlicht um seine eigenen Interessen. Es hält still, macht der Regierung keinen größeren Ärger und zahlt brav seine Steuern. Zumindest solange diese die Voraussetzung dafür schafft, dass es möglichst unbehelligt fressen, ficken und facebooken kann. Mehr oder weniger wie Maultiere, nur mit Daumen, um ein Handy festhalten zu können. Wenn der Kutscher etwas will, hält er eine Möhre vor die Nase, schon rennt das Vieh euphorisch los. Eine Karotte des deutschen Pöbels ist die Steuererleichterung, mit der Martin Schulz gerade im Wahlkampf sehr gerne herumfuchtelt. So lange niemand rausfindet, dass die Karotte aus Plastik ist, dürfte es bis zur Bundestagswahl reichen und man muss sich hinterher keine Gedanken mehr machen, wo man das Gemüse für die ganzen Esel eigentlich herkommen soll. Denn das haben Paarhufer und die Volksseele gemein – ein komplett unterentwickeltes Langzeitgedächtnis. Auf der ganzen Welt, mal abgesehen von Regionen, in denen den Menschen die Ideologie mit dem Holzknüppel eingeprügelt wird, ist die Bevölkerung zügig zu motivieren und heiß in seiner Wut. Aber ebenso schnell fressen sie den Politikern auch wieder aus der Hand, die sie noch am Tag zuvor mit einem Karottenfake verarscht haben.

Anreize, wie Steuererleichterungen funzen in Ländern wie der Türkei oder Griechenland nicht, da ihre Höhe eher von jedem Bürger nach eigenem Ermessen selbst bestimmt wird. Das Motivationsgemüse des Türken muss folglich ein Anderes sein. Wenn Erdogan, wie in den vorangegangenen Kapiteln erläutert, irgendwas von seinem Volk will, faselt er gebetsmühlenartig von der Wiederbeschaffung von Respekt für die Türkei in der Welt. Kurz gesagt, er appelliert immer an den Nationalstolz. Obwohl viele Türken bis dato gar nicht wussten, dass ihnen etwas in der Art überhaupt abhandengekommen war, hindert es sie nicht daran, zu Zehntausenden fähnchenschwingend auf dem nächstbesten Platz aufzutauchen. Schon bilden sie einen angemessenen Hintergrund, wenn Erdi der Welt mal wieder zeigen will, wo sein Hammer hängt. Erdogans Möhre ist dabei noch nicht einmal aus Plastik. Vielmehr hat er gar keine. Stolz ist nämlich ein sehr subjektives Gut, welches maximal auf einer besonderen, persönlichen Leistung basiert. Hier hat Recep T. Erdogan unserem Martin Schulz enorm was voraus. Die türkische Möhre ist eine Illusion und wird demnach nie jemand in die Finger bekommen.

Der Begriff des „stolzen Volkes" ist somit überhaupt nicht darstellbar. Das dürfte auch Erdogan wissen, nur sagt er es keinem und reitet weiter auf der Nummer rum. An der Masse der Fähnchenschwinger ist abzulesen, dass die Strategie innenpolitisch zurzeit funktioniert. Mehr noch, während bis zum Referendum die Befürworter nur passiv unterstützt haben, scheint dieser Bevölkerungsteil nun aktiv mitzuhelfen, den Weg der Türkei in die Diktatur zu pflastern. Die ganzen Journalisten, Beamten, Richter und oder angebliche Putschisten, die in der Türkei inzwischen zu tausenden im Knast sitzen, haben sich sicher nicht selbst gestellt und sogenannte Terrorverdächtige firmieren auch nicht unter „Anhänger der Gülen-Bewegung" im Telefonbuch. Da wird denunziert und amtlich abgeliefert.

In der jetzigen Phase, in der die eine Hälfte des türkischen Volkes an die Propaganda von der Verteidigung gegen innerem Terror und äußerer Einflussnahme glaubt, der andere Teil dagegen genug damit zu tun hat, nicht aufzufallen und in den Knast gesteckt zu werden, ist der türkische Staatspräsident praktisch unangreifbar. Die Lage wird sich erst ändern, wenn Handel und Tourismus kollabieren und die Massen überrascht feststellen, dass sie keinen Job mehr haben, sollten sie dann mal vom Fähnchenschwingen nach Hause kommen.

Je härter und schneller das Vorgehen von Deutschland und Europa sein wird, umso eher wird sich die wirtschaftliche Lage in der Türkei verschlechtern, damit sich wieder etwas bessern kann. Noch sehe ich davon nicht viel. Die Europäische Union hat noch nicht einmal die Beitrittsverhandlungen ausgesetzt. Die Reisewarnung des deutschen Außenministeriums dieser Tage war allenfalls ein Anfang. Sie wird weder politische Gefangene befreien, noch opportunistische Deutsche daran hindern, die günstigen Türkei-Urlaubsangebote zu nutzen. Wer sich nicht schämt, seine Liege am Pool mit Handtüchern zu reservieren oder in weißen Socken und Asiletten rumzulaufen, der dürfte auch bei der Wahl seines Urlaubsortes ziemlich schmerzfrei agieren und politische Überlegungen eher vernachlässigen. Unmittelbare Gefahr geht vom türkischen Gastwirt eher nicht aus. Der vom Tourismus abhängige Türke in Antalya oder Belek ist meiner Erfahrung nach noch nie so richtig Erdogan affin gewesen und wird sich hüten, seine deutsche Kundschaft zu vergraulen. Wer Russen als Gäste hat, der ist Kummer gewöhnt und wird keinem Deutschen einen Kebabspieß in den Rücken rammen, nur weil der seinen Präsi nicht so lieb hat.

Bei Erdogan und seinen Getreuen bin ich mir da nicht so sicher, auch wenn es an wirtschaftlichen Selbstmord grenzen würde, einen deutschen Urlauber als Druckmittel gegen die Bundesregierung unter Terrorverdacht festzusetzen. Allerdings hat diese ominöse „schwarze Liste" gezeigt, dass es schon einige Geisteskranke in türkischen Regierungskreisen zu geben scheint, die aus gekränktem Stolz dumm genug sind, um die Handelsbeziehungen zu Deutschland und letztendlich zum Rest der Welt zu gefährden. Letzten Endes ist es eigentlich egal, was der Auslöser für eine härtere Vorgehensweise gegenüber der Türkei sein wird. Wichtig ist nur, dass es endlich losgeht. Da kann man schon mal in Kauf nehmen, dass ein paar deutsche Feinripphansel ein paar Wochen ihre Urlaubsbräune im türkischen Gefängnis einbüßen. Sie wollten ja schließlich, trotz Reisewarnung, Land und Leute kennenlernen. Der Knast ist super geeignet, denn da sitzen aktuell genug türkische Landsleute zum „kennenlernen".

Eine Frage bleibt allerdings noch. Wie werden sich in diesem Fall die in Europa und vor allem in Deutschland lebende Erdogan-Anhänger verhalten? Also diejenigen, die bequem mit ihrem Hintern hierzulande sitzen, aber den verbohrten Geist in der Türkei gelassen haben. Schließlich haben sie bereits im Vorfeld des Referendums gezeigt, dass sie keine Skrupel haben, ihren Konflikt mit den Erdogan-Gegnern – nicht unbedingt gewaltlos – auch außerhalb der Türkei auszutragen. Werden sie im Falle von Sanktionen gegen ihre ferne Heimat so weit gehen und die Hand beißen, die sie füttert? Wie auch immer das in Natura dann aussehen könnte, die Bundesregierung scheint sich derartige Sorgen zu machen. Anders ist die Liebeserklärung von Sigmar Gabriel an die Deutschtürken nicht zu erklären, die letzte Woche in der Zeitung mit den vielen Bildern zu lesen war.

Der dicke Siggi bettelte um Verständnis bei den Deutschtürken für die Verschärfung der Gangart gegen die Türkei. Gleichzeitig betonte er aber, dass Deutschland alle Türken liebe. Ja, auch die Fähnchenschwinger. So etwas macht man nur, wenn man befürchtet, dass es aufgrund der großen türkischen Gemeinde im eigenen Land zu inneren Unruhen kommen könnte. Das ist jedoch große Diplomatie von Politikern. Eingeborene wie integrierte Deutschtürken, also quasi fast die gesamte deutsche Bevölkerung, dürfte, wenn auch je nach Gesellschaftsschicht nicht immer aus denselben hehren Gründen, eine etwas profanere Meinung vertreten: Wer hierzulande Erdogan mag und mehr tut, als in der Familie oder im türkischen Café darüber zu schwadronieren, dem wird Deutschlands Tür jederzeit geöffnet.

Allerdings kann er dann das „Willkommen“ auf der Fußmatte nicht besonders gut lesen ... Steht nämlich auf dem Kopf!

30. Juli
Vaterfreuden

In dieser Woche ist nichts vorgefallen. Zumindest nichts, was meines Kommentares wert gewesen wäre. Liegt wohl an der Ferienzeit.

Wenn ich Langeweile habe, stellen alte Filme eine gerne genommene Ablenkung dar. So kam es, dass ich mir mal wieder die ungekürzte Version von „Terminator" reingezogen habe. Die Grundidee dieser Low-Budget Science Fiction Filme von James Cameron hat mich schon immer fasziniert: Ereignisse und Entwicklungen in der Gegenwart werden verhindert, indem man in die Vergangenheit reist und dort die Zeugung des Menschen unterbindet, der sich für unerwünschte Realitäten in der eigenen Zeitlinie verantwortlich zeichnet. Man muss ja nicht gleich wie die „Maschinen" in „Terminator" die Vernichtung der gesamten Menschheit zur Intention haben. Hier und da eine kleine Korrektur in der Menschheitsgeschichte vorzunehmen, hätte meiner Meinung nach jedoch durchaus Potential.

Natürlich lehne ich als Pazifist die brutale Vorgehensweise des wortkargen Protagonisten ab und würde mich deshalb nicht wie Arnold Schwarzenegger in seiner legendären Rolle als Cyborg „Cyberdyne Systems Model 101 Series 800" einfach in der Zeit zurückbewegen, nur um auf der Suche nach der Mutter des Revolutionsführers der Zukunft, eine Spur der Verwüstung im Los Angeles von 1984 zu hinterlassen *(Anm.d.Red.: Arnies sagenhafte Sprechrolle umfasste seinerzeit ganze siebzehn Sätze!)*. Ich habe mir vielmehr eine alternative aber ebenso effektive Vorgehensweise überlegt. Ich würde nicht Tod und Verderben bringen. Meine Strategie wäre zu versuchen, ausgesuchte Väter in spe davon zu überzeugen, dass sie der Welt und den Menschen auf lange Sicht viel Ärger ersparen würden, wenn sie in fünf entscheidenden Minuten ihres Lebens alternativ über einen Spaziergang, einen Kneipenbesuch oder, falls bereits erfunden, die Benutzung eines Kondoms nachdenken würden.

Sicherheitshalber habe ich mir umgehend eine Liste von Vätern aus allerlei Epochen gemacht, die zu diesem Zeitpunkt entsprechend noch designiert wären und mit einem Besuch von mir rechnen könnten.

Man kann schließlich nie wissen, ob einem zufällig doch mal eine Zeitmaschine in die Hände fällt.

Um eine Diskussion über den jeweiligen Einfluss auf die Weltgeschichte zu vermeiden habe ich eine alphabetische Reihenfolge gewählt. Natürlich ist diese Liste höchst lückenhaft, da äußerst subjektiv auf meine Bedürfnisse zugeschnitten. Ich kann mich schließlich nicht um alles kümmern.

- 'Abbdallah ibn 'Abd al-Muttalib
- 'Abdal-Majid Hussein
- Abdulfattah Jandali
- Ahmet Erdogan
- Alois Hitler
- Arthur Winslow Jones
- Bessaion Dschugaswili
- Charles Scott
- Edward Zuckerberg
- Frederick C. Trump alternativ Domenico Colombo
- Hans Bohlen
- Heinz Matthäus
- Josef von Nazareth *(Anm.d.Red.: Doch doch, schon korrekt. Ich glaube nicht an die Nummer mit der unbefleckten Empfängnis!)*
- Herbert Eckel *(Anm.d.Red.: Sein ältester Sohn hat mir als Kind immer Angst gemacht – Was? Es ist schließlich meine Liste!)*
- Kim Hyong-Sik
- Manfred Weßels
- Mao Yichang
- Shuddhodana
- Sulayman al-Assad

Ich gehe davon aus, dass jeweils ein kurzer Abriss der Leistungen ihrer Sprösslinge ausreichen dürfte, um den hier aufgeführten Herren die Fortpflanzung gründlich zu vermiesen. In vielen Fällen dürfte es sogar genügen einfach die Zahl der Menschen zu nennen, die der eigene Sohn oder seine Anhänger mal auf dem Gewissen haben werden. Besonders wenn es um Massenmord geht, stehen nämlich fast nur Männer in den Geschichtsbüchern. Natürlich ist mir klar, dass so mancher Nachkomme der oben erwähnten

Väter in guter Absicht gehandelt hat oder ihm die langfristigen Folgen seines Tuns einfach nicht bewusst waren. Nichtsdestotrotz wäre hier dann rein ethisch das Wohl Vieler mal wieder dem Wohl des Einzelnen vorzuziehen, auch wenn sich viele der „Vielen" gar nicht so richtig unwohl fühlen dürften. Letztendlich unerheblich, schließlich wissen sie in der neu geschaffenen Zeitlinie nichts davon, dass sie zum eigenen Besten von mir gerettet wurden.

Beim Thema Weltreligionen ist es besonders schwer, einen Gesamtschuldigen für den ganzen Scheiß zu finden, der so im Laufe der Menschheitsgeschichte passiert ist oder im Namen des Herren (wie auch immer er letzten Endes genannt werden will) nach wie vor noch geschieht. Deshalb habe ich für einen Moment sogar darüber nachgedacht, alternativ gleich Terach sprichwörtlich ins Gebet zu nehmen. Es hätte, aus abstammungstechnischen Gründen, viele Glaubenskämpfe gar nicht erst gegeben, da gleich drei Weltreligionen verschwinden würden, die sich auf ihn als Gründungsvater berufen. Von der eingesparten Zeitreiserei für meine Person mal ganz zu schweigen. Religionsgründer, Despoten und soziale Netzwerke: Nach Durcharbeit dieser Liste, hätte ich mit einem Schlag eine Menge korrigiert, von dem ich überzeugt bin, dass es mittelfristig zu unserem Untergang führen wird. Andere Personen, wie beispielsweise Loddar und Dieter, werden zwar nach heutigem Stand der Dinge keine Mitschuld am Armageddon tragen, aber ich dachte, es kann nicht schaden die Welt auch im Kleinen schöner zu machen, wenn man schon mal dabei ist.

Als bekennender Trekkie *(Anm.d.Red.: Anhänger der Philosophie von Gene Roddenberry, dem Erfinder von Star Trek – ja, Raumschiff Enterprise, ihr Ignoranten!)* habe ich viel Erfahrung mit Zeitreisen und temporalen Anomalien gesammelt.

Vor diesem Hintergrund kann ich leider nicht mit Sicherheit sagen, wohin die alternative Zeitlinie die Menschheit stattdessen führt, die ich mit der Tilgung der oben genannten Zeitgenossen aus der Erdgeschichte logischerweise erzeugen würde. Deshalb habe ich letztendlich meine Pläne dann doch komplett verworfen, denn Eins ist mir nicht erst dieses Jahr klar geworden: „Schlimmer geht immer!"

10. August
Ursache und Wirkung – Update 1

Fidget Spinner, Hand Spinner, Fingerkreisel ... der Teufel hat viele Namen. Nichts kommt und geht in der heutigen Zeit schneller, als ein Trend. Wenn man wissen will, was für ein Sondermüll gerade die Massen fasziniert, dann hat es aber keinen Sinn, im Internet zu recherchieren. Hier findet sich immer irgendwer, der so tut, als sei der letzte Murks nach wie vor der „heiße Scheiß". Dabei hat er sich gerade einen Container voll aus China kommen lassen und wird den Dreck nun nicht mehr los. Ein wirklich gutes Maß für die Beliebtheit eines neuen Gadgets sind die Verkaufstische der fliegenden Händler auf Flohmärkten und in Ferienparadiesen. Das Warenangebot auf dem Wochenmarkt in Südfrankreich letzte Woche ließ darauf schließen und stichprobenartige Checks der heimischen Handy- und „Ein Euro"-Shops bestätigten diese Beobachtungen. Neben Plastikhüllen, um die lächerlichen Auswüchse der Anti-Raucher Bemühungen auf Zigarettenpackungen zu kaschieren, ist dieses komische Minikarussell des kugelgelagerten Grauens momentan der Verkaufsschlager. Der Trend kommt, wie eigentlich alles, was einem intelligenten Menschen die Tränen der Verzweiflung in die Augen treibt, aus den USA. Während „Regieren ohne Gehirn" noch nicht seinen Siegeszug durch ganz Europa antreten konnte, hat es „Drehen ohne Verstand" offensichtlich geschafft.

Mir geht es mit Fidget Spinner wie mit dem fetten Arsch von Kim Kardashian. Mal kurz in der Hand halten, um herauszufinden, warum Kanye West und die Instagramm-Spacken so einen Hype drum machen, aber dann wäre auch gut. Ich erwarte von operierten sekundären Geschlechtsmerkmalen keine Superlative. Somit wäre mein Interesse von sehr kurzer Dauer. Augenscheinlich sahen die Marketingstrategen beim Fidget Spinner ein ähnliches Problem. Allein die Länge der YouTube Videos, die geltungssüchtige Nichtskönner zu jedem neuen Trend umgehend und vor allem unaufgefordert hochladen, sollte hellhörig machen. Sie dauern nur zwei Minuten, obwohl angeblich „alle tollen Tricks für Hand Spinner" enthalten sind. Um die nachhaltige Begeisterung zu sichern, hat man dem Teil deshalb flugs eine therapeutische Wirkung bei der Behandlung von diversen Modekrankheiten zugesprochen. Mit der Aussage, das neue „Heilmittel" würde sich positiv auf die chronische Unruhe von Kindern auswirken, zog die Hersteller sogar leichtgläubige Eltern auf ihre Seite. Seit Ferrero eines seiner Produkte mit dem Gesundheitsaspekt der „Extra Portion Milch" vermarktete, hatte keiner mehr größeren Erfolg mit hanebüchenem Schwachsinn.

Wenn es darum geht, konsequent Symptome zu bekämpfen, dann ist die Generation „ADHS" immer vorn dabei. Obgleich die Ursachen wohlbekannt sind, unterliegt die kritische Beschäftigung damit einer konsequenten Ausblendung. Warum gerade der Fidget Spinner bereits heute ein Klassiker verfehlter „UvS"-Strategie *(Anm.d.Red.: „Ursache vor Symptom" siehe Kapitel „26. Juni, Ursache und Wirkung")* ist, sei im Folgenden kurz ausgeführt.

Natürlich sollten sogar die dumpfsten Couch Potatos, wenn sie nach stundenlangem „Counter Strike spielen" eine gewisse Unruhe verspüren oder Sternchen vor den Augen sehen, einen möglichen direkten Zusammenhang zwischen exzessiver Computernutzung und psychischen Defiziten in Erwägung ziehen. Weit weniger bekannt sind trotz Wikipedia und Highspeed-Internetanschluss, dass solche Störungen auch mit einer geänderten Ernährungsweise zu tun haben können. Natürlich zunächst die Hast, mit der nahrungsähnliche Substanzen in der Fast Food Kultur heruntergewürgt werden, aber auch die Zutaten selbst spielen eine entscheidende Rolle. Das heutzutage überall verwendete Weißmehl wird als einer der Mitschuldigen bei der „Aufmerksamkeits-Defizit-Hyperaktivitäts-Störung" gesehen. Auch wenn es schwer zu glauben ist, aber Weißmehl- und digitaler Konsum haben einen Bezug zueinander. Sieht man vom Produzieren und Posten süßer Kinderbilder einmal ab, haben die meisten Eltern depraviert von Smartphone und Co., sowieso keine Zeit mehr sich mit dem Nachwuchs zu beschäftigen. Die schieben maximal den Kinderwagen mit Selbstbremsfunktion bis zum Spielplatz, während sie im Bann des Handys mit Selbstdarstellung beschäftigt sind *(Anm.d.Red.: Hat sich mal jemand gefragt, wann die Kinderwagen eingeführt wurden, die den Nachwuchs nach vorne in die Landschaft starren lassen, anstatt ihnen wie früher mit nach hinten gedrehter Schale die Kommunikation mit den Eltern zu ermöglichen?).* Das Checken der sozialen Netzwerke frisst heutzutage die Zeit für soziale Interaktion mit dem Kleinkind.

Eine vernünftige Ernährung der Brut ist unter diesen Voraussetzungen natürlich nicht darstellbar. Geschmierte Pausenbrote oder das morgendliche Frühstück sind in vielen Haushalten schon lange passé. Anstatt Selbstgekochtes aus frischen Zutaten servieren die Eltern verstärkt Weißmehlbomben, unter anderem in Form von Fertiggerichten oder marschieren gleich ins Schnellrestaurant. Weißmehl macht also nicht nur fett, sondern ist auch maßgeblich daran beteiligt, dass die kleinen Psychos so hibbelig sind und nichts auf die Reihe bekommen. Die Restschuld trägt wie gesagt das digitale Zeitalter. Permanentes Interagieren mit dem Computer, ständig online sein, eine außenwirksame Rolle in den sozialen Medien spielen, mobben, daddeln, liken, haten, etc. pp. Eigentlich nicht nötig das Offensichtliche zu wiederholen. Die Ursachen bekämpfen würde aber für den sogenannten Erziehungsberechtigten bedeuten, selbst für eine verantwortungsbewusste Computernutzung zu sorgen und auch vorzuleben, vernünftiges Essen zu kochen und sich auch sonst mal intensiver mit seinen Kindern zu beschäftigen. Hört sich nicht nur aufwändig an, ist es auch. Ist es da ein Wunder, wenn sich gestresste Eltern ohne nachzudenken an einen Strohhalm namens Fidget Spinner klammern? Klingt doch verlockend. Es wäre doch eine Sisyphusarbeit seinem Kind in diesen Zeiten beizubringen, dass es auch noch ein Leben ohne Smartphone, Facebook und Computer gibt. Sie müssten einen gemäßigten Umgang mit den digitalen Spielzeugen forcieren. Da glaubt man doch lieber, dass Stress und Unruhe einfach weggedreht werden können.

Natürlich gab es bereits in den letzten Jahrzehnten ähnliche Beschäftigungstherapien für gelangweilte Mitmenschen. Ich erinnere nur an den Zauberwürfel und den Gyrotwister. Man kann an dieser Stelle einwenden, dass jede Generation irgendwann mal einem ähnlichen Modetrend erlegen war. Bei mir war es das Jo-Jo. Allerdings erforderte es eine gewisse Geschicklichkeit und war maximal ein Zeitvertreib und keine Ersatzbefriedigung für rastlos tippende Finger. Sobald man die Chance auf Bolzen oder andere Outdooraktivitäten mit realen Freunden hatte, flog das Teil in die Ecke.

Auch wenn die Ursachen vielfältig sind, letzten Endes läuft bei der Bekämpfung von ADHS alles auf eine vernünftige und konsequente Erziehung heraus. Bei meinen, natürlich wie üblich sehr kurzen Recherchen zum Kapitel, bin ich auf eine absolut geile Methode gestoßen, um sich um diese Art der Ursachenbekämpfung herumzudrücken. Gefunden habe ich den folgenden Satz auf der einschlägigen Website „ADHS.de". Es hat mich an die Vorgehensweise von Silvio Berlusconi, dem ehemaligen italienischen Präsidenten erinnert. Der hat einfach seine Straftaten dadurch legitimiert, indem er sie per Gesetzesänderung zu einem legalen Vorgang erklärt hat. Diese Organisation löst das Problem ADHS ähnlich. Sie definiert kurzerhand die Symptome von ADHS als normal, dagegen aber die angesetzten Maßstäbe der Gesellschaft für krank.

„Wie Krankheit bzw. Störung definiert wird, hat auch etwas mit den gesellschaftlichen Normen zu tun. In unseren Breiten erwartet man Selbstdisziplin, Pünktlichkeit, Tischmanieren, Besonnenheit, Stillsitzen können usw. In anderen Kulturen …"

Ich hatte bereits eine böse Vorahnung, als ich den „Erfahren Sie mehr"-Button anklickte und ich wurde wie immer nicht enttäuscht. Einen dämlicheren Versuch, ein Problem als nicht existent darzustellen, ist mir selten untergekommen. Gleich zur Einleitung startet der Autor mit einem Vergleich, der mir deutlich machen soll, dass mir diese manierenbefreiten kleinen Säcke im Restaurant nur deshalb auf den Sack gehen, weil man mir falsche Werte beigebracht hat? So würden die gesellschaftlichen Konventionen beispielsweise in unseren Breiten ein schlankes Frauenbild bevorzugen, während in anderen Kulturen die „Mollige" als Schönheitsideal gelte. Mal abgesehen von dem emanzipationstechnisch eher zweifelhaften Ansatz dieses Vergleiches, sollte man auch immer die prinzipielle Übertragbarkeit berücksichtigen. Die Tatsache, dass in ärmeren Ländern Afrikas ein „molliges" Frauenbild bevorzugt wird, liegt nicht daran, dass sie den Machos der Schöpfung Schatten spenden, wenn diese in der Savanne dösen wollen, sondern an der tragischen Tatsache, dass dort Schwangere mit einer höheren Wahrscheinlichkeit in schweren Zeiten so eine Schwangerschaft überleben. Es gehört schon einige Ignoranz dazu, einen solchen Vergleich zur Legitimation von ADHS heranzuziehen, besonders, da in Europa sowieso mehr als jeder Zweite zu fett ist.

Als Nächstes werden berühmte Persönlichkeiten wie Churchill und Mozart angeführt, die angeblich auch unter dem Syndrom litten, und gerade deshalb einen solch signifikanten Einfluss auf die Weltgeschichte hatten. Selbst wenn es so gewesen ist - wir können schließlich nur historische Ferndiagnosen stellen - ich bin überzeugt, dass den Eltern von Klein-Wolfgang Amadeus oder Winston diese Tatsache herzlich egal gewesen wäre. ADHS wäre sowieso nicht aufgefallen, da Erziehung in diesen Zeiten nicht wie heute eine Frage der Tagesform des Kindes war, sondern alternativlos vermittelt wurde. Zum Energieabbau stand Natur oder im Falle von Mozart wahlweise ein Klavier zur Verfügung. Selbst wenn diese windige Behauptung dieser Gesundbeter ansatzweise stimmen würde, die Flut der hyperaktiven Kinder, die heutzutage produziert werden, kann selbst die Musikbranche nicht auffangen. Die Politik erst recht nicht. Als Staatslenker sollte es sowieso immer nur einen ADHS Patienten pro Jahrhundert geben. Aktuell sind wir, denke ich, mehr als versorgt. Allerdings war Winston Churchill mitverantwortlich, als der Zweite Weltkrieg beendet wurde. Trump dagegen ist in diesen Tagen auf dem besten Weg den Dritten anzufangen *(Anm.d.Red: Ich spreche dabei unter anderem von seinen, wie immer unüberlegten Drohungen, die er diese Woche gegen Nordkorea abgesondert hat).*

Nach solch beeindruckenden Vergleichen nimmt der Autor nun zum großen finalen Schlag aus, indem er die Werte des Abendlandes infrage stellt, die angeblich ein normales kindliches Verhalten als Geißel der Zivilisation brandmarken. Werte, die nicht nur Kinder im öffentlichen Raum so erträglich machen, sondern auch unseren Wohlstand in den letzten Jahrhunderten mitbegründet haben. Ich frage mich die ganze Zeit, wieso genau diese „anderen Kulturen“, die der Autor als angebliche Wiege moderner Erziehung lobpreist, als Endprodukt Erwachsene produziert, für die Gleichberechtigung und Toleranz ein Fremdwort sind. Ich möchte nicht in einem Land leben, dass so definiert kein

ADHS Problem hat, aber dafür Gewalt gegen Frauen und Andersdenkende als normal ansieht und dem Nachwuchs vermittelt.

Hier schließt sich ironischerweise wieder der Kreis zur „UvS“-Strategie. Wahrscheinlich würden in Nordafrika weniger in Schlauchboote steigen, wenn dort integre Politiker an die Macht kommen, die dafür sorgen, dass in Zukunft andere Werte vermittelt werden.

Von mir aus können diese Staatslenker wie Churchill dann auch unter ADHS leiden.

13. August
„Viel Lärm vom Nichts" meets „Die Achse des Blöden"

Wozu mache ich mir eigentlich die ganze Arbeit mit diesem Jahrbuch, wenn wir nach heutigem Stand das Ende des Selbigen gar nicht mehr erleben werden?

Eine Frage, die ich mir dieser Tage stellen könnte, denn der kleine, dicke, hässliche Mann mit der beschissensten Frisur der östlichen Hemisphäre streitet sich gerade mal wieder ganz heftig mit seinem Feindbild, dem großen, dicken, hässlichen Mann mit der beschissensten Frisur der westlichen Hemisphäre.

Höchst bedenklich, aber letztendlich wohl doch nur ein Ereignis unter vielen, die der Rest der Welt seit Monaten mit Gleichmut betrachtet und dabei bereits morbide Züge der Resignation erkennen lässt. Resignation darüber, dass man in ein Zeitalter hineingeboren wurde, das sich gleich mit mehreren schwachsinnigen Herrschern herumschlagen muss. Eine Konstellation, die sich sicherlich bereits öfter in der Menschheitsgeschichte eingestellt haben mag, man denke nur an Hitler und Stalin, allerdings hatten diese Wahnsinnigen glücklicherweise noch nicht das technische Knowhow, um die gesamte Menschheit ins Verderben zu stürzen. Glaubt man der Berichterstattung in den Medien, ist das nun bei der Konfrontation zwischen Kim Jong-un und Donald Trump erstmals anders, zumindest seit der nordkoreanische Irre in diesen Tagen offen mit einem Atomschlag gegen die USA gedroht hat. Ich habe gestern gesehen, wie jemand einen riesigen Einkaufswagen voll mit Dosenravioli durch Edeka geschoben hat. Die Lage ist offensichtlich ernster, als ich bisher angenommen habe.

Es stellt sich zunächst die Frage, wie es überhaupt so weit kommen konnte. Nordkorea bastelt schließlich schon seit Jahren unbehelligt an seinem Atomprogramm.

Bisher hatte China immer die Hand über den kommunistischen Bruder gehalten, zumal es praktisch ist, ein systemgleiches Niemandsland mit einem Vollpfosten als Führer zwischen sich und dem demokratisch regierten Südkorea zu haben. Offiziell ein Puffer zu den dort stationierten US-Raketen, dürften die Gründe in Wirklichkeit viel banaler sein. Eine direkte Grenze zu einem so reichen Land, würde es der chinesischen Führung sehr schwierig machen, seinem Volk auf Dauer etwas von den Segnungen des Kommunismus zu verkaufen. Besonders, wenn der ärmere Teil der Bevölkerung auf der anderen Seite sieht, wie gut es sich auch ohne Internetzensur und weitere Repressalien leben lässt. Die innerdeutsche Grenze ist der beste Beweis dafür, dass unterschiedliche politische Systeme besser durch eine Mauer getrennt werden, besonders, wenn eines der Beiden nicht unbedingt viel mit Spaß zu tun hat. Wenn die Mauer dann noch nicht einmal auf der eigenen Grenze steht – umso besser! Alle anderen Länder um China herum sind keine Gefahr. Sie sind zwar größtenteils demokratisch, aber zu arm, um neidisch zu machen. Russland ist dagegen weder das Eine noch das Andere, aber wenn man als armer chinesischer Bauer erst einmal durch tausende Kilometer Tundra rennen müsste, um einem Russen mit Armani Jäckchen zu begegnen, erkennt man, dass Sibirien für China das Nordkorea zu Russland darstellt.

Dank der Abschottungsstrategie Chinas war Nordkorea viel zu lange geschützt. Wahrscheinlich einer der Hauptgründe, dass bisher keiner Kim Jong-un das Licht ausgeblasen hat und ihn stattdessen weiter an seinen atomaren Phantasien hat arbeiten lassen. Das Leiden eines ganzen Volkes dürfte die ohnehin nicht besonders empathische chinesische Regierung dabei wenig bis gar nicht interessiert haben. Es konnte somit nur eine Frage der Zeit sein, bis aus den Nebel der menschlichen Dummheit einer auftaucht, der sich von diesen Allmachtsfantasien provoziert fühlt und nicht mit Deeskalation antwortet, sondern die Aufforderung zum Schwanzvergleich annimmt. Dass es mal wieder die Amerikaner waren, die sich im Gegensatz zu Nordkorea ihren Donald demokratisch auf den Hals gewählt haben, wird später zu den Treppenwitzen der Geschichte gehören.

Nach Kim Jong-uns Drohung mit einem atomaren Erstschlag gegen die USA und Trumps lächerlich aggressiver Antwort steht nun die Welt mit offenem Mund da und sucht nach Erklärungen und Auswegen aus der Krise.

Auswege hat man aktuell noch keine gefunden. An Erklärungen mangelt es dagegen nicht.

Während viele mit meiner Meinung konform gehen, dass es sich bei den beiden Protagonisten einfach um Vollpfosten handelt, werden von anderer Seite teilweise hochintelligent scheinenden Szenarien ins Feld geführt. Demnach ist Kim Jong-un ein brillanter Politiker, der sich und dem nordkoreanischen Regime die Weiterexistenz sichern und darüber hinaus durch die Konfrontation mit den USA sogar eine Wiedervereinigung mit Südkorea erreichen will.

Natürlich kann es sein, dass ich zu einfach gestrickt bin, als dass sich mir die Gedankengänge solch großer Männer erschließen. Es ist aber letztendlich unerheblich, welche Intentionen die beiden Streithähne bei ihrer Verbalschlacht verfolgen, ich bin relativ sicher, dass keiner von ihnen auch nur ansatzweise seine Ziele umsetzen kann.

Da wäre zunächst einmal Nordkorea, die damit drohen, mehrere Atomraketen in Richtung des amerikanischen Militärstützpunktes auf Guam zu schicken und diese dann um die Insel herum ins Wasser stürzen zu lassen. In dem Satz ist nur eine einzige belastbare Aussage, und zwar, dass „etwas ins Meer stürzen wird". Jedoch wird es höchstwahrscheinlich weder atomar bestückt noch in der Nähe von Guam sein. Ich gehe nach wie vor nicht davon aus, dass die Diktatur das erforderliche Wissen hat. Die Geheimdienste dieser Welt sind zu professionell. Wäre Nordkorea auch nur ansatzweise auf dem Weg zur Atommacht, hätte man das Land schon zusammengeschossen. Da ich aber sogar den Nordkoreanern genügend Technik zutraue, um einer Rakete die grobe Richtung zu geben, würde ich mir in Japan zurzeit die größten Sorgen machen. Sie könnten immerhin von herabstürzenden Schrottteilen getroffen werden. Sollte Kim Jong-un besagten roten Knopf allen Ernstes drücken, Nordkorea wäre Geschichte. Allerdings nicht bedingt durch den Einsatz von Atomwaffen. Damit wären wir bei Trump. Er faselt etwas von „Wut und Feuer in nie dagewesenen Ausmaßen". Von der üblichen Dummpolemik des US-Präsidenten abgestumpft, scheint es niemandem aufgefallen zu sein, dass Trump zu keinem Zeitpunkt von einem Atomschlag geredet hat. Auch die Prahlerei mit dem, auf seinen Befehl hin angeblich modernisiertem Atomwaffenarsenal hatte keine irgend geartete Nutzungsaussage impliziert. Ich traue dem US-Präsi wirklich vieles zu, aber einen Atomkrieg dürfte sogar in dem schwach illuminierten Hirn nicht ernsthaft als Option herumgeistern.

Vorher würde der eigene Secret Service seinem Befehlshaber den Schädel einschlagen und es wie einen Unfall aussehen lassen. Sogar ein Trump weiß, dass eine Atombombe keine Präzisionswaffe ist. Sein Land in der Welt zu isolieren, indem er mit einem Schlag gegen Nordkorea eine ganze Region inklusive Verbündeter und China atomar verseucht, dürfte sogar einem Mann keine Option sein, der uns jeden Tag aufs Neue beweisen muss, dass er Eier wie Kokosnüsse hat.

Die USA und seine Verbündeten haben genug konventionelle Schlagkraft vor Ort, um, im Falle eines ernsthaften Angriffes von Seiten Kim Jong-uns, Nordkorea in die Steinzeit zu bomben. Der Weg dorthin wäre für dieses arme Land ohnehin sehr kurz. Sogar Ötzi hatte nachweislich mehr besessen, als man ihn vor ein paar Jahren auf dem Gletscher gefunden hat.

Aber auch wenn einige aktuell in Schockstarre auf die beiden Kontrahenten starren, die Aktienmärkte um zehn Punkte sinken und sogar Themen wie die in ein paar Wochen stattfindende Bundestagswahl in den Hintergrund treten. Ich bin trotzdem guten Mutes, dass wir alle noch ein paar Weihnachten auf diesem armseligen Planeten feiern werden. Ob Donald und Kim das dann noch an der Spitze ihres jeweiligen Landes erleben, ist ein ganz anderes Thema.

Übrigens, der Typ im Edeka mit dem Einkaufswagen voll Konserven war wohl doch nur der Azubi. Heute steht nämlich eine riesige Dosenpyramide auf der Aktionsfläche. Ravioli sind diese Woche im Angebot. Neunundneunzig Cent. Nur falls jemand meiner Einschätzung der Weltpolitik nicht trauen sollte ...

22. August
Corporate Idiotie

Ich habe neue Visitenkarten bekommen. Daran ist eigentlich wenig Anstößiges, wenn da nicht noch fast hundert Stück in meinem Schreibtisch rumlägen und vor einem halben Jahr schon mal dasselbe Spiel gelaufen wäre. Damals änderte sich nach einer Umorganisation die Abteilungsbezeichnung von „KM STM PM1 O&M" in „KM STM PM1 OPM" (Als ich vor zwanzig Jahren anfing zu arbeiten, hieß unsere Abteilung „AS1". Inflation kennt offensichtlich nicht nur der Finanzmarkt). Davor war es ein Wechsel an der Unternehmensspitze und die damit zwingend verbundene Neuorganisation der Geschäftsfelder. Ich habe nachgerechnet. Seit Eintritt in die Arbeitswelt vor zwanzig Jahren habe ich vierzehn Mal neue Visitenkarten bekommen. Zehn Änderungen der Abteilung durch Umorganisation, davon drei durch einen neuen Vorstandsvorsitzenden und eine durch Verkauf meines Bereiches an einen Mitbewerber und nur zwei aufgrund eines selbst gewollten Arbeitsplatzwechsels. Jeweils eine Änderung durch Einführung des Mobiltelefones, des digitalen Telefonnetzes und des Internets beziehungsweise der E-Mail Adresse. Niemals musste ich Visitenkarten nachbestellen, weil sie mir auf natürlichem Wege ausgegangen wären. Jede größere Umorganisation in einem Konzern kostet Millionen.

Nach Aussage der obersten Leitung oder wenigstens des direkten Vorgesetzten wird die Arbeit dadurch mindestens auf eine neue Ebene gehoben, wenn nicht sogar nachhaltig revolutioniert. Die Wirklichkeit ist dagegen viel profaner. Neuer Chef – neue Organisation!

Wenn man erst einmal gelernt hat, zu bestimmten Anlässen nicht zu diskutieren, etwa wenn die Freundin sich ein neues Outfit zulegt, weil sie nach eigener Aussage bisher „nichts anzuziehen hatte", dann fällt es leichter, Entscheidungen auf Firmenebene, die auf den ersten Blick nicht besonders logisch erscheinen, unkommentiert zu lassen.

Dieses Mal ist jedoch keine organisatorische Änderung der Grund für das vorzeitige Entsorgen meiner kleinen Pappfreunde. Offensichtlich hat eine sehr gut bezahlte Unternehmensberatung herausgefunden, dass unsere Firma binnen 12 Monaten in den Ruin driften wird, wenn in Zukunft neben dem Namen nicht auch noch die Fotos eines jeden Mitarbeiters auf der Karte erscheint. Ich persönlich hätte diese Schnapsidee noch für Vertriebler mit externem Kundenkontakt gutheißen können, aber wieso um Gottes Willen alle? Heutzutage scheint wirklich jeder zu allem ein Bild zu benötigen, um adäquat informiert zu sein. Natürlich hat diese Unternehmensphilosophie des einheitlichen Außenauftrittes auch einen wichtig klingenden Namen, der natürlich unbedingt heutzutage ein Anglizismus sein muss. Wie in allen größeren Firmen, die ihre Kalkulationen nicht auf einem Bierdeckel machen und deren Betriebsversammlung das Fassungsvermögen des Veranstaltungssaales vom „Dorfkrug" sprengen würde, haben auch wir die sogenannte „Corporate Identity". In Fachkreisen gerne mit einem überlegenen Lächeln als „CI" bezeichnet, ist es letztlich nichts Anderes, als der Versuch großer Firmen, der Außenwelt eine Professionalität und Geschlossenheit vorzugaukeln, die aber meist bereits wieder zu bröckeln beginnt, sobald der Empfangstresen passiert wurde.

Wenn etwas vordergründig glänzend und edel daherkommt und sich beim Blick hinter die Kulissen als dreckig, profan und enttäuschend entpuppt, denkt man sofort an die Amerikaner. Auch wenn „CI" häufig erschreckende Parallelen zu Las Vegas aufweist, ist die Idee bereits viel älter, hatte aber zunächst weniger die Absicht ein nach außen getragenes Gemeinschaftsgefühl zu vermitteln, sondern war eher praktischer Natur. Schon im finsteren Mittelalter liefen die Soldaten eines Königs oder Fürsten mit dessen Wappen auf der Brust oder auf der Fahne durch die Gegend. Sah wichtig aus und verhinderte, dass man in der Hitze eines Gefechtes dem Falschen den Schädel mit der Streitaxt spaltete.

Seit der Industrialisierung favorisierten es dann die großen Unternehmensgründer, wenn sich ihre Namen im Firmenlogo wiederfanden. Es folgte die Phase, in der auch die Produkte einer Marke einheitlich wurden, zum Beispiel mit einer gleichartigen Verpackung. Bis auf die Spitze, auf der wir heute sitzen, haben es dann, befeuert durch wichtige Unternehmensberater, letztlich die Aktiengesellschaften getrieben, indem auch sämtliche Werkzeuge der internen und externen Kommunikation ein einheitliches Erscheinungsbild haben mussten.

Ausnahmslos alles, was in irgendeiner Weise das Außenbild beeinflussen könnte, ist genauestens hinsichtlich Größe, Form, Farbe, etc. definiert. Ich halte das alles für sehr übertrieben, zumal dieses spezielle, meist qualitativ hochwertige Gehabe ziemlich teuer ist.

Es mag für Außenstehende schwer zu glauben sein, aber sogar im Vorraum der Firmentoilette bleibt man von der „Corporate Identity“ nicht verschont. Wichtige Aufkleber mit Firmenlogo auf dem Spiegel weisen den geneigten Nutzer auf hygienische Grundregeln hin, die eigentlich selbstverständlich sein sollten. An der Scheißhaustür hört der Spuk dann auf. Leider! Es würde der Qualität des einlagigen Klopapiers sicherlich nicht zu Nachteil gereichen.

Dass „CI“ als Fassade für ein perfektes Unternehmensimage großer Unternehmen herhalten muss, ist auch nicht weiter verwunderlich, wenn man bedenkt, dass dort, wo Menschen im Namen des Herren oder wieso auch immer zusammenkommen, nur ein kleiner Teil wirklich brauchbar ist. Der Großteil sind Idioten beziehungsweise menschliche Arschlöcher oder beides. Überträgt man diese Erkenntnis über die Menschheit im Allgemeinen auf die arbeitende Bevölkerung im vorliegenden Fall, wird sofort klar, dass ein Großteil der Deppen in Konzernen rumlungern muss. Kleine und mittelständische Betriebe könnten sich einen so hohen Idiotenanteil niemals leisten und würden zu Grunde gehen. Nebenbei angemerkt, „CI“ ist in kleineren Läden, wenn überhaupt, nur ein Steckenpferd des Juniorchefs, der von höheren Weihen träumt. Alternativ ein Gefallen, den der Senior Chef dem Schwager getan hat, damit dessen missratener Sohn als Webdesignassistentgehilfe auch mal was machen darf.

Aber zurück zur Rentabilität. Deppen fallen im Mittelstand schon in der Lehre auf. Sie bekommen nach Ausbildungsabschluss vom Chef neben einem hervorragenden Zeugnis meist nur noch einen feuchten Händedruck und gute Wünsche mit auf den Weg. Auch der Rekrutierungsprozess ist in einem besitzergeführten Unternehmen meist etwas selektiver, da es schließlich um die eigene Kohle geht.

Man kann nun einwenden, dass es auch in kleinen Handwerksbetrieben Deppen gibt. Das ist sicher richtig, aber nur, wenn die Qualität stimmt. Der Bäcker bei mir um die Ecke ist zum Beispiel ein menschliches Arschloch, aber seine Buttercroissants sind anbetungswürdig. *(Anm.d.Red.: Ich gehöre bisweilen zur Gruppe der opportunistischen Misanthropen, wenn es nicht gerade um Menschenleben geht, und bin nicht stolz drauf!).* Wie ich bereits im Vorwort erläutert habe, ist allerdings die Kombination schlau (hier im Sinne von begabt) und böse (hier im Sinne von Arschloch) selten, aber höchst gefährlich, da sie die Agitatoren des „DMDM-Prinzips“ sind. Auch wenn ich nicht glaube, dass mein Bäcker die Weltherrschaft an sich reißen will, hat er doch wenigstens gute Chancen, trotz seines defizitären Charakters gutes Geld zu verdienen. Hinsichtlich der kleinen und mittleren Betriebe kann also festgehalten werden, dass es sehr wenige gibt, deren Mitarbeiter Kacke drauf sind und gleichzeitig nichts auf die Reihe bekommen.

Zwangsläufig erhöht sich so der prozentuale Anteil an unfähigen Mitarbeitern, mit charakterlichen Defiziten und ohne, aber mit hervorragenden Zeugnissen, in dem Topf, der sich Arbeitsmarkt nennt und aus dem Großunternehmen schöpfen müssen. Ich sage bewusst „müssen“. Ich sehe es dank der Wirtschaftsmacht, die sie dem fähigeren Teil ihrer Belegschaft verdanken, durchaus als eine soziale Pflicht an, auch Menschen in Lohn und Brot zu bringen, die der Gott der Arbeit nicht mit dem nötigen Handwerkszeug ausgerüstet hat.

Der Staat, also ich als Steuerzahler, kann sich nicht um alle kümmern, die zu dumm oder zu faul zum Arbeiten sind. Es reicht mir vollkommen zu wissen, dass wir schon für die ganzen Idioten zahlen müssen, die glaubten singend oder tanzend, nackt oder angezogen, abnehmend oder kochend bei RTL zum Millionär zu werden und zum Schluss doch wieder nur der Allgemeinheit auf der Tasche liegen.

Große Unternehmen haben also einen höheren Anteil an Deppen, als Klein- und Mittelständler, und es ist natürlich unmöglich, alle permanent im Auge zu behalten, damit nichts Schlimmeres passiert. Ein paar Leute müssen schließlich noch das Geld für die Aktionäre verdienen. Deshalb hat man das getan, was immer ein probates Mittel zu sein scheint, wo viele mehr oder weniger intelligente Menschen aufeinandertreffen. Es werden Regeln und Verhaltensrichtlinien definiert.

So gesehen ist die „Corporate Identity“ dabei die genialste Einrichtung von allen. Sie kann gleich drei Dinge auf einmal. Quasi das Ü-Ei moderner Unternehmenskultur. Sie schafft es, dem weniger aufmerksamen Mitarbeiter, also der Masse, den Eindruck zu vermitteln, der Freigeist von Kreativität und Innovation würde permanent durch die Hallen wehen und er wäre ein Teil davon. Tatsächlich gibt sie ihm nach innen kleinlich die Kommunikation vor, damit auch der dümmste anzunehmende Mitarbeiter keinen Mist bauen kann. Als ob das nicht genug wäre, vermittelt sie nach außen hin den Eindruck eines vor Kraft strotzenden Unternehmens mit dem Willen, die Welt zu erobern. Ich bin mir nicht sicher, aber ich glaube „Corporate Identity“ hieß vor ein paar Jahren noch anders – Propaganda, oder so.

04. September
Schwach-O-Mat

Drei Wochen vor der Bundestagswahl ist es amtlich. Ich bin AfD Wähler. Zumindest wenn man einem Tool namens „Wahl-O-Mat" glauben darf, welches von der Bundeszentrale für politische Bildung, kurz „bpb", nun schon zum fünften Mal vor der Bundestagswahl online gestellt wurde. Bevor jetzt alle ihre Mistgabeln anspitzen und sich mit Fackeln und Stricken bewaffnet aufmachen, weil ich offensichtlich einerseits ständig über die Dummheit der Welt schwadroniere, dabei aber selbst mit einem der größten Zusammenschlüsse von Idioten, Rechten und Blendern sympathisiere, lassen sie mich die Situation kurz aufklären!

Hätte es in den 90ern schon diese „Partei wider den gesunden Verstand" gegeben, ich hätte mich sicherlich, ob der obigen Einschätzung, wimmernd auf dem Boden zusammengekrümmt und über Selbstmord nachgedacht.

Inzwischen, um einige Erfahrung hinsichtlich der Glaubwürdigkeit des Internets reicher, sehe ich von einem sofortigen Suizid ab und betrachte das Ergebnis ein wenig abgeklärter.

Fakt ist, dass meine Antworten tatsächlich eine fast siebzig prozentige Übereinstimmung mit den Standpunkten der AfD ergeben. Pärchen, die planen das Ehegelübde abzulegen, haben meist weitaus weniger Gemeinsamkeiten. Trotzdem verspüre ich keineswegs den Drang, mich auf den nächsten Marktplatz zu stellen und den Namen von Alexander Gauland und Alice Weidel zu preisen, indem ich menschenverachtenden Dreck als gangbare Lösung für deutsche Probleme verkaufe. Was ist also schief gelaufen?

Beim Wahl-O-Mat müssen die Delinquenten achtunddreißig Fragen mit „stimme zu", „neutral" oder „stimme nicht zu" beantworten, die jemand aus allen möglichen Sparten zusammengewürfelt hat. Dabei wurden in erster Linie Themen ausgewählt, die offensichtlich in der Bevölkerung in letzter Zeit auf besonderes Interesse gestoßen sind und zu denen die Parteien möglichst auch unterschiedliche Meinungen haben. Nach Beantwortung der Fragen hat man noch die Möglichkeit einige Themengebiete, die einem besonders am Herzen liegen, für die Auswertung doppelt zu gewichten. Abschließend kann man dann bis zu acht Parteien miteinander vergleichen und Details zu den einzelnen Positionen aufrufen. Hört sich zunächst nach einem vernünftigen Plan an.

Der erste Wermutstropfen rinnt einem jedoch bereits die Kehle herunter, wenn man sich die „FAQ" genauer betrachtet. Lapidar wird einem in einem Nebensatz mitgeteilt, dass „schwer verständliche Themen" per se schon mal rausgefallen sind. Damit sind wir gleich beim ersten Problem angekommen. Wir sprechen hier zu großen Teilen von Wahlberechtigten, zu deren komplexesten Fähigkeiten es gehört, mit ein bis zwei Fingern hektisch auf einer kleinen Glasplatte herumzuwischen, dabei aber teilweise noch nicht einmal die Grundregeln des eigenen Persönlichkeitsschutzes im Internet allumfassend zu begreifen.

An dieser Stelle muss zumindest die Frage gestattet sein, welche potentiell diskussionswürdigen Standpunkte von vorneherein, aufgrund einer gewissen Grundkomplexiät, keinen Eingang in das große Wahlorakel gefunden haben?

Andererseits bin ich im Wahl-O-Mat auf Fragen gestoßen, dessen Beantwortung ich mir ohne eingehendere Recherche nicht auf Anhieb zutrauen würde, und das obwohl ich mir selbst normalerweise eine veritable Allgemeinbildung bescheinige. Beispiele gefällig?

„Alle deutsche Banken sind zu verstaatlichen!"

Eine Frage, an der Menschen mit einem Doktor in Wirtschaftswissenschaften scheitern würden, sieht die bpb also als „leicht verständlich" an.

Andere Fragen sind noch dazu nur vordergründig als eindeutig zu bezeichnen: ***„In Deutschland soll es ein bedingungsloses Grundeinkommen geben!"***

Ich selbst bin ein Befürworter, dass in Zukunft jeder Bürger ein Grundgehalt bekommen sollte. Das liegt jedoch daran, dass immer mehr „einfache" Jobs für ungelernte Arbeitskräfte wegfallen werden und eine solche Entwicklung in irgendeiner Form zu kompensieren ist. Allerdings habe ich keine Ahnung, wie das Einkommen aussehen sollte, ob es an alle oder nur die Erwerbslosen gezahlt wird und wie es zu finanzieren wäre. Was aber bedeutet das Wort „bedingungslos", das sicher viele User überlesen haben? Wenn die arbeitende Bevölkerung schon den Rest mitversorgt, dann sollten zumindest einige Bedingungen damit verknüpft sein. Welche genau wäre noch zu klären. Denkbar wäre unter anderem, dass jeder, der ein solches Einkommen empfangen will, in diesem Zeitraum freiwillig auf sein Wahlrecht verzichtet. Ich gebe zu, das hört sich zunächst sehr asozial an, aber wer einen Urlaub spendiert bekommt, muss nicht zwingend bei der Entscheidung einbezogen werden, wohin es in die Ferien letztendlich geht. Ich möchte eigentlich an dieser Stelle nur verdeutlichen, dass der Großteil sich bei der Beantwortung solcher Fragen sicherlich keine weitergehenden Gedanken gemacht haben dürfte.

„Hohe Vermögen sollen besteuert werden!“

Mich würde interessieren, ab welcher Summe dieses „Hoch“ anfängt. Bereits bei der Frage nach der höheren Besteuerung von „Hohem Einkommen“ haben viele notorisch neidische Deppen „aber sicher“ geschrien. Ich bezweifle allerdings stark, dass ihnen unbedingt klar war, dass für den gemeinen Sozi „hoch“ bereits sehr, sehr weit unten anfängt.

Waren viele Fragen bis hierhin schon schwer verständlich oder nicht eindeutig gestellt, wird es bei den vermeintlich „rechten“ Positionen besonders übel. Die Flüchtlingsproblematik ist an sich schon ein diffiziles Thema, welches vom rechten Parteienspektrum bekanntermaßen gerne in polemisch verkürzte Parolen gepresst wird. Dabei sollte doch klar sein, dass diese Vorgehensweise immer nur Teilaspekte beleuchtet und sicher nicht eine allumfassende Lösung liefert. „Alice Weidel gehört mal ordentlich durchgevögelt“. Keine Panik, diese Aussage steht weder im Wahl-O-Mat, noch spiegelt sie meine Meinung wider oder gehört gar zu meinen geheimsten Wünschen. Es ist einfach nur eine aus dem Zusammenhang gerissene, unüberprüfbare Meinung, wie leider auch die real existierende Frage ***„Für die Aufnahme von neuen Asylsuchenden soll eine jährliche Obergrenze gelten!“***

In beiden Fällen könnte es sein, dass der Vorschlag als Teil eines Lösungspaketes helfen würde. Allerdings bezweifle ich, dass ein geregelter Sexualverkehr diese Frau kluge, zu Ende gedachte Dinge sagen lässt, noch, dass eine Begrenzung der Zuwanderung in Deutschland die Flüchtlingsproblematik in seiner Gänze lösen wird. Ohne weitere Zusatzinformationen sind beide Statements sicherlich polarisierend, aber nicht bewertbar.

Leider liegt genau hier das Problem des Wahl-O-Mat. Indem er ebenfalls aus dem Zusammenhang gerissene Positionen in einer gefährlich verkürzten Form darstellt, redet er der rechten Parteienlandschaft den Mund. Schlimmer noch, die meisten dieser Fragen sind sogar rhetorisch, denn sie lassen bei jedem Bürger klaren Verstandes und mit einem gewissen Weitblick eigentlich nur eine Antwort zu. Leider bedeutet genau diese Tatsache im Umkehrschluss, dass er von dem kleinen Internetwahlhelfer sofort die AfD vorgeschlagen bekommt.

„In Deutschland geborene und aufgewachsene Kinder ausländischer Eltern sollen weiterhin neben der deutschen ihre zweite Staatsangehörigkeit behalten dürfen!“

Nach dem Fiasko mit dem türkischen Referendum und unseren lieben Türkendeutschen habe zumindest ich keinen gefunden, der diese These zum Wohle einer besseren Integration rundweg ablehnt.

„Anerkannten Flüchtlingen, die sich Integrationsmaßnahmen verweigern, sollen die Leistungen gekürzt werden können!“

Selten gab es Fragen mit einer alternativloseren Antwort. Wer sich nicht integrieren will, kann sich gerne ein Land suchen, in dem er mit seinen Lebensmaximen von „A bis Z“ willkommen ist. Angefangen bei „A“ wie „Arrangierte Ehen“ bis „Z“ wie „Zwangsbeschneidung“ *(Anm.d.Lektorin: Das allerdings nicht nur für Mädchen, sondern auch für Jungs gelten sollte! Dass hier immer ein Unterschied gemacht, das eine verpönt, das andere beschönigt oder totgeschwiegen wird, regt mich unheimlich auf. Die männliche Genitalverstümmelung hat tatsächlich ähnlich schlimme Auswirkungen, als die weibliche. Die Geläufigste (FGM Typ1a) oder das sogenannte bloße “Anritzen” ist sogar harmloser, als die der Jungs. Aber das Thema ist ja leider noch mehr Tabu. Warum Religionen so hochgradig besessen von den Genitalien kleiner Kinder, bzw. daran interessiert sind, denen dort unten - stellenweise in der hochsensiblen Prägephase - erhebliche Schmerzen zuzufügen, ist mir ein absolutes Rätsel. Kleiner Aufreger meinerseits, sorry, dein Buch triggert so etwas irgendwie) (Anm.d.Red.: ☺).*

Ich bin sicher, es gibt immer Länder auf dieser Welt, wo es gerne gesehen wird, wenn man eine knackige Dreizehnjährige heiratet oder vorher verstümmelt. Wie gesagt, es könnte nur etwas schwerer werden, dort die gleichen Sozialleistungen zu beziehen, die einem in Deutschland winken. Ich bin natürlich, wie heute üblich, zu Kompromissen bereit. Verfolgte Menschen, die unsere Wertvorstellungen aus welchen Gründen auch immer ablehnen und eine Integration nicht wollen, müssten nur die wichtigsten Regeln des täglichen Zusammenlebens akzeptieren. Dann wird ihnen ein vorläufiges Bleiberecht gewährt, welches umgehend endet, sobald man in ihrem eigenen Land aufgehört hat sich die Schädel einzuschlagen. Dann können sie, zwar immer konform zu bei uns geltendem Recht, so rumlaufen wie sie wollen und von mir aus auch ihr, für einen Mitteleuropäer antiquiert scheinendes, Weltbild leben. Sie sind schließlich nur zu Besuch.

Im umgekehrten Fall würde ich als Asylsuchender in Katar oder Saudi Arabien ebenfalls diese zeitlich begrenzte Alternative vorziehen. Ich würde es nicht ertragen, den Rest des Lebens auf Bier zu verzichten und zulassen zu müssen, dass meine Frau zehn Meter hinter mir läuft und oder aussieht wie ein zusammengeklappter Sonnenschirm mit Sehschlitz. Allerdings dürfte mein Risiko überschaubar sein. Es kann nicht davon ausgegangen werden, dass sich der Freistaat in nächster Zeit erheben wird, anfängt die „Saupreißen“ aufzuknöpfen, sowie Restdeutschland dazu zwingen will, lächerliche Hosen zu tragen und zum FC Bayern zu konvertieren. Wenn man sich allerdings die Unabhängigkeitsbemühungen Kataloniens von Spanien derzeit ansieht, erscheint auch ein bayrisches Referendum eines Tages denkbar.

Aber auch weg von den „Rechtslastigen Themen“ gibt es Fragen, mit denen man sich vor der Beantwortung eingehender beschäftigen sollte:

„Der Gottesbezug im Grundgesetz soll bestehen bleiben!“

Was hat ein persönlicher Glaube bezüglich nicht beantwortbarer Fragen zum Sinn unserer irdischen Existenz mit einer Ordnung zu tun, die versucht, das menschliche Zusammenleben zu regeln?

Eng damit verknüpft ist die religiöse Freizügigkeit und gehört folglich ebenfalls nicht ins Grundgesetz.

Die Freiheit zu glauben, was man will, und dabei nicht von Anderen ungestraft eins aufs Maul zu bekommen oder Schlimmeres, wird durch genügend Gesetze ausreichend abgesichert.

Es ist mir dabei egal, ob wir von gläubigen Muslimen, Kopten, Juden, Katholiken, Schiiten, Buddhisten, den Zeugen Jehovas oder anderer noch verstrahlteren Glaubensrichtungen reden. Macht immer, was ihr glaubt, machen zu müssen - viel Spaß dabei - sucht euch Gleichgesinnte, aber geht Andersdenkenden bitte nicht auf den Sack! Vor allem aber auch nicht Euren Kindern. Damit sich eine Gesellschaft frei entfalten und auch moralisch weiterentwickeln kann, ist es wichtig, den folgenden Generationen selbst die Entscheidung zu überlassen, wie sie ihr Leben führen wollen. Natürlich müssen Eltern sich bemühen, dem Nachwuchs Moral und Ethik zu vermitteln. Sie dürfen auch gerne persönliche Lebensüberzeugungen anbieten, aber keinesfalls aufzwingen und dabei noch vom Gesetz gedeckt werden. Das nennt man jedoch Erziehung und hat nichts mit Zwang zu tun. Glaubensbezüge im Grundgesetz haben nicht das Zusammenleben in Deutschland verbessert, sondern halten seit Jahren die Integration anderer Kulturen auf und religiösen Fanatismus am Leben. So bekloppt sie sonst auch sein mögen, kein FC Bayern München Fan übergießt sein Kind mit Benzin und zündet es an, nur weil es ein Poster von Borussia Dortmund in sein Zimmer hängt. Solche Wahnsinnstaten geschehen immer nur im Namen eines Gottes.

Übrigens eine gute Idee. Religion sollte mehr wie die Zugehörigkeit zu einem Verein behandelt werden. Mit allen Konsequenzen. Der Kaninchenzüchterverin Wanne Eickel e.V frönt seiner Obsession im eigens dafür vorgesehenen Vereinsheim oder im größeren Rahmen auf Kaninchenschauen, organisiert vom übergeordneten Züchterverband. Jeder, der will, kann gerne hingehen. Anlässe allerdings, an denen uns die Karnickelfans in der Öffentlichkeit mit ihrem Hobby penetrieren, sind eher selten. Was diese Leute aber definitiv nicht tun, ist, sich mit einem Tapeziertisch in die

Fußgängerzone zu stellen, um neue Mitglieder zu werben, indem sie kostenlose Exemplare ihrer Vereinsstatuten verteilen oder aber mit Warnwesten rumlaufen, auf denen „Kaninchenpolizei“ steht, und Unbeteiligte dazu zwingen, ein Karnickel zu ficken.

Ich bin definitiv kein Atheist, sondern Agnostiker, das heißt, für mich ist eine Existenz Gottes für den Menschen nicht klärbar. Deshalb ist Religion etwas für die eigenen „Vier Wände“ und seinen Glauben sollte man mit Gott unter vier Augen abmachen. Langfristig würde es auch die Islamisierungsdiskussion entspannen, wenn alle Religionen in der Öffentlichkeit zu Folkloregruppen verkommen. Ich verstehe sowieso nicht, wieso Menschen vom Gesetz gedeckt werden, die glauben, dass ein allmächtiger Gott Schwule und Frauen als Sünder geschaffen hat, nur um sie in der Folge andauernd hinzuhängen. Mir dagegen hat keiner geglaubt, dass mein Gott mir neulich erschienen ist und das Tempolimit als ein Werk des Teufels gebrandmarkt hat. Zumindest nicht der Polizist, der mir das Knöllchen verpasst hat.

Allein diese Ausführungen zum Gottesbezug zu lesen, haben bereits länger gedauert, als die Beantwortung aller Fragen im Wahl-O-Mat erfordert und sollte die grundsätzliche Problematik dieses Tools verdeutlichen. Kurze Fragen erfordern nicht selten lange Überlegungen!

Abschließend dann doch noch eine These, deren Beantwortung so schnell gehen sollte, wie das Lesen derselben.

„Kindergeld soll nur an deutsche Familien ausgezahlt werden!“ ist ein Schwachsinns-Anliegen, das auch ohne Kenntnis weiterer Details nur einem kranken rechten Gehirn entsprungen ist und rundweg abgelehnt werden kann.

Auch ohne diese Frage war es für mich am Ende ein Leichtes, einen hohen Übereinstimmungswert mit der AfD zu erreichen.

Allerdings betrachte ich mich als so politisch interessiert und geistig gefestigt, dass ich dieses Ergebnis für mich bewerten kann. Ich würde wohl eher die „Magdeburger Gartenpartei“ wählen, als eine Organisation, die Menschen in den Bundestag entsenden will, die teilweise übelstes nationalsozialistisches Gedankengut in die Öffentlichkeit posaunt. Inwieweit sich allerdings unser dahergelaufener

Durchschnittsfacebooker, der mal eben zwischen Katzenvideo und Essen-Post rausfinden will, was er wählen soll, darüber im Klaren ist, dass AfD beim Wahl-O-Mat vorgeschlagen bekommen und letztendlich dann wirklich wählen, zwei komplett unterschiedliche Nummern sind, wage ich nicht abzuschätzen.

Ich bin aber sicher, dass bei allem, was ich über die Intelligenz beziehungsweise die Abwesenheit derselben bei der europäischen Bevölkerung in letzter Zeit lernen musste, ein nicht zu unterschätzender Anteil am AfD-Ergebnis auf diese simple Tatsache zurückzuführen sein wird. So gesehen ist das Resultat dann wenigstens zum großen Teil nicht aus Überzeugung zustande gekommen, sondern aus Blödheit. Ich hätte nicht gedacht, dass mich diese Tatsache einmal glücklich machen könnte.

12. September
Prävention

Eigentlich wollte ich diese Woche Urlaub vom Schreiben machen, um mich nicht nur seelisch und moralisch, sondern auch in jeglicher weiteren Hinsicht auf die Bundestagswahl einzustellen. Man will schließlich vorbereitet sein, wenn am 24. September um 18 Uhr die erste Hochrechnung über den Bildschirm flimmert.

Zu Zeiten der SPD Wahlsiege um die Jahrtausendwende reichte es eigentlich immer aus, im Vorfeld liebgewonnene Gegenstände aus dem Wohnzimmer zu räumen, damit sie beim wutentbrannten Umhertoben, ob der Kurzsichtigkeit des deutschen Wahlvolkes, keinen Schaden nehmen. Ein zweiwöchiges Fitnessprogramm und extensives Dehnen ab zwanzig vor sechs am Wahltag, bewahrte mich beim Möbel umherwerfen auch stets vor schmerzhaften Zerrungen oder gar Bänderrissen. Als 2013 die Gefahr eines Einzuges der Piratenpartei in den Bundestag bestand, hatte ich sogar kurz daran gedacht, zwei professionelle Klageweiber zu engagieren. Durch einen interessanten Bericht im Weltspiegel hatte ich erfahren, dass dieser Berufsstand, der im Orient und in China hohes Ansehen genießt, inzwischen auch in Deutschland buchbar wäre. Ich recherchierte umgehend und fand interessante Details heraus, die ich natürlich hier nicht vorenthalten möchte. Auch wenn es mit diesem Kapitel nur peripher zu tun hat. Mein Deutschlehrer hätte seinerzeit unter den Aufsatz geschrieben: „Ansatzweise interessant, aber trotzdem Thema verfehlt!“

Im arabischen Raum wird dieser Berufsstand vornehmlich für Beerdigungen genutzt. Dort gehört es einfach zum guten Ton, das sich schwarz gekleidete Frauen laut klagend über den Sarg werfen. Dabei liegt die Betonung auf „Frauen“. Dank einer geschickten Interpretation des Koran, haben die Männer nämlich mal wieder nichts damit zu tun und können gemütlich rauchend daneben stehen, während sich ihre Ehefrauen vor dem eigentlich verhassten Cousin väterlicherseits einen Wolf klagen. Blöd allerdings, wenn Muttern es aber gerade mal wieder schlimm mit dem Rücken hat oder aus sonstigen Gründen nicht genug nahe weibliche Angehörige zum Klagen verfügbar sind. In diesem Falle springen die

Profis ein, die gegen entsprechende Entlohnung alles geben, vom Lamentieren, über Haare raufen bis hin zum auf den Boden krümmen. Stimmt die Kasse, werfen sie sich sogar ins offene Grab. Dem arabischen Arm dieses Berufsstandes kommt die hier übliche Verschleierung durchaus zugute. Die Hemmschwelle liegt viel niedriger, da niemand hinterher sagen kann, wie viel Profis wirklich anwesend waren. Selbst für den Auftraggeber wird es nie peinlich. Sollte die angemietete Dame übertreiben und für ihr Geld einmal besonders amtlich abliefern, kann man sich ganz einfach von dem Geschehen distanzieren, indem man abfällig in die Runde blickt und leise etwas vor sich hinmurmelt, wie zum Beispiel „Jaja, die Frau von Onkel Ahmed war schon immer sehr emotional" oder „Jetzt übertreibt Cousine Aiche aber". Keiner der Trauergäste kann letzten Endes sagen, wie viele der wehklagenden schwarzen Gestalten gegen Bares oder aus freien Stücken gejammert haben. Eigentlich noch nicht einmal, ob es überhaupt Frauen waren.

Beim chinesischen Ableger verhält es sich ähnlich. Hier hat die Totenklage sogar eine noch längere Tradition. Allerdings wirdunverschleiert gejammert. Das liegt zum einen daran, dass einem Chinesen per se schon nicht viel peinlich ist. Wer schamlos alles auf der Welt ohne Rücksicht auf den Markenschutz kopiert und dann die Dreistigkeit besitzt, es auch noch wieder dorthin zu Dumpingpreisen zu verkaufen, dem ist auch egal, wenn ein Wildfremder seinen toten Vater beklagt. Außerdem ist das Land so unermesslich groß und es leben weit über eine Milliarde Menschen dort. Wer kann da schon sagen, ob die lamentierende Person am Totenbett eine Professionelle ist oder eine Cousine aus der entlegenen Provinz Heilongjiang.

Die ganze Sache geht sogar so weit, dass die Angehörigen es teilweise nicht mehr für nötig halten, selbst dabei zu sein. Etwa wenn der Verstorbene beispielsweise nur ein Schwippschwager war, zu weit weg gewohnt hat, es nichts zu erben gibt oder keiner hinwill, weil der Verblichene schlicht und einfach ein Stinkstiefel gewesen ist. Spätestens hier wird die Nummer für den westlichen Trauernden ebenfalls interessant. Es muss aber nicht zwingend eine Beerdigung sein. Eigentlich können diese Frauen zu jedem Anlass gebucht werden. Warum also selbst aufregen, wenn man auf professionelle Hilfe zurückgreifen kann?

Womit wir wieder bei meinen Überlegungen zur Bundestagswahl 2013 angekommen wären. Trotz offensichtlicher Vorteile, habe ich seinerzeit auf diese, für einen Misanthropen durchaus interessante Alternative des „Klagen Lassens“ verzichtet. Ein von mir gefordertes Probeklagen konnte nicht angeboten werden und zweihundert Euro inklusive Anreise sind schon ganz schön happig, um über eine Partei wie die „Piraten“ aufregen zu lassen. Ausschlaggebend für das Fallenlassen dieser vielversprechenden Idee war letztendlich die lange Liste mit aufpreispflichtigen Extras. Zwanzig Euro für Haare raufen oder Gesicht zerkratzen, dreißig für Kopf gegen harte Gegenstände schlagen und gar fünfzig Euro für drei Minuten Selbstgeißelung. Nennen sie mich konservativ, aber das sind alles Dinge, die nach meiner Überzeugung bei einem ordentlichen Wehklagen inklusive sein müssten. Ich habe mich letztendlich dazu entschieden, selbst zu klagen. Es war rückblickend die richtige Entscheidung, zumal die „Piraten“ dann an der „Fünf-Prozent-Hürde“ gescheitert sind.

Das waren gute Zeiten, an die ich mich gerne erinnere. Damals konnte man dem deutschen Volk zwar eine gewisse Borniertheit attestieren, wenn sie mal wieder auf die üblichen Wahlgeschenke der Sozis reingefallen sind oder auf die leeren Versprechungen einer hippen Szenepartei. Die Ossis hatten für das Wählen der „Linken“ auch immer eine gute Entschuldigung – sie waren halt Ossis.

Die Parteien konnten aber alle mehr oder weniger als demokratisch bezeichnet werden und deren Unfähigkeit wurde zumeist schnell deutlich. Innerhalb von ein bis zwei Wahlperioden hatte sich die Aufregung stets gelegt.

Inzwischen verhält sich die Sache anders. Die Menschen in unserem Lande sind dank dem Internet und den sozialen Medien zu einem Volk verkommen, welches vorbehaltlos alles glaubt, was ihnen vorgesetzt wird. Wichtig ist nur, dass es irgendwie unterhaltsam ist und einfach genug aufbereitet wurde, damit es im Vorbeigehen abgespeichert werden kann. Die Schwarmdummheit hat auch in Deutschland in den Wahlkabinen Einzug gehalten und wird der AfD aller Voraussicht nach ein brechreizerregend hohes Ergebnis nahe der zwanzig Prozent bescheren. Das ist der Grund, warum ich mich dieses Mal zu härteren Maßnahmen gezwungen sehe. Zurzeit teste ich einige vielversprechende Gefühlsdämpfer, um am Sonntagabend zumindest die ersten Emotionen unter Kontrolle halten zu können.

Laut meines Dealers handelt es sich um eine hervorragende Ware mit einer vernachlässigbaren Suchtgefahr. Allerdings sehe ich alles lila, aber die Dinger machen offensichtlich herrlich gleichgültig. Herausgefunden habe ich das, als ich gestern unter dem Einfluss besagter Droge folgende Meldung der „HNA“ angesehen habe:

„Kassel. Der documenta-Leiter Adam Szymczyk hat Millionen Euro in den Sand gesetzt. Zwischenzeitlich war die documenta 14 pleite. Eine Analyse der dramatischen finanziellen Schieflage [...] Wo die Millionen versickert sind, ist noch unklar. So wurden inzwischen unabhängige Wirtschaftsprüfer in die Büros der documenta GmbH geschickt. Nach Presseinformationen soll der Standort Athen viel mehr Geld verschlungen haben, als eingeplant war.“

Für Nichteingeweihte, die „documenta“ ist eine bedeutende Ausstellung für zeitgenössische Kunst und findet alle fünf Jahre in Kassel statt. Erstmals wurde sie dieses Mal aber an zwei Standorten durchgeführt. Dabei hat sich inzwischen eine Liquiditätslücke von sieben Millionen Euro aufgetan. Die ist entstanden, weil die Kosten am zweiten Standort Athen offensichtlich explodiert sind.

Bei der Frage, welcher hirnrissige Idiot auf die Idee gekommen ist, eine eigentlich seit Jahren mehr oder weniger gesunde Kulturveranstaltung auf zwei Orte zu verteilen und dann auch noch beim ersten Versuch ausgerechnet die Hauptstadt eines EU-Landes zu wählen, welches seit Jahren selbst vor der Pleite steht, weil dort jegliche Geldmittel dank Korruption und Vetternwirtschaft in allen möglichen dubiosen Kanälen verschwunden sind, wäre mir normalerweise die Halsschlagader zu Unterarmdicke angeschwollen. Die Tatsache, dass dieser Fakt offensichtlich nun keinen wundert oder zum Nachdenken anregt, hätte sie höchstwahrscheinlich zum Platzen gebracht. Überraschenderweise bin ich aber komplett gechillt. Der Stoff hat seine Feuerprobe bestanden und ich werde am Sonntag rechtzeitig was davon einwerfen. Dann allerdings vorsorglich die doppelte Dosis.

24. September
Wahlsinn

„Jedes Volk bekommt die Regierung, die es verdient." Dies schrieb Joseph Marie De Maistre, französischer Schriftsteller sowie Diplomat, Staats- und Geschichtsphilosoph, bereits 1811. Ohne den Hintergrund zu kennen, könnte man annehmen, er wäre ein Verfechter der Demokratie gewesen und hätte mit dieser Aussage zur aktiven Beteiligung des aufgeklärten Menschen am Staat aufgerufen. Das Gegenteil ist der Fall. De Maistre lehnte die Volkssouveränität ab und war ein Verfechter der göttlich legitimierten Alleinherrschaft von Papst und König. Terror und Gräueltaten, nach der Französischen Revolution an der Tagesordnung, waren für ihn der Beweis, dass es nicht funktioniert, wenn man dem Volk letztendlich die Souveränität in die Hände legt.

Sie ahnen es bereits, ich möchte kurz über die die Bundestagswahl reden. Ich schwöre an dieser Stelle hoch und heilig, dass es das letzte Kapitel zum Thema Politik sein wird. Vorausgesetzt keiner schmeißt noch bis Silvester eine Atombombe, erklärt sich als Staatspräsident zum Halbgott oder setzt Neuwahlen an, weil die SPD in die Opposition geht.

Zu meiner Verteidigung möchte ich vorbringen, dass nicht abzusehen war, dass sich ausgerechnet dann ein Peak in der Idiotendichte auf diesem Planeten abzeichnen würde, um die Weltherrschaft an sich zu reißen, wenn ich mich einmal dazu entscheide ein Buch zu schreiben. Ich bin auch schnell fertig, denn es ist eigentlich alles eingetroffen, was ich in den vorigen Kapiteln befürchtet oder auch gehofft habe.

Mutti wird weiter der Chef bleiben, hat aber deutliche Einbußen hinnehmen müssen. Die SPD ist raus aus der Regierung und die FDP wieder dabei. Eine Jamaikakoalition auf Bundesebene ist in greifbarer Nähe. Inwieweit man sich darüber freuen kann oder fürchten sollte, wird die Zeit zeigen. Wie schrecklich es ist, dass die AfD in den Bundestag einzieht, hat am Wahlabend gefühlt jeder gesagt, dem man ein Mikrofon ins Gesicht gehalten hat.

Es ist sicher unschön, aber ich gehe davon aus, dass dieser Spuk binnen einer Legislaturperiode erledigt sein dürfte. Nur Rumkrakeelen mag im Wahlkampf klappen, aber nicht im Bundestag. Außerdem macht ein interessantes Detail bei den Analysen Mut. Demnach waren es zum Schluss sechzig Prozent der AfD-Wähler, die diese Pappnasen nicht aus der Überzeugung gewählt haben, sie hätten einen Plan und könnten etwas bewegen. Der wahre und einzige Beweggrund war wenig überraschend. Der Wähler hat bei den altbekannten Themen die anderen Parteien nicht für konsequent genug gehalten. Mir war klar, dass es viele Protestwähler werden würden, aber in dieser Höhe hatte ich nicht damit gerechnet. Schwamm drüber!

Jetzt müssen die zukünftig regierenden Parteien nur endlich einsehen, dass der Volkswillen eben nicht das zarte „wir haben uns alle lieb"-Säuseln der Gutmenschen ist und bis 2021 ist alles wieder auf Spur. Inwieweit die „Grünen", die voraussichtlich an der Regierungsbildung beteiligt werden, des Bürgers Stimme auch verstanden haben, wird allerdings noch abzuwarten bleiben. Ich habe da so meine Zweifel, zumal einige Positionen bei Wirtschaftsthemen und Flüchtlingspolitik sehr fragwürdig sind. Trotzdem wird es unumgänglich sein, beim Umgang mit der Zuwanderung, Sicherheit und Angriffen von außen eine klare und harte Kante zu zeigen. Was das bedeutet, dürfte ich oft genug betont haben. Einfach ein paar Seiten zurückblättern: Zuwanderer in die Pflicht nehmen, Integrationswillen fördern, Verharren in veralteten Traditionen dagegen mit sozialen Nachteilen belegen und gegebenenfalls bei Rechtswidrigkeit unnachgiebig bestrafen, kriminelle oder fanatische Zuwanderer konsequent aussortieren und rauswerfen und letztendlich die Religionen auf das Niveau von Vereinsmeierei degradieren. Außenpolitisch sich von Ländern wie der Türkei nicht auf der Nase rumtanzen lassen und, last but not least, die Polizei deutlich aufstocken und besser bezahlen. Es würde wahrscheinlich schon reichen, wenn man die ganzen Nasen, die inzwischen mit der Thermoskanne hinter einem Radar sitzen und harmlosen Bürgern auflauern, mit der Aufgabe betrauen würde, echte Verbrecher zu jagen. Wahrscheinlich könnte man an einem Tag Duisburg Marxloh von allen Verbrechern und Clans säubern, würde NRW das Personal dort einsetzen, anstatt es bei diesem kranken Blitzermarathon der letzten Jahre zu verballern. Wenn dann noch Krankenhauspersonal und Altenpfleger endlich das bekommen, was sie verdienen, und damit wieder mehr Leute in diese Berufe strömen, dürfte sich das Thema mit dem Rechtsruck in Deutschland erledigt haben. Die Hoffnung stirbt auch hier wie immer zuletzt.

Die anderen Sachen hat Mutti Merkel schon ganz gut im Griff. Denn machen wir uns nichts vor. Es geht diesem Land in einem weltweit schwierigen Umfeld überraschend gut. Es wäre vermessen sich aufzumachen und soziale Gerechtigkeit für alle zu versprechen. Viele derjenigen, die am lautesten nach Besserung schreien, stehen sehr ungern in der Reihe auf dem Arbeitsamt, während sie sich beim Sozialamt stets um die vorderen Plätze prügeln.

05. Oktober
Sie geben uns ja so viel!

Denken Sie mal kurz über folgende Szenarien nach:

1. Jemand ohne spezielle Vorkenntnisse hat ein Flugzeug gebaut und ist überzeugt, alles richtig gemacht zu haben. Das Triebwerk stottert und auch der Rest sieht wenig vertrauenserweckend aus Würden Sie seine Kompetenz anzweifeln und nicht zu einem Rundflug einsteigen?
2. Jemand hat seit drei Monaten Hämorrhoiden. Versteht er nun mehr von der Behandlung selbiger, als ein Proktologe, weil dieser selbst noch keine hatte?
3. Jemand wäscht sich grundsätzlich nie die Hände, wenn er auf dem Klo war. Gehen Sie davon aus, dass er es in seinem Beruf als Koch dann regelmäßig tut?
4. Jemand hat im Internet in einer sogenannten Community alles über Löwendressur gelernt. Würden Sie sich zusammen mit ihm in einen Käfig voller Löwen stellen?

Keine Sorge, ich bin nicht abgedreht. Also nicht mehr als sonst. Auch wenn ich bisweilen an der Dummheit der Welt verzweifeln könnte, den Triumph gönne ich ihr nicht.

Zurück zu den Fragen. Auf den ersten Blick mögen sie sogar bei Menschen zu heftigen Kopfschütteln führen, denen die Natur eher den etwas kleineren Frontallappen zum Denken mitgegeben hat. Die Macht der rhetorischen Frage eben. Ich kann ihnen jedoch versichern, dass es ein Themengebiet gibt, bei dem Millionen von Menschen geradezu persönlich beleidigt sind, sollte man nicht mit „ja" antworten. Kein Witz! Ich beobachte es tagtäglich in meiner Umgebung.

Wenn von einem Massenphänomen auch halbwegs normale Menschen betroffen sind und wir uns weder in Nordkorea noch den USA befinden, sollte klar sein, dass keine Ideologien im Spiel sind. Es geht um etwas, das tief in unserem Genom vergraben ist und mit Urtrieben und Evolution zu tun hat. Die Rede ist vom Fortpflanzungstrieb und dessen merkwürdigen Einfluss auf das klare Denken im Erfolgsfall.

Kinder sind die einzige Anschaffung auf dieser Welt, die sich jeder leisten kann. Es bedarf weder Geld noch Vorkenntnissen. Wie grotesk die Folgen sein können, wenn auch der letzte Irre ohne Prüfung, Genehmigung oder sonstigen

Kenntnisnachweis auf die Menschheit losgelassen wird, zeigen unter anderem die amerikanischen Waffengesetze. Dass Kinder auch eine Waffe sein können, weiß jeder, der an einem Werktag morgens um sieben Uhr schon mal Bus oder Bahn gefahren ist.

Dabei sind die Kurzen an sich bei der Geburt wie eine gerade formatierte Festplatte – leer. Genau wie es nicht schuld der Festplatte ist, dass sein Besitzer Kinderpornos draufládt, ist es nicht schuld des Kindes, wenn es zu einem Arschloch wird – meistens jedenfalls. Es dürfte einen kleinen Teil geben, die einfach von Natur aus scheiße sind. Da ist es dann halt dumm gelaufen. Im Normalfall aber beeinflussen anfangs die Eltern allein, was für eine Art Mensch ihre Brut wird und wie sehr die Kleinen auf dem Weg dorthin die Umgebung nerven. Genau hier setzt dieses Kapitel auch an. Werfen wir einen Blick auf das seltsame und bisweilen grob fahrlässige Verhalten von vielen Müttern und Vätern bei der Kindererziehung, welches allen Beteiligten meist nicht zum Vorteil gereicht. Gerade in der heutigen Zeit geht Eltern meist eine gewisse Leichtigkeit ab, die noch vor ein paar Jahrzehnten selbstverständlich schien. Häufig kommt es beim Nachwuchs zu psychischen Deformationen, die, abgeschottet im viel zu kleinen Kokon der Familie, dann offensichtlich werden, wenn er zum ersten Mal in der Kita auftaucht und umgehend ordentlich aufs Maul bekommt. Leider ist es dann meist zu spät. Um zu begreifen, warum die Erziehung des Nachwuchses heutzutage immer häufiger in die Hose geht, müssen wir uns wie so oft aus dem Dunkel der Weltgeschichte langsam herantasten.

Die Schöpfung ist genial *(Anm.d.Red.: Um nicht schon wieder einen Glaubenskrieg loszutreten, sei an dieser Stelle angenommen, dass Gott, Allah, Universum, das fliegende Spaghettimonster oder wer sich sonst für die Erschaffung der Welt verantwortlich zeichnet, nachdem das Gröbste erledigt war, zwei Subunternehmer beauftragt hat. Sie haben sich fortan auf Basis eines, sagen wir mal, Lastenheftes um das Feintuning der Erde gekümmert. Nennen wir sie der Einfachheit halber Natur und Evolution).* Alle lebenswichtigen Vorgänge im menschlichen Körper laufen automatisch ab. Der Herzschlag ist einfach da. Das Hungergefühl zwingt zur Nahrungsaufnahme und der Durst zum

Trinken. Kacken passiert auch zwangsläufig, zumindest kenne ich keinen, der vorher geplatzt ist, weil er es sich verkniffen hat. Atmen ist sogar ein Reflex. Dadurch wird sichergestellt, dass auch der dümmste Trottel am Leben bleibt und nicht einfach tot umfällt, sollte er mal nicht dran denken. In meinen schöneren Träumen stelle ich mir vor, wie jeden Tag ein paar Deppen draufgehen, weil sie vertieft in das Lesen und Verbreiten von Sinnlosigkeiten auf Twitter und Snapshot einfach das Atmen vergessen haben und verschieden sind. Zumindest hier wäre es zum Wohle der übrigen Menschheit wünschenswert gewesen, wenn das Lastenheft an dieser Stelle etwas Interpretationsspielraum gelassen hätte.

War die Natur bei der Lebenserhaltung bereits gut, ist ihr bei der Fortpflanzung ein Meisterwerk gelungen, stand sie doch eigentlich vor einem riesigen Problem: Warum sollten Mensch oder Tier etwas praktizieren, was nicht zwangsläufig zum Tode führt, wenn es nicht getan wird? Gerade in den Anfangsjahren des Lebens auf der Erde wurde Energie nämlich noch sehr zielgerichtet eingesetzt. Die Antwort war schließlich so einfach wie genial. Wenn es nichts kostet und auch noch Spaß macht, dann läuft das schon.

War der Orgasmus in der Tierwelt noch mehr eine Fingerübung der Natur gewesen und reichte zur Arterhaltung aus, zeigte sich schnell, dass der Mensch, mit zunehmender Entwicklung zur sogenannten Krone der Schöpfung geworden, offensichtlich zu viel mit dem Kopf arbeitete. Es würde an dieser Stelle den Rahmen sprengen, alle Winkelzüge unserer beiden Subunternehmer aufzuzählen, die in der Folge angewandt wurden, um bis heute sicherzustellen, dass sich beispielsweise die Frau, trotz häufig unterirdischer Technik, vom Mann begatten lässt. Knifflig war auch, dafür zu sorgen, dass nicht nur die scharfe Braut aus der Höhle nebenan bestiegen wurde. Da war auch noch die Schwester, die nicht nur hässlich war, sondern zu allem Überfluss aus dem Mund nach totem Mammut roch. Für jede Herausforderung wurde bereits in prähistorischen Zeiten eine Lösung generiert. Männer kamen zum Zug, die aussahen, als wenn sie bei der Jagd schon dreimal von einer Herde Wisente niedergetrampelt worden waren, und so sicherstellten, dass auch wirklich jede Frau zumindest einmal im Leben begattet wurde. Damit sich auch alle Weibchen bereit zeigten beim Kopulieren zu kooperieren, bevor die Menopause sie dahinraffte, bildete sich der unwiderstehliche Wunsch nach Nachwuchs heraus. Fortpflanzungstrieb, primäre und sekundäre Geschlechtsmerkmale, biologische Uhr, schlichte Geilheit und der chemische Prozess für das zeitlich limitierte Erzeugen gegenseitiger Anziehung sind große Erfolge auf dem beschwerlichen Weg der Arterhaltung. Wo Natur und Evolution im Laufe der Geschichte am kranken Ideenreichtum des Menschen zu scheitern drohten, griffen zum Glück meist andere Errungenschaften. Es gilt beispielsweise in Fachkreisen als erwiesen, dass ohne die Erfindung des Alkohols, der Fortbestand der Menschheit, nach Umstellung auf die Missionarsstellung und mit Einführung der Monogamie, zumindest fraglich gewesen wäre.

Trotz allem bringt die Fortpflanzung den beiden Fortpflanzungspartnern, bis auf etwas Gestöhne und Wohlbefinden, aber eher wenig und das dicke Ende kam ja erst noch. Hier mussten unsere beiden Subs mit Hilfe diverser Hormone ein fast noch größeres Wunder vollbringen. Es galt zu verhindern, dass die Eltern, wenn der Spaß vorbei war, der „Frucht ihrer Liebe“ neun Monate später das Licht ausbliesen, sobald ihnen dämmerte, dass sie verarscht wurden und der Nachwuchs nichts Besseres zu tun hatte, als das Essen wegzufressen, tierisch zu nerven und einen zum Schluss ins Altersheim zu schicken.

Für das dauerhafte Zusammenleben von Fortpflanzungspartnern hatte die Natur in grauer Vorzeit wenig vorbereitet. Warum auch, die Arbeit der Evolution wäre deutlich schwerer und langsamer geworden, wenn ein Männchen in einer Generation seine Gene mit nur einem Weibchen geteilt hätte. Vor allem bei unseren Vorfahren lag die Sterblichkeitsrate hoch und der ein oder andere Säbelzahntiger sorgte für den ein oder anderen unnatürlichen Todesfall. Um das Überleben der Population zu sichern, musste Mensch wie Tier also deutlich schneller wachsen, als dass man durch Infektionen oder Fressfeinde den Löffel abgeben konnte. Es gab demnach viele gute Gründe für einen Verkehr mit häufig wechselnden Geschlechtspartnern und weniger für Pärchenromantik. Auch wenn es der Natur egal sein mag, bei höher entwickelten Lebensformen ist eine solche Einschränkung, also ein ganzes Leben nur mit einem weiteren Individuum in einem so engen Verhältnis zu verbringen, bisweilen auch wenig inspirierend. So sind die Beispiele von Monogamie in der Natur auf ganz wenige Lebewesen mit so bezeichnenden Namen wie Schabrackenschakale beschränkt. Das liegt nicht nur daran, dass sie nicht an Alkohol rankommen.

Während die Tierwelt größtenteils kopfschüttelnd auf diese seltsamen Viecher starrt und sogar Mama- und Papa-Schwan früher oder später auch wieder andere Artgenossen anbaggern, hat beim Menschen wie so oft, wenn er mit seinem Spatzenhirn komplexe Fragen des Universums nicht verstehen kann und deshalb falsche Schlüsse daraus zieht, die Religion eine abstruse Erklärung gefunden. Sie führte die widersinnige Einrichtung der Ehe ein, die über die Jahrhunderte dann auch Einzug in die Gesetzgebung fand.

Natur und Zivilisation arbeiten in den seltensten Fällen in dieselbe Richtung und so kam es, dass das sinnvolle Zusammenleben in großen Populationen, wie bei unseren Vorfahren den Affen, ein Ende fand. Immerhin lebte man die nächsten Jahrtausende noch im Schoße der Großfamilie, zumal es den jeweiligen Generationen nicht möglich war, alles alleine zu stemmen. Erst durch die zunehmende Mobilität, die Segen der Sozialsysteme und die Globalisierung wurden diese Großfamilien in den Industrienationen getrennt und die familiäre Gemeinschaft ging verloren.

Leider war es eben genau jenes soziale Gebilde, welches einen selbstregulierenden Einfluss auf alle Mitglieder hatte. Eltern und Kind profitierten enorm von den Erfahrungen der vorangegangenen Generationen, denn sie wirkten an der Erziehung und somit der Bildung der Persönlichkeit mit. Selbst wenn die Eltern zu blöd dazu waren, konnte die Großfamilie dieses Defizit noch in gewissen Grenzen wegregulieren. Sie waren Teil einer Gemeinschaft, die den Nachwuchs beschützte, aber auch nicht besonders viel Aufhebens um ihn machte. Dafür war einfach keine Zeit *(Anm.d.Red.: Wenn man in eine Sippe von Verbrechern geboren wurde, war es natürlich fast unmöglich, keiner zu werden. Aber diese Konstellation mit einem durchgehend negativen Einfluss der Großfamilie auf die Erziehung ist, zumindest wenn man nicht gerade in Duisburg Marxloh wohnt, die Ausnahme und somit nicht als repräsentativ anzusehen).*

War in den letzten fünfzig Jahren der Übergang von der Großfamilie zu der „Vater, Mutter, Kind"-Nummer schon schlimm genug für den Nachwuchs, besonders wenn sie nur semibegabte Erzeuger als Vorbild hatten, so ist seit den Neunzigern eine weitere Geißel hinzugekommen, die der menschlichen Fortpflanzung und der Kindererziehung seitdem wie ein Mühlstein am Hals hängt. Bevor wir darauf zu sprechen kommen, möchte ich diesen kleinen Exkurs in die Menschheits- und Familiengeschichte beenden. Wir kennen nun die Gründe, warum Eltern sich weg aus der Gemeinschaftshöhle hin zum Reihenhaus entwickelt haben, wo der Nachwuchs ihnen dann hilflos ausgeliefert ist.

Ich möchte nicht missverstanden werden. Ich kenne durchaus Eltern, die meinen vollen Respekt genießen. Sie haben es geschafft oder arbeiten unermüdlich daran, aus ihrem Nachwuchs brauchbare Mitglieder der Gesellschaft zu machen. Diesen Kindern wird weder den Arsch nachtragen, noch werden sie verzogen. Signifikant ist aber, dass die Eltern selbst noch ein Interesse haben, an der Welt und dem Leben teilzunehmen. Heutzutage hat man ansonsten, zumindest in der westlichen Welt, häufig den Eindruck, viele Menschen, vor allem Frauen, glauben, das Dasein hätte sie nur aus dem einzigen Grund ausgerotzt, und zwar um sich zu reproduzieren. Ab der Geschlechtsreife beginnt ein mit der Zeit zunehmend nervöseres Suchen nach einem Geschlechtspartner. Je nach Dauer gerne auch unter Einbeziehung des Internets. Im Erfolgsfall wird hektisch mit dem Nestbau und der Zeugung von einem oder mehreren Kindern begonnen. Wie beim Lachs endet mit der Niederkunft aber die Aufgabe und damit der Lebenssinn. Immerhin kann man den Lachs dann noch essen. Diese Leute dagegen waren schon auf ihrer Wanderung zum vermeintlichen Lebensziel ungenießbar. Jetzt allerdings nach dem Ablaichen sind sie meist nur noch unappetitlich. Nachdem man den Kinderwagen zu Präsentationszwecken ein paar Mal erwartungsfroh durch den Park geschoben hat, ohne dass es eine Sau interessiert, und auch die Babyfotos auf dem Facebookprofil nicht den erhofften Schub bei den „Likes" gebracht haben, merken die „vom Wunder der Geburt" enttäuschten Eltern, was für eine Scheiß Arbeit sie sich da aufgehalst haben. Kindbettdepression, Fressattacken oder Fremdvögeln sind die Folge. Wenn die Gesellschaft Glück hat, kümmern sie sich dann noch um die Ernährung, bis der Nachwuchs eigenständig bei McDonalds bezahlen kann. Erziehung wäre zu viel erwartet.

Es geht natürlich nicht immer bis ins äußerste Extrem, aber selbst in der breiten Masse der augenscheinlich halbwegs vernunftbegabten potentiellen Eltern ist es schon erschreckend, wie weit kinderkriegen heutzutage immer mehr zu einem Akt der Selbstdarstellung wird. Alles drum herum, was Jahrmillionen fast wie von selbst gelaufen ist, wird zur übermenschlichen Herausforderung hochstilisiert, die ohne Selbstaufgabe und diverse Vorbereitungskurse erst gar nicht gestemmt werden können. Erwachsenen Menschen, von denen man dachte, sie hätten ihr Leben einigermaßen im Griff und auch noch Spaß daran, fangen plötzlich an im Brustton der Überzeugung absoluten Müll zu reden. Viele achten nicht mehr auf sich und ihr Äußeres, treiben keinen Sport und haben auch sonst keine Freizeitbeschäftigung mehr. Sie leben in einer Art Spielzeug Messie-Bude, berauben sich ihrer Freizeit und ihres Schlafes und investieren innerhalb von fast zwei Jahrzehnten etwa den Gegenwert eines Einfamilienhauses. Mit dem einen Unterschied, dass man darin hinterher wenigstens noch wohnen kann. Angesprochen auf dieses seltsame Verhalten antworten eigentlich alle sinngemäß mit dem gleichen Satz: „Sie geben uns ja so viel!“ Dabei ist ein gewisses Timbre der Verzweiflung nicht zu überhören, wohlwissend, dass dieses „viel“ nicht annähernd mit den Kosten und Mühen aufzuwiegen ist.

Aber zurück zu meinen Szenarien vom Anfang, die angewandt auf den Themenkomplex „Eltern, Kinder, Sensationen“ sofort ihre vordergründige Abwegigkeit verlieren.

Was also haben Flugzeuge und Hämorrhoiden mit Kindererziehung zu tun? In beiden Szenarien geht es um Erfahrung beziehungsweise die Abwesenheit derselben. Es ist mir unbegreiflich, mit welcher Selbstverständlichkeit ein Mann und eine Frau, kaum dass sie zum ersten Mal Zeuge des sogenannten „Wunders des Lebens“ geworden sind, anfangen widersinnige teils offenkundig falsche Erziehungsmethoden anzuwenden, die allesamt ihre Berechtigung aus der Erfahrung der Protagonisten ziehen. Woher aber haben diese armen Seelen ihre Erfahrung?

Das Lexikon sagt zum Thema „Empirie " folgendes:

Empirie [ɛmpiˈʀiː][1] (von griechisch εμπειρία *empeiría* ‚Erfahrung, Erfahrungswissen') ist eine **methodisch-systematische Sammlung von Daten**. Auch die Erkenntnisse aus empirischen Daten werden manchmal kurz Empirie genannt.

In der Wissenschaftsphilosophie wird der Empirie als Erfahrung, die zu einer Hypothese führt (oder diese auch widerlegt), die Evidenz gegenübergestellt, also die unmittelbare Einsichtigkeit einer wissenschaftlichen Behauptung.

Einfach gesagt, eine Person oder Gruppe von Personen macht immer wieder dasselbe und schaut, was dabei rauskommt. Kommt stets etwas Anderes heraus, dann nennt man das Zufall. Ist das Ergebnis stets annähernd gleich, kann man auf eine gewisse Allgemeingültigkeit schließen und die Person oder die Gruppe dürfen sich fortan als Fachleute bezeichnen und mit diesen Erkenntnissen vor dem Rest der Welt glänzen. Arbeiten die Leute dann noch bei solchen Läden, wie der „Charité" oder dem „Fraunhofer Institut", kann man sich sogar fast darauf verlassen, dass diese Erfahrungen auch wirklich gemacht wurden.

Angewandt auf das aktuelle Thema, lehne ich mich nicht zu weit aus dem Fenster, wenn ich behaupte, dass ein Minimum von fünf bis zehn Kindern erfolgreich großgezogen werden müssten, um eine gewisse Sicherheit bei der Versuchsauswertung zu erhalten. Woher also um Gottes Willen, nehmen Eltern bei ihrem ersten Kind schon unmittelbar nach Verlassen des Kreißsaales die Arroganz zu postulieren, dass ihre haarsträubenden Erziehungstheorien die einzig Wahren und Erfolgversprechenden sind? Dieselben Leute, die eine Kosmetikfachkraft um die Ladentheke prügeln würden, die zuvor versucht hätte, ihrem Kind eine Creme ins Gesicht zu schmieren, die nicht mindestens vorher an hundert armen Beaglen erfolgreich getestet wurde.

Ich gehe davon aus, meine beiden ersten Gleichnisse sind nun etwas verständlicher geworden. Amateure bauen aus dem Stand keine Flugzeuge und allein der Besitz von Hämorrhoiden macht einen nicht zum Fachmann. Mit diesem Wissen dürfte es vielleicht schon dämmern, was Köche und

Löwenbändiger mit Kindererziehung zu tun haben könnten. Die Antwort ist banal. Wenn man Kinder bekommt, mögen die Hormone einiges verdrehen, aber man wird definitiv kein neuer Mensch.

Mit dem Begriff „Armee“, assoziiert man eine gut ausgebildete Gruppe von Menschen, welche die Aufgabe haben, die Freiheit oder zumindestInteressen ihres Landes zu verteidigen. Umso schockierter ist man, wenn in den Nachrichten berichtet wird, dass Soldaten Zivilisten hingerichtet und Frauen vergewaltigt haben. Da waren doch wirklich einige sadistische Arschlöcher, die ihren Auftrag missbraucht haben, um ihre perversen Gewaltfantasien auszuleben. Mit Eltern ist es nichts anderes. Wir sehen nur den Oberbegriff und assoziieren damit eine Gruppe von Menschen, die kompetent genug ist, um Kinder großzuziehen. Mit Ärzten machen wir es übrigens genauso. Kaum hat jemand einen weißen Kittel an und ein Stethoskop um den Hals, wird er zum Fachmann. Es spielt keine Rolle, ob er seine Prüfung damals nur mit „Vitamin B“ gerade so geschafft hat oder ein menschliches Arschloch ist, man geht automatisch von einem kompetenten Altruisten und demütigem Hippokrates-Jünger aus. Mit Kinderwagen schiebenden Menschen ist es nicht anders. Hier liegt aber leider auch der fatale Irrtum. Nur weil jemand fähig ist, einem Lebewesen, welches nix selber kann, oben was reinzuschieben, unten was abzuwischen und dazwischen blanken Unsinn plappernd hinter ihm herzurennen, bedeutet das noch lange nicht, dass er auch die anderen weit anspruchsvolleren Aufgaben mit Bravour erfüllt. Aufgaben, deren korrekte Abarbeitung der unbeteiligte Beobachter, selbst wenn er mit den Eltern befreundet ist, nur bruchstückhaft verfolgen kann, deren Konsequenzen aber später die Gesellschaft mit voller Wucht treffen können. Woher nehmen alle den Glauben und das Gottvertrauen, dass Männer und Frauen, von denen wir wussten, dass sie bisher Charaktereigenschaften aufwiesen, die man nicht unbedingt als hinreichende Qualifikation zur Kindererziehung heranziehen würde, plötzlich einen kompletten Persönlichkeitswandel vollziehen?

Es darf nicht verwundern, wenn Eltern, die bisher als Einzelpersonen nicht gerade dadurch aufgefallen sind, besonders durchorganisiert zu sein, mit einem Kind überfordert sind und nichts Anderes mehr darüber hinaus geregelt bekommen. Auch Menschen, die sich bis dato von ihrer Umwelt aufgrund ihrer Gutmütigkeit ausnutzen ließen, woher sollten sie plötzlich die Konsequenz nehmen, die die Erziehung eines Kindes nun mal erfordert? Jemand der sich nach dem Pinkeln noch nie die Hände gewaschen hat, wird es höchstwahrscheinlich auch nicht tun, wenn er in seinem Beruf als Koch arbeitet.

Kommen wir nun zum letzten Szenario, dem Löwenbändiger. Hier wird es leider richtig übel, da persönliche Charakterschwächen einzelner auf die Schwarmdummheit des Internets treffen. Wie ich bereits mehrfach erwähnt habe, bin ich überzeugt, dass das Internet und die sozialen Netzwerke große Teile der Menschheit zur Unselbstständigkeit erziehen und sie mit einem Informationsoverkill zu einer leicht manipulierbaren Masse machen. Dabei ist es das Mitteilungsbedürfnis und der Selbstdarstellungsdrang der User selbst, die für diese Datenflut sorgt, die jede Sekunde mit Milliarden Byte ins Netz strömt. Die Qualität der Information ist dagegen meist nicht zu überprüfen, da die Quelle im Normalfall unbekannt ist. Sogar halbwegs intelligente Menschen vermögen inzwischen nicht mehr wahre Fakten von den sogenannten „Fake-News“ zu unterscheiden. Wie soll dies tumben Internet-Sklaven gelingen, die ihr „Prae-Eltern-Zeitalter“ bisher mit dem Posten ihres Essens verbracht haben und ihre Lebensratschläge aus Blogs ziehen, die von sechzehnjährigen Dummchen betrieben werden?

Wer sich also bisher bei der Frage „Wie lange sind Eier im Kühlschrank haltbar“ an „Gutefrage.net“ gewandt hat, wird sich auch in seiner neuen Elternrolle Ratschläge aus dem Netz holen.

Eine Userin mit Namen „Supermami1980“ weiß doch sicher, wovon sie spricht, wenn sie zur Persönlichkeitsbildung dringend dazu rät, ein Kind wegen drohender physischer Spätfolgen nicht dabei zu stören, wenn es jeden ins Gesicht schlägt, der in seiner Nähe ist. Wie sollte man auch wissen, dass „Supermami1980“ drei Blagen groß gezogen hat, die inzwischen alle wegen schwerer Körperverletzung im Knast sitzen.

Im Netz kann der Vorschlag, mit dem Kleinkind gemeinsam baden zu gehen, um die Verbindung von Vater und

Tochter zu stärken, wahlweise von einem Kinderpsychologen, einer Mutter mit entsprechender Erfahrung oder aber dem Pädophilen von nebenan kommen. Besonders, wenn das Kleinkind bereits vierzehn ist, sollte man vielleicht mal über die Herkunft und die Korrektheit solcher Ratschläge nachdenken.

Hat man früher den Rat der vorigen Generationen in der Realität gesucht, belächelt man heute die Ratschläge der eigenen Oma und surft lieber nach Unsinn. Dabei hat die nicht digitale Form der Beratung einen entscheidenden Vorteil. Wenn Tante Elfriede im Brustton der Überzeugung erklärt, man müsse einem Kind bis zum dritten Lebensjahr nachts eine Flasche geben, und ihr Sohn ist vier und wiegt bereits einen Zentner, könnte man eventuell ins Grübeln kommen. Die Antworten im Internet haben dagegen per se einen Vertrauensvorschuss. Dabei werdensie nicht selten von Schwachmaten abgesondert, die selbst noch nicht einmal einem Hamster am Leben halten könnten.

Die Folgen reichen von befremdlich bis lächerlich. Da wird gestillt bis die Milchzähne ausfallen (oder wahlweise die Brustwarzen abgenagt sind) und das Kind schläft im elterlichen Bett, bis es den ersten Sexualpartner mit nach Hause bringt. Um seine Entwicklung nicht zu beeinflussen, wird überall gegessen, nur nicht am Tisch, und blindwütige Zerstörung als Kreativität honoriert. Grenzen werden nicht gesetzt, aber der Nachwuchs wird keine Sekunde aus den Augen gelassen.

Über allem thront die Babyzubehörindustire und hat ein wachsames Auge auf alles. Sie entwickelt aus Profitgier Lösungen für Probleme, von denen die frischgebackenen Eltern tags zuvor noch nicht einmal wussten, dass sie sie hatten. Es geht zu einem nicht unerheblichen Teil auf das Konto dieser Konzerne, dass Kinder nicht mehr durch Erfahrung lernen oder zu vernünftigen Verhalten erzogen werden. Statt Grenzen zu setzen, ebnet man den Weg vor ihnen. Das Kind bekommt nicht erklärt, dass es von den Schränken und Mülleimern fernzubleiben hat. Dafür wurden doch schließlich entsprechende Babysicherungen für Schranktüren erfunden. Das Babyphone hat inzwischen sogar eine Kamera, damit man nicht mehr erst beim ersten Ton, sondern schon bei der geringsten Bewegung am Bett stehen kann.

Statt dem Kind das Schlafen beizubringen, lernen die Eltern, ohne Schlaf auszukommen. Sie sind übermüdet, überarbeitet und untervögelt, irregeleitet von täglich neuen Erziehungsweisheiten, die irgendein Trottel meint, absondern zu müssen. Als wenn das noch nicht genug Stress wäre, wird alles gemacht, was im Internet zur Förderung des kindlichen Freigeistes angepriesen wird: Babyschwimmen, Babytanzen, Babygymnastik, Babyturnen, musikalische Früherziehung, Computerkurse fürs Baby usw. Wenn schon der langfristige Erfolg beim Nachwuchs nicht erwiesen ist, kommen die geplagten Eltern mit ihrem ruinierten Privatleben wenigstens mal vor die Tür. Dort lernen sie dann die Partner für ihren nächsten Lebensabschnitt oder eine kleines Fickerchen zwischendurch kennen. Denn merke: Es bringt Menschen zueinander, wenn sie das gleiche schwere Los teilen. Der ein oder andere geplagte Elternteil hat sich doch sicher schon gefragt, wo der Partner im Erziehungsurlaub, abgeschnitten vom sozialen Leben, überhaupt die Zeit gefunden hat, sich Einen zum Fremdvögeln zu suchen. Ich wollte aber nicht indiskret sein. Es ist also wenig verwunderlich, dass trotz dieser ganzen, angeblich wissenschaftlich geprüften, modernen Erziehungsmethoden und -hilfsmitteln die Zahl der kleinen, übergewichtigen, ständig plärrenden Arschkrampen, die sich noch nicht einmal eine Minute allein zu beschäftigen wissen, stetig steigt. Die anerzogene Unselbstständigkeit wird auch in der Folgezeit nicht verschwinden, denn die Eltern befinden sich in einem Teufelskreis, den sie mit ihrer übertriebenen Fürsorge selbst geschaffen haben. Wie soll der Nachwuchs, erst einmal in die Welt entlassen, überleben, wenn er zum Schulanfang noch nicht weiß, dass er besser nicht auf eine heiße Herdplatte greift?

Der Übergang der Helikoptereltern in die nächste Erziehungsphase ist somit fließend. Überfürsorgliche Idioten, die immer und überall eine Gefahr für ihren Nachwuchs sehen und ihn dermaßen beglucken, dass letztendlich ein armes unselbstständiges Geschöpf übrig bleibt. Kinder, die vorgelebt bekommen und überzeugt sind, dass grundsätzlich immer andere Schuld tragen, wenn es nicht so ganz nach Plan läuft. Die Tatsache, dass es heutzutage auf Erstsemesterveranstaltungen an Universitäten auch Elterninformationstage gibt, ist eine traurige, wenn auch logische Konsequenz. Um zu meinem Szenario vom Anfang zu kommen, der Löwenbändiger wäre definitiv nicht gefressen worden, wenn er das Handwerk von seinem Vater und nicht von „TomTiger3000" gelernt hätte. Aber selbst, wenn diese Eltern es nicht schaffen, mit ihrer eigenen web-basierten Erziehung dem Kind den Start zu versauen, wird es spätestens dann klappen, wenn die Kinder groß genug sind, um selbst vor dem Computer zu sitzen. Es ist kein Zufall, dass Kleinkindern wie selbstverständlich anfangen auf jeder spiegelnden Oberfläche „Wischbewegungen" zu machen. Schon im Säuglingsalter sehen sie die Eltern mit dem Smartphone oder Tablet. Sobald sie laufen können, werden sie davor gesetzt und mit Videos von Lillifee oder Pu dem Bär auf YouTube ruhiggestellt. Wenig später nutzen sie dann „kindgerechte" Apps. Ist ja immer „nur 'ne halbe Stunde, sie müssen ja schließlich an den Computer herangeführt werden, um später in der Welt eine Chance zu haben". Mit sechs Jahren bekommen sie ihr erstes Smartphone, weil es Mama und Papa auf den Geist geht, dass ihr eigenes Handy ständig weg ist, wenn sie ihr uninteressantes Leben auf Facebook posten wollen. Bevor die Kurzen zehn sind, dürften sie bereits ihre ersten Gewalt- und Pornoszenen im Internet gesehen haben, wenn sie nicht gerade Pokemons jagen.

Wieso hört man kaum Stimmen, die den schädlichen Einfluss auf die Entwicklung von Kindern thematisieren?

Eltern ziehen sich aus dem Internet die absurdesten Weisheiten. Auf die Idee, dass die digitale Welt selbst die Gefahr sein könnte, kommen sie scheinbar nicht. Ist schließlich eine viel zu unbequeme Wahrheit. Da glaubt man doch lieber dem Elternforum, wenn Vollspacken dort behaupten, dass Leberwurst der Entwicklung von Kleinkindern schadet, als die Möglichkeit in Betracht zu ziehen, dass das Internet selbst diese Idioten produziert haben könnte.

Während ich an diesen Zeilen sitze, berichten die Medien ganz groß über eine umfassende Studie zum Thema: „Smartphones und Heranwachsende", die die Drogenbeauftragte der Bundesregierung Marlene Mortler (ich musste den Namen auch googeln) vorgestellt hat.

Halten Sie sich fest! Forscher fanden heraus, dass der übermäßige Konsum der digitalen Medien die Gesundheit von Kindern und Jugendlichen massiv gefährdet – ADHS,

Konzentrationsstörungen, Fettleibigkeit, Sprachstörungen etc. Für diese Weisheit musste man also Millionen ausgeben? Hätte ich ihnen bereits vor fünfundzwanzig Jahren sagen können, als ich alle Computerspiele löschte, weil sich eine beunruhigende Nervosität bei mir zeigte. Simple Beobachtung könnte ebenfalls zu diesen Erkenntnissen führen. Finde nur ich es bezeichnend, wenn fette, kellnernde Studenten eine Bestellung über zwei Getränke nicht korrekt aufnehmen können und später den Wert von einem Euro achtzig und drei Euro zwanzig mit dem Taschenrechner zusammenrechnen müssen? Ich bin schon froh, wenn sie einen Block benutzen. Das zeigt, dass sie zumindest noch schreiben können und rudimentäres Addieren beherrschen.

Verstehen Sie mich bitte nicht falsch! Auch wenn die Existenz dieses Buches eine gegenteilige Vermutung nahelegen könnte, bin ich fest davon überzeugt, dass es durchaus noch Sinn macht, den Bestand der menschlichen Rasse zu sichern. Leider werden meist die Vollpfosten zu Eltern oder augenscheinlich normale Menschen werden als Eltern zu Vollpfosten. Es gibt aber noch Zeitgenossen, die durchaus Potential haben diesen Planeten weiter zu bringen. Sie denken noch selbstständig und setzen ethische und moralische Maßstäbe an, die sich angenehm aus dem Desinteresse und dem Egoismus der heutigen Zeit abheben. Meist sehen sie die Fortpflanzung als eine Facette des Daseins an und nicht als ihren Lebenszweck. Die Kinder sind ein Teil des Lebens und nicht der Mittelpunkt ihres Universums. Ratschläge holt man sich zum Beispiel von der eigenen Mutter, die zum Einen real ist und zum Anderen offensichtlich ganz gute Arbeit geleistet hat. Wenn man schon mal zum Beratungsgespräch da ist, kann der Nachwuchs gleich mal ein paar Tage dortbleiben, denn es schläft nachts durch und wurde mit einem halben Jahr abgestillt. Papa und Mama fahren dann mal nach Ischgl, Party machen. Die Ausgeglichenheit dieser Kinder ist ebenso bewundernswert, wie selbsterklärend ... und der Partnerschaft nützt es auf jeden Fall.

Ich habe nicht die leiseste Ahnung, sagen Sie? Ich bin seit dreißig Jahren eben dieser Proktologe, der genau weiß, wie man Hämorrhoiden behandelt ... und erkannt hat, dass er keine haben will.

15. Oktober
Bitte Lächeln!

Man hat mich mal wieder fotografiert. Leider nicht, weil ich so hübsch bin, sondern so schnell. Letzte Nacht um drei Uhr auf einer leeren Autobahn bei Köln haben sie mir aufgelauert. Ich habe im Internet recherchiert. Es gibt keine Statistik, die belegt, dass nachts bei niedrigem Verkehrsaufkommen aufgrund überhöhter Geschwindigkeit mehr Unfälle mit oder ohne Todesfolge passieren. Dürfte nach den Gesetzten der Logik auch nicht so sein. Eher pennt der ein oder andere auf dem Kölner Ring bei Tempo 100 wegen Unterforderung ein und fährt gegen einen Brückenpfeiler. Im Gegensatz zu einer dynamischen Geschwindigkeitsregelung, die bei leeren Kölner Staatskassen auch undenkbar wäre, begrenzt ein Schild auch zu Zeiten, an denen es weniger sinnvoll ist, also zum Beispiel nachts, Sonntag morgens oder hypothetisch während des Championsleague Endspiels 1.FC Köln gegen Real Madrid. Wer also um drei Uhr des Nachts eine mobile Radarfalle aufstellt, muss sich den Vorwurf gefallen lassen, eine andere Intention als Verkehrssicherheit im Sinn zu haben. Sei es nur, um zwei Verkehrspolizisten eine gemütlichere Nachtschicht bei einer Tasse Kaffee zu bescheren. Ist ja auch bequemer, gefahrloser und meist lukrativer als die Jagd nach richtigen Straftätern. Trotz chronischen Personalmangels hat unsere Polizei also Zeit für sowas. Als ich mal wegen eines unvorsichtigen Wildschweins morgens um fünf Uhr die Polizei brauchte, durfte ich über eine halbe Stunde warten. Wahrscheinlich mussten die Ordnungshüter zunächst noch den bekackten Radar abbauen, bevor sie anrücken konnten.

Nehmen wir für einen Moment mal an, es handelt sich nicht um eine Verpisseraktion zweier Polizisten, zumal ich ewiger Optimist hoffnungsfroh annehme, dass solche Aktionen sinnvoll geplant und genehmigt werden. In dem Fall muss man davon ausgehen, dass es sich lohnt, sonst würde man es nicht machen. Es gibt sicher eine graphische Darstellung, auf dem man den sogenannten „Break Even Point“ der Geschwindigkeitsmessung ablesen kann. Er zeigt dem Ordnungshüter, wann es eigentlich von der Uhrzeit her wegen niedrigen Verkehrsaufkommens zwar total schwachsinnig ist, eine Radarfalle aufzustellen, aber gleichzeitig die Wahrscheinlichkeit, jemanden zu erwischen, besonders hoch, da keiner damit rechnet (und auch kaum Sinn darin sieht).

Wer zu nachtschlafender Stunde in dieser Weise abgezockt wird, der kann verstehen, warum im Volksmund öfter von „Radarfalle“ die Rede ist, als von „Radarkontrolle“. Das Wort „Kontrolle“ würde nämlich implizieren, dass es sich bei diesen Geschwindigkeitsmessungen auch wirklich um eine Maßnahme handelt, die dem Schutz der Allgemeinheit dient. Eine Maßnahme, die dazu beitragen soll, dass vor Schulen, Kindergärten oder sonstigen sensiblen Bereichen die vorgeschriebene Geschwindigkeit eingehalten wird. Schaut man sich dagegen die Realität an, dann fühlt man sich eher in Zeiten zurückversetzt, als abgerissene Wegelagerer dem braven Reisenden auflauerten oder fette Unsympathen im Auftrag ihres Fürsten Wegezoll erhoben. Willkürlich aufgestellte und alle paar hundert Meter wechselnde Geschwindigkeitsbeschränkungen, kombiniert mit Überwachung zu jeder Tages- und Nachtzeit, an nach menschlichem Ermessen völlig risikoarmen Stellen, sorgen dafür, dass der Ertrag zwar größtmöglich ist, das Verständnis bei der vielfahrenden Bevölkerung aber eher klein. In der ewig nervenden Gruppe der Deppen, die zwar zu allem eine Meinung, aber meist keine Ahnung und in dem Fall noch nicht einmal ein Auto haben, wird das natürlich ganz anders gesehen. Es ist aber gerade der Vielfahrer, der allein schon aus Gründen der Wahrscheinlichkeit öfter in eine Radarfalle gerät, als Opa Hermann, der morgens zweihundert Meter zum Bäcker fährt und einmal die Woche zu Aldi. Trotzdem werden beide gleich behandelt und auch gehört, obwohl der Eine im Jahr einhunderttausend Kilometer teils in unbekannten Terrain fährt und der Andere eintausend Kilometer in seinem Kiez. Es gilt auch dasselbe Punktesystem bis zum Verlust des Führerscheines. Übertragen auf das Steuersystem, würde es bedeuten, dass man mit dreißigtausend Euro genausviel Steuern zahlen müsste wie mit einhunderttausend Jahresgehalt. Oder aber, dass man als Rentner den gleichen Steuersatz hätte, wie die arbeitende Bevölkerung. Da könnte man dann mal sehen, wie schnell Opa Hermann seine müden Knochen zum Bundesverfassungsgericht wuchten würde.

Mit Genugtuung habe ich allerdings feststellen müssen, dass inzwischen sogar Menschen in meiner Umgebung regelmäßig Strafmandate wegen überhöhter Geschwindigkeit erhalten, die peinlich genau versuchen, die vorgeschriebenen Grenzen einzuhalten und einen auf Moralapostel machen. Wenn vor der Masse der Schilder und der Zahl der Kontrollen sogar Bürger scheitern, bei denen die StVO ganz weit oben steht, dann ist es für mich der Beweis, dass nicht die Sicherheit, sondern der Staatssäckel den Ton angibt.

Inzwischen hat sich jedes zweite Kuhkaff ohne Schule, Kindergarten oder Altersheim, aber gesegnet mit einer gut befahrenen Bundes- und/oder Durchgangsstraße, trotz oder gerade wegen leerer Haushaltskasse, einen fest installierten Blitzer beschafft und kassiert kräftig ab. Bereits nach wenigen Monaten hat sich eine solche Investition amortisiert.

Sogar Polizisten geben inzwischen zu, dass sie von den Städten und Gemeinden angehalten werden, dort mobile Blitzer aufzustellen, wo auch ein entsprechender Ertrag zu erwarten ist. Das ist dann leider nicht bei der Schule in der Nebenstraße, sondern auf der Autobahn einhundert Meter nach einem willkürlich aufgestellten Tempotrichter.

Die Krone der Unverschämtheit hat dabei die Landesregierung von Nordrhein-Westfalen aus dem Fass der bodenlosen Frechheiten geschlagen: Der sogenannte Blitzermarathon. Hier werden 24 Stunden lang im ganzen Land Geschwindigkeitskontrollen durchgeführt. Um den Wahnsinn perfekt zu machen, dürfen sogenannte besorgte Mitbürger auch noch Vorschläge machen, wo sie eine solche Radarfalle aufstellen würden. Geht's noch? Es sollte in jeder Stadt Verkehrsexperten geben, die alle kritischen Stellen kennen.

Kein Mensch klaren Verstandes würde sich an so einer Aktion beteiligen. Verklemmte, zu kurz gekommene Sadisten dagegen, die sonst den ganzen Tag mit ihrem Kissen am Fenster liegen und Falschparker aufschreiben, rennen den Meldestellen wahrscheinlich die Bude ein. Für diese Vollidioten muss es sich doch anfühlen, als würde Ostern und Weihnachten auf einen Tag fallen, wenn sie die Straße vor ihrem Spießerreihenhaus zur „Risikozone" erklären können.

Ich schätze, dass bei einigen vor lauter Vorfreude eine ganze Packung Kleenex draufgeht und am Tag des Blitzermarathons nochmal eine, wenn sie hinter der Gardine sitzen und ihnen bei jedem Blitz ein paar Freudentröpfchen das Bein runterlaufen.

Grundsätzlich hat man als Opfer dieser Willkür wenig bis nichts entgegenzusetzen, da man sofort als Raser abgestempelt wird, der den Tod von Menschen im Straßenverkehr billigend in Kauf nimmt. Als Kritiker hat man spätestens jetzt beim gemeinen, nicht reflektierenden Standardzuhörer schlechte Karten *(Anm.d.Red.: Siehe vorige Kapitel. Dieses Totschlagargument funktioniert nach demselben Prinzip, wie der Vorwurf des Rechtsradikalismus in Flüchtlingsdiskussionen oder bei Türkeikritik. Nie fundiert, aber beliebt, wenn es darum geht, kritischen Stimmen das Maul zu stopfen oder aber simple Gemüter auf seine Seite zu ziehen).* Dabei ist die Zahl der Verkehrstoten trotz immer höheren Verkehrsaufkommens ständig zurückgegangen. 2016 auf den niedrigsten Stand seit 60 Jahren. Die meisten davon, wenig überraschend, 18-20-jährige, die den Umstieg von Gran Turismo 3 auf Papas Auto nicht auf die Kette bekommen haben. Auch wenn ich gerade keine Statistik finde, ist davon auszugehen, dass überhöhte Geschwindigkeit als Grund für Verkehrstote vorne liegen dürfte. Das ist aber simple Physik. Abbiegen in Schrittgeschwindigkeit als Unfallursache bringt einfach weniger kinetische Energie auf einen unglücklichen Fußgänger, als selbigen mit Tempo fünfunddreißig in einer Dreißigerzone anzufahren, weil der Trottel mit Blick aufs Smartphone ohne zu schauen auf die Gasse gerannt ist. Nimmt man jedoch die Unfälle mit Personenschaden, also inklusive der Verkehrstoten, dann liegt überhöhte Geschwindigkeit noch nicht einmal in den Top 3. Falsch Abbiegen, Wenden, Rückwärtsfahren, Ein- und Anfahren dagegen schon. Da es sich hierbei um individuelle Fehler handelt, ist das an einer fixen Stelle aber nicht zu überwachen. Bringt also kein Geld. Da letztendlich auch seltener einer über den Jordan geht, eignet sich das Thema für den werbewirksamen Politikerauftritt aus der zweiten Reihe ebenfalls weniger. Wozu sich also drum kümmern? Dann doch lieber noch eine Dreißiger-Zone an einer Durchgangsstraße. Vermeidung der Feinstaubbelastung als Begründung zieht doch immer.

Wenn man sich vor Augen führt, dass Geschwindigkeitskontrollen größtenteils für die Gemeinden eine Lizenz sind,

Geld zu drucken, dann bin ich mal gespannt, wie diese Wegelagerer mit den dunklen Wolken umgehen, die sich am blauen Knöllchenhimmel so aufbauen. Nehmen wir nur die Elektroautos. Kein Feinstaub mehr als Begründung für unsinnige Tempolimits. Nebenbei bemerkt wird auch die zurzeit noch unter den Tisch gekehrte Zahl der oben erwähnten Abbiegeunfälle mit Personenschaden drastisch ansteigen. Früher hat man als Fußgänger die fahrerischen Vollpfosten noch kommen hören und konnte reagieren. Bei den Elektroantrieben ist das vorbei.

Letzten Endes ruinieren wird die Gemeinden und Kommunen aber das selbstfahrende Auto. Wie desaströs wird sich dessen Einführung auf deren wirtschaftliche Situation auswirken, wenn all diese Fahrzeuge so programmiert sind, dass sie sich penibel an die StVO halten werden? Wer soll dann die Staatskassen in Zukunft füllen?

Da mir aber als passionierter Autofahrer vor diesen Monstern graut, die kranke Nerd-Gehirne sich derzeit im Silicon Valley so ausdenken, ziehe ich es vor, so lange wie möglich mit meinen Knöllchen einen Beitrag zum Gemeinwohl zu leisten. Die wenig verlockende Alternative wäre, mit dem Autofahren eine weitere Bastion der Eigenverantwortlichkeit des Individuums aufzugeben und zuzusehen, wie die Menschheit sich mit der Aufgabe des Individualverkehrs wieder einen großen Schritt der fremdbestimmten, konsumierenden, gleichgültigen Selbstdarstellungsmasse nähert.

18. Oktober
Gerichtsshow ohne Barbara

Morgens halb zehn in Deutschland. Ich stehe im Amtsgericht und warte auf den Prozessbeginn. Eine Premiere in meinem doch schon etwas länger währenden Leben. Ich möchte jedoch (Achtung: Wortwitz!) zu meiner Verteidigung anmerken, dass ich nur den Zuschauer gebe. Ein Freund von mir wird lächerlicherweise der Körperverletzung beschuldigt, obwohl eigentlich er von drei Männern und einer Frau angegriffen wurde. Ich war zwar zur Tatzeit ebenfalls auf der Veranstaltung, habe aber von der ganzen Sache nichts mitbekommen. Somit bin ich eher als moralischer Beistand und bei Bedarf als Leumundszeuge vorhanden. Endlich endet die vorangegangene Verhandlung. Als Zaungast darf ich mich in den Zuschauerraum tummeln, während die geladenen Zeugen vor der Tür bleiben müssen.

Ich bin sicher, jeder ist schon mal unverschuldet in Not geraten, das heißt, er hat beim abendlichen Zappen in eine Gerichtsshow mit Barbara, Alexander oder wie sie auch immer heißen mögen, geschaltet. Eigentlich im Niedrigbildungsprogramm der Nachmittagsshows angesiedelt, richten sie normalerweise so viel Schaden bei der Bruttoinlandsintelligenz an, wie ein Selbstmordattentäter auf einer Pegida-Demo. Konnte man sich bisher davor schützen, indem man einfachste Vorsichtsregeln befolgte, wie zum Beispiel unter der Woche einer geregelten Arbeit nachzugehen, so schrecken Privatsender inzwischen jedoch nicht mehr davor zurück, solche Formate auch im Abendprogramm auszustrahlen. Getreu ihres (Rück-)Bildungsauftrages muss schließlich auch der eine Chance auf die tägliche Dosis Verblödung erhalten, der tagsüber auf dem Sozialamt seinen 50 Zoll Flat Screen beantragt hat.

Da sitzt man nun, paralysiert von der Wucht des ausgestrahlten Stumpfsinns und erfasst von dieser abgrundtiefen Traurigkeit, wenn man im selben Moment realisiert, dass es im 21. Jahrhundert auf der Welt immer noch bemitleidenswerte Kreaturen gibt, die mangels Talent oder entsprechender Schulbildung dazu gezwungen sind, würdelose Rollen in übel zusammengestümperten Geschichten anzunehmen. Geschichten, die nie das Leben, aber definitiv immer ein

Sadist im Auftrag einer perfide agierenden Macht geschrieben haben muss, die erkannt hat, dass Dummheit nicht unbedingt angeboren ist, stattdessen aber gezielt verursacht werden kann. Da „dumm" bekanntlich nicht nur gut fickt, sondern bisweilen auch gut zu manipulieren ist, ein nicht zu unterschätzender Beweggrund.

Mit diesen Fernsehbildern im Kopf sitze ich also im Zuschauerraum und lasse den ersten Eindruck auf mich wirken. Eins fällt sofort auf, Gerichtsshows mögen an Handlung und schauspielerischem Niveau der Nebendarsteller kranken, jedoch Schauplatz und Requisite sind superb recherchiert und nachgestellt. Das abgenutzte 70er Jahre Ambiente ist bis ins kleinste Detail identisch und sowohl die Anordnung der Tische, als auch die Kleidung von Staatsanwalt, Gerichtsschreiber, Anwalt und Angeklagten entsprechen der im TV. Ich komme nicht umhin, einen gewissen Respekt für Bühnenbildner beim Fernsehen zu entwickeln. Fast schon erwarte ich wirklich den Auftritt von Barbara Salesch oder Alexander Holt, aber der Richter, der letztendlich erscheint, tröstet mich über diese kleine Schwäche der wirklichen Welt hinweg. C-Promis kann ich mir schließlich auch im Dschungelcamp ansehen.

Ich sollte erwähnen, dass ich hier vom Strafgericht spreche. Es ist in keiner Weise vergleichbar mit zum Beispiel dem Verkehrsgericht, wo es, wie ich aus eigener Erfahrung weiß, relativ formlos und freundlich zugeht. Hier aber hat der Richter tagtäglich mit Kriminellen der unterschiedlichsten Ausprägung zu tun. Ohne Respekt dürfte man bei dieser Klientel verloren haben. Dominantes Revierverhalten sollte also im Erbgut eines solchen Richters zur Grundausstattung gehören. Für mich als unbescholtenen Bürger und erklärten Hasser übermäßiger Bevormundung durch die Staatsorgane, kommt dieses Verhalten natürlich äußerst arrogant rüber und mein Geldbeutel dankt es mir, dass ich es schaffe, die Klappe zu halten. Anderenfalls droht eine Ordnungsstrafe von 300€, so verkündet der Bedienstete der Jurisdiktion noch bevor unsere Hintern die polierte Holzbank berühren, gefolgt von einer umgehenden Zurechtweisung meines Kollegen und Sitznachbarn, er solle sofort das Kaugummikauen einstellen. Der Tonfall ändert sich auch nicht im Umgang mit den Anwälten. Der Versuch aus einer Wasserflasche zu trinken wird umgehend unterbunden mit der Hollywood-erprobten Einleitung: „In meinem Gerichtssaal …!“ Nachdem auch die Regeln zur Getränke– und Nahrungsaufnahme diskutiert - oder vielmehr diktiert - wurden, bekommt die Staatsanwaltschaft einen Einlauf. Ihm ist es offensichtlich nicht gelungen, den 15jährigen Sohn der Klägerin ordnungsgemäß als Zeugen vorzuladen. Während ich mich noch frage, wie ein 15jähriger überhaupt Zeuge eines Handgemenges auf einer Ü30 Party sein konnte, die noch dazu auf einem Ausflugsdampfer stattgefunden hat, und wieso die Klägerin und Mutter selbst zwar dort sitzen kann, es aber offensichtlich nicht geschafft hat, ihr Balg anzuschleppen, staucht der Richter auch schon die Verteidigung zusammen. Offensichtlich wollte die Verteidigerin die von meinem Freund und Angeklagten gerufenen Polizisten vorladen, was jedoch vom Herren Vorsitzenden offensichtlich anders gesehen wird, da die Polizei erst aufgetaucht war, nachdem die drei Schläger und die Frau bereits verschwunden waren. Auf die Frage, was die Polizisten bitte bezeugen sollen, hat die Verteidigung leider auch keine sonderlich passable Antwort, worauf der Richter kategorisch unterbricht und der Staatsanwaltschaft die Verlesung der Anklageschrift aufträgt. Von diesem Kauderwelsch aus durchnummerierten Angeklagten (es gibt insgesamt fünf, da mein Freund natürlich nach Erhalt der Klage umgehend zur Gegenklage gegen seine Peiniger angesetzt hat), diversen Paragraphen und Fachausdrücken, verstehe ich nur Bahnhof. Immerhin erhalte ich Gewissheit, dass man sich vor Gericht nie selbst vertreten, sondern das einer Person überlassen sollte, die sich damit auskennt. Gar nicht so einfach, eine solche zu finden, wenn ich mir die fragwürdige Leistung der anwesenden Anwälte so ansehe, die bereits bei den simpelsten Themen ins Schleudern geraten sind.

Viel mehr gibt es auch nicht zu berichten, da die Verhandlung nach Verlesen der Anklageschrift sofort wegen der Abwesenheit des beziehungsweise der oben erwähnten Zeugen vertagt wird. Offensichtlich hat keiner der Eingeweihten etwas Anderes erwartet, denn ich vermisse jegliche Form der Entrüstung. Nun bleiben drei Wochen Zeit, einen neuen Termin zu finden. Schon zwanzig Minuten später stehe ich bereits wieder vor dem Amtsgericht, allerdings um zwei

Erkenntnisse reicher. Zunächst weiß ich endlich, warum Gerichtsverhandlungen bisweilen Jahre dauern können.

Viel befriedigender finde ich jedoch, die Erklärung zu einem anderen Thema gefunden zu haben. Mir ist nun klar, wieso in jedem Krimi, der in gewissen Clubs spielt, stets Richter zu den Gästen gehören. Wie sonst kann man einen Ausgleich zur täglichen eigenen Allmacht schaffen, wenn nicht mit Knebel im Mund, Gewichten an den Nippeln und veritabel ausgepeitscht von einer zertifizierten Domina?

23. Oktober
Die dunkle Bedrohung

Ich lese gerade auf dem Klo ein Buch über das sogenannte Darknet. An diesem Ort, also dem Klo, hat man schließlich genügend Zeit, um über neu aufgenommene Informationen zu brüten oder zu reflektieren.

Beim Darknet handelt es sich eigentlich um nichts anderes, als das Internet, nur ohne IP-Adresse. Kann man im normalen Internet normalerweise nachvollziehen, wer, was, wann, wo gepostet, gestreamt, bestellt, verkauft hat, ist das Darknet der Bereich des Netzes, in dem man sich, je nach Begabung, mehr oder weniger unerkannt bewegen kann. Auch der Zahlungsverkehr läuft meist über eine spezielle digitale Währung, den Bitcoins, die ebenfalls so angelegt ist, dass Geldströme schwer bis unmöglich zu einzelnen Personen zurückverfolgt werden können. Wenn man den Insidern Glauben schenken soll, dann wäre das Internet die legale Spitze des Eisberges und das Darknet als Teil des Deep Web der riesige Teil unter der Wasserlinie. Seine Nutzung ist nicht verboten, aber die Inhalte sind es meistens schon.

Lange vor dem Internet, oder zumindest ohne Zusammenhang dazu, gab es einmal eine Untersuchung, bei der man Menschen fragte, wie weit sie gehen würden, wenn man ihnen garantieren könnte, dass sie keine irgendwie gearteten negativen Konsequenzen zu befürchten hätten. Sogar sonst gesetzestreue Bürger gaben an, sich vorstellen zu können, in diesem Fall schon mal rechtliche und moralische Grenzen zu überschreiten.

Projiziert man diese Erkenntnis auf die Möglichkeiten, die das Darknet bietet, und kombiniert sie mit der Schlechtigkeit und Dummheit in der Welt, dann hätte man bereits voraussagen können, welche Entwicklung das World Wide Web unter der Anonymität des Darknet nehmen würde, noch bevor Robert E. Kahn und Vinton G. Cerf 1973 die Grundlagen für die zivile Nutzung schufen.

Da wäre zunächst einmal die Möglichkeit, Waren anbieten, kaufen und bezahlen zu können, ohne auch nur die geringste Spur zu hinterlassen. So hat sich wenig überraschend im Darknet ein Markt für alles entwickelt, was man bei Amazon vergeblich sucht. Natürlich gibt es auch legale

Waren zu kaufen, wahrscheinlich für die paar Freaks, die immer noch glauben, der Untergang der Welt werde durch das Speichern des Konsumverhaltens der Verbraucher im Internet herbeigeführt. Auch wenn diese Leute mir nicht glauben, aber die Welt wird an anderen Dingen zugrunde gehen, die weniger mit der Informationsspeicherungswut von Google zu tun haben. Ein Megabyte an Daten zu meinen Gewohnheiten wird mich nicht umbringen, 1 Megatonne an Sprengstoff auf meinen Kopf allerdings schon.

Der weitaus größte Teil der Waren, die im Darknet angeboten werden, ist, wie sollte es anders sein, deshalb leicht bis stark illegal. Offeriert demzufolge von Kriminellen. Da gibt es auch keine Grauzone. Wer unerlaubte Dinge anbietet, handelt natürlich auch im Internet kriminell, obwohl einige die Dreistigkeit besitzen, zum Beispiel beim Drogenhandel, eine Art moralisches Handeln für sich zu beanspruchen. Nach ihrer Ansicht haben sie Gutes getan, indem sie ihn von der Straße mit seiner häufig miesen Qualität ins Darknet genommen haben und so gegen die Beschaffungskriminalität kämpfen. Durch das wie beim normalen Online-Kauf herrschende Bewertungssystem, wird des Weiteren durchgehend gute Qualität gefördert. Das mag sein, ist aber irrelevant. Denn die traurige Wahrheit sieht anders aus. Der Straßendealer wird zum Verkäufer im Darknet. Musste man früher als Neuling noch in zwielichtigen Straßenecken nach den entsprechenden Dealern suchen, so kann man sich heute sein Dope bequem per Post schicken lassen. Das Darknet erleichtert den Drogenhandel signifikant. Dadurch steigen der Konsum und die Produktion und somit letztendlich das Leid der armen Bauern in den produzierenden Ländern und bei all den Menschen, die auf dem langen Weg zum Endkonsumenten ausgebeutet werden. Es ist also kacke dreist, sich die Nase Koks oder den Joint mit dem Kauf im Darknet schönzureden.

Durch die vorwiegend illegale Ware dürfte der Anteil an Kriminellen bei den Anbietern somit selbstredend größer sein, als unter den Kunden. Auch wenn sich alle illegalen Aktivitäten laut Untersuchungen mehr und mehr ins Darknet verlagern, möchte ich in diesem Kapitel nicht auf das organisiertes Verbrechen oder Waffenhandel eingehen. Selbst wenn es sicher ein weiterer Minuspunkt auf der eh schon langen Liste wäre. Die meisten Kunden sind also nicht notorisch kriminell. Einige besitzen sogar noch ein wenig Realitätsbewusstsein, was bedeutet, sie wissen, dass eine AK47 oder eine gefälschte Kreditkarte, auch wenn sie anonym gekauft wurde, in der realen Welt höchstwahrscheinlich zu Problemen und Strafverfolgung führen wird. Das dürfte auch der Grund dafür sein, dass das allen Ernstes existierende Geschäft mit bezahlten Morden im Darknet nicht so recht florieren will. Deshalb machen Drogen und andere Psychopharmaka zum Eigenbedarf den weitaus größten Teil der illegalen Käufe im Darknet aus. Nicht unbedingt schön, aber die Tatsache, dass die ganzen Idioten auf der Welt sich neben ihrer eh vorhandenen Grundblödheit jetzt auch noch exzessiv den verbleibenden Restverstand wegkiffen können, macht den Kohl auch nicht mehr fett.

Das weitaus größere Problem im Darknet ist, wie auch im Internet, der Informationsaustausch.

Obwohl kritischer Beobachter des ganzen Genres, möchte ich trotzdem zunächst zu den Vorteilen des Darknets kommen. Leider sind die schnell aufgezählt. Es ist ein Einziger und auch gleich der von Darknet-Befürwortern immer gern zitierte, und zwar die weitestgehende Anonymität der dort agierenden Individuen und Gruppen. Da es auf dieser Welt zurzeit überall Terrorregime und Diktaturen gibt und solche, die es, wie Erdogans Türkei, noch werden wollen, ist das Darknet der richtige Platz für Journalisten, Freiheitskämpfer oder auch nur besorgte Bürger. Dort kann anonym jegliche Art von Informationen ausgetauscht werden. Die freie Welt wird von den Machenschaften der Despoten unterrichtet und man kann sich zum Kampf gegen die Unterdrückung organisieren und Oppositionsarbeit leisten, ohne gleich eingesperrt zu werden. Die Arbeit von Dissidenten in China wäre schlichtweg unmöglich ohne das Darknet. Der Arabische Frühling, also der Sturz der nordafrikanischen Diktaturen, wird immer noch als Paradebeispiel genommen, wenn es darum geht, die Nützlichkeit des Darknet zu propagieren. Damals hat sich der Widerstand hier zu Demonstrationen abgesprochen und die Gräueltaten des Regimes an der eigenen Bevölkerung bei ihrem Überlebenskampf per Handyvideo in die Welt geschickt, ohne Gefahr zu laufen, durch IP-Adresse oder Ähnliches enttarnt zu werden. Sicher hat das

Darknet dabei geholfen, aber als unverzichtbar würde ich es nun nicht bezeichnen, zumal die Bevölkerung der DDR es vor dem Internet auch geschafft hat, sich dem Regime zu widersetzen und zu Demos zu verabreden. Man musste halt einfach nur zur verabredeten Zeit am verabredeten Ort sein und eine Kerze dabei haben.

Kommen wir also nun zu den Nachteilen beziehungsweise dem einzigen Nachteil des Darknet, nämlich die weitestgehende Anonymität der dort agierenden Individuen und Gruppen *(Anm.d.Red.: Achtung! Bewusste Wiederholung als stilistisches Mittel!)*. Nach Absetzen der Diktatur gingen viele mit der neu gewonnenen Freiheit weise um und erfreuten sich des Lebens. Ein Teil der selbsternannten Widerstandskämpfer von gestern begann jedoch im Schutze des Darknets mit Aktivitäten, die bisher von den Diktaturen unterdrückt worden waren und vom neutralen Beobachter in der Folgezeit nicht mehr unbedingt als Segen betrachtet werden konnten. Das mörderische Ausbeuten von Flüchtlingen durch Schlepper, die ihre zweifelhaften Dienste und Flüchtlingsrouten über das Mittelmeer nach dem Fall der Diktaturen in Nordafrika im Darknet anboten und das immer noch tun, gehört definitiv dazu. Allerdings auch das Weitertragen des Arabischen Frühlings nach Syrien, das Ausrufen eines islamischen Staates, die Verabredung zu terroristischen Anschlägen oder zur Unterdrückung von Minderheiten. Sogar der Belästigungsflashmop von Frauen auf dem Kölner Domplatz in der Silvesternacht durch die vielzitierten Nafris dürfte auf diesem Wege stattgefunden haben. Es handelt sich dabei ausnahmslos um katastrophale Entwicklungen, die vielleicht nicht erst durch das Darknet möglich, aber zumindest von ihm begünstigt werden.

Hat das Darknet auf geopolitischer Bühne oder beim freien Handel schon einen eher diskussionswürdigen Nutzen, so sind die Vorteile bei der Nutzung im täglichen Leben nur noch schwerlich zu erkennen.

Das Darknet fördert, wie kaum ein anderer Ort, mit seiner Anonymität diverse „ismen“ in noch extremeren Formen als das Internet - Egoismus, Sadismus und Exhibitionismus. Letzterer sollte eigentlich jedem selbst überlassen sein, ob und wie er sich im Netz vor anderen erniedrigt. Allerdings sind neben den üblichen schmerzfreien Vollpfosten, denen es egal ist, wenn alle Welt den eigenen, kleinen, schmierigen Schnerpel kennt, auch häufig unerfahrene, jugendliche Nutzer im Darknet unterwegs. Wer schon auf Facebook zu blöd ist, um zu erkennen, wie folgenschwer es sein kann, private Dinge preiszugeben, der ist im Darknet ein willkommenes Opfer. Hier werden vornehmlich junge Frauen in der prickelnden Umgebung des Verbotenen gelockt, Nacktfotos von sich zu posten. Gleichzeitig aber versuchen kleine dreckige Sadisten, möglichst viele Zusatzinformationen, mit denen man die wahre Identität herausfinden kann, herauszukitzeln. Ist die Anonymität erst einmal gefallen, schicken diese Leute die Nacktfotos dann nicht nur im Internet herum, sondern outen das Opfer auch in deren eigener Familie und Freundeskreis. Es ist schon ziemlich bezeichnend, dass dieses sogenannte „doxen“, wie das Bekanntmachen einer Identität genannt wird, ausgerechnet im Darknet zu einem Sport geworden ist, in dem die Anonymität angeblich das große Geschenk sein soll. Was man diesen geouteten Personen antut ist der Community in den Darknet-Foren egal. Im Gegenteil, es wird eher als deren eigene Schuld angesehen und solche Opfer werden entsprechend tet“ *(Anm.d.Red.: Auch so ein armseliger Anglizismus aus dem Fahrwasser des Netzes).* Es ist gerade diese Menschenverachtung, die „Hass-Postings“ so ekelerregend machen und die viel über den wahren Charakter des Darknets aussagt.

Die Geltungssucht des Einzelnen, sein unbändiger Drang sich mitzuteilen und dabei seinem unnötigen Dasein vor Anderen Anerkennung zu verschaffen, ist eine der Triebfedern des World Wide Web im Allgemeinen. Zu alles und allem hat der User eine Meinung. Da Bits und Bytes genauso geduldig sind, wie einst das Papier, wird das eigene armselige Leben bis zur Unkenntlichkeit entstellt und schöngefärbt, bis auch der letzte Hinterwäldler in der Community aussieht wie Graf Koks. Das Perverse ist, dass alle so agieren. Merke: je unwichtiger der Einzelne, umso schillernder der Fake seines Lebens im Netz. Egal, ob die Anderen der Lebenslüge nun glauben oder nicht, die Reaktion ist wie üblich Neid und Missgunst. „Hass-Postings“ sind ein ständiges Thema in den Medien. Facebook, Twitter und Co. sagen es zwar stets zu, haben es aber noch nicht nachhaltig geschafft, diffamierende und beleidigende Inhalte zügig von ihren Seiten zu entfernen.

Was bereits im Internet üble Ausmaße angenommen hat, obwohl hier die Gefahr als Urheber enttarnt zu werden größer ist, nimmt im Darknet ganz neue Dimensionen an. Mit der Sicherheit, unerkannt zu bleiben, fallen die letzten grundlegenden Anstandsregeln und es entstehen Postings, aus denen man förmlich den Hass und die rasende Wut zu hören glaubt.

Glühende Befürworter halten das Darknet für einen Ort, an dem Gedanken frei und ohne Furcht vor Repressalien geäußert werden können. So wird eine Goldgräberstimmung wie zu Zeiten der Aufklärung heraufbeschworen. Es ist von großen Möglichkeiten die Rede, weil in diesem Klima der Anonymität, so viele Menschen wie noch nie zusammengebracht werden können, um in Chats neue, philosophische Denkansätze für das menschliche Dasein in der Welt zu finden. Mir ist nicht klar, ob die Befürworter glauben, was sie sagen, einfach nur durch die viele Zeit vor dem Computer weich in der Birne geworden sind oder einen perfiden Plan verfolgen. Im Darknet werden keine philosophischen Zirkel abgehalten, sondern fast ausnahmslos verbale Gülle über alles und jeden ausgekippt. Den berühmten Satz von Schopenhauer, einem der großen Misanthropen der Philosophiegeschichte, habe ich bereits in der Einleitung dieses Buches verwendet:

„So treibt das Bedürfnis der Gesellschaft, aus der Leere und Monotonie des eigenen Innern entsprungen, die Menschen zueinander; aber ihre vielen widerwärtigen Eigenschaften und unerträglichen Fehler stoßen sie wieder voneinander ab.“

Obwohl sich der Mensch nach Anerkennung sehnt, neidet er selbige seinem Nächsten und ist zu allem Überfluss noch zu feige, es offen zu tun. Das Darknet mag vielleicht aus sinnvollen Gründen und sogar mit einer guten Absicht geschaffen worden sein, aber die menschliche Natur hat es umgehend fast vollständig zu einem Monstrum gemacht.

Nach reiflicher Überlegung bin ich dann doch noch auf einen Vorteil des Darknets gestoßen. Ich werde mir demnächst darin genau eine Pille kaufen. Sollte ich, hoffentlich in einer noch fernen Zukunft, an einer Krankheit leiden, die mir nach und nach die Menschenwürde nimmt oder mich anderen zur Last werden lässt, so kann ich mich selbst zu meinem Schöpfer bringen. Ich bin nicht gezwungen darauf zu warten, dass in Deutschland das Thema Sterbehilfe endlich vernünftig geregelt wird. Ich könnte mir allerdings auch noch eine Knarre besorgen und die Welt vorher von ein paar Arschlöchern befreien. Also seid immer schön nett zu eurem Nächsten.

03. November
Nicht Fisch, nicht Fleisch

Es wird mir mal wieder schmerzlich bewusst, dass nicht immer das drin ist, was einem von außen vorgegaukelt wird. Das gilt zum Beispiel für alles, was aus den USA kommt, für Tütensuppen, Tischfeuerwerk, Nordkorea oder Frauen. Der Volksmund sagt auch gerne „außen hui – innen …" Na, Sie wissen schon! Es gibt auch Ausnahmen, wie Donald Trump oder der neue Opel Astra Kombi. Die sehen schon von außen scheiße aus.

Ich stehe in der Küche, habe mir in gutem Glauben ein Wurstbrot gemacht, muss aber nach dem ersten Biss feststellen, dassGurke und Tomate nicht das Einzige sind, was an diesem Brot „veggie" ist. Misstrauisch geworden greife ich zur Wurstpackung.

In Wikipedia steht unter „Mortadella": *„Herkunft: von italienisch mortadella → it, das seinen Ursprung in lateinisch murtatum → la (farcimen) mit der Bedeutung „Wurst, die mit Myrtenbeeren gewürzt ist" hat."*

Nur damit kein Zweifel aufkommt „Wurst": *„längliches Fleischprodukt; meist eine Paste aus Tierfleisch in einen Tierdarm gepresst."*

Auch wenn mich die Vorstellung, kleingehackt im eigenen Darm zu enden, etwas schaudern lässt, in der Absicht Wurst zu konsumieren, habe ich mir aus der Wurstkühltheke Wurst mit einem Namen, der Wurst bedeutet, gekauft. Scheint aber dem Hersteller auch „wurst" zu sein. Trotzdem, es geht schließlich ums Prinzip. Sollen die den Mist doch in der Gemüseabteilung aufbahren.

Was hat Hasenfutter in der Fleischtheke zu suchen?

Gut, ich gebe zu, das Wort „vegetarisch" steht gut leserlich auf der Verpackung, aber ich habe nur das in leuchtendem Gelb geschriebene „Mortadella" gelesen. Es handelt sich offensichtlich um eine Art Prägung wie bei dem berühmten „Pavlow'schen Hund". Kaum liest man das Schlüsselwort „Mortadella", stoppt das Gehirn und man beginnt mit dem Sabbern.

Die sozialen Netzwerke haben dafür gesorgt, dass immer genug Deppen zur Verfügung stehen, um auch den blödesten Gehirnfurz zu einem Hype aufzublasen.

Wie sonst hätte der, unter dem Namen „Unpacking“ bekannt gewordene Schwachsinn, Erfolg haben können, bei dem große Idioten sich beim Auspacken von Waren aus Verpackungen filmen, damit sie von noch größeren Idioten später „gelikt“ werden. Ist der Gehirnfurz allerdings auch noch wirtschaftlich gesehen lukrativ, wird er natürlich von den großen Konzernen bis zum Erbrechen vermarktet. Die aktuelle Veggienummer funktioniert nach demselben Muster. Natürlich geht es weniger darum, die viel zu kleine Zielgruppe der Vegetarier zu bedienen, sondern mit beiden Händen im großen Topf der Hobbyidealisten zu graben. Diese Gruppe rekrutiert sich aus den üblichen Facebook-Zombies, die blanke Panik schieben, wenn sie mal nichts zu posten haben. Fleischlose Ernährung ist nur ein Thema von vielen, um sich zu produzieren. Deshalb ist der Nachdruck, mit dem der Einzelne diese Bewegung mitgehen will, auch überschaubar. Das bedeutet nichts anderes, als dass Produkte zur Verfügung stehen müssen, die ohne großen Aufwand einen fleischlosen Lebensstil vorgaukeln können. Das ist auch der Grund, warum der ganze Kram nicht nur mikrowellengeeignet, sondern auch noch nah am Fleisch positioniert ist, und das nicht nur hinsichtlich der räumlichen Lage im Supermarkt. Wenn unser Laienvegetarier schon ohne ein schönes Schweineschnitzel auskommen muss, dann sollte das Gemüsezeugs wenigstens so aussehen und auch so heißen. Ich kann mir nämlich nicht vorstellen, dass ein Hardcorevegetarier Dinge essen will, die Schnitzel, Frikadellen, Würstchen, Salami und sogar Hack heißen. Alles Begriffe, die mit Fleischeslust belegt sind. Auch Form und Farbe sind gemeinhin der des bösen Bruders nachempfunden. Geschmackstechnisch schon schwierig, ist es nahezu unmöglich, die Frikadelle vom Outfit her hinsichtlich „Schwein“ oder „Nicht-Schwein“ zu unterscheiden. Ich bin gespannt, wann der erste vegetarische Mett-Igel im Regal liegt.

Auch meine Mortadella sieht aus, wie gewöhnliche Wurstscheiben. Dabei könnte sie sicherlich jede erdenkliche Farbe haben, da sich die Fleischfarbe bestimmt nicht aus dem Produktionsprozess ergeben hat. Die Mogelpackung schmeckt allerdings gar nicht mal schlecht und, glaubt man dem Werbetext, gesund soll es ja auch noch sein, wenn man nicht permanent „totes Tier“ verdrückt.

Ich drehe die Packung um. Ein Blick auf die Zutatenliste bringt Klarheit, vielmehr „Eiklarheit“. 71% Eiklar, 15% Rapsöl, Trinkwasser, Kochsalz, Gewürze... ich kleines Dummerchen, hatte ich doch wirklich geglaubt, eine vegetarische Mortadella bestehe zum Großteil aus geschreddertem Gemüse oder zumindest Tofu, Soja oder Seitan. Mit einem Ei und einem Glas Gerolsteiner zum Abendessen hätte ich einen zu 99% identischen Nährwert erfahren. Nun erklärt sich mir zumindest in Teilen die Einsortierungslogik des Supermarktes. Sobald über 2/3 der Zutaten einem Huhn aus dem Hintern gefallen sind, ist das Produkt, auch wenn vegetarisch, näher an der Fleisch-, als an der Gemüseabteilung. Soweit so gut. Aber ist das Essen als solches wirklich so gesund, wie uns alle weismachen wollen? Für mich klingt die Zutatenliste der Fake-Mortadella ab der dritten Zeile nicht unbedingt vielversprechender, als bei dem fleischhaltigen Bruder: „Säureregulatoren, Farbstoffe, Xanthan, Carragen ...?!“ Was zum Teufel sind Xanthan und Carragen?

Aber welcher Idiot liest schon die Zutatenliste, wenn er nicht zufällig tags zuvor Tim Mälzer mit erhobenem Zeigefinger von schrecklichen Zutaten in Fertiggerichten hat reden hören. Da rührt der böse Herr Maggie Geschmacksverstärker und Chemie ins Essen, ganz einfach, weil er böse ist. Dass nicht nur Maggi, sondern alle Fertiggerichtehersteller nur Mist in ihre Produkte tun, überhört man geflissentlich, ebenso wie Mälzers Hinweis, dass gesunde Ernährung mit langfristigen Aufwand verbunden ist. Also kauft man lieber am nächsten Tag dem Gewissen zuliebe die guten Sachen vom lieben Herrn Knorr. Man stellt erleichtert fest, dass es für den Food-Porn der Spaghetti Bollo auf dem Handy keinen Unterschied macht. Schon hat man wieder Zeit für die wichtigen Dinge im Leben, wie zum Beispiel sich von einer minderjährigen Hohlbratze auf YouTube Style-Ideen zu holen.

Inzwischen sollte es allerdings sogar der geistigen Unterschicht in den Tiefen des Facebookuniversums klar geworden sein, dass Fastfood und Fertiggerichte bei einer gesunden Ernährung eher suboptimal sind. Eventuell sogar noch, dass diese richtig fetten Leute, die einem so den Tag über in der Fußgängerzone entgegengewalzt kommen, nicht alle an Schilddrüsenunterfunktion leiden können.

Wer beim Amerikaner um die Ecke regelmäßig das „XXL-Big Mäc Menü" reinpfeift und auch so aussieht, hat maximal eine Turnschuhunterfunktion gepaart mit einer Eigenkochstörung.

Gesunde Ernährung hat nichts, aber auch gar nichts mit vegetarischer Ernährung zu tun. Im Gegenteil, Vegetarier beziehungsweise in noch extremeren Ausmaßen Veganer müssen immer darauf achten, Mangelerscheinungen zu vermeiden, da lebenswichtige Fettsäuren, Vitamine etc. auf dem Speiseplan fehlen. Besonders bei Kindern empfiehlt sich keine rein vegetarische oder gar vegane Ernährung. Eisenmangel kann zu großen Problemen bei der Entwicklung führen. Somit ist von einer fleischlosen Aufzucht der Brut grundsätzlich aufgrund der hohen Risiken für die Gesundheit abzuraten. Bekanntlich sind Eltern aber auch nur Menschen und somit meist genauso blöd oder faul, um sich ausreichend und detaillierter mit solch relevanten Details zu beschäftigen, die nun mal so gar nichts mit dem eigenen Zeitvertreib zu tun haben.

Wenn man also unter den tausenden von wichtigen Facebook-Nachrichten, auf die es heutzutage zu reagieren gilt, mal wieder etwas Schreckliches zur Massentierhaltung findet und man wie immer keine Zeit hat, sich eingehend mit dem Thema zu beschäftigen, sollte man im Hinblick auf die Gesundheit nicht sofort zu Gemüse-Hamsterkäufen aufbrechen, sondern besonnen reagieren. Fleischkonsum reduzieren und dafür qualitativ hochwertiges Fleisch aus bekannter Herkunft kaufen, bringt Mensch und Tier deutlich mehr, als dieser Pseudoveggiekram, den uns die Jungs mit der roten Mühle verhökern wollen. Es sind immer die Billigwaren, die letztendlich dem Planeten schaden. Nicht nur Billigfleisch, auch Billiggemüse trägt mit dem ganzen Pestizid- und Düngemitteleinsatz seinen Teil zu der Misere bei.

Bevor sich nun die ganzen Hipster-Spacken anerkennend selber auf die Schulter klopfen: Es ist auch keine Lösung, im Regal zum teuren Fertigprodukt mit so einem geilen Namen wie „Zitronengrassuppe mit thailändischem Korianderblütensamen und Biowasserbüffelbäckchen" zu greifen. Nur teuer garantiert noch kein gesundes Essen, solange es nicht frisch zubereitet ist.

Auch sollten die Verhältnisse stimmen. Wer glaubt, einmal in der Woche an einer Möhre zu lutschen, aber ansonsten nur halbes Schwein auf Toast zu mampfen, würde ihm beim nächsten Check-up Blutwerte eines Neugeborenen bescheren, der glaubt auch, dass seine Fotos auf Instagramm irgendeine Sau interessieren. Fleisch und Gemüse in guter Qualität, einem ausgewogenen Verhältnis und vor allem frisch zubereitet, ist und bleibt das Maß der Dinge. Eine gesunde Ernährung ist unbestreitbar aufwändig. Man muss seinen Hintern lüften und nicht nur frische Zutaten kaufen, sondern diese auch hinterher noch zubereiten. Als ob das noch nicht genug wäre, muss man noch darauf achten, dass das Schwein weder Antibiotika noch Wachstumshormone und die Gurke keine Pestizide abgekriegt hat. Von der passenden Tageszeit für den Konsum von Fett, Kohlenhydraten, Zucker und Co. in der richtigen Kombination und Menge, ganz zu schweigen. Sport in Ergänzung zur Ernährung ist eine weitere Facette, um langfristig gute Blutwerte - ein Maß für einen gesunden Lebensstil - zu erhalten. Das ist alles harte Arbeit und kostet Zeit. Zeit, von der ein Großteil der Bevölkerung überzeugt ist, man könne sie sinnvoller vor der Play-Station nutzen.

Böse Zungen unter den Kennern meiner Person können nun einwenden, dass ich eingedenk all dieses Wissens trotzdem zu fett bin. Das stimmt! Ich habe sogar zu hohe Cholesterin- und Gamma GT-Werte, obwohl ich immer frisch koche, kaum Fastfood esse, Bio-Zeugs kaufe, Süßkram und Chips sehr limitiert zu mir nehme und sogar bisweilen Sport treibe. Was soll ich dazu sagen? Auch gesundes Essen hat Kalorien und in Verbindung mit zu wenig Sport und regelmäßigem Alkoholkonsum nimmt man nun mal zu. Letzteren braucht man als Misanthrop in betäubungsrelevanten Mengen, um die ganze Blödheit, Ignoranz und Bigotterie um sich rum überhaupt ertragen zu können. Das erhöhte Cholesterin ist übrigens erblich bedingt und ... ich habe gerade erkannt, dass ich als Autor dieses Artikels diese unangenehme Diskussion mit mir selber gar nicht führen muss.

Auch wenn uns die Werbung den Eindruck vermitteln will, das stetig steigende Angebot an vegetarischen Gerichten in den Supermarktregalen wird nichts daran ändern, dass der Großteil der Bevölkerung in den Industrienationen zu fett ist. Fleischlose Ernährung macht auch nicht grundsätzlich glücklicher und gesünder. Was nützt der Veggieburger oder das vegetarische Cordon Bleu im Einkaufswagen, wenn sie neben Pommes, Mayonnaise, Schokoladenpudding, Coca Cola, Chips und Schokolade zu liegen kommen. Es gilt auch weiterhin die Weisheit: „Zeige mir, was du in deinem Einkaufswagen hast, und ich sage dir, wer du bist!"

12. November
Nackte Tatsachen - Update 1

Kommando zurück. Ich habe den Kickern Allahs damals Unrecht getan *(Anm.d.Red.: Siehe Kapitel „23. April, Nackte Tatsachen“).* Es ist wieder Wintersaison und mir sind doch glatt in der Soccerhalle weitere Duschverweigerer und Unterbuxenduscher aufgefallen. Allerdings konnte ich nicht ermitteln, welcher Glaubensrichtung sie angehören.

Die Duschverweigerer sind alle unter zehn Jahren und deshalb nur bedingt für ihr Tun verantwortlich zu machen. Ich kann mich noch gut erinnern, dass wir in dem Alter auch nicht so viel Wert auf Duschen im Allgemeinen und Duschen in der Umkleide des Fußballvereines im Speziellen gelegt hätten. Das Verhalten ist also relativ normal und das Erkältungsrisiko ist heutzutage sogar noch viel geringer, zumal diese glücklichen Kinder direkt vor der Tür in das geheizte Auto der allzeit aufopferungsvoll bereitstehenden, jeweiligen Elternteile springen können. Wir dagegen mussten damals noch kilometerweit nach Hause laufen oder radeln, weil die besagte Elternteile in ihrem Leben noch etwas mehr Sinn sahen, als der undankbaren Brut den Arsch nachzutragen.

Die Unterbuxenduscher sind zwar auch noch nicht erwachsen, aber bereits in einem geschlechtsreifen Alter, in dem man offensichtlich erkannt hat, dass es nicht ausreicht, nur freundlich zu sein, wenn man ficken will, sondern auch gewaschen. Der Grund warum diese Jungs beim Duschen die Hose anlassen, hat weniger religiöse Aspekte. Es ist so erschreckend wie lächerlich und ein Spiegel der heutigen Gesellschaft. Das Folgende mag bekannt erscheinen, habe ich es doch bereits in ähnlicher Form in den vorigen Kapiteln erwähnt. *(Anm.d.Red.: Immerhin zeigt es, dass der Großteil der Scheiße, die auf diesem Planeten passiert, eigentlich immer dieselben Ursachen hat: Macht, Gier und/oder galoppierende Dummheit!)*

Mit Aufkommen der neuen Kommunikationstechniken wurde das hochgejubelte Informationszeitalter eingeläutet. Mit Internet, Mobilfunk und später dann dem Smartphone wähnte man die Menschheit schon auf einer ethisch und moralisch höheren Daseinsstufe. Leider haben die Jubler dabei wie üblich übersehen, dass dieselbe Menschheit es eigentlich noch immer geschafft hat, eine vom Grunde her gute Idee zu verkacken. Die Initialzündung oder auch den Kondensationspunkt des Scheiterns einer Idee liefert immer eine kleine Zahl Menschen mit der entsprechenden Geltungssucht und Machtgier. Sie beginnen, aus einer Innovation maximalen Profit für sich zu schlagen, indem sie die Idee, sei sie nun materieller oder immaterieller Natur, einem maximalen Konsumentenkreis der dummem Masse, entsprechend für ihre Zwecke aufbereitet, zur Verfügung stellen. Dabei werden aber, bewusst oder unbewusst, jegliche negativen Folgen ausgeblendet. Es wird ignoriert, dass alles Neue nur für einen begrenzten Personenkreis zugänglich gemacht werden sollte, da der weitaus größte Teil überhaupt nicht die geistige Kapazität oder Reife hat, damit umzugehen. In der Folge schaden diese armen Seelen dann sich und wie immer letztendlich anderen.

Ein gutes Beispiel aus der Geschichte ist die Demokratie. Anfangs bei den Griechen hochgejubelt, aber auch nur einem begrenzten Personenkreis zugänglich, den männlichen Bürgern Athens, darf heute jeder ran, ohne meist zu wissen, was er da tut. Siehe Ausgang des Referendums in der Türkei oder der US-Wahl.

Mit der digitalen Kommunikation ist es nicht anders gelaufen, nur in einem viel kürzeren Zeitraum, sodass die negativen Folgen auf die Gesellschaft noch gar nicht abzusehen sind. Die bekanntesten „Kondensationspunkte“ sind hier Steve Jobs oder David Zuckerberg.

Ich habe keine Ahnung, ob sie wirklich wussten, was sie tun oder gar ein idealisiertes Bild der Menschheit im Sinn hatten. Vielleicht war es ihnen aber einfach egal, weil sie nur eines wollten, ihr Produkt zu maximalem Profit und Geltung zu führen. Nun, das ist, wie wir heute wissen, gelungen. Dazu bedurfte es noch nicht einmal dem „DMDM-Prinzip“. Keine Manipulation, einfach ein Selbstläufer.

Die Eitelkeit der Menschen befeuert ein unersättliches Mitteilungsbedürfnis, ohne Rücksicht auf die Qualität einer Information und die möglichen Folgen der Verbreitung. Der Neid dagegen sorgt dafür, dass man anderen diese Zurschaustellung der eigenen Person nicht gönnt, besonders, wenn die fremden Informationen interessanter sind oder einen höheren sozialen Status vermuten lassen.

Der Jähzorn, besser bekannt als Wut oder Rachsucht, sorgt schließlich dafür, dass man im besten Falle seine Informationen pimpt oder andere und ihre Informationen disst. Die Folgen sind allen unter den Schlagwörtern Cyber-Mobbing und Hass-Posts bekannt. Auch die Fake-News erfüllen meistens diesen Tatbestand, wenn sie auch weitaus häufiger zur Manipulation eingesetzt werden.

Was hat das alles mit unseren Unterbuxenduschern zu tun? Ich denke, es sollte langsam klar sein, worauf es hinausläuft. Diese jungen Kerle haben panische Angst davor, dass irgendjemand der Mannschaftskameraden sie beim Duschen filmt und dann den kleinen Mann auf Facebook postet oder ins Netz stellt. Danke an Apple für die Technik, danke an Facebook für die Plattform und danke an eine Generation von Eltern, die immer neue, noch liberalere Erziehungsmethoden vorschieben, um sich nicht darum kümmern zu müssen, was ihre Brut im virtuellen Raum und in der Realität so treibt. Noch vor zwanzig Jahren hätte die Möglichkeit einer ordentlichen Tracht Prügel, den normal erziehbaren Jugendlichen noch von dem Niedermachen Schwächerer abgehalten, heute droht ihm maximal die „stille Treppe“. Was soll man aber von Eltern erwarten, die selbst im Würgegriff der digitalen Welt gefangen und ihre Kinder nur noch Model und Informationslieferant für die Darstellung ihres unwichtigen Lebens in den sozialen Netzwerken sind? Eltern, die damit keinen Deut besser sind als solche, die Kinder zeugen, um Kindergeld und andere soziale Absicherungen zu bekommen. Es fehlt nämlich in beiden Fällen das, was zur Fortpflanzung zwingend erforderlich ist, die Kompetenz, Wille und meist auch die Intelligenz, um den eigenen Nachwuchs zu einem wertvollen Mitglied der Gesellschaft zu machen. So erzieht sich die neue Generation in der digitalen Welt selbst, irgendwo gefangen zwischen den Polen Selbstdarstellung und Mobbing. Eine Welt, die nur eine Maxime kennt, die Information und deren Verbreitung um jeden Preis.

Anstatt zum Respekt zu erziehen, züchtet sie kaltblütige Täter, anstatt die Opfer zu schützen, verteilt sie Unterhosen.

20. November
Tiefflieger

Es mag an der dünnen Luft liegen, dass Tomatensaft im Flugzeug besser schmeckt. Man kann sie aber beim besten Willen nicht zur Erklärung heranziehen, wenn es darum geht, zu ergründen, warum Flugreisende sich teilweise noch dämlicher aufführen, als Gaffer bei Autounfällen. Das unerklärliche Verhalten beginnt nämlich bereits am Boden und meines Wissens herrscht am Flughafen derselbe Luftdruck wie anderswo. Vor über fünfundzwanzig Jahren war Fliegen noch kein Volkssport und viele unerklärliche Vorfälle erwiesen sich schon damals in ihrer Dummheit richtungsweisend, konnten aber mit der Unerfahrenheit der Erstflieger erklärt werden. Die Quote war allerdings sehr niedrig. Die Blödenkapazitäten eines Flughafens beziehungsweise der Fluggesellschaften waren locker dazu ausgelegt, die Deppen unter den Geschäftsreisenden zur Arbeit, die wenigen Pauschaltouristen nach Malle oder die Kinderficker nach Thailand zu bringen, ohne dass der Mitmensch negativ davon in Mitleidenschaft gezogen wurde. Mit dem Aufkommen der Billigflieger verbesserte sich die Situation zunächst sogar noch, da viele dieser Billigbomber auf niedrige Flughafengebühren bauten und so die besoffenen und grölenden Fußballklubs weg von den Hotspots in abseits gelegenen Flughäfen internierten und verluden. Durch den steigenden Konkurrenzdruck und den Einstieg etablierter Fluggesellschaften in das Billigfliegergeschäft, sind diese Zeiten vorbei. Niedrige Ticketpreise führten dazu, dass heutzutage alles und jeder von überall nach überall fliegt. Es gibt inzwischen sogar Seminare gegen Flugangst, um sicherzustellen, dass auch mit dem letzten Flugphobiker Umsatz gemacht werden kann. Die Folge sind überlastete Flughäfen, besonders frühmorgens an Wochentagen, und eine Idiotendichte wie in der Düsseldorfer Altstadt am Freitagabend. Während das gesellschaftliche Niveau an Flughäfen seitdem rapide gesunken ist, konnte man das von den Gastronomiepreisen im gleichen Zeitraum leider nicht behaupten.

Wo viele Menschen zusammenkommen, da kann bekanntermaßen viel danebengehen. Die Anzahl an Hinweisschildern und Durchsagen ist immer hinreichender Beweis für die Existenz einer hohen Idiotendichte an einem Ort. Die zivile Luftfahrt ist demnach ganz vorne dabei. Wie an einer Perlenkette aufgereiht passieren nacheinander die skurrilsten Szenen. Das fängt schon bei der Anreise zum Flughafen an.

Jedem Verkehrsteilnehmer ist die Bedeutung eines absoluten Halteverbotes ein Begriff. Man darf schlichtweg nicht halten, geschweige denn Parken, auch nicht zum Ein-und Ausladen. Trotzdem schaffen es, besonders frühmorgens, vor allem Taxifahrer, diese Tatsache zu ignorieren, aber auch andere Shuttleservices aus dem familiären Umfeld der Fluggäste sind ganz vorne dabei, wenn es darum geht, „nur mal kurz" den Passagier zur Hauptverkehrszeit ausgerechnet an Stellen abzuladen, wo bereits ein Halten von wenigen Augenblicken zu einem Rückstau bis zur Autobahn führt, der sich in der Folgezeit bis neun Uhr auch nicht mehr auflöst. Besonders beliebt ist auch der Pärchentausch, bei dem der Mann mit Freundin oder Ehefrau auf dem Beifahrersitz noch selbst zum Flughafen gefahren ist, denn er ist schließlich der Mann. Leider wird dann versucht, mitten auf der Fahrbahn nur mal kurz den Fahrer zu wechseln.

In dieser beziehungsweise sehr ähnlicher Reihenfolge passiert immer folgendes: Der Mann steigt auf der Fahrerseite aus, während die Frau ihre Gelenkigkeit überschätzt und am Übersteigen der Mittelkonsole scheitert *(Anm.d.Red.: Die immer voluminöser werdenden Mittelkonsolen sind auch der Grund dafür, dass sich der Sex im Auto seit den Achtzigern mehr und mehr auf Oralverkehr oder Rücksitz verlagert hat).* Der Mann hat inzwischen den Kofferraum geöffnet und den Koffer entladen. Zurück auf der Fahrerseite möchte er der Frau einen Abschiedskuss geben, muss aber feststellen, dass die Frau inzwischen auf der Beifahrerseite aussteigt. Der Kuss erfolgt dann wieder beim Treffen in Höhe des Kofferraumes. Im besten Fall ist es nur ein Kuss. Das Worst Case Szenario sieht vor, dass hier hektisch noch Themen wie Abholung, Kindererziehung, Hauswirtschaft, Finanzpolitik oder Freizeitgestaltung besprochen werden müssen. Ist die Frau endlich eingestiegen und der Mann losgezogen, bewegt sich das Auto jedoch noch lange nicht. Der Mann hat aus Gewohnheit oder zum Öffnen des Kofferraumes den Autoschlüssel mitgenommen.

Verzweifeltes Rufen und Gestikulieren der Frau, je nach Reaktionszeit und Lautstärke des Hupkonzertes hintendran, gerne auch verbunden mit hektischem Hinterherrennen. Nach einer gefühlten Stunde setzt sich der Wagen in Bewegung und Frau fährt erst zunächst in die, logischerweise inzwischen vor ihr freigewordene Parklücke, weil sie sich erst einmal sammeln muss. Das Spiel kann hinter ihr von Neuem beginnen. Gleichzeitig sind die speziellen Entladezonen sowie Kurzzeitparkflächen mit immensen Parkgebühren ab der fünften Minute, die geschaffen wurden, damit man eben nicht in langen Schlangen am Abflugterminal warten muss, bemerkenswert leer.

Lassen sie uns der Einfachheit halber unserem Fluggast folgen, der zusammen mit seiner Frau gerade noch vor der Tür einen veritablen Rückstau erzeugt hat. Er hat sicher das Potential, allen Blödsinn zu verzapfen, den man so auf einer Flugreise anrichten kann, und ist demnach als repräsentativ anzusehen.

Klaus - ich habe ihn ebenfalls derselben Einfachheit folgend so getauft - will heute zu einer einwöchigen Dienstreise nach Schweden aufbrechen und muss demnach sein Gepäck bei Eurowings aufgeben. Da es auch Idioten unter den Kurzreisenden gibt, hat sich dazu noch ganz repräsentativ sein Arbeitskollege Werner eingefunden, der mit Handgepäck reist und neben seiner Laptoptasche noch ein Bordcase dabei hat, den er gedenkt, mit in den Flieger zu nehmen. Unglaublicherweise hat Werner den Check-In bereits im Internet durchgeführt, weswegen er, während er auf Klaus wartet, nun erst einmal einen Kaffee trinken darf, der nahe am Preis eines Kleinwagens liegt.

Klaus lässt in der Zwischenzeit keine Chance aus, sich zum Horst zu machen, denn für den normalen Durchschnittsverdiener mit viel Zeit für Facebook, aber wenig Zeit zum Nachdenken vor dem eigentlichen Handeln, bietet gerade das Fliegen hier viel Potential. Das ist auch der Grund, warum die Fluggesellschaften an neuralgischen Punkten freundliche Damen oder schwule Männer aufgestellt haben, die dafür Sorge tragen sollen, dass auch der DAF *(Anm.d.Red.: Dümmste Anzunehmende Fluggast)* halbwegs unbeschadet seinen Flug absolviert, ohne hinterher die Fluggesellschaft verklagen zu können. Damit dürfte sich der

Personalaufwand nach Einführung des digitalisierten beziehungsweise automatisierten Check-In nicht signifikant reduziert haben, jedoch die Aufgabengebiete der Angestellten wandelten sich vom Dienstleister zum Babysitter.

Klaus hat zehn Minuten gebraucht, um in der Schlange bis zum ersten Hindernis vorzustoßen, die am Beginn des Umlaufgitters, also der eigentlichen Menschenansammlung vor der Gepäckaufgabe, die Bordkarten kontrolliert. Die Hürde hat die immer noch knackige Form einer Ex-Stewardess. Ehemaliges weibliches Kabinenpersonal ist übrigens sehr zahlreich beim Bodenpersonal. Bei vielen hat man das Gefühl, es wäre die nächste Karrierestufe und soll der Umwelt signalisieren, dass hier jemand steht, der nicht mehr Saftschubse im Flieger spielen muss. Diese Frau hat es erfolgreich geschafft einen Piloten oder Geschäftsmann zu knallen, der sie auch behalten hat. Stewardessen sind also quasi wie Teilnehmerinnen beim Bachelor, nur mit Ausbildung und einer echten Beziehung hinterher. Die genervt dreinblickende Dame hat Klaus, wie schon hundert anderen an diesem Morgen, derweil erklärt, dass man hier, wie es auch in Endlosschleife über die Lautsprecher zu hören war, nur mit gültiger Bordkarte weiterkommt. Klaus wird freundlich aber bestimmt aufgefordert sich zunächst zum Check-In an eins der dafür vorgesehenen Computerterminals zu begeben. Dort angekommen, ist ungefähr die Hälfte der Automaten wie üblich ausgefallen und erneutes Warten ist die Folge. Endlich an der Reihe, kommen die Wenigsten ohne Hilfe mit dem System klar. Früher, aber meist später, nachdem alle Versuche der Identifikation mit Kreditkarte, Namen, Personalausweis, Vielfliegerkarte oder Buchungscode nacheinander gescheitert sind, müssen alle von den Angestellten der Fluggesellschaft, die auch hier rumstehen, unterstützt werden. Die Unterstützung ist meist dergestalt, dass man ohne Bordkarte zurückgeschickt wird und sich von der Dame an der Gepäckaufgabe eine ausdrucken lassen soll. Da Klaus keine Lust hat sich wieder in die Schlange vor der Ex-Stewardess zu stellen und bei dieser um erneuten Einlass zu begehren, kommt ihm die subjektiv gesehen gute Idee, sich in die kleinere Schlange am Business Class Schalter zu mogeln, weil er vermutet, dass es hier schneller geht. Es ist unnötig zu erwähnen, dass Klaus von seiner Firma weder ein

Business Class Ticket spendiert bekommen hat, noch die entsprechende Vielfliegerkarte mit einem Status besitzt, der ihn berechtigt, sich trotz eines Billigtickets hier anzustellen. Es geht natürlich nicht schneller, denn viele Economy Gäste hatten dieselbe super Idee, und man kann Mordgelüste in den Gesichtern einiger Vielflieger sehen, die schon geraume Zeit warten müssen, weil diese Discountticketvollspacken den Verkehr aufhalten, indem sie in der falschen Schlange stehen. Vorne angekommen versuchen sie natürlich, die Dame am Schalter davon zu überzeugen, dass das vollkommen aus Versehen geschehen ist und man sie bitte ausnahmsweise hier einchecken soll, wenn man schon mal gerade da ist. Klaus hat Glück, dass dank seines amateurhaften Verhaltens inzwischen so viel Zeit vergangen ist, dass nur noch eine halbe Stunde bis zum Abflug bleibt. Deshalb hat die Dame ein Einsehen und Klaus begibt sich spät, aber zufrieden, und mit der fälschlichen Überzeugung, als einziger diese gute Idee gehabt zu haben, die man beim nächsten Mal sicher gleich wieder ausprobieren sollte, mit seinem Kollegen Werner zum Sicherheitscheck. Die Tatsache, dass er beinahe von einem rasenden Business Class Mob erschlagen worden wäre, entgeht ihm dabei völlig.

Am Sicherheitscheck wartet natürlich die nächste Schlange im morgendlichen Berufsverkehr, denn die Kontrollen sind langwierig. Röntgengeräte, Sprengstoffschnüffler und auch Nacktscanner sind durchaus sinnvolle Einrichtungen und schützen die Allgemeinheit davor, dass Einzelpsychopathen einem Flugzeug und seiner Fracht gefährlich werden können. Alles wäre so einfach, wenn da nicht die Amis wären, die seit „Nine Eleven“ bekanntermaßen am Rad drehen. Natürlich war es ein grausamer Terrorakt, aber was dann in der Folge an Gegenmaßnahmen ergriffen wurde, ist an vielen Stellen im besten Fall wirkungslos, im schlimmsten Fall aber total überzogen. Wie immer, wenn die Amerikaner überreagieren und mit den bekloppteste Ideen um die Ecke kommen, macht der Rest der Welt begeistert mit. Sicherheitskontrollen an Flughäfen sind da keine Ausnahme. Es sollte eigentlich logisch sein, dass große Terroranschläge akribisch geplant sind. Man überlässt nichts dem Zufall. Nach Ansicht der USA scheint aber trotzdem jeder Terrorist sein komplettes Equipment im Handgepäck zum Flieger zu schleppen, anstatt es durch Helfer am Flughafen, an den Kontrollen vorbei, direkt zum Flugzeug zu bringen. Dass oder die Tatsache, dass in den USA gerne mit großem Tamtam heiße Luft fabriziert wird, um vordergründig die Illusion gerichteten Handelns zu erzeugen, hat dazu geführt, dass inzwischen Menschen vor den Kontrollen hektisch ihre Getränke runterkippen, Schuhe ausgezogen werden müssen und wir inzwischen im Handgepäck nur noch Parfum und Zahnpasta in homöopathischen Dosen mitnehmen dürfen. Die Tatsache, dass diese auch noch aus unerfindlichen Gründen in spezielle, wieder verschließbare Plastiksäcke kleiner ein Liter Fassungsvermögen zu stopfen sind, entbehrt jeder Logik. Gefrierbeutel gehen natürlich nicht, weshalb der Handel mit diesen „Spezialtüten" zu fünfzig Cent das Stück an allen Flughäfen der Welt floriert.

Da all die Sicherheitsmaßnahmen den normal begabten Erdenbewohner überfordern und in der Hoffnung, dass das Sicherheitspersonal nicht die ganzen schwachsinnigen Details jedem einzeln erklären muss, werden kleine Lehrfilme gezeigt. Hier machen dann putzige Zeichentrickfiguren vor, wie man sich an der Sicherheitskontrolle richtig verhält. Die Absicht mag ehrenhaft sein, jedoch ist das Resultat ernüchternd, wie große Tonnen mit allerlei spitzen Gegenständen, großen Flaschen voll mit den unterschiedlichsten Getränken, sowie Kosmetikartikel mit größer 100 ml Inhalt auch noch Jahre nach Einführung beweisen. Auch das gezeigte Ablegen der Kleidung und der metallischen Gegenstände verläuft jeden Morgen aufs Neue eher schleppend. Während Klaus das Tor des Metalldetektors natürlich zwei Mal passieren muss, da er sein Münzgeld in der Hosentasche vergessen hat (es wäre bestimmt drei Mal gewesen, aber den Autoschlüssel hat, wie wir wissen, seine Frau und da auch der Haustürschlüssel an dem Bund ist, wird Klaus bei seiner Rückkehr ... aber das ist eine andere Geschichte!), kommt sein Kollege Werner überraschenderweise sofort durch, muss dann aber die Reise ohne sein Nageletui, sein Schweizer Messer, die 500ml Sparpackung Schauma Shampoo, sowie eine Dose Red Bull fortsetzen. Zu diesem Zeitpunkt ist noch keinem aufgefallen, dass Werner zwar Handgepäck dabei hat, von dem aber nur er glaubt, dass das Teil ein

Bordcase ist, das heißt, den erlaubten Maximalmaßen von Gepäckstücken zur Mitnahme in die Kabine entspricht.

Während Klaus sich endlich seinen Morgenkaffee und ein trockenes Croissant zum beworbenen Angebotspreis von 9,60€ genehmigt, verschwindet Werner in Richtung Lufthansa Business Lounge, denn er hat besagte Vielfliegerkarte durch diverse Reisen verdient. Die sogenannte Miles&More Frequent Traveller Card berechtigt den Besitzer, auch mit einem Economy Ticket den speziellen Bereich der Abfluggates zu besuchen, in dem es kostenlos Kaffee und ein paar weitere Snacks gibt. In den neunziger Jahren durfte man auch in die Lounge, wenn man mal eine andere Fluggesellschaft nutzen musste, und sogar noch einen Gast mitnehmen. Diese Privilegien sind in Zeiten der Konkurrenz durch die Billigflieger offensichtlich nicht mehr drin, weswegen Klaus auch draußen bleiben muss.

Durch die langen Wartezeiten beim Einchecken waren sowieso nur noch zehn Minuten übrig gewesen. Deshalb treffen sich die beiden pünktlich zwanzig Minuten vor Abflug am Abfluggate wieder. Werner mit vor Scham roten Ohren, weil er an der Tür zur Lounge wie ein dahergelaufener Penner abgewiesen worden war, da sein Ticket zwar von der Lufthansa Billigtochter Eurowings war, jedoch der kleinste „Basic-Tarif" ihn nicht zum Eintritt berechtigte. Werner beschließt umgehend, das nächste Mal den besseren „Smart-Tarif" zu buchen. Zum Glück weiß er da noch nicht, dass er spätestens in Göteborg an der Tür zu Lounge wieder mit roten Ohren scheitern wird. Als Eurowings Kunde darf man grundsätzlich gar nicht in die von der schwedischen Fluggesellschaft SAS betriebene Lounge. Auch wenn Lufthansa und SAS im selben Verbund sind, der sogenannten „Star-Alliance", heißt das noch lange nicht, dass Eurowings als schmuddeliges Anhängsel der Lufthansa das auch beinhaltet.

Ohne dass der Flug nach Göteborg aufgerufen wäre, hat sich wie immer bereits vor dem Gate eine Schlange gebildet. Klaus, als ehemaliger Bürger der DDR, wird automatisch beim Anblick nervös und stellt sich aus Gewohnheit hinten an. Nicht dass es zu verstehen wäre, wieso jemand früher im Flieger sein will. Es gibt weder freie Platzwahl, noch ist mir ein Flug bekannt, bei dem diese Fluggäste früher losgeflogen oder gar angekommen wären. Im aktuellen Fall ist es sogar besonders bemerkenswert, da hinter dem Gate nicht der Flieger, sondern ein Shuttlebus wartet und die ersten in der Schlange später die letzten im Flugzeug sein werden.

Natürlich versucht Klaus, als er nach Öffnen des Gates seinen Fehler erkennt, sich strategisch günstig in der Nähe der Bustüren zu platzieren. Damit versperrt er aber den Durchgang für die nachkommenden Passagiere. Der Busfahrer vertreibt ihn schließlich ins Innere des Shuttles *(Anm.d.Red.: Einige Flughäfen setzen Busse ein, die auf beiden Seiten Türen haben. Da man nie weiß, mit welcher Seite der Bus an das Flugzeug heranfährt, kann man förmlich die Verzweiflung einiger Fluggäste spüren, die nicht wissen, wo die strategisch günstigste Position ist).*

Der Bus hat sich inzwischen in Bewegung gesetzt und bringt die Passagiere zum Flugzeug. Es ist faszinierend zu sehen, wie viele Leute morgens um sieben Uhr lautstark wichtige Telefonate in einem Shuttlebus führen müssen, wenn sie nicht gerade ihren Mitreisenden von ihren beruflichen Heldentaten berichten. Wozu weisen Konzerne ihre Mitarbeiter eigentlich andauernd auf die Gefahren des „Social Engineering“ hin, wenn Firmeninternas im Bus zum Flugzeug sowieso ausposaunt werden?

Endlich am Flieger stellt man sich brav in die nächste Schlange an der Treppe. Besonders schön, wenn es regnet, zumal der Schirm als Stichwaffe eh nicht im Handgepäck ist. Werner wird, schließlich an der Tür zum Flugzeug angekommen, mit seinem viel zu großen Koffer zurückgeschickt und übergibt ihn an der Ladeluke an das Ladepersonal.

Die Einnahme der Sitzplätze verläuft immer überraschend zivilisiert. Dennoch wurde bis heute noch kein Patentrezept gefunden, wie in der Economy Class und oder kleinen Fliegern Fenster- oder, wenn vorhanden, Mittelplätze besetzt werden könnten, ohne dass die gesamte schon sitzende Klientel wieder aufstehen muss. Dank Leuten wie Werner, die grundsätzlich mit Laptoptasche und Bordcase reisen, reichen bei einem vollbesetzten Flugzeug die Gepäckabteile nie aus, um alles Gepäck, Jacken, Mäntel und Duty Free zu verstauen. So dürfen sich viele Passagiere den sowieso schon bescheidenen Fußraum mit ihrer Tasche teilen. Wenn endlich alle sitzen, geschehen folgende Dinge, immer in genau dieser Reihenfolge. Zunächst beginnt das Quotenkleinkind zu heulen, kann auch nicht mit den kleinen Geschenken der Fluggesellschaft beruhigt werden und macht gemeinhin bis zur Landung unbeeindruckt weiter. Dann verschließt das Kabinenpersonal alle Gepäckfächer, öffnet aber das über dem Notausgang wieder und diskutiert mit den Passagieren an selbigen, warum weder Taschen noch Jacken in diesem Bereich rumliegen dürfen. Nachdem die Stewardess mit 1:0 gewonnen hat und das Zeug im vollen Gepäckfach mit roher Gewalt verstaut wurde, beginnt sie, gefühlt die Hälfte der Passagiere, darauf hinzuweisen, die Sitzlehnen aufzurichten oder wahlweise Tische oder Jalousien hochzuklappen *(Anm.d.Red.: Speziell das Aufrichten der Sitzlehnen soll bei einer Notlandung kurz nach Start oder vor der Landung dafür sorgen, dass die Passagiere in der Reihe dahinter zur Evakuierung besser auf den Gang kommen. Eine logische, wenn auch bei den lächerlich geringen Neigungswinkeln der heutigen Economy Sitze eine etwas übertriebene Maßnahme, besonders, wenn die Stewardess auch die Passagiere in der letzten Reihe dazu auffordert).* Schließlich werden dieselben Trottel, die schon im Bus genervt hatten, durch persönliche Ansprache dazu gebracht, ihr unheimlich wichtiges Telefonat zu beenden, zumal man doch gerne starten würde.

Währenddessen erfolgt die Einweisung zu den Sicherheitsvorkehrungen an Bord in Englisch und in Landessprache der Fluggesellschaft, im Falle der Lufthansa beziehungsweise Eurowings natürlich in Deutsch. Stewards werden grundsätzlich ignoriert, es sei denn sie sind lustig, stockschwul, lispeln oder alles zusammen. Bei den Stewardessen schauen wenigstens noch ein paar hin, jedoch nicht auf die ordnungsgemäß angelegte Schwimmweste, sondern eher auf die eng anliegende Bluse. Im realen Notfall, wenn Menschen in Todesangst sind, dürfte die Nummer sowieso nicht ablaufen, wie von der Stewardess vorgeschlagen. Besonders putzig ist die Sache mit der Trillerpfeife, die man nach einer Notlandung im Wasser benutzen kann, um auf sich aufmerksam zu machen. Diese Nummer mag bei Kate Winslet funktioniert haben, man sollte aber nicht vergessen, dass es sich bei „Titanic“ um einen Film handelt und sogar da die Erfolgsquote bei schwachen fünfzig Prozent lag. Schließlich ist Leo Di Caprio abgesoffen.

Der Nutzen besagter Pfeife dürfte vielmehr psychologischer Natur sein, ein Sonderzubehör, welches das Vertrauen in die Schwimmweste selbst erhöhen soll. Viele Features sind stets gemocht, alles was heutzutage nur eine einzige Funktion hat, wird nicht „gelikt".

Man sollte meinen, dass nun, da alle angeschnallt rumsitzen, alles bis zum Start glatt läuft. Weit gefehlt!

Sobald der Flieger auf dem Weg zur Rollbahn ist und sich auch das Kabinenpersonal auf ihren Plätzen angeschnallt hat, schlägt die Stunde des „Last Minute Pinklers". Ein Mann oder eine Frau, deren Harndrang offensichtlich an das Anlassen der Triebwerke gekoppelt ist. Auch wenn sie nie, also wirklich nie, Erfolg hat und spätestens vor der Klotür von dem Kabinenpersonal ausnahmslos zurück an den Platz geschickt wird, finden sich trotzdem seit Jahren immer wieder Freiwillige, die diese Fremdschämnummer durchziehen. Sobald nach dem Start die Anschnallzeichen erloschen sind, sprintet der „Last Minute Pinkler" los, um bei seiner Rückkehr prompt die Verteilung der Nahrungsrationen zu unterbrechen.

Damit wären wir also bei der Verpflegung an Bord. Wenn überhaupt existent, haben sich fast alle Fluggesellschaften hier besondere Beschränkungen ausgedacht, um das Personal maximal zu beschäftigen und den Fluggast in gleichem Maße zu nerven. Sehr eindrucksvoll geschieht das bei Eurowings. Hat man in der Economy Class den Basic Tarif, gibt's nichts, hat man den Smart Tarif, bekommt man ein Lunchpaket und kurz darauf noch ein alkoholfreies Getränk. Das erfordert aber eine genaue Liste, welcher Passagier, mit welchem Tarif, auf welchem Platz sitzt. Leider haben viele Passagiere im halb besetzten Flugzeug kurz nach Schließen der Türen einen bequemeren Platz gesucht oder sogar mit anderen den Platz getauscht, um zum Beispiel neben einem Freund oder Kollegen zu sitzen. Es ist also oft ein absoluter Zufall, ob man sein Lunchpaket erhält oder nicht. Außerdem ist den meisten Passagieren diese Zweiteilung der Gesellschaft in der Economy Class nicht bewusst und besonders Basic-Tarif Flieger gehen davon aus, dass die Getränke gratis sind, wenn vor ihnen jemand ohne zu bezahlen eins bekommt.

Das Chaos ist somit jedes Mal vorprogrammiert.

Es ist faszinierend zu beobachten, wie viel Diskussionen um ein trockenes Brötchen und eine Cola geführt werden können.

Zur Landung selbst ist nicht mehr viel zu sagen, außer dass alle Anweisungen in umgekehrter Reihenfolge von den Passagieren nicht beachtet werden. Kaum haben die Räder den Boden berührt, beginnt das Kabinenpersonal mit besonders dämlichen Sprüchen.

„Willkommen in xy. Bitte bleiben Sie zu ihrer eigenen Sicherheit noch solange angeschnallt sitzen, bis die endgültige Parkposition erreicht wurde und die Anschnallzeichen über Ihnen erloschen sind!“ Wieso? Ist der Pilot ein guter Flieger, aber schlechter Fahrer und es muss mit einem Unfall gerechnet werden? Eventuell befürchtet man auch Turbulenzen am Boden oder einen anderen Piloten, der die Vorfahrt missachtet.

„Bitte lassen Sie Mobiltelefone noch solange ausgeschaltet, bis die Anschnallzeichen über ihnen erloschen sind!“ Hier ist nicht nur der Spruch dämlich, sondern auch die Tatsache seiner Nichtbeachtung. Bereits die Hälfte der Mobiljunkies hat mit Bodenberührung das Handy eingeschaltet und ist dermaßen auf Entzug, dass vor lauter Zittern kaum der Code eingegeben werden kann.

„Öffnen Sie die Gepäckabteile über ihren Köpfen vorsichtig. Durch Turbulenzen verschobene Gepäckstücke könnten herunterfallen und andere Passagiere verletzen!“ Da muss ich doch glatt ohnmächtig gewesen sein, als diese Turbulenzen das Flugzeug beinahe abstürzen ließen, um so etwas anzurichten.

„Bitte gehen Sie nach dem Aussteigen nicht um die Maschine herum, Sie könnten in ein laufendes Triebwerk geraten!“ Mein absoluter Lieblingsspruch. Unnötig wie lächerlich. Wer so dämlich ist und beim Aussteigen den Shuttlebus nicht findet oder plötzlich auf die Idee kommt, noch ein wenig Rollfeldsightseeing zu machen, dürfte es gemäß Darwins Gesetz auch verdient haben, als Hackepeter zu enden.

Endlich am Terminal angekommen, strömen nun alle zum ausgewiesenen Gepäckband. Je nach Koffermenge auch gerne mit einem Gepäckwagen. Dabei ist unerklärlich, wieso man unbedingt dicht an dem Band stehen muss, wie ein Rhinozeros am Wasserloch. Das Band ist weder so schnell, noch das eigene Gepäckstück so klein, dass man nicht auch in einigen Metern Entfernung warten könnte. Die Folge sind die üblichen Verrenkungen der Passagiere aus der zweiten Reihe beim Versuch an den Trotteln und ihren Gepäckwagen vorbei irgendwie aufs Band zu blicken. Es folgt schließlich Gedränge und Tumult, wenn der eigene Koffer im letzten Moment erspäht wird und man binnen Sekunden die erste Reihe zur Seite schieben muss, da eine zweite Runde auf dem Gepäckband eine Art Bankrotterklärung ans Ego darstellen würde. Hat man die Gepäckrückgabe erfolgreich absolviert und musste nicht noch eine Ehrenrunde beim Schalter für verlorene Gepäckstücke drehen, kann man zum Ausgang streben.

Während Werner schon seit Tagen zurück ist, kann auch unser lieber Klaus nach langer Abwesenheit in der Ankunftshalle endlich in die Arme seiner Angebeteten sinken. Madame steht natürlich wieder im absoluten Halteverbot und hat nicht vor Klaus zu erzählen, dass sie ein paar Tage vorher nicht nur seinen Wagen, sondern auch seinen Arbeitskollegen Werner ein klein wenig gebumst hat.

02. Dezember
Tischmanieren

An manchen Tagen, wenn es mit dem Mittagessen schnell gehen muss, weil wieder irgendein Rindvieh eine Besprechung um 13 Uhr geplant hat, fahren wir gerne schon mal in die nahegelegene Einkaufspassage oder auf Neudeutsch „Shopping Mall“. Hier in der angegliederten „Fressmeile“ kann man inzwischen auch ganz passable Gerichte erhalten, die zwar zügig, aber trotzdem noch mit akzeptablem Nährwert und Geschmack zubereitet werden. Die Wartezeiten an den Bestelltheken sind akzeptabel. Generell gilt, je ungesünder das Essen, desto Länger die Schlange. Bei der Fischrestaurantkette „Nordsee“ kommt noch erschwerend hinzu, dass die Klientel sich in einer Altersklasse bewegt, welche die Vermutung nahelegt, das örtliche Altersheim hätte Betriebsausflug. Die betagten Kunden haben natürlich alle Zeit der Welt und lassen sich dementsprechend eingehend beraten mit den entsprechenden negativen Folgen für die Wartezeiten. Obwohl auch „Nordsee“ natürlich nur Fisch aus nachhaltiger Fischerei anbietet, die von lokalen Fischern mit kleinen Holzkuttern in Handarbeit geangelt werden, habe ich mich heute für einen Salat mit Falafelbällchen von einem Laden mit dem vielsagenden Namen „Immergrün“ entschieden. Nach erfolgreicher Bestellung der Mahlzeit und Erhalt derselben, trifft man sich im zentralen Sitzbereich. Mein Kollege, der Wokgemüse vom Asiaten gewählt hat, sitzt schon am Platz.

Neben dem erwähnten Angebot an überraschend guter beziehungsweise halbwegs erträglicher Restaurants. dürfen natürlich die üblichen Fastfoodtempel nicht fehlen. Da ich nur sturzbetrunken vor dem Heimweg von einer Sauftour oder auf dem Weg in den Skiurlaub dort auflaufe, würde es meinen Essgewohnheiten genügen, wenn diese Geißeln aus den Niederungen der Gastronomiehölle sich auf Bahnhöfe und Randbezirke in Autobahnnähe beschränken würden. Der Anblick übergewichtiger hässlicher Kinder anderer Leute, die sich mit Burgern und Pommes vollstopfen, sollte nämlich auf zwei bis drei Samstage im Jahr beschränkt bleiben. Meist wurden sie von ihren auch nicht gerade leichtgewichtigen Eltern dorthin gekarrt. Dort sitzen sie dann mit einem nicht minder gefüllten Tablett neben dem lärmenden Nachwuchs. Es macht nicht den Eindruck, als wenn sie dabei unglücklich wären. Schließlich mussten sie wieder mal nicht für ihre Brut kochen, das heißt, wenn man das Aufreißen einer Packung Tiefkühlpizza als solches bezeichnen will. Apropos Assifamilien ... Endstufe der Perversität sind die Kindergeburtstage im Fastfood Restaurant. Wie zum Teufel kann jemand, der sich schon immer Kinder gewünscht hat (es können nicht nur die sein, die zu blöd waren zu verhüten – dafür sind es zu viele), sich und je nach Alter auch seinen Nachwuchs vor Anderen so blamieren? Da werden die kleinen Prinzen und Prinzessinnen mit albernen Pappkronen und Plastikspielmüll versorgt in einen Glaskasten gepfercht, vom Personal der Einrichtung gefüttert, während sie dabei von Fremden angegafft werden. Gibt es sogar in der Tierwelt. Nennt sich Affengehege im Zoo.

Aber ich schweife mal wieder ab. Zurück zum Mittagessen im Einkaufszentrum. Was der Lokalität an Gemütlichkeit abgeht, macht sie aber auf eine andere Art mehr als wett. Durch die geschickte Zusammenstellung der verschiedenen Restaurants ist sie nämlich der ideale Platz für vergleichende Sozialstudien, da hier zur Mittagszeit so ziemliche alle Bevölkerungsschichten und -gruppen jeglicher Couleur und Glaubensrichtung aufeinandertreffen. Hätte ich einen solchen Platz entwerfen müssen, er wäre wohl genauso geplant. Natürlich sind die Übergänge fließend, aber die Grobeinteilung ist irgendwie immer zu erkennen, auch wenn die Gründe für mich bisweilen nicht nachvollziehbar sind. Die Rentner bevorzugen wie bereits erwähnt „Nordsee“. Vielleicht weil sich Fisch besser kauen lässt. Bei „Schnitzel Karl“ stehen viele Männer in Blaumann in der Schlange, also die aktiv arbeitende Bevölkerung. Beim Asiaten tummeln sich dagegen die Sesselpuper. An der Theke des vegetarischen Restaurants trifft man überwiegend Menschen mit Jack Wolfskin Outfit, also Pädagogen, Ökofreaks oder Umweltintellektuelle *(Anm.d.Red.: Eigene Wortschöpfung, nicht schlecht, gell?)*, Klugscheißer halt. Die Frittenbude wird von allen belagert, die sich damit abgefunden haben, einen dreistelligen BMI zu besitzen beziehungsweise die Abkürzung für eine Bundesbehörde halten. Nur an der Dönerbude, da stehen sie alle.

Endlich an den Tischen angekommen, macht man sich über sein Essen her, und schließlich sind wir da, wo ich eigentlich hin wollte, beim Thema „Tischmanieren". Ein zugegeben weites Feld. Da mir aber Zeit und Lust fehlen, über Themen zu referieren, wie zum Beispiel die korrekte Anordnung des Bestecks um den Teller, beschränke ich mich auf eine einzelne inakzeptable Angewohnheit. Sie begegnet mir aktuell und ist mir auch schon öfter in den letzten Jahren sauer aufgestoßen. Ein Verhalten, welches in meiner Kindheit wahrscheinlich nicht nur einen Schlag ins Genick, sondern den sofortigen Platzverweis zur Folge gehabt hätte.

Beim Essen kommen alle möglichen Werkzeuge zur Anwendung: Standardbesteck, Stäbchen, Pommespieker, Porzellanlöffel oder aber einfach nur die Hände, die im besten Fall seit der letzten Wäsche noch wenige Minuten zuvor Geldscheine oder Klotürklinken und, in den weniger guten Fällen, das eigene primäre Geschlechtsteil in Händen hielten. Letztere, also die Hände, nicht die Geschlechtsteile, benutzt man meist, um Burger, eine Dönertasche oder Ähnliches zu verzehren. Hier ist es in den letzten Jahren quasi durch die Hintertür bei einigen Zeitgenossen Usus geworden, beide Ellenbogen auf den Tisch zu stützen. Schließt man solche schlimmen Krankheiten wie Muskelschwund, Parkinson oder MS aus, bleibt das übrig, was es ist, eine Beleidigung der Esskultur des Abendlandes. Aber wenn man denkt, es kann nicht schlimmer kommen – weit gefehlt!

Ich habe bei meinen interkulturellen Erfahrungen festgestellt, dass viele US-Amerikaner zuerst ihr Essen schneiden, dann das Messer weglegen, die Gabel führende Hand wechseln, um sich die so frei gewordene an den Sack zu legen. Da mir US-Amerikaner aber so was von am Allerwertesten vorbeigehen, bedecken wir dieses Thema an dieser Stelle mit dem Mantel des Schweigens. Ich vermute, Donald Trump ist einer der wenigen Amerikaner, der das nicht tut. Aber nur, weil ihm sicher der Schoß der Tischnachbarin lukrativer erscheint, als der eigene.

Eine ähnliche Unart, wenn auch weniger genital angesiedelt, hat sich aber leider auch bei uns durchgesetzt. Zeitgenossen und -genossinnen, die beim Löffeln einer Suppe, eines Desserts oder prinzipiell bei Gerichten, für die nur ein Besteckteil, also eine Hand, gebraucht wird, die freie Hand inklusive Unterarm und Ellenbogen vor dem Teller, also entlang der Tischkante, aufstützen. Damit man sich nicht auf den dergestalt platzierten Unterarm kleckert, bringt man den Mund über den Teller, wodurch diese Essweise meist noch mit einer vornübergebeugten Anordnung des Oberkörpers einhergeht. Verbunden mit einem gesenkten Kopf ergibt sich ein Bild, welches ich eigentlich nur aus alten Western kenne. Die schöne Witwe, die dem Schurken gegen besseres Wissen einen Schlafplatz und ein warmes Essen anbietet und später vom Helden gerettet werden muss. Es ist dann genau diese Körperhaltung beim Reinschaufeln des Bohneneintopfes mit Lamm, die als Stilmittel dient, um den üblen Charakter des schlecht rasierten, dreckigen Schurken körpersprachlich darzustellen.

Da davon ausgegangen werden kann, dass in Mülheim an der Ruhr nicht ganz so viele Westernfans existieren, die um mich herum zufällig auch noch gleichzeitig ihr Mittagessen einnehmen, wäre es wünschenswert, wenn sich alle mal wieder mehr ihrer Kinderstube erinnern würden. Wenn man nie eine hatte, kann man es auch googeln. Wird sonst eh nur Mist im Internet recherchiert.

Mein Gott! Schließlich sehen da auch Kinder zu. Häufig sogar die eigenen.

Man muss ja nicht unbedingt gleich einen kompletten Knigge gefressen haben, aber ein Grundbesteck an Umgangsformen sollte doch drin sein. Das Recht, sich partout fortpflanzen zu wollen, ob man der Nachwelt nun etwas weiterzugeben hat oder nicht, ist auch mit einigen, wenn auch nur moralischen Pflichten verbunden, wie zum Beispiel das Vermitteln rudimentärer Umgangsformen bei Tisch. Es würde nicht nur meine Mittagspause erträglicher machen, sondern mittelfristig, davon bin ich überzeugt, hätte es sicher auch positive Auswirkungen auf andere Lebensbereiche. Tischmanieren mögen nur ein Aspekt sein, jedoch zeugen sie von Respekt gegenüber seinen Mitmenschen.

Auch wenn es dazu keine statistischen Erhebungen geben dürfte, es ist auch dieser Respekt vor anderen, der in unserer Zeit sicher helfen würde, damit weniger Ausländerwohnheime angezündet, Passanten U-Bahntreppen hinuntergetreten oder Frauen in der Öffentlichkeit belästigt werden.

P.S. Das Besteck ordnet sich beginnend mit der Vorspeise von außen nach innen. Werkzeuge für die rechte Hand rechts, diejenigen für links entsprechend links vom Teller. Dessert- und Kuchenbesteck oberhalb des Tellers.

12. Dezember
Freiheit, Gleichheit etc.

Mein Chef hat mich gebeten, eine kleine Powerpoint-Präsentation zu einem Projekt zu erstellen.

Über den Sinn und Unsinn der „Corporate Identity" hatte ich mich bereits in einem vorigen Kapitel ausgelassen. Präsentationen werden ebenfalls auf einer „CI" konformen Vorlage erstellt, die ich mir aus dem Intranet ziehen muss *(Anm.d.Red.: „Intranet" ist eigentlich nichts Anderes als das „Darknet" für Unternehmen. Man kommt aus dem normalen Internet nicht hinein und wenn man erst einmal drin ist, stellt man fest, dass sehr seltsame Leute da unterwegs sind, die den abgefahrensten Scheiß posten).*

Abgesehen von den lächerlich rigiden Vorgaben hinsichtlich der äußeren Form, sollte daran eigentlich kaum Anstößiges sein. Leere Seiten, die es, je nach Talent des Vortragenden, mit mehr oder weniger Esprit zu füllen gilt. Der Teufel steckt dieses Mal nicht im Detail, sondern lauert auf dem Deckblatt. Auch wenn es eigentlich nur einleitende Dekoration mit Firmenlogo ist, muss ein Weltkonzern auch hier zeigen, dass er eines der scheinbar wichtigsten Themen in der heutigen Zeit verstanden hat und entsprechend umzusetzen weiß - „Political Correctness". Wie jeder heiße Scheiß in der Arbeitswelt natürlich auch ein Anglizismus. Bedeutet eigentlich nichts anderes, als jegliche Ausdrücke und Handlungen zu vermeiden, die Gruppen von Menschen, besonders Randgruppen, beleidigen oder ausgrenzen könnten.

Zu einer Zeit, als man für Vorträge noch Folien auf einem Overheadprojektor benutzte - die Älteren unter uns werden sich erinnern -, reichte es aus, auf einer technischen Präsentation bei Bedarf das Foto eines Mannes zu zeigen, der an einer Maschine arbeitet. Im Zeitalter der „Political Correctness" fast ein Kündigungsgrund. Dank der Globalisierung könnte die Präsentation ja auch einem Schwarzafrikaner in die Hände fallen, der umgehend annehmen muss, man würde in dieser Firma einem Schwarzen nicht zutrauen an besagter Maschine zu arbeiten ... oder einem Inder oder einem Asiaten. Die Lösung des Wahnsinns ist, dass nun mindestens vier Leute an der Maschine stehen. Zunächst ein Weißer, der wahlweise für einen Nordamerikaner, Europäer,

Russen o.ä. gehalten werden kann, dann einen Schwarzen der Afrikaner und Afroamerikaner abdeckt, einen Asiaten für China, Japan etc. sowie eine Person mit einem seltsamen bronzefarbenen Höhensonnenteint, der universell für Spanien, Indien und komplett Süd- und Mittelamerika stehen könnte. Die Emanzipation darf natürlich nicht zu kurz kommen. Im Gegenteil, auch wenn Frauen in technischen Berufen einen kleineren Prozentsatz einnehmen, auf unserem Präsentationscover muss ein Anteil von fünfzig Prozent vorgegaukelt werden. Weshalb der weiße und der asiatische Part von einer Frau übernommen werden (warum gerade die beiden, habe ich noch nicht herausgefunden, aber ich arbeite daran). Wer glaubt, damit sei das Thema erschöpft, hat weit gefehlt. Da nicht einfach alle planlos an der Maschine rumwerkeln können und man schließlich nicht nur die Maschine, sondern auch unsere Protagonisten von vorne aufnehmen will, drückt man ihnen einen großformatigen Plan in die Hand, um eine schöne Perspektive zu haben und strukturiertes Handeln zu suggerieren. Schon hat man aber das nächste Problem. Es darf auf keinen Fall der Eindruck entstehen, dass der Weiße dem Schwarzen oder der Mann der Frau etwas auf dem Plan erklärt. Diese Aufgabe bleibt deshalb an der asiatisch aussehenden Frau hängen, die der anderen Frau eine Stelle auf dem Plan zeigt, während die Herren der Schöpfung abschätzend, aber wissend auf eine Stelle an der Maschine schauen.

Zu guter Letzt tragen alle eine komplette persönliche Schutzausrüstung, bestehend aus Arbeitskleidung, Sicherheitsschuhen, Brille und Helm, damit klargestellt wird, dass der Konzern auch beim Unfallschutz keine Kompromisse macht. Außerdem verdeckt die Schutzausrüstung jegliches Stück nackte Haut. Schließlich dürfen auf keinen Fall durch das Zeigen eines nackten weiblichen Beines oder Dekolletés, religiöse Gefühle irgendwelcher Handtuchträger beleidigt werden.

Überhaupt stellten die arbeitenden Frauen, auf Augenhöhe mit Männern, für unsere „CI" Spezies ein fast unlösbares Dilemma für bestimmte Weltregionen dar. Die Lösung war dann die Herausgabe einer „Special Edition Middle East". Auf dieser Präsentation sind anstatt der Frauen zwei Männer in Kaftan zu sehen.

Wegen des Gefährdungspotentials von weiter Kleidung an Maschinen auch nur ein Kompromiss, der überhaupt erst möglich wurde, weil alle Länder mit besonders überkommenen Frauenbild zum Glück auch immer eine laxere Arbeitssicherheitsmoral haben.

„Political Correctness" – neben der Rückgratlosigkeit von Führungskräften der Tod jeglichen konstruktiven Disputes oder effizienter Arbeit in Großkonzernen. Die höhere Frauenquote von dreißig Prozent in Führungspositionen, die die Politik in Firmen fordert, ist ein weiterer Wildwuchs dieser Kultur. Wieso sollten in einer Maschinenbaufirma überproportional viele Positionen von Frauen besetzt werden, wenn sich an der Uni nur circa fünf Prozent weibliche Kommilitonen einschreiben? Eine traurige aber wahre Begebenheit aus unserer Firma zum Thema „Erhöhung der Frauenquote". Die Bereichsleiter wurden vom Vorstand aufgefordert, die Frauenquote zu erhöhen. Originalton in einer Planungssitzung: „Suchen Sie die schwächsten Führungskräfte in ihrer Abteilung und ersetzen Sie diese durch eine Frau!" Ich bin keine Frau, aber ich kann mir nicht vorstellen, dass ich eine solche Stelle ernsthaft bekommen möchte. Hier hätte eine politisch korrekte Formulierung ausnahmsweise einmal Wunder wirken können.

Aber nicht nur in der inzestösen und netzwerkverseuchten Umgebung einer Unternehmenshierarchie zeigt die „Political Correctness" ihre hässliche Fratze, auch in freier Wildbahn findet sie hervorragende Lebensbedingungen.

Dabei ist der Grundgedanke des politisch korrekten Handelns, der sich eigentlich mit Gleichberechtigung beschäftigt, nichts Verwerfliches. Die Menschheit ist jedoch extremistisch und in hohem Maße destruktiv. Alles auf dieser Welt, was ansatzweise positiv, altruistisch, gemäßigt, sinnvoll oder auch nur aus Spaß begonnen hat, nimmt irgendwann exzentrische bis kranke Züge an, weil es immer Menschen gibt, die es übertreiben. So gesehen ist das „Guinness Buch der Weltrekorde" eines der Chroniken, die diese Tatsache beweisen und dokumentieren. Dabei handelt es sich hierbei meist noch um harmlose Spinnereien. Schlimmer wird es, wenn der einst positive Grundgedanke pervertiert wird. Das Internet ist Anfang der Neunziger auch gestartet, um den Informationsaustausch zwischen den Menschen zu erleichtern. Das heute viele meinen, im Schutze dieser vermeintlichen Anonymität Hass und Lügen zu verbreiten, war bestimmt nicht im Sinne der Erfinder. Mit der Grundidee der „Political Correctness“, also allen Menschen eine gleiche Behandlung zukommen zu lassen und nicht irgendwelche Randgruppen zu dissen, verhält es sich nicht anders, denn auch hier wurden die guten Ansätze im Laufe der Jahre durch Extremisten unterwandert. Wenn in Flora und Fauna neue Arten entdeckt werden, darf der Entdecker ihnen einen Namen geben. Ich habe diese Spezies „Gleichheitsfanatiker“ getauft. Der Gleichheitsfanatiker (oder –fanatikerInnen) negiert per se die Existenz jeglicher Art von Unterschieden zwischen Menschen. Einige nehmen auch Tiere mit ins Kalkül. Als extreme Splittergruppe wäre der Frutarier zu sehen, der darüber hinaus für die Gleichheit von Mensch und Broccoli kämpft. Von diesen Exzentrikern mal abgesehen, ist zunächst grundsätzlich nichts gegen solche Bestrebungen einzuwenden, vorausgesetzt sie erfolgen in einem gesunden Maß. Jeder Mensch mit ansatzweisem Verständnis für Soziologie sollte nach Gleichberechtigung in der Welt streben. „Gesund“ wird dabei von mir im Sinne der Anerkennung gewisser Grenzen verwendet. Da wären zunächst einmal die Grenzen, die Natur und Evolution oder, für die spirituelleren Leser, Gott oder das Universum im Laufe der Jahrmillionen gesetzt haben. Am Beispiel der Gleichberechtigung von Mann und Frau lässt sich die Problematik stets gut erläutern, auch wenn das Thema Emanzipation der Frau vor dem Hintergrund von Sendungen, wie dem des „Bachelor“, per se etwas leidet. Schon im Paläolithikum war es der Steinzeitmann, der auf die Jagd nach Wisenten ging, um schließlich Teile desselben in die Höhle zu ziehen. Die Frau, falls vorhanden, saß in der Höhle und hütete Feuer, Kinder, Haustiere, die Haushaltskasse und was sonst noch besonderer Aufmerksamkeit bedurfte. Die Tatsache, dass wahrscheinlich dieselbe Frau vorher an den Haaren in Junggesellenhöhle gezogen worden war, sollte natürlich vom heutigen emanzipierten Standpunkt verurteilt werden, tut aber auch im Moment nichts zur Sache. Dieses Beispiel soll nur verdeutlichen, dass Mann und Frau sich Aufgaben nach der körperlichen Konstitution teilten, soweit es die Situation erforderte. Auch wenn die Wisente heute

Rindviecher heißen, portionsweise in leicht zu transportierende Kistchen verpackt sind und deshalb auch Frau für die Versorgung ihrer Sippe sorgen kann, sollte bisweilen nach wie vor Berücksichtigung finden, dass nicht jedes Geschlecht für jede Tätigkeit geeignet ist. Ich halte es beispielsweise nach wie vor für wenig zielführend, wenn weibliche Bereitschaftspolizei bei Fußballspielen in vorderster Front die „Ultras" voneinander trennen soll.

Diese simple Logik gilt im selben Maße für die Anthropologie. Es ist unbestreitbar, dass auch alle Hautfarben, Rassen, Ethnien oder wie auch immer man das inzwischen politisch korrekt nennen muss, gleichberechtigt sind. Aber auch hier sollten gewisse spezifische Merkmale nicht außer Acht gelassen werden. So macht es wenig Sinn und ist sogar bisweilen der Gesundheit abträglich, einen Weißen ohne Sonnenschutzfaktor in die Savanne zu stellen, nur weil ein ortsansässiger Schwarzer, Pardon Starkpigmentierter, das auch darf.

Gleichberechtigung unter Berücksichtigung der Natur sollte für einen halbwegs intelligenten Menschen also kein Problem darstellen. Aber auch dort, wo diese Tatsache augenscheinlich bewusst ignoriert wird, ist dies noch lange nicht als Aufbegehren gegen Natur und Universum zu sehen. Engländer, die sich ohne Sonnencreme auf Malle acht Stunden in die Sonne legen, wollen im Regelfall kein Statement wider eine nicht zeitgemäße Weltanschauung der Evolution abgeben. Hierbei handelt es sich, wie eigentlich meistens wenn Menschen unerklärliche Dinge tun und damit sich und oder andere gefährden, um simple Blödheit. Die Frau, die am Bau arbeitet, begehrt ebenso wenig gegen die Ungleichbehandlung der Natur auf, wie Männer, die Gala lesen. Meist liegt beim Frisör einfach nichts Anderes.

Schwieriger wird die Situation, wenn noch geopolitisch oder historisch bedingte Unterschiede mit ins Kalkül gezogen werden. Hier gilt es dann sorgsam abzuwägen, inwieweit es überhaupt Sinn macht, Individuen oder Gruppen gleich zu behandeln, solange nicht gewisse Rahmenbedingungen geschaffen wurden. Natürlich war der Arabische Frühling toll: Diese Staaten haben das gleiche Recht auf Freiheit und Diktaturen gehören abgeschafft. Aber was hat man gewonnen, wenn die religiöse Mehrheit der Muslime gleich nach

Entmachtung des Diktators loszieht und anfängt, die nächstbeste christliche Minderheit zu massakrieren. Die meisten der nordafrikanischen Länder liegen heute wirtschaftlich darnieder und sind Startländer für alle Flüchtlinge aus Afrika nach Europa. Egal ob ethisch verwerflich oder nicht, einige Gleichberechtigungsbestrebungen erfordern zunächst die Schaffung von entsprechenden Rahmenbedingungen. So weit – so offensichtlich.

Leider interessieren solch detaillierte Überlegungen den Gleichheitsfanatiker nicht. Ohne Rücksicht auf Verluste arbeitet er an der Gleichheit aller Menschen und ignoriert dabei jeglichen möglichen Kollateralschaden. Natürlich sollte jede Frau auf dieser Welt das Recht haben, ihr Leben selbst zu bestimmen. Blöd nur, wenn die Familie das komplett anders sieht und den minderjährigen Bruder losschickt, um dem unerhörten Freiheitsdrang der Tochter und der Entehrung der Sippe mit zwei bis drei Litern Benzin Einhalt zu gebieten.

Es gib zig Beispiele für Gleichheitsbestrebungen, die dem „Political Correctness" Wahn entsprungen sind, und ebenso viele für ihr Scheitern. Ich hatte oft mit Südafrika zu tun. Dort wurden und werden nach Ende der Apartheid zahlreiche Initiativen begonnen, welche die schwarze Bevölkerung in allen möglichen Bereichen stärken sollen. Insbesondere in der Industrie wurden Programme gestartet, um mehr Schwarze in höher qualifizierte Jobs zu bekommen. Leider ist an der Basis kaum etwas geschehen. Der Großteil der Schwarzen lebt immer noch in den Ghettos und hat nur beschränkt Zugang zu Bildung. Letzten Endes werden auf Basis dieser Programme aus Personalmangel schlechter qualifizierte Schwarze bevorzugt behandelt, um die Quote zu erfüllen. Denn nur wer diese Voraussetzungen erfüllt, bekommt Aufträge. Das Ergebnis ist mangelnde Qualität aufgrund schlechter Ausbildung des Schwarzen und Frustration bei den Weißen, die nicht zum Zuge kamen. Die wirtschaftliche Lage wird seit Jahren nicht besser, weil Gleichberechtigung ohne nachhaltige Verbesserung der Gesamtsituation der schwarzen Bevölkerung nicht funktioniert.

Beim Versuch alle, ungeachtet der Natur und der Geschichte, in dieses Korsett zu quetschen, kommt es auch noch zu einem anderen unangenehmen Nebeneffekt.

Um Gleichheit zu erreichen, müssen auch alle Facetten des Individuums, alle verschiedenen Talente und Gehirnkapazitäten beiseitegeschoben werden. Der Gleichheitsfanatiker ist gezwungen, immer den kleinsten gemeinsamen Nenner zu finden, damit auch der Untalentierteste der Untalentierten, der Ungeschickteste der Ungeschickten oder wie immer der Dümmste der Dummen das gleiche Recht wie alle bekommt.

Das Ergebnis solcher Bestrebungen lässt sich am besten am Beispiel einer Mahlzeit verdeutlichen. Wäre der Gleichheitsfanatiker ein Koch, sein Essen wäre fad und einfallslos. Schließlich müssen alle berücksichtigt werden, die kein scharfes Essen vertragen oder sonst wie irgendwelche Intoleranzen haben. Zum guten Schluss wäre es auch noch püriert, denn auch das Alter von Menschen darf keine Rolle spielen. Der berühmte Einheitsbrei eben.

Wenn solche Leute ihre Finger im Spiel haben, endet es meist dergestalt, dass die Freiheit fast aller beschnitten wird, um vermeintlich die Freiheit für alle zu erreichen. Ich kann damit leben, wenn es aus falsch verstandenem Altruismus gepaart mit mangelnder Weitsicht geschieht. Ein gutes Beispiel ist hier die unsägliche Diskussion zum Thema Gewalt gegen Frauen, die unter dem Titel „Nein heißt Nein" bekannt geworden ist, und die mit den Vergewaltigungsvorwürfen eines C-Promis begonnen hat. Natürlich ist Vergewaltigung verabscheuungswürdig und zu bekämpfen und die Vorschläge vieler Beteiligter im Verlaufe dieser Diskussion sicher gutgemeint.

Der wie immer umgehende Gesetzesvorstoß unseres inzwischen ehemaligen Justizministers, noch bevor die Gerichte sich ein Bild von den Vergewaltigungsvorwürfen gemacht hatten, gehört sicher nicht in diese Kategorie. Mir scheint, dass die Zerstörung von Existenzen zum Wohle der eigenen politischen Karriere billigend in Kauf genommen wurde. Ich warte täglich darauf, dass die erste frustrierte Frau ein leicht gehauchtes „Nein" verwendet, um einen Mann dafür zu strafen, dass sie eine Beziehung im Sinn hatte, er aber nur einen One-Night-Stand wollte. Wer das angebliche Vergewaltigungsvideo besagten C-Promis namens Gina-Lisa Lohfink und diesen beiden semieloquenten Vollspacken gesehen hat, bekommt gegebenenfalls eine Ahnung, wovon ich rede.

Richtig hässlich wird es allerdings, wenn der für sich allein schon fragwürdige „Gleiches Recht für alle"–Fanatismus auf Menschen trifft, denen einfach nur einer abgeht, wenn sie Macht über andere ausüben können, wenn „Political Correctness" von denen als Argument ins Feld geführt wird, die ihre Daseinsberechtigung aus der Zurechtweisung und Einschränkung anderer ziehen. Im Kleinen der Rentner mit Kissen am Fenster, der trotz chaotischer Parkplatzsituation die Falschparker anzeigt, einfach weil es rechtswidrig ist. Im größeren Stil irgendein Politiker oder Verkehrsplaner, der Autofahrer nachts um drei Uhr auf leeren Autobahnen mit Tempo 100 durch die Gegend fahren lässt, auch wenn seit Jahren die Unfallzahlen durch überhöhte Geschwindigkeit sinken.

Da sich diese Brut als Gutmenschen tarnt, ist ihrem Tun auch nur schwer Einhalt zu gebieten. Jeder, der versucht, ihn mit vernünftigen Argumenten zu stoppen, wird je nach Sachlage in die Schublade „Rassist", „Chauvinistenschwein", „Zyniker" oder Ähnliches gepackt. Denn merke! Der Gleichheitsnazi ist leicht an seiner Verteidigungstaktik zu erkennen. Obwohl auch Extremist, packt er beim Hauch von Kritik umgehend selbst zu dieser „Totschlagargumentation".

Was sich also im Laufe der Zeit aus der eigentlich guten Grundidee entwickelt hat, dass alle, Frauen wie Männer, Schwarz, Weiß oder Grün gepunktet, Mainstream oder Randgruppe, ein Recht auf Freiheit und Gleichheit haben, und welche seltsamen Blüten dieser Verhaltenskodex inzwischen treibt, ist wie immer erschreckend bis lächerlich. Allein die Diskussion um das „Zigeunerschnitzel" sagt bereits alles. Dabei sind gerade die Menschen, die peinlich Wert auf „Political Correctness" legen und versuchen, solche Klippen in Gegenwart einer besagten „Randgruppe" zu umschiffen, diejenigen, die besonders stark das Gefühl der Ausgrenzung vermitteln und noch dazu ziemlich peinlich rüberkommen.

Wer wie ich alle Facetten des menschlichen Schwachsinns anprangern will, muss lernen, auch vor Kritik an dem Fehlverhalten von Randgruppen nicht halt zu machen, zumal Ignorieren einzelner Fraktionen eine besonders perfide Form der Ausgrenzung ist.

Ich habe übrigens in meiner Firma einen Verbesserungsvorschlag zum Deckblatt besagter Präsentation eingereicht.

Um das weitere Ausgrenzen von Randgruppen zu vermeiden und dem sicherlich drohenden Imageverlust unserer Firma entgegenzuwirken, habe ich angeregt, folgende Personen zu dem existierenden Viererteam hinzuzufügen: Zunächst einen Rollstuhlfahrer, der stellvertretend für die Menschen mit Handicap sitzen soll. Da Homosexualität als Haltung bildlich eher schlecht darzustellen ist, könnte eine Drag-Queen diese Aufgabe übernehmen. Ein Indianer, der im Hintergrund die Maschine gesund tanzt, würde symbolisch für alle ethnischen Minderheiten stehen. Inwieweit die Weltreligionen dargestellt werden sollten, etwa in Form eines Selbstmordattentäters oder eines pädophilen Priesters, habe ich noch offengelassen.

Ich warte seltsamerweise nach wie vor auf eine Antwort. Mein Vorgesetzter will mich aber dringend sprechen. Vielleicht weiß der was?!

28. Dezember
Verkehrserziehung

Gestern Nacht habe ich mich erdreistet, auf einer Landstraße einen VW Sharan zu überholen, der langsamer als die erlaubten 100km/h fuhr. Von diesem Moment an konnte der Zeitgenosse schneller fahren und verfolgte mich fortan mit aufgeblendeten Scheinwerfern bis zu meiner Abzweigung, ungeachtet des Gegenverkehrs, der natürlich ebenfalls geblendet wurde. Offensichtlich wollte er mich darauf hinweisen, dass ich die erlaubte Höchstgeschwindigkeit zeitweise um sicher bis zu 7km/h überschritten hatte.

Pädagogen sind eine von mir durchaus tolerierte Menschengruppe. Toleriert nicht deshalb, weil sie vielen Schülern noch halbwegs lesen und schreiben beibringen. Zahlreiche ihrer früheren Tätigkeiten, wie das Vermitteln von Grundwerten und Lebensmodellen, wurden sowieso schon „outgesourct". Diese Aufgabe haben inzwischen Flachzangen bei Facebook und Twitter übernommen. Sie versichern glaubhaft jedem, darunter auch sich selbst, dass man mit Singen, Tanzen, Kneten und Bloggen ein finanziell sorgenfreies Leben führen kann, während die Technik in Zukunft alle unangenehmen Aufgaben der Menschheit wie zum Beispiel „Auto fahren", „Nahrung beschaffen" oder „Kriege führen" übernimmt.

Ich toleriere den Beruf auch nicht wegen des Mutes und der Geduld, die Pädagogen heutzutage aufbringen, um sich, sowohl mit der ADS-geschlagenen Brut, die der Volksmund euphemistisch als die „nächste Generation" bezeichnet, als auch mit den darüber kreisenden Helikopter-Eltern zu befassen, die allesamt die durch den digitalen Informationsoverload verursachte Lernschwäche ihrer Blagen durchweg als Hochbegabung ansehen.

Nein, toleriert wird der Pädagoge von mir, nur aus einem Grund: Er wird gebraucht, um Schulen zu betreiben. Einrichtungen, die garantieren, dass außerhalb der Ferienzeiten die Skipisten und Strände nicht überfüllt und die Preise niedrig sind.

Meine Toleranz wird jedoch auf eine harte Probe gestellt, wenn diese Berufsgruppe in freier Wildbahn meine Bahnen quert. Die Pärchen sind leicht zu erkennen, entweder an der antiautoritär erzogenen Brut, die Aufgeschlossenheit symbolisieren soll, aber eigentlich nur aufdringlich rüberkommt oder aber am „Northface“- oder „Jack Wolfskin“-Outfit, gerne auch im Partnerlook. Im unwahrscheinlichen Fall der Kinderlosigkeit umschwebt das Lehrerpärchen zusätzlich noch eine leicht depressive Aura, da es noch nicht gelungen ist, neben dem Lehrauftrag, die einzige Aufgabe, die das Universum an sie gestellt hat, zu erfüllen.

Natürlich versuche ich, soweit möglich, jeglichen Kontakt zu vermeiden. Ich bewahre mir damit die trügerische Hoffnung, Pädagogen hätten gegebenenfalls, über den Lehrplan und Kindererziehung hinaus, noch Substantielles zum Weltgeschehen beizutragen.

Es mag auf den ersten Blick ein wenig ungerecht erscheinen, eine ganze Berufsgruppe zu meiden. Wenn man sie aus ihren inzestösen Strukturen herausreißt, kann man sie mit etwas Geduld zu ganz passablen Mitgliedern der Gesellschaft formen. Ich wäre auch ein Lügner, wenn ich nicht zugeben würde, auch Positives über Pädagogen berichten zu können. Ein paar sehr gute Freunde und Verwandte sind Pädagogen. Bei den „Top 10“, meiner ewigen Bestenliste sexueller Erlebnisse finden sich mindestens drei Lehrerinnen. Trotzdem empfehle ich, größere Lehreransammlungen zu vermeiden, zumal alle Pädagogen die unangenehme Eigenschaft haben, auch im öffentlichen Raum ohne Mandat ihren Lehrauftrag wahrzunehmen. Man muss weder einen Volkshochschulkurs besuchen oder in einer Justizvollzugsanstalt einsitzen. Es spielt auch keine Rolle, dass man der Zielgruppe bereits 30 Jahre entwachsen ist. Wenn Pädagogen Abweichungen bemerken, von dem was gemeinhin als gesellschaftliche Norm oder Regel bezeichnet wird, müssen diese umgehend angesprochen werden. Lösen sie dabei paarweise oder in der Gruppe bei mir schon wenig Freude aus, können sie aber auch von der Herde getrennt mit dieser Unart durchaus noch nerven. Opfer ist dabei leider meist nur der harmlose Passant und nicht der Mitbürger mit Erziehungsdefizit. Würde der Pädagoge sich darauf verlagern, den Hooligan im Fanblock des 1.FC Köln auf das Pyroverbot in Stadien hinzuweisen, den Salafisten in der Fußgängerzone vom Verteilen des Korans abbringen, Pegida Demonstranten die Fehler in ihrer kleingeistigen Weltanschauung erklären, ich wäre ihr größter Fan. Von der Natur eher als Fluchttier konzipiert, hat es der Pädagoge im Laufe der Evolution jedoch geschafft, gewisse empathische Fähigkeiten zu entwickeln, die ihn davor schützen, bei seinen ungebetenen Erziehungsmaßnahmen übel eins aufs Maul zu bekommen. Mit schlafwandlerischer Sicherheit findet er nur Opfer, die seine Zurechtweisung eher mit Resignation, denn mit körperlicher Gewalt erwidern.

Der öffentliche, ungefragt angewandte Lehrauftrag scheint hauptsächlich ein deutsches Problem zu sein. Zumindest habe ich den Ausdruck „Unwanted Public Education“ bei Google nicht gefunden. Zieht man die ab, die hoffnungsfroh noch altersbedingt von Pädagogen betreut werden, kommt in Deutschland ein Pädagoge auf knapp hundert harmlose Bürger wie mich. Eine Zahl, die, bei Beachtung einfachster Schutzmaßnahmen, wie das oben erwähnte großzügige Umschiffen von Jack Wolfskin-Trägern oder Meiden veganer Cafés, niedrig genug sein sollte, um die persönliche Nervquote durch ungefragten Erziehungsunterricht freilaufender Lehrer auf einem erträglichen Niveau zu halten. Leider ist die Dunkelziffer viel höher, womit wir wieder bei meinem Sharan Fahrer vom Anfang wären. Denn neben den diplomierten gibt es noch den selbsternannten Pädagogen. Sie firmieren auch unter den Bezeichnungen konservative Spießer, Kontrollettis oder Klugscheißer und sorgen dafür, dass mein Sack inzwischen nicht mehr groß genug ist für alle, die mir unbedingt draufgehen wollen.

Eine Unart, die diese Leute im Gegensatz zum Berufspädagogen noch unerträglicher, ja teilweise gefährlich macht, ist die Tatsache, dass ihr Auftreten nicht persönlich mit erhobenem Zeigefinger erfolgt, sondern anonym aus der Masse heraus. Wie wir nicht erst seit den Tagen des Internets wissen, sorgt die Anonymität für eine besonders unverfrorene, bisweilen sogar aggressive Vorgehensweise. Ist der Strafzettel, denunziert durch Leute, die den ganzen Tag in Ermangelung eines Lebens am Fenster ihrer Wohnung liegen, oder das wütende Klingeln des mit Helm und Brille getarnten Radfahrers bei der Verteidigung seines Radweges noch mit ein wenig Atemtechnik zu ertragen, kommt man im Straßenverkehr häufig an die Grenzen der Selbstbeherrschung. Durch den unbändigen Drang, andere zu maßregeln, schaffen solche Menschen Situationen, die sie selbst, das Opfer sowie unbeteiligte Dritte im besten Fall behindern, im schlimmsten Fall gefährden.

Dabei gilt es natürlich zwischen Unfähigkeit und Provokation zu unterscheiden. Der Autofahrer, der trotz freier rechter Spur die linke oder, bei drei Fahrbahnen, die Mitte befährt, kann eventuell einfach nur zu blöde sein. Ich bin aber überzeugt, dass es sich bei Leuten, wie meinem Sharan Fahrer, die immer 5km/h unter der zulässigen Höchstgeschwindigkeit vor einem herschleichen, zu 99% um Provokateure vom oben beschriebenen Menschenschlag handelt. Absolution kann ich allerdings jedem erteilen, der jemanden an der Raststätte 'ne Beule in die Tür tritt, der ihn an der letzten Baustelle nicht hat einfädeln lassen. Das hat nichts mehr mit Dummheit zu tun.

Groteske Züge kann die Verkehrserziehung jedoch annehmen, wenn zwei dieser selbsternannten „Hüter der Ordnung" aufeinandertreffen. So offensichtlich geschehen im Schwabenländle:

„Weil sich ein Audifahrer und ein Mercedesfahrer nicht einigen konnten, wer an einer Engstelle den anderen vorbeilässt, ist im Kreis Esslingen eine halbe Stunde der Verkehr aufgehalten worden. Beide beharrten stur auf ihrem vermeintlichen Recht, so die Polizei. Während der Wartezeit soll sich der Audifahrer im Auto sogar Tee aufgebrüht haben. Erst nach heftigem Drängen einer Polizeistreife räumte einer der Kontrahenten die Fahrbahn."

Ich für meinen Teil habe mir nach dieser Begebenheit überlegt, in Zukunft einen Baseballschläger anzuschaffen, den ich dann im Beifahrerfußraum deponiere. Sollte sich die Gelegenheit ergeben und wieder einmal ein Typ wie der Sharan Fahrer an der Ampel hinter mir stehen, müsste ich einfach nur den Baseballschläger nehmen und aussteigen. Nein, nicht was sie denken. Ich lehne Gewalt ab, auch wenn es häufig in den Fingern juckt. Aber die Sekunden, in denen ich von der Fahrertür zum Kofferraum gehe, um den Schläger dann dort zu verstauen, dürften für ein wenig Adrenalin beim Hintermann sorgen.

31. Dezember
Viel hilft viel!

Mir ist gerade der Appetit vergangen. Schuld ist nicht das mittelmäßige Schnitzel vor mir auf dem Teller, sondern der verfaulte Fuß auf dem Tisch. Das liegt keinesfalls daran, dass ich mit einem Leprakranken ohne Tischmanieren diniere. Vielmehr ist es das Resultat der üblichen Weltblödenkausalitätskette. Hierbei handelt es sich um einen Prozess, bei dem Schnapsideen durch diverse Länder laufen und dabei dank kultureller und sozialer Unterschiede, aber erschreckend vieler Gemeinsamkeiten beim Thema Dummheit, am Ende zu ausgewachsenen Scheißideen geworden sind. Wenn es um die globale Dummheit geht, ist der Anfangspunkt meist maximal flexibel. Die USA liegen in der Top 10 unangefochten auf Platz eins. Waren sie mal nicht Urheber der Schnapsidee, sind sie jedoch meist im zweiten Schritt, dank ihres beneidenswert perversen Rechtssystems, immer als Katalysator beteiligt. Jeglicher Schwachsinn wird möglichst schnell in Form von Hinweisen, Verzichtserklärungen oder Gesetzen auf die eigene Bevölkerung loszulassen, vorausgesetzt keine der mächtigen Lobbyistengruppen befürchtet dadurch Umsatzeinbrüche. Das ist auch der Grund, warum es in den USA zwar sehr lasche Waffengesetzte, aber telefonbuchdicke Gebrauchsanweisungen mit Warnhinweisen gibt. Wer schon mal in den USA ein Auto gekauft und eine halbe Stunde Disclaimer unterschrieben hat, wird wissen, wovon ich rede. Als Beispiel sei hier nur einer der Klassiker genannt, dass man trotz eingeschaltetem Autopilot weiter für das Führen des Fahrzeuges verantwortlich ist. Die Story dahinter, dass ein Wohnmobilbesitzer nach dem Einschalten des Tempomats nach hinten gegangen ist, um Kaffee zu kochen, treibt sogar Leuten ungläubiges Kopfschütteln auf den Hals, die ihren regennassen Fiffi sonst in der Mikrowelle trocknen. Es ist noch nicht lange her, da wurden diese US amerikanischen Gehirnfürze in Europa zur Belustigung an Stammtischen vorgetragen. Wie hat man über die Story von der Oma gelacht, die mehrere hunderttausend Dollar erhielt, weil sie sich bei McDonalds einen heißen Kaffee auf die Joggingbuxe gekippt hatte. Das Lachen wurde dann schon leiser, als besagte Fastfoodkette kurze Zeit später auch in Deutschland Hinweise zum heißen Inhalt auf den Kaffeebecher druckte. Es wurde nicht weiter verfolgt, da der Handelspartner jenseits des Großen Teiches offensichtlich von seiner eigenen auf die europäische Blödheit geschlossen hatte. Endgültig im Halse stecken geblieben ist einem dann aber besagtes Lachen, als schließlich die EU-Bürokraten, offensichtlich infiziert von deutscher Gründlichkeit, vor einigen Jahren in Europa damit begannen, jeglichen Vorschriftenmüll aus den USA zu übernehmen. Indem man die ohnehin schon perverse Idee aus der amerikanischen Oberflächlichkeit in die europäische Detailverliebtheit ummünzte, machte man die Sache auch nicht besser.

Zurück zu meinem verfaulten Fuß. Hier hat es Europa einmal geschafft, aus einer Schnapsidee, die ich schon seit Jahren aus Thailand kenne, schneller und ohne größere Hilfestellung der Amis, veritablen Schwachsinn zu produzieren. Mit der Richtlinie 2014/109/40/EU wird festgelegt, dass mehr als 65% von Zigarettenpackungen mit kombinierten gesundheitsbezogenen Warnhinwiesen versehen werden müssen. Dabei handelt es sich um ein mehr oder weniger dummes Geschwurbel über die ach so schlimmen Konsequenzen des Rauchens plus, seit Mitte letzten Jahres, die sogenannten Schockbilder. Das sind einerseits Darstellungen von Menschen aller Altersklassen, die mit den üblen Folgen des Rauchens, wie Herzinfarkt, Unfruchtbarkeit oder Impotenz zu kämpfen haben. Zusammengekrümmte nackte Männer auf Betten weinen ihrer siechenden Manneskraft hinterher, bleichgeschminkte Gesichter sollen den lauernden Herzinfarkt symbolisieren oder traurige Babys nuckeln an einem Schnuller, an den ein Marketingidiot in Ermangelung einer besseren Idee eine Zigarette geklebt hat. Dabei wurden offensichtlich Agenturen engagiert, die sonst niemand haben wollte. Während ich diese Bilder noch blöd bis putzig dumm, aber nicht weiter als störend empfinde, quasi die Verona Poth der Schockbilder, nerven die diversen Darstellungen von üblen Karzinomen, Geschwüren oder wegfaulenden Extremitäten in verschiedenen Ausprägungen doch schon gewaltig. Als Nichtraucher wird man tagtäglich mit diesem Ekelmüll konfrontiert, obwohl der anvisierte Nutzen doch sehr fragwürdig ist.

Vor mir hat ein rauchender Kollege eine Packung mit besagtem verfaulten Fuß und einem entsprechenden Warnhinweis auf dem Tisch gelegt. Sicher eines der Exemplare mit höherem Ekelfaktor, welches aber leider nicht nur meinen nicht existenten Rauchdrang schmälert, sondern wie gesagt auch die ungestörte Einnahme der Mahlzeit.

Schockbilder sind im Trend. Da in Zeiten von YouTube ein Bild mehr Bedeutung hat, als das geschriebene Wort, reichen Warnhinweise allein auf den Packungen nach Meinung des Gesetzgebers nicht mehr aus. Lesen ist ja so dermaßen 90's und zu viel Input überfordert den modernen Menschen sowieso nur. Deshalb setzt man auf Schockieren statt Informieren.

Die Intention dieser Maßnahme ist klar kommuniziert. Das Volk soll zum eigenen Wohl vom Rauchen abgeschreckt werden oder gar nicht erst anfangen, weil Rauchen schädlich ist. Für die Realisten unter uns nun noch die weniger altruistische Version: Das krankenversicherte Volk soll vom Rauchen abgehalten werden, weil das Individuum sich damit viele Krankheiten zuzieht und die anderen Krankenkasseneinzahler sein teures Dahinsiechen mitfinanzieren müssen. Würde ein Raucher direkt verrecken ohne Krankenhauskosten, minderjährige Kinder oder sonstige Flurschäden zu hinterlassen, wäre das Thema sicherlich weniger publikumswirksam. Nur darum geht es, wenn karrieregeile Politiker für Warnhinweise auf Zigarettenpackungen kämpfen. Im besten Falle spielt noch die Befriedigung spießiger Kontrollettis oder das Machtgefühl von selbsternannten Moralaposteln eine Rolle. Altruismus ist wie so oft ein Deckmäntelchen für egoistische Ziele. Wären es reine Menschenfreunde, gäbe es auf der Welt genug andere hilfsbedürftige Menschen, die unverschuldet langsam dem Tode entgegengehen. Man könnte zum Beispiel den Hunger in der Welt bekämpfen und sich damit um Leute kümmern, die keine andere Wahl haben, anstatt solche zu reglementieren, die gar nicht gerettet werden wollen?

An diesem Punkt kommt nun natürlich umgehend der Einwand, beim Rauchen handele es sich um eine Sucht. Süchtigen muss schließlich geholfen werden, da sie keine eigene Wahl haben. Das mag sein, aber inwiefern ein Schockbild Leuten helfen soll, die schon wieder vor dem

Krankenhaus rauchen, in dem man ihnen tags zuvor das Bein abgenommen hat, wird mir immer schleierhaft bleiben.

Gut, wenn schon nicht zum eigenen Wohl, dann wenigstens zum Wohl der Allgemeinheit? Neben den Schockbildern zeigen einige Motive wie gesagt noch leidende Kinder und andere Mitmenschen, die der böse Raucher mitvergiftet. Die dazu abgedruckte Aussage, der Raucher füge den Menschen in seiner Umgebung Schaden zu, ist heutzutage aber schlichtweg Quatsch. In einer Zeit, in der Raucher vor dem Restaurant im Regen stehen oder in Glaskästen am Flughafen zur Schau gestellt werden wie Affen, wer soll da bitte noch Schaden nehmen, mal abgesehen vom Raucher selbst? Es zwingt auch niemand Nichtraucher in die wenigen Raucherlokale, die noch übrig geblieben sind. Natürlich kann es im privaten Bereich Probleme geben, aber jeder hat doch einen Mund, den er aufmachen kann, wenn er nicht will, dass in seiner Gegenwart geraucht wird. Bleiben eigentlich nur Eltern und Relikte aus den Siebzigern übrig, die in geschlossenen Räumen in Gegenwart von Kindern rauchen. Es ist äußerst optimistisch zu glauben, dass diese Idioten sich durch beknackte Bilder davon abhalten lassen.

Wenn Warnhinweise Raucher also nicht daran hindern, sich und anderen zu schaden, wer bleibt dann noch als Adressat? Natürlich Nichtraucher, die, durch grausames Bildwerk bis ins Mark erschüttert, gar nicht erst zu Zigarette greifen sollen. Abgesehen von drei bis vier Helden in Hollywoodfilmen, die sich angesichts des nahenden Weltunterganges zum ersten Mal in ihrem Leben eine Fluppe anzünden, um sich umgehend die Seele dramaturgisch wertvoll aus dem Hals zu husten, kenne ich komischerweise keinen jenseits der Dreißig, der noch mit dem Rauchen angefangen hat. Wer in diesem Alter noch Schockbilder braucht, um daran erinnert zu werden, dass Rauchen schädlich ist, der braucht wegen seines fortgeschrittenen Alzheimers auch „Post-it" mit den korrekten Bezeichnungen an jedem Gebrauchsgegenstand oder ist bereits Jahre zuvor im Dezember im Freibad erfroren. Eine Ausnahme stellt sicherlich der US-Amerikaner dar, der völlig überraschend vom Rauchen Krebs bekommen hat. Sogar mir fällt es schwer zu glauben, dass diese US-Bürger, die gegen die Tabakindustrie geklagt haben, wirklich so abgrundtief blöd oder desinteressiert waren, um von den möglichen Risiken des Rauchens nichts gewusst zu haben.

Bleibt also nur noch der Schutz der Jugend.

Die Schockbilder sollen dafür sorgen, dass Jugendliche erst gar nicht mit dem Rauchen anfangen. Lächerlich! Während ich es vielleicht noch eklig finde, ist die aktuell nachwachsende Generation von der ganzen digitalen Welt und dort grassierenden schrecklichen Bildern so abgestumpft, dass sie die Bilder gar nicht mehr bemerken dürften. Es könnte aber auch daran liegen, dass sich in den letzten fünfzig Jahren eine Tatsache nicht geändert hat. Die verbotenen Dinge sind nach wie vor die maximal Verlockenden. In meiner Jugend, in denen jeder Erwachsene immer und überall rauchte, kam kaum einer von uns auf die Idee, dass es cool ist, mit 'ner Zigarette irgendwo rumzustehen. Inzwischen wurde das Rauchen aber so sehr gesellschaftlich geächtet, dass es für jeden Jugendlichen wieder ein gangbarer Weg ist, seine Auflehnung gegen althergebrachte Konventionen zu zeigen.

Bleibt also letztendlich nur noch die Ästhetik. Berufene Experten glauben allen Ernstes, dass das schaurige Outfit einer Zigarettenpackung dem Rauchen den „Coolnessfaktor" nimmt und man es gegebenenfalls aus diesem Grunde aufgibt. Von allen bekloppten Argumentationen ist das nun die Dämlichste. Wenn ich mir die hässliche Scheiße so ansehe, die sich die Leute heutzutage so auf die Arme tätowieren, was an Ästhetik kann dann noch ein Schockbild auf einer Zigarettenpackung zerstören?

Außerdem wurden mit Einführung der Schockbilder umgehend entsprechende „Überzieher" für Zigarettenschachteln entwickelt. Von einer billigen Plastikbox bis hin zu edelsteinbesetzten Luxushüllen wird alles produziert, um mögliche Nachteile bei der Coolness umgehend abzustellen. Selbst wenn es wirklich Spacken gibt, denen die Pappschachtel als solche nicht mehr cool genug war, spätestens durch die neuen Überzieher dürfte auch dieses Thema vom Tisch gewesen sein. Fernöstlichen Herstellern von Plastikkram ist in den letzten zwölf Monaten beim Anblick ihrer Umsatzzahlen sicher einiges an Freudenpipi in die Augen geschossen.

Während also klar sein sollte, dass diese ekelerregenden Outfits der Zigarettenpackungen niemanden ernsthaft vom

Rauchen abhalten, so stören sie mich als Nichtraucher dagegen umso mehr. Sie beleidigen mein ästhetisches Empfinden durch ihre bloße Existenz. Wieso muss sich ein Nichtraucher bei jeder Gelegenheit mit diesem optischen Müll beschäftigen, der angeblich dazu dienen soll, Raucher und solche, die es werden wollen, zu beeinflussen.

Geschwindigkeitsbegrenzungsschilder wurden zwar auch aufgestellt, um autofahrerische Flachzangen vor sich und anderen zu schützen. Allerdings ist das runde Schild mit dem roten Rand für Leute, die eh nicht Auto fahren, zwar existent, jedoch ein sehr unaufdringliches Verkehrsschild. Diese sogenannten Schockbilder dagegen sind abartig und auch für Nichtraucher eine Zumutung, wenn sie auf Tischen rumliegen oder in der Tankstelle zu Hunderten an der Kasse stehen. Wenn ich mir solche Scheiße ansehen wollte, wäre ich Arzt geworden. Mein Schnitzel haben sie mir jedenfalls verleidet. Ich denke darüber nach, jemanden wegen optischer Belästigung zu verklagen. In den USA hätte ich damit garantiert Erfolg.

Es ist sicher einzusehen, dass die bloße Angabe der Schadstoffwerte an Kondensat, Teer und Nikotin auf der Packung, wie im letzten Jahrtausend lange Zeit üblich, etwas lasch war, um Raucher zum Nachdenken zu bewegen. Mit den schriftlichen Warnhinweisen und dem Verbot der Tabakwerbung im TV hatte man später einen guten Mittelweg gefunden, wenn man denn unbedingt an den Nutzen solcher Maßnahmen glauben will. Richtig sinnvoll war letztendlich nur das Rauchverbot in Restaurants. Aber nicht wegen der schädlichen Wirkung. Die Kombination Rauchen und Essen ist einfach nur so stillos, wie das Fußnägel schneiden im Wohnzimmer oder am Esstisch. Es wäre trotzdem wünschenswert gewesen, es den Besitzern der Lokalitäten zu überlassen, ob sie aus ihrem Laden ein Raucher- oder Nichtraucherlokal machen wollen.

Letzten Endes hatten aber alle diese Maßnahmen nicht den gewünschten Erfolg. Der Raucher war noch nicht vom Angesicht des Planeten getilgt. Folglich kam es unausweichlich, wie eigentlich immer, wenn der Versuch scheitert, eine ganze Gesellschaft ohne Berücksichtigung des individuellen Intellekts auf den kleinsten gemeinsamen Nenner zu bringen, zur üblichen Überreaktion des Gesetzgebers.

Die komplette Packung nun mit diesem ekelhaften Müll zuzukleistern wird in etwa so viel bringen, wie Schockbilder von Ecstasy-Missbrauch in Discos aufzuhängen. Sollte ich überraschenderweise falsch liegen und bebilderte Konsequenzen von zweifelhaftem Handeln würde wirklich irgendwelche Flachzangen vor dummen Handlungen bewahren, dann bin ich sofort für Schockbilder. Auf der Startseite von Facebook könnte man vor dem exzessiven Herausgeben von persönlichen Daten warnen, etwa mit der Darstellung von Selbstmördern aufgrund von Mobbing. Vorstellbar wären auch Schockbilder auf Handys und Selfiesticks, die vor Unfällen durch Ablenkung oder vor der Behinderung von Rettungskräften bei Verkehrsunfällen warnen. Besonders sinnvoll wären solche Darstellungen von Horror und Leid allerdings auf Wahlkabinen bei Land- und Bundestagswahlen, um vor dem Schaden zu warnen, der durch die Wahl rechter Parteien verursacht wird.

Nachwort

Schreibt man einen Roman, hat man eigentlich keinen Zeitdruck. Wenn der große Manitu der schreibenden Zunft einen inspiriert, dann produziert man Seiten, wenn nicht, macht man halt etwas Anderes. Das dürfte zumindest für Hobbyschriftsteller wie mich gelten. Trödelnde Berufsautoren oder welche, die sich dafür hielten, wurden sicherlich schon Jahre später erbärmlich verhungert mit dem Kopf auf der Tastatur gefunden *(Anm.d.Red.: Zumindest in anderen Teilen der Welt. In Deutschland sieht man sie eher morgens in der Schlange vom Sozialamt und abends in der entsprechenden Szenekneipe beim Klugscheißen zu Themen, von denen sie meist keine Ahnung haben).*

Schreibt man dagegen ein Jahrbuch, sieht die Sache schon leicht anders aus. Man kann nicht im Weihnachtsgeschäft des Folgejahres damit angeschissen kommen. Ein solcher „laisser-faire" Stil würde sofort den Eindruck erwecken, es handele sich bei dem Werk nicht unbedingt um eine Herzensangelegenheit des Autors. Ganz zu schweigen davon, dass Kritik an aktuellen Missständen zeitnah erfolgen sollte, will man nicht Gefahr laufen von der Realität rechts überholt zu werden.

Anders ausgedrückt, wen juckt noch eine Schmähschrift zu Kim Yon-un, wenn die Weltgemeinschaft ihm ein halbes Jahr vor deren Publikation den Hintern weggebombt hat? *(Anm.d.Red.: Wunsch, Vater des Gedankens und so ...)*

Während es den Einen nicht mehr interessieren würde, dürften Angehörige der Gattung „Homo Smartphoniens" diesen Despoten dann bereits schon vergessen haben. Ich hege nämlich seit Längerem den Verdacht, dass sich bei unserer Facebookfraktion das Kurzzeitgedächtnis alle vierundzwanzig Stunden aus Kapazitäts- und Selbstschutzgründen einfach resettet, weil der ganze Dreck, den man tags zuvor noch als angeblich endgeilen Scheiß geliked oder gepostet hat, sonst den Prozessor überlasten würde.

Einen Prozessor, der in großen Teilen der Menschheitsgeschichte gerade mal die Tätigkeiten „fressen, ficken, schlafen" verarbeiten musste. Die Evolution arbeitet langsam und während sie noch versuchte, den Wandel von rudimentären

Grunzlauten zum gesprochenen Wort halbwegs upzuloaden, wurde sie quasi über Nacht von der digitalen Kommunikation überrascht. Kein Wunder, dass hier bei einigen uralte Selbstschutzmechanismen greifen.

In gewisser Weise ein versöhnlicher Gedanke, dass ein Großteil der Menschheit auf diese Weise nach kürzester Zeit einen der größten Despoten der Neuzeit vergessen könnte. Dann würde sich zumindest der Westeuropäer beim Namen Kim Yon-un nur noch dunkel an einen kleinen dicken Koreaner erinnern. Nicht aber wegen seiner Missetaten, sondern weil sie ihn mit dem anderen dicken Koreaner verwechseln, der einmal auf YouTube diesen lustigen Tanz performt hat.

Was ich damit sagen will, man muss als Chronist zeitnah publizieren.

Diese kurze Erläuterung sei mir gestattet, sollte sich jemand fragen, wieso ich mich seit Monaten trefflich über tagesaktuellen Wahnsinn aufregen konnte, aber gegen Jahresende nur noch über Themen referiere, die so oder so ähnlich jederzeit geschehen könnten.

Die Antwort ist einfach und logisch: Redaktionsschluss!

Wenn man verkaufsstrategischen Aspekten Raum geben möchte, rückt dieser durchaus auf Anfang Dezember des Berichtsjahres vor. Stichwort: Weihnachtsgeschäft!

Berücksichtigt man die Zeit, die für Korrektur, Lektorat und Veröffentlichung draufgeht, ist Ende November eine Deadline, die man tunlichst nicht überschreiten sollte. Schade eigentlich, es gab schließlich noch so viel zu kommentieren. Zeitweise hatte ich sogar das Gefühl, die Zahl der Kasper würde sich zum Jahresende drastisch erhöhen.

Während der Kasper vom Bosporus seit Wochen die Füße still hält und sich daran erfreut, dass er nach wie vor die Top 10 der Länder anführt, die die meisten Journalisten weggesperrt haben, bekommt man bei seinem Kollegen aus Lala-Land nach wie vor richtig etwas geboten für sein Geld - wenn man denn welches bezahlen wollte. Der Vorstoß bei der Erlaubnis zur Einfuhr von Trophäen aus der Großwildjagd, mit dem Donald Trump ein Verbot seines Vorgängers Obama zunächst aufhob, um es am nächsten Tag aufgrund weltweiter Proteste gleich wieder zu kippen, ist schon ganz großes Tennis. Nicht einmal unserem amerikanische Twitterhelden und Hobbypräsidenten hätte ich zugetraut, dass er das Risiko einer erneuten Schlappe in Kauf nimmt, bei einem Thema, das sich außer seinen degenerierten Söhnen nur ein unbedeutender Teil seiner tumben Wählerschaft überhaupt leisten kann.

Apropos Kasperletheater ... da waren ja auch noch die Sondierungsgesprächen zur Jamaikakoalition. Es erscheint fast so, als wenn unsere Regierung in spe nicht nur die Farben der Nationalflagge dieser Karibikinsel übernommen hat, sondern auch deren Lieblingsbeschäftigung - das Kiffen! Anders ist es nicht zu erklären, wieso insbesondere die Parteien mit dem miesesten Wahlergebnis glauben, sie hätten damit die Berechtigung erhalten um jeden Preis ausnahmslos auf allen ihren Positionen zu beharren, die noch dazu in vielen Teilen falsch sind. Welcher vernunftbegabte Mensch kann ernsthaft an der Braunkohle festhalten wollen?

Gut, „vernunftbegabt" ist nun nicht unbedingt das Adjektiv meiner Wahl, wenn es um gewisse Mitglieder der CSU geht, aber der Rest hatte doch unmittelbar nach der Wahl zumindest ansatzweise gute Vorsätze. Stichwort: Flüchtlingspolitik. Da haben alle davon gefaselt, sie hätten den Wähler nun endlich verstanden und man würde ihn in den nächsten vier Jahren aus den Klauen der AfD entreißen. Schaut man sich nur mal als Beispiel die undifferenzierte Diskussion um einen Familiennachzug bei Asylsuchenden an, wage ich das zu bezweifeln. Jeder Mensch, der in Deutschland zukünftig leben will, hat sicherlich ein Recht auf seine Familie, allerdings nicht, wenn er mehrfach vorbestraft ist und mit der buckligen Verwandtschaft nur einen weiteren Clan in Duisburg Marxloh etablieren will.

Seit Wochen wurde nun für eine Jamaika-Koalition verhandelt. Auf keinem Gebiet gab es einen Konsens. Kurz vor meinem Redaktionsschluss hat die FDP nun die Sondierungsgespräche gekippt und der Bundespräsi hat die SPD an den Verhandlungstisch zurückbeordert. Dabei hatten die sich doch definitiv gegen eine Neuauflage der „Groko" ausgesprochen. Wie gesagt...Kasperletheater! Man kann gespannt sein, wie es weitergeht.

Aber nicht nur bei meinen Beiträgen zu den großen Deppen der Weltgeschichte musste ich irgendwann schweren Herzens einen Schlussstrich ziehen und zur Drucklegung schreiten, auch beim Wald-und-Wiesen-Idioten fiel mir der

Abschied schwer, sorgt doch auch er unermüdlich für Nachschub an skurrilen Geschichten. Immer wenn man glaubt, eine Steigerung ist nur schwer möglich wird man eines besseren belehrt. So berichtete mir eine Arbeitskollegin von einem Vorfall in der Kita ihres Sohnes. Ein Kind mit einer schweren Nussallergie wurde von zwei Mitinsassen in die Ecke gedrängt und dort genötigt Nüsse zu essen. Die Erzieherin konnte gerade noch einschreiten. Jetzt könnte man natürlich meinen, die beiden kleinen Arschkrampen, wären einer nachhaltigen Strafe zugeführt worden, die sie nicht so schnell vergessen *(Anm.d.Red.: „Arsch voll" zum Beispiel, auch wenn jetzt wieder alle Erziehungsberechtigten aufschreien, die sowas normalerweise im Stuhlkreis ausdiskutieren).* Da die betroffenen Eltern aber wie heute üblich so ein Verhalten nicht als Versagen ihrer Erziehung sondern stets als Ausdruck einer außerordentlichen Inselbegabung ihrer Brut ansehen - die entsprechende Insel ist zwar wie üblich noch unentdeckt - wurde kurzerhand eine Elternversammlung einberufen. Der hier gefasste Beschluss ist ein strahlendes Zeichen für die geistige Überlegenheit des Homo Sapiens im Allgemeinen und die Schmerzfreiheit von Eltern im Besonderen. Mit sofortiger Wirkung sind in dieser Kita die Nüsse verboten!

Es wird sicher anders werden in 2018, besser jedoch sicher nicht!

Nachwort 2

Es kommt mir wie gestern vor, dass ich, einer plötzlichen Eingebung folgend, Ende 2016 beschlossen habe, alles zu Papier zu bringen, was mich so das Jahr über aufregen würde. Ich hätte nie gedacht, dass ich durchhalte. Allerdings hätte ich auch nicht gedacht, wie viel Scheiße in einem Jahr so passieren kann. Um jedoch 2017 als ein Jahr mit ungewöhnlich hoher Idiotendichte zu brandmarken, fehlt mir allerdings der Vergleich, vor allem wenn man der Sichtweise glauben darf, dass mit zunehmendem Blick in die Vergangenheit immer die positiven Erinnerungen überwiegen würden.

Jetzt, hunderte Seiten später, gefüllt mit meinen Gedanken zu den Themen des Jahres, sitze ich hier und frage mich, ob ich mein Ziel erreicht habe, welches ich mir zu Anfang gesetzt hatte.

Ich wollte mir den ganzen Frust über die Unvollkommenheit der Welt von der Seele schreiben und so einen milderen Blick auf das wilde Treiben um mich herum zu bekommen.

Aber bin ich nun ausgeglichener? Eher bereit mit den Unzulänglichkeiten meiner Umwelt zu leben? Ihr eventuell sogar mit Verständnis zu begegnen?

Das Gegenteil scheint der Fall zu sein.

Ich habe sogar das Gefühl, ich reagiere noch sensibler auf jegliche Art von Schwachsinn, ganz gleich in welchem Mäntelchen er die Straße heraufkommt. Ich frage mich natürlich, ob es wirklich die Welt um einen herum ist, die immer bekloppter wird. Vielleicht unterliegt man als Misanthrop einfach einem zunehmenden Resignations- und Verbitterungsprozess. Ähnlich wie ein offener Rotwein, der über kurz oder lang zu Essig wird.

Doch auch wenn der permanente Kontakt zur Luft den Prozess begünstigt, kann man die Luft nicht dafür verantwortlich machen. Sie hat sich schließlich nicht verändert.

Letztendlich die angenehmere Vorstellung.

Eine Welt kann mit einer Handvoll verbitterter Misanthropen leben, aber nicht mit einer Horde Irrer.

Danksagung

Mein Dank gilt meiner Familie und besonders meinen Eltern, die mir immer einen großen Rückhalt im Leben gegeben haben. Ich entschuldige mich an dieser Stelle dafür, dass es dieses Jahr nur etwas Selbstgebasteltes zu Weihnachten gab. Ihr habt mehr verdient!

Danken möchte ich aber meinen beiden Lektorinnen Andrea und Sylvia, die mir die schlimmsten sprachlichen Entgleisungen ausgetrieben haben und auch dafür gesorgt haben, dass ich nicht wie ein absoluter Legastheniker rüberkomme, der noch dazu keiner vernünftigen Zeichensetzung mächtig ist.

Wem dankt man sonst noch am Ende eines Buches, das sich mit den Untiefen des menschlichen Seins beschäftigt? Dem Quell der Inspiration? - Sicher nicht! Meinen Protagonisten dafür zu danken, dass ihre Machtgier, Kaltblütigkeit, Dreistigkeit und Menschenverachtung auf der einen Seite oder aber die Sorglosigkeit, Gleichgültigkeit bis hin zur schlichten, abgrundtiefen Dummheit auf der anderen Seite den nötigen Input lieferten wäre infam. Einem Urologen mag der Tripper seines Patienten Geld einbringen, aber ich denke nicht, dass er sich bei ihm dafür bedanken muss, dass der sorglos alles ungeschützt gevögelt hat, was bei Drei nicht auf den Bäumen war.

Danken hingegen möchte ich meinen Freunden. Nicht nur weil sie mich stets ermutigt haben zu schreiben, sondern auch, weil sie mir neben den medienwirksamen Kollateralschäden dieses Jahres, bewusst oder unbewusst, viele schöne zeitlose Themen geliefert haben, über die ich mich vorzüglich aufregen konnte. Sollte sich jemand von ihnen in der ein oder anderen Geschichte wiederfinden oder auf den Arm genommen fühlen, möchte ich betonen, dass es nur eine kleine Facette seines Wesens ist. Ich bin froh ihn zum Freund zu haben und ich komme damit klar. Mit Vollpfosten würde ich nie meine Freizeit verbringen wollen.

Inwieweit ich dankbar sein soll, dass der da oben, wie immer er auch heißen mag, mir die Fähigkeit gegeben hat, tagtäglich die Unvollkommenheit der Welt sehen zu können und mich zwingt, wenn auch bei einem Glas gutem Bordeaux, darüber nachzusinnen, sei mal dahingestellt.

Es gibt jedenfalls Tage, an denen ich mir wünschte, meine Bestrebungen Kritik zu üben würden sich auf die fußballerischen Leistungen meiner Lieblingsmannschaft beschränken und damit samstags auf dem Sofa bei der Sportschau und einer Flasche Bier enden.

25065002R00171

Printed in Poland
by Amazon Fulfillment
Poland Sp. z o.o., Wrocław